L'ange de la nuit

VIRGINIA C. ANDREWS

Fleurs captives	
Fleurs captives	*J'ai lu* 1165/**K**
Pétales au vent	*J'ai lu* 1237/**L**
Bouquet d'épines	*J'ai lu* 1350/**K**
Les racines du passé	*J'ai lu* 1818/**L**
Le jardin des ombres	*J'ai lu* 2526/**J**
Ma douce Audrina	*J'ai lu* 1578/**I**
La saga de Heaven	
Les enfants des collines	*J'ai lu* 2727/**L**
L'ange de la nuit	*J'ai lu* 2870/**L**
Cœurs maudits	*J'ai lu* 2971/**K**
Un visage du paradis	*J'ai lu* 3119/**L**
Le labyrinthe des songes	*J'ai lu* 3234/**L**

VIRGINIA C. ANDREWS ™

Aurore	
Aurore	*J'ai lu* 3464/**J**
Les secrets de l'aube	*J'ai lu* 3580/**K**
L'enfant du crépuscule	*J'ai lu* 3723/**K**
Les démons de la nuit	*J'ai lu* 3772/**K**
Avant l'aurore	*J'ai lu* 3899/**J**
La famille Landry	
Ruby	*J'ai lu* 4253/**K**
Perle	*J'ai lu* 4332/**J**
D'or et de lumière	*J'ai lu* 4542/**J**
Tel un joyau caché	*J'ai lu* 4627/**J**
D'or et de cendres	*J'ai lu* 4808/**K**
Les orphelines	
Janet	*J'ai lu* 5180/**E**
Crystal	*J'ai lu* 5181/**E**
Brenda	*J'ai lu* 5182/**E**
Rebecca	*J'ai lu* 5183/**E**
En fuite !	*J'ai lu* 5184/**J**
La famille Logan	
Melody	*J'ai lu* 5516/**J**
Le chant du cœur	*J'ai lu* 5616/**J** *(octobre 2000)*

Virginia C. Andrews

L'ange de la nuit

Traduit de l'américain par Marie-Pierre Pettitt
et Françoise Jamoul

Éditions J'ai lu

Titre original :

DARK ANGEL

PREMIÈRE PARTIE

1

Retour à la maison

Farthinggale Manor me parut d'emblée une demeure sombre, mystérieuse et désolée... Que de recoins obscurs, bruissant de secrets, de souvenirs indésirables et de sourdes menaces de danger ! Rien n'y évoquait la paix ou la sécurité, ce à quoi j'aspirais le plus. Pourtant c'était la maison de ma mère, le foyer que j'avais si ardemment désiré du temps où j'habitais une cabane dans les Willies. Hélas ! Ma mère était morte et, dévorée de nostalgie, je n'avais pas résisté à l'envie de connaître les lieux où elle avait vécu, enfant. J'étais pleine d'illusions. Dans ces pièces embellies par mes rêves, je pensais trouver ce que je n'avais jamais partagé, cet inestimable trésor : l'amour familial. J'attendais beaucoup de cette nouvelle vie. J'avais tout à apprendre de ce monde qui m'était étranger et je portais en moi les espoirs les plus fous comme un talisman qui me garderait à jamais du mal et du mépris. Ainsi, telle une jeune mariée, j'espérais des merveilles... mais elles ne me furent pas données.

Je m'assis sur le lit, dans cette chambre qui avait été la sienne, et, une fois de plus, un flot de questions m'assaillit. Pourquoi ma mère s'était-elle enfuie de chez elle ? Avait-elle été contrainte de partir ? Je me refusais à croire que personne ne l'ait retenue. Pour le reste, le peu que je savais m'étreignait le cœur.

Il y avait des années de cela, par une froide nuit d'hiver, ma pauvre Granny m'avait emmenée dans un cimetière et là, devant la tombe de ma mère, elle m'avait révélé que je n'étais pas la fille aînée de Sarah.

Ma mère, une ravissante jeune fille nommée Leigh, s'était enfuie de Boston... Elle n'était pas une enfant des collines.

Pauvre Granny, si ignorante, si naïve ! Et si crédule ! Elle avait toujours cru que Luke, son benjamin, rachèterait un jour par sa conduite le nom si méprisé des Casteel, la risée du pays. On nous avait toujours considérés comme des parias, des vauriens, de la racaille. Tous les mêmes ! Quand j'y pense, un vrai supplice...

Granny était morte, mais un jour viendrait où elle pourrait être fière de moi. Un jour, quand j'aurais tous mes diplômes, je retournerais dans les Willies et j'irais m'agenouiller au pied de sa tombe. Je lui dirais ce qu'elle aurait tant voulu entendre de son vivant. Et je suis sûre que là-haut, au ciel, elle saurait qu'un Casteel avait enfin réussi à s'élever et à s'instruire. Et elle serait heureuse. Fallait-il que je sois naïve, moi aussi, pour nourrir tant d'espoirs !

Tout était arrivé si vite ! L'avion s'était posé. Peu après j'avais dû me frayer un chemin à travers la foule jusqu'au tapis roulant qui amenait les bagages. Tous ces petits détails matériels que je croyais si simples ne l'étaient pas, en réalité. Quand j'eus enfin récupéré mes deux valises bleues, je tremblais encore d'énervement. Je regardai autour de moi et avançai, pleine d'inquiétude. Qu'allait-il se passer si mes grands-parents ne m'attendaient pas ? N'allaient-ils pas avoir changé d'avis ? Et s'ils ne tenaient plus à accueillir dans leur monde privilégié cette petite fille inconnue ? Ils avaient vécu si longtemps, sans moi... Pourquoi ne continueraient-ils pas ? Je restais plantée là, les minutes s'écoulaient et j'en arrivais à me dire qu'ils ne viendraient jamais.

Un couple élégant s'avança vers moi. Même alors

je n'y crus pas. Tous deux portaient les vêtements les plus luxueux que j'eusse jamais vus. Mais je restais clouée au sol, incapable de croire que Dieu se décidait enfin à me faire ce cadeau.

L'homme fut le premier à me sourire. Il me dévisagea avec attention. Dans ses yeux bleus, très clairs, je vis s'allumer une petite lueur, comme celle des bougies qui scintillent aux fenêtres, la veille de Noël.

– Mademoiselle Heaven Leigh Casteel ? Je vous aurais reconnue n'importe où. Vous êtes le portrait de votre mère, hormis vos cheveux sombres, naturellement.

Mon cœur bondit, puis s'arrêta. Mes cheveux sombres, l'héritage maudit de mon père ! Encore et toujours, il menaçait mon avenir.

La femme qui l'accompagnait, d'une grande beauté, murmura alors :

– Oh ! s'il te plaît, Tony, s'il te plaît, ne me rappelle pas ce que j'ai perdu...

C'était donc là la grand-mère de mes rêves, mais infiniment plus belle et plus élégante que je ne l'avais jamais imaginée. Pour moi, la mère de ma mère ne pouvait être qu'une douce vieille dame aux cheveux gris. J'étais loin de m'attendre à cette femme sophistiquée, dans son manteau de fourrure grise, avec ses hautes bottes assorties et ses longs gants, gris eux aussi. Sa chevelure lui faisait un casque d'or pâle et fluide, dégageant un profil de médaille et un visage exempt de rides. Malgré sa jeunesse étonnante, je la reconnus immédiatement. Sa ressemblance avec moi était indéniable.

– Viens, me dit-elle, faisant signe à son mari de se charger de mes bagages. Dépêche-toi, je déteste les lieux publics. Nous ferons plus ample connaissance dans l'intimité.

Mon grand-père s'empressa d'empoigner mes deux valises, tandis qu'elle me guidait. Je me retrouvai tout aussitôt dans une limousine, conduite par un chauffeur en livrée.

– À la maison ! lui lança mon grand-père, sans même lui adresser un regard.

Je m'assis entre eux deux, et ma grand-mère me sourit enfin. Elle m'attira doucement dans ses bras, m'embrassa et me murmura des mots dont je ne compris pas le sens.

– Je suis désolée de brusquer les choses, mais nous n'avons pas beaucoup de temps. Miles nous ramène tout droit à la maison, ma chère Heaven. J'espère que tu ne te formaliseras pas si nous ne te montrons pas Boston aujourd'hui. Je te présente Tony, mon mari. Townsend Anthony Tatterton. Quelques-uns de mes amis le surnomment Townie[1] pour le taquiner, mais je ne te conseille pas d'en faire autant.

Recommandation superflue : je n'y aurais jamais songé !

Elle tenait fermement une de mes mains entre les siennes, et je me laissai charmer par sa jeunesse et sa beauté. Sa voix harmonieuse était si différente de celles que j'avais l'habitude d'entendre !

– Mon nom est Jillian, poursuivit-elle. Tony et moi nous sommes promis de faire tout ce qui serait en notre pouvoir pour te rendre ce séjour agréable.

Cette entrée en matière m'inquiéta quelque peu. J'étais venue ici pour y rester, pour y vivre... Je n'avais pas d'autre endroit où aller ! Pa leur aurait-il menti ? Quelle histoire avait-il encore été inventer !

Mes yeux allaient de l'un à l'autre, j'avais peur de ne pouvoir contenir mes larmes. D'instinct, je sentais qu'ils en seraient choqués. Pourquoi m'étais-je imaginé que ces gens cultivés allaient s'encombrer d'une petite-fille si peu de leur monde ? Une boule se forma dans ma gorge. Qu'allait-il advenir de mon éducation au collège ? Qui la paierait s'ils ne s'en chargeaient pas ? Je serrai les dents pour ne pas pleurer. Il ne fallait surtout pas céder à l'accablement. Nous allions parler et tout s'arrangerait.

C'est alors que le mari de Jillian m'adressa la parole. Sa voix était grave, un peu sourde, et sa

1. « Le mondain ». *(N.d.T.)*

façon de prononcer l'anglais résonnait étrangement à mes oreilles de campagnarde.

– Je préfère que tu saches tout de suite que je ne suis pas ton grand-père. Le premier mari de Jillian s'appelait Cleave Van Voreen, il est mort il y a deux ans; il était le père de ta mère, Leigh Diane Van Voreen.

À nouveau, tout chavirait. Cet homme, par ailleurs jeune, ressemblait tellement au père que j'avais toujours désiré avoir, quelqu'un qui aurait su me parler avec douceur et gentillesse. Ma déception fut si vive que je n'eus même pas la force de savourer cette joie tant attendue : entendre pour la première fois le nom de famille de ma mère. J'avalai péniblement ma salive, attristée à l'idée que cet homme si fin et si beau n'avait aucun lien de parenté avec moi. Puis, non sans mal, je m'efforçai de me représenter Cleave Van Voreen. Van Voreen ? Quel nom curieux ! Personne, dans nos collines de la Virginie de l'Ouest, n'avait jamais porté un nom pareil.

Tony sourit d'un air amusé.

– Tu parais déçue que je ne sois pas ton grand-père ? J'en suis très flatté !

Troublée par son expression, j'interrogeai ma grand-mère du regard. Pour une raison que je ne compris pas, elle rougit, ce qui la fit paraître plus belle encore.

– Eh oui ! ma petite Heaven, je suis de ces femmes, bien de leur temps, qui n'hésitent pas à rompre un mariage qui ne les satisfait pas. Mon premier mari m'a déçue. Je l'aimais, au début, quand il me donnait le meilleur de lui-même. Malheureusement, cela ne dura pas. Il me préféra ses affaires et se mit à me négliger. Tu as dû entendre parler de la Van Voreen Steamship Line ? Cleave en était très fier : il ne pensait qu'à ses maudits bateaux. Il leur consacrait même les vacances et les week-ends. Je me sentis bientôt très seule, ta mère aussi d'ailleurs...

Tony l'interrompit.

– Jillian, regarde-la bien, veux-tu ! Regarde ses yeux ! C'est à peine croyable ! Ce sont exactement les tiens, ceux de Leigh.

Elle se pencha en avant et lui adressa un regard de reproche.

– Évidemment, mais ce n'est pas Leigh, pas exactement. Pas seulement à cause de la couleur de ses cheveux... Non, il y a quelque chose dans son regard... quelque chose qui n'est pas... disons, aussi innocent...

Et voilà ! J'aurais dû me méfier de mes yeux, de ce qu'ils risquaient de révéler. Désormais, je devrais me montrer prudente. Il ne fallait à aucun prix qu'ils devinent ce qui s'était passé entre Cal Dennison et moi. Ils en viendraient à me mépriser, tout comme Logan Stonewall, mon amour d'enfance, me détestait aujourd'hui.

– Oui, en effet, tu as peut-être raison, dit Tony. Chacun a sa personnalité.

Il me dévisagea longuement. Allais-je pouvoir donner le change ? Ces deux années et cinq mois passés à Candlewick, près d'Atlanta, chez Kitty et Cal Dennison, ne m'avaient pas apporté l'éducation dont j'avais besoin à présent. Kitty était morte à trente-sept ans, désespérée de se sentir si vieille. Alors que ma grand-mère, certainement beaucoup plus âgée qu'elle, semblait très jeune et pleine d'assurance. À la vérité, je n'avais jamais rencontré une grand-mère qui parût si jeune. Et pourtant, on était précoce dans les collines ! On se mariait parfois à douze, treize ou quatorze ans ! Je tentai d'évaluer l'âge de Jillian.

J'avais eu dix-sept ans en février. Ma mère était à peine âgée de quinze ans le jour de ma naissance; elle en aurait eu trente-deux aujourd'hui. Et pour ce que j'en savais, ce n'était pas l'usage, dans les bonnes familles de Boston, de se marier trop tôt. Les jeunes filles ne jugeaient pas qu'un mari et des enfants étaient la grande affaire de leur vie. Cela, c'était bon pour les paysans de Virginie ! Ma grand-mère devait avoir au moins vingt ans lors de son premier mariage, et donc à peu près cinquante, maintenant. Juste l'âge qu'avait Granny dans mes souvenirs. Ma Granny aux longs cheveux blancs, aux épaules voûtées, à la démarche lourde et aux membres perclus d'arthrite, avec ses haillons minables et ses chaussures éculées.

Oh, Granny ! Dire que tu avais été aussi belle que cette femme, toi aussi !

Je dévisageais ma grand-mère avec une telle intensité que deux petites larmes perlèrent aux coins de ses yeux. Des yeux bleu de lin, si semblables aux miens. Elles s'y attardèrent, sans couler cependant, et ce parfait contrôle de soi me rendit à moi-même. Je retrouvai ma voix.

– Grand-mère, que vous a dit mon père à mon sujet ? demandai-je timidement.

Pa m'avait appris que mes grands-parents étaient prêts à m'accueillir chez eux, mais qu'avait-il pu leur raconter, de son côté ? Il m'avait toujours méprisée et me tenait pour responsable de la mort de son ange, comme il l'appelait. S'il leur avait dévoilé ce qu'avait été ma vie, je n'avais pas la moindre chance de me faire aimer d'eux. Et j'avais tant besoin qu'on m'aime, bien que je sois loin d'être parfaite.

Ma grand-mère me fixa de son regard bleu totalement vide d'expression, et cette facilité à maîtriser ses émotions me troubla. Cependant, malgré cette froideur apparente et ces larmes de circonstance, elle s'adressa à moi d'un ton plein d'affection.

– Heaven, mon petit, voudrais-tu être assez gentille pour ne pas m'appeler grand-mère ? Je me donne tant de mal pour préserver ma jeunesse, et dans un sens j'y réussis, qu'il me serait pénible de m'entendre appeler ainsi devant des amis qui me croient beaucoup plus jeune. Je n'aimerais pas que l'on me prenne en flagrant délit de mensonge ! Je t'avoue que je cache toujours mon âge, même aux médecins. Alors, ne sois pas blessée et ne prends pas cela comme une offense si je te demande de m'appeler... Jillian.

Pour un choc, c'en était un. Mais je n'en étais plus à un près. Je murmurai :

– Mais... mais... comment allez-vous expliquer qui je suis, d'où je viens et ce que je fais ici ?

– Oh ! je t'en prie, ma chérie, n'aie pas l'air si

peinée ! Dans l'intimité, de temps en temps tu pourras... non, réflexion faite, ce n'est pas une bonne habitude. Si je te le permets, tu risques d'oublier, par inattention. Vois-tu, ma chérie, ce n'est pas tout à fait un mensonge; une femme doit savoir créer et défendre son image. Je te suggère d'en faire autant et de dissimuler ton âge dès maintenant; il n'est jamais trop tôt. Donc, je te présenterai comme ma nièce, Heaven Leigh Casteel, voilà tout.

Abasourdie, il me fallut quelques instants pour retrouver l'usage de la parole.

– Avez-vous une sœur qui porte le même nom que le mien, Casteel ?

Elle eut un petit rire attendri.

– Bien sûr que non ! Mais mes deux sœurs se sont mariées et ont divorcé tant de fois que personne ne se rappelle plus tous les noms qu'elles ont portés. Tu n'as pas besoin d'enjoliver l'histoire, n'est-ce pas ? Si on te pose des questions, réponds que tu ne désires pas parler de ta famille. Et si, par hasard, il se trouvait quelqu'un d'assez grossier pour insister, dis à ce malappris que ton père t'avait emmenée vivre avec lui dans sa ville natale... Quel est son nom, déjà ?

– Winnerrow, Jill, dit Tony.

Il croisa les jambes et passa une main soignée sur le pli impeccable de son pantalon.

Que d'histoires ! Dans les Willies, d'une génération à l'autre, les femmes rivalisaient entre elles. C'était à qui se marierait la première : elles en retiraient plaisir et fierté. Ma propre Granny avait eu son premier petit-fils à l'âge de vingt-huit ans. Malheureusement, il n'avait pas vécu une année. Un coup du sort pour cette femme qui, à cinquante ans, en paraissait au moins quatre-vingts.

Je soupirai.

– D'accord, tante Jillian...

Elle me reprit aussitôt.

– Non, ma chère, pas tante Jillian, Jillian tout court. Mon prénom suffira.

À mes côtés, son mari émit un petit rire étouffé.

– On ne saurait mieux dire, Heaven. Et quant à moi, tu peux m'appeler Tony.

Je me tournai vers lui. Il arborait un sourire sarcastique.

– Elle peut aussi bien t'appeler grand-père, rétorqua froidement Jillian. Après tout, chéri, il ne serait pas mauvais pour toi d'afficher quelques liens familiaux.

Sous-entendu qui m'échappa.

Intriguée, je les dévisageai tour à tour, sans prêter attention au chemin que nous prenions. En atteignant l'autoroute, la voie s'élargit et un panneau m'apprit que nous nous dirigions vers le nord.

Ma situation m'inquiétait toujours et je revins timidement à la charge, espérant découvrir ce que Pa avait bien pu leur raconter au téléphone. J'osai enfin poser la question.

Jillian baissa la tête et je crus l'entendre renifler. Rhume, émotion ? Difficile d'en juger.

– Très peu de chose, répondit Tony, tandis qu'elle se tamponnait délicatement les paupières avec un mouchoir de dentelle. Ton père m'a paru très sympathique. Il nous a dit que tu venais juste de perdre ta mère. Je comprends que tu aies du mal à t'en remettre, et c'est pourquoi il nous a demandé de t'aider. Crois-moi, nous avons été très peinés que ta mère ne nous ait jamais donné de ses nouvelles... Environ deux mois après son départ, nous avons reçu une carte postale qui laissait entendre qu'elle allait bien et puis ensuite plus rien. Jamais plus. Nous avons tout essayé pour la retrouver. J'ai même engagé des détectives. La carte était tellement abîmée qu'elle était à peine lisible et la photo représentait Atlanta, et non Winnerrow.

Il marqua un temps d'arrêt et posa ses mains sur les miennes.

– Ma chère petite, nous sommes si tristes d'avoir appris la mort de ta mère ! Ton deuil est aussi le nôtre. Si seulement nous avions pu être prévenus à temps ! Nous aurions pu faire tant de choses pour rendre ses derniers jours plus heureux. Ton père a parlé de... de cancer, c'est bien ça ?

Oh, Pa ! Quel manque de tact !

Ma mère était morte à ma naissance, juste après m'avoir donné un nom. Tant de fausseté me glaça le sang, me vidant de mes forces. La nausée me prit. C'était par trop injuste. Jamais je ne pourrais bâtir une relation solide sur une telle tromperie. Jamais je ne serais heureuse dans ces conditions. Mais la vie m'avait toujours malmenée, pourquoi en serait-il autrement aujourd'hui ? Oh, Pa ! Maudit sois-tu pour cet affreux mensonge ! Ce n'était pas ma mère qui venait de mourir, mais Kitty Dennison, la femme à laquelle tu m'avais vendue pour cinq cents dollars ! Cette Kitty, haineuse et violente, qui m'avait si cruellement traitée, tant qu'elle en avait eu la force.

Genoux serrés, crispant les mains pour ne pas serrer les poings, je refoulai désespérément mes larmes. La voix de la raison me soufflait qu'après tout ce mensonge avait été très habile de la part de Pa.

S'il leur avait dit la vérité, ils y auraient regardé à deux fois avant d'accueillir une petite rustaude telle que moi, une fille des collines, dont la mère était morte dans la misère.

Ce fut au tour de Jillian de me réconforter.

– Ma chère Heaven, très bientôt, je te le jure, nous passerons un long moment ensemble toutes les deux et tu me diras tout sur ma fille.

La voix brisée, elle ne retenait plus ses larmes et en oublia de se tamponner les yeux.

– En ce moment, je suis trop bouleversée pour en entendre davantage, gémit-elle. Pardonne-moi, chérie, s'il te plaît !

Tony serra ma main qu'il avait reprise entre les siennes.

– Mais moi, j'aimerais en savoir plus dès maintenant, déclara-t-il. Ton père m'a dit qu'il appelait de Winnerrow où ta mère et lui ont vécu depuis leur mariage. Aimais-tu Winnerrow ?

La gorge nouée, il me fallut du temps pour rompre le silence qui devenait inconfortable. Je finis par trouver une réponse qui ne fût pas exactement un mensonge.

– C'est un endroit qui m'est cher.
– Tant mieux ! Je détesterais apprendre que Leigh et sa fille ont été malheureuses.
Mon regard croisa furtivement le sien, puis je me concentrai sur le paysage. Mais déjà, il reprenait :
– Comment tes parents se sont-ils rencontrés ?
– S'il te plaît, Tony ! s'exclama Jillian.
C'était un véritable cri de détresse.
– S'il te plaît, ne t'ai-je pas dit que j'étais trop bouleversée pour entendre tous ces détails ? Ma fille est morte et je n'ai rien su d'elle pendant des années. Comment pourrais-je oublier, lui pardonner ? J'ai tant attendu qu'elle m'écrive pour implorer mon pardon, j'ai tellement souffert ! J'en ai pleuré pendant des mois, et je déteste pleurer, Tony, tu le sais.
Elle éclata en sanglots dramatiques, comme si l'expérience était nouvelle pour elle, sans oublier cette fois de se tamponner les yeux avec son chiffon de dentelle.
– Leigh savait que j'étais hypersensible et que je souffrirais, mais ça lui était bien égal ! Elle ne m'a jamais aimée, c'est Cleave qu'elle préférait. Et la vérité, c'est qu'elle a fait mourir son père. Il ne s'est jamais remis de son départ... Alors écoute-moi et que ce soit bien clair. Je ne vais pas laisser le souvenir de Leigh entamer mon bonheur, ni le chagrin et les regrets gâcher ce qui me reste à vivre !
– Voyons, Jill, je n'ai jamais pensé une seconde que tu passerais ta vie à ruminer ton chagrin ! Et puis, dis-toi bien que Leigh a tout de même vécu pendant dix-sept ans avec l'homme qu'elle adorait. N'est-ce pas, Heaven ?
Je fixais obstinément la route, sans rien voir. Comment répondre à une telle question sans gâcher à tout jamais mes chances d'avenir chez eux ? S'ils venaient un jour à apprendre la vérité, il était presque certain qu'ils me rayeraient de leur existence.
Crispée, je changeai de sujet.
– Tiens ! On dirait qu'il va pleuvoir, dis-je d'une voix faible.

Je me renversai alors sur le dossier de daim et m'efforçai de me détendre. Il n'y avait pas une heure que Jillian était entrée dans ma vie et, déjà, je devinais qu'elle ne voulait rien savoir des problèmes des autres et encore moins des miens. Quant à ceux de ma mère... Je me mordis la lèvre en tâchant de dominer mon émotion et, soudain, ma fierté reprit le dessus. J'avalai mes larmes, redressai le dos. À ma propre surprise, les mots jaillirent d'eux-mêmes, nets, assurés et sincères.

– Mes parents se sont rencontrés à Atlanta, et ce fut le coup de foudre, expliquai-je. Papa a emmené maman chez lui, dans la Virginie de l'Ouest, pour qu'elle puisse se reposer dans une maison confortable. Il n'habitait pas Winnerrow même, mais les environs. Ils se sont mariés à l'église avec une belle cérémonie, des fleurs, des témoins, tout ce qu'il faut ! Et ils sont allés passer leur lune de miel à Miami. Combien de fois Granny ne me l'a-t-elle pas raconté ! Quand ils sont revenus, Daddy a fait installer une nouvelle salle de bains pour être agréable à maman.

Je m'interrompis, étonnée moi-même de mentir aussi bien. Comme le silence se prolongeait, Tony me décocha un regard pour le moins bizarre et murmura :

– Une nouvelle salle de bains ! Voyez-vous ça ! Quelle attention charmante ! Je n'y aurais jamais pensé. Plein de bon sens, vraiment !

Jillian s'était détournée. Manifestement, elle ne voulait rien savoir de la vie conjugale de sa fille.

Tony poursuivit son interrogatoire.

– Et qui d'autre vivait avec vous, à la maison ?

Ma réponse jaillit, presque agressive.

– Seulement Granny et Grandpa. Ils étaient fous de ma mère, ils ne l'appelaient que *mon ange*. Mon ange par-ci, mon ange par-là. Ils lui donnaient raison en tout. Je suis sûre que vous auriez aimé ma Granny. Elle est morte il y a quelques années, mais grand-père vit toujours avec Pa.

– Quelle est ta date de naissance, déjà ?

L'accent de Tony était nettement ironique.

– Je suis née le 22 février, rétorquai-je, les yeux fixés sur ses longs doigts aux ongles soignés.

Je donnai le bon mois, mais je ne m'étendis pas sur l'année. Je crus même bon d'ajouter :

– Mes parents étaient alors mariés depuis plus d'un an.

En fait, j'étais née huit mois après leur mariage, mais en convenir aurait été quelque peu indélicat de ma part.

Quand tout fut dit, je réalisai avec horreur l'étendue du désastre. J'étais prise à mon propre piège. En n'avouant que seize ans, il n'était plus question de parler de mes demi-frères, Tom et Keith, ni de Fanny, ni de *notre* Jane. Et moi qui m'étais juré de recourir à mes grands-parents pour rassembler un jour toute la famille sous le même toit... Dieu me pardonnerait-il d'avoir fait passer mes intérêts avant tout le reste ?

– Tony, je suis fatiguée, gémit Jillian. Tu sais bien que je dois me reposer entre trois et cinq si je veux paraître fraîche à ce dîner, ce soir.

Elle parut un instant contrariée, puis son expression changea.

– Ma petite Heaven, j'espère que tu ne seras pas fâchée si Tony et moi sortons quelques heures ? Tu as la télévision dans ta chambre et, au premier étage, tu trouveras une merveilleuse bibliothèque avec des milliers de livres !

Elle se pencha et m'embrassa doucement. Son parfum, qui envahissait déjà l'espace clos de la voiture, se fit encore plus lourd.

– J'aurais annulé ce dîner si je n'avais pas oublié jusqu'à ce matin que tu...

La phrase resta en suspens.

Mes mains étaient si étroitement serrées que j'en avais les doigts gourds. De légers picotements à leurs extrémités me rappelèrent à la réalité. Ainsi, ils trouvaient déjà des raisons de me laisser seule ! Personne, dans nos collines, n'aurait abandonné un invité dans une maison inconnue. Je réussis à articuler, d'une voix faible :

– Cela n'a aucune importance, je me sens un peu fatiguée, moi aussi.

– Tu vois, Tony, cela ne la dérange pas. Eh bien, je me ferai pardonner, c'est juré. Demain, nous irons nous promener à cheval, ma chérie. Sais-tu monter ? Si tu ne sais pas, je t'apprendrai. Je suis née sur une selle et mon premier cheval était un étalon.

– Jillian, s'il te plaît ! Ton premier cheval était un petit poney timide.

– Oh ! ce que tu peux être ennuyeux, Tony ! Qu'est-ce que cela peut bien faire ? Un étalon, cela sonne mieux qu'un poney, voilà tout ! Mais c'est vrai, Scuttles était adorable, un véritable amour !

Elle me sourit et me caressa légèrement la joue de sa main gantée. J'étais si affamée d'affection que j'en tremblais. Plus que tout au monde, je souhaitais lui plaire, je voulais qu'elle m'aime et j'allais m'y employer, vite, très vite.

Elle murmura :

– Dis-moi au moins que ta mère était heureuse, c'est la seule chose que j'aie besoin d'entendre.

Cette fois, ma réponse ne fut pas un mensonge.

– Elle l'a été, jusqu'à son dernier jour.

Oh ! oui, elle avait été heureuse, follement heureuse, au dire de Granny et Grandpa. Malgré la dureté de la vie dans une misérable cabane des collines, et avec cet homme qui ne pouvait rien lui donner de tout ce à quoi elle avait été habituée.

– Dans ce cas, je n'ai pas besoin d'en savoir plus, déclara-t-elle, théâtrale.

Elle attira alors ma tête au creux de son épaule, tout contre l'épaisse fourrure de son col.

Et s'ils venaient à apprendre la vérité sur ma famille ? Peut-être souriraient-ils avec mépris et songeraient-ils à me renvoyer très vite d'où je venais. Non, il ne fallait pas qu'ils sachent. Ils devaient m'accepter comme une des leurs, je devais leur devenir indispensable sans même qu'ils s'en doutent. Il fallait surtout dominer mes craintes et ne pas me montrer vulnérable.

Leur façon de parler, leur accent même étaient

différents des miens. J'écouterais attentivement et je m'y adapterais. Même les mots familiers paraissaient étranges dans leur bouche. Mais je venais de décider que, très bientôt, je serais admise dans leur monde, si différent de celui que j'avais connu. J'étais intelligente, j'apprendrais rapidement. Et, tôt ou tard, je trouverais le moyen de reprendre Keith et *notre* Jane.

Le parfum de Jillian qui, de prime abord, m'avait paru délicat, m'imprégnait à présent de ses lourdes notes de jasmin, m'étourdissait jusqu'au malaise. Je repensai à Sarah. Si seulement elle avait pu, une fois dans sa vie, posséder un seul des flacons du parfum de Jillian, une seule boîte de cette poudre si soyeuse !

La pluie que j'avais annoncée un peu auparavant arriva sous forme d'une légère bruine, puis, en l'espace de quelques secondes, des trombes d'eau martelèrent le toit de la voiture. Redoublant d'attention, le chauffeur ralentit. Derrière la vitre de séparation, nous étions tous trois silencieux, repliés sur nous-mêmes. Une seule pensée me venait à l'esprit et je me la répétais sans cesse : je vais enfin être chez moi, avoir une maison à moi, une maison où tout sera plus beau, où la vie sera meilleure, où, tôt ou tard, je serai reconnue.

Tout était arrivé trop vite pour que je puisse pleinement savourer toutes les émotions, les impressions qui m'assaillaient. Je voulais garder intacte la douceur de cette première promenade en voiture pour me la remémorer plus tard, quand je serais seule. Car je serais seule ce soir, dans cette maison inconnue. D'autres pensées surgirent, plus réconfortantes. Bientôt, j'écrirais à Tom, pour lui parler de ma merveilleuse grand-mère. Il ne pourrait jamais croire qu'une femme de cet âge puisse paraître si jeune. Et Fanny, comme elle allait être jalouse ! Et si je téléphonais à Logan ? Nous ne devons être séparés que de quelques milles. Logan était maintenant interne dans un grand collège anonyme. Pourquoi avais-je été assez sotte pour me laisser séduire par Cal Dennison ! Après cette aventure, Logan n'avait plus voulu de moi et si j'appelais, il raccrocherait, j'en étais sûre.

Le chauffeur tourna à droite et Jillian recommença à discourir sur les projets qu'elle n'allait pas manquer de faire pour me divertir.

– Sais-tu que Noël est un événement tout à fait exceptionnel pour nous ? Enfin, nous en reparlerons.

J'avais compris. Elle m'expliquait, à sa manière, que je pourrais rester au moins jusqu'à Noël. Nous n'étions que début octobre... Il est vrai qu'octobre était un mois de transition, un adieu à l'été et à son éclat, avant la désolation glacée de l'hiver.

Mais qu'allais-je penser ? L'hiver ne serait ni froid ni sombre dans cette belle maison. Il y aurait du mazout ou du charbon à profusion, ou bien du bois. Qu'importe, j'aurais chaud ! Après les fêtes de Noël, j'aurais apporté tant de gaieté à leur foyer solitaire qu'ils ne pourraient plus se passer de moi. Ils voudraient me garder. Je souhaitais ardemment qu'ils aient besoin de moi !

Les kilomètres défilaient. Et, soudain, comme pour me redonner confiance, un soleil étincelant perça les nuages sombres. Les chaudes couleurs de l'automne flamboyèrent et je crus que Dieu allait enfin m'accorder sa lumière. L'espoir jaillit en moi. J'aimerais la Nouvelle-Angleterre. Elle ressemblait tant aux Willies sans les montagnes et les taudis, bien entendu !

Tony me toucha légèrement la main.

– Nous arrivons, m'annonça-t-il. Regarde, sur ta droite, dans la trouée des arbres. Le premier coup d'œil à Farthinggale Manor n'est pas une chose qu'on oublie !

Une maison qui avait un nom ! Impressionnée, je me tournai vers lui et souris.

– Est-ce aussi grandiose que le nom le suggère ?

L'expression de Tony s'assombrit.

– Tout y est grandiose, et cette maison compte beaucoup pour moi. C'est mon trisaïeul qui l'a bâtie. Chaque fils aîné en hérite et l'embellit.

Jillian eut un ricanement méprisant, mais j'étais bien trop excitée et impatiente pour en tenir compte.

Je me penchai en avant et guettai la trouée dans les arbres. Je l'aperçus enfin. Le chauffeur s'engagea sur un chemin privé fermé par un immense portail de fer forgé. Sur l'arceau qui le couronnait, le nom de FARTHINGGALE MANOR se détachait en lettres ouvragées. Des lutins, des farfadets et des fées jouaient dans le feuillage de ferronnerie : j'en eus le souffle coupé.

– Les Tatterton appellent affectueusement cette maison de famille Farthy, déclara Tony avec une pointe de nostalgie. Quand j'étais petit, je pensais qu'il n'y avait pas de plus belle maison au monde. Il y en a, bien sûr, et même beaucoup, mais Farthy reste unique pour moi. À l'âge de sept ans, on m'envoya à Eton; mon père pensait qu'il y régnait une meilleure discipline que dans nos écoles privées, et il avait parfaitement raison. En Angleterre, je rêvais sans cesse de revenir à Farthy. Quand le mal du pays se faisait trop sentir, presque tout le temps, je dois le dire, je fermais les yeux et j'imaginais que je respirais la balsamine, l'odeur des pins, et surtout, les embruns salés de la mer. Puis je reprenais pied douloureusement, cherchant à sentir l'air frais et humide du matin sur mon visage. Ma nostalgie de la maison était telle que j'en avais mal. Quand j'atteignis l'âge de dix ans, mes parents abandonnèrent Eton comme une cause sans espoir et on me permit de rentrer. Ce que j'ai pu être heureux, ce jour-là !

Je le croyais sans peine. Je n'avais jamais vu de maison si belle, ni si grande. On l'avait construite en pierre grise et cela, sans doute à dessein, pour lui donner l'air d'un château. Le toit rouge haussait vers le ciel ses nombreuses tourelles, et de petits ponts, rouges également, reliaient les parties du toit qui, sans cela, auraient été inaccessibles.

Miles se gara en douceur devant un large perron qui menait sous la voûte de la porte d'entrée.

Tony paraissait ne plus pouvoir tenir en place.

– Allez, viens, dit-il. Laisse-moi te faire visiter Farthy. L'étonnement de ceux qui y pénètrent pour la première fois est toujours un plaisir pour moi.

C'est comme si je voyais cette maison avec des yeux neufs.

Suivis de Jillian qui paraissait nettement moins enthousiaste, nous gravîmes l'immense escalier de pierre. De chaque côté de la porte, de gracieux pins japonais s'échappaient d'urnes volumineuses. J'étais dévorée d'impatience. La maison de ma mère ! Dans un instant, j'en franchirais le seuil... Je connaîtrais sa chambre. Oh, mère ! je suis à la maison, enfin !

2

Farthinggale Manor

À peine entrée dans la maison, une fois mon manteau enlevé, je restai ébahie, le souffle coupé. Livrée à ma contemplation, je compris trop tard à quel point mon attitude laissait à désirer. Seule une petite campagnarde pouvait se montrer aussi impressionnée par ce que les autres semblaient trouver tout naturel.

Jillian me jeta un coup d'œil désapprobateur. Tony jubilait.

– Est-ce que tu l'imaginais ?

Cela dépassait de loin tous mes espoirs ! Et pourtant, c'était bien cela que j'attendais. L'endroit merveilleux dont j'avais rêvé, dans mes montagnes.

Jillian parut soudain reprendre vie. Elle venait de se rappeler sa soirée.

– Heaven, mon petit, il faut que je me dépêche. Regarde tout ce que tu voudras, aussi longtemps qu'il te plaira. Surtout, fais comme chez toi. Je suis désolée de ne pas partager avec toi les joies de la découverte mais j'ai besoin d'une petite sieste. Tony, fais-lui faire le tour de Farthy, avant de lui montrer sa chambre.

Elle m'adressa un sourire implorant qui adoucit un peu le sentiment d'abandon que me causait sa désertion.

– Ma chère petite, pardonne-moi de te quitter ainsi, mais nous aurons tout le temps de faire connaissance. D'ailleurs, Tony est dix fois plus intéressant que moi; il n'a jamais besoin de dormir, lui ! Il déborde d'énergie et ne suit aucun régime, ni pour sa forme, ni pour sa santé.

Elle lui jeta un regard mi-envieux, mi-irrité, et ajouta :

– Il faut croire que le bon Dieu lui veut du bien !

On sentait, à présent, qu'elle avait le cœur plus léger. Comme si la perspective d'une sieste et des préparatifs de son dîner étaient plus réconfortants pour elle que ma présence, elle gravit l'escalier d'un pas vif et léger, sans un regard en arrière.

Je restai là, clouée sur place, en proie à une timidité qui frisait l'angoisse.

– Viens, Heaven, dit Tony en m'offrant son bras. Nous allons faire le tour du propriétaire et ensuite, je te conduirai à tes appartements. À moins que tu n'aies besoin de passer à la salle de bains ?

Je mis quelques secondes à comprendre ce qu'il entendait par là et rougis jusqu'à la racine des cheveux.

– Non, je vous suis, dis-je avec précipitation.

– Très bien, alors, allons-y.

Il m'emmena dans le grand salon où trônait un piano à queue, m'expliquant que son frère en jouait quelquefois quand il venait.

– ... Je regrette de le dire, mais Troy ne se montre pas beaucoup à Farthy. Ma femme et lui ne sont pas vraiment amis, pas tout à fait ennemis non plus. Tu ne tarderas pas à faire sa connaissance.

Captivée par les marbres somptueux qui décoraient les murs et le sol de toutes les pièces, je fis un effort poli pour demander :

– Où est-il en ce moment ?

– Je n'en sais rien moi-même. Il va, il vient. Il est très brillant et l'a toujours été. Il était diplômé de l'université à dix-huit ans et depuis, il n'a cessé de voyager autour du monde.

Un diplôme d'université à dix-huit ans ? Troy devait être doué. J'avais dix-sept ans et encore une année de collège devant moi. J'en éprouvai soudain comme du ressentiment et ne désirai plus entendre parler de Troy et encore moins le rencontrer. Ses dons prestigieux me mettaient mal à l'aise, moi qui m'étais toujours considérée comme une étudiante au-dessus de la moyenne.

– Troy est beaucoup plus jeune que moi, précisa Tony. Enfant, il était presque toujours malade et j'avais tendance à le considérer comme un boulet à traîner. Après la mort de notre mère, et plus tard celle de notre père, Troy cessa de me traiter comme un grand frère. Plutôt comme un père, en fait.

J'essayai de changer de sujet.

– Et qui a peint les murs ?

Les peintures qui recouvraient les murs et le plafond du salon de musique étaient exquises. C'étaient des scènes de contes de fées, des bois ombreux où le soleil ruisselait à travers les feuillages, des sentiers qui serpentaient à flanc de montagne, des sommets brumeux couronnés de châteaux. Le plafond voûté m'obligea à renverser la tête. Au-dessus de moi, des oiseaux volaient dans un ciel nuageux, un homme chevauchait un tapis volant vers un autre château, mystérieux et aérien, qui se profilait derrière les nuées. Une vraie merveille !

Tony eut un gloussement de plaisir.

– Ton intérêt me ravit. Ces peintures sont une idée de Jillian. Ta grand-mère a été une illustratrice pour livres d'enfants très célèbre. C'est même grâce à cela que je l'ai rencontrée. Un jour, j'avais vingt ans à l'époque, je revenais du tennis, impatient de me doucher pour ressortir avant que Troy ne m'aperçoive et ne me supplie de rester avec lui. C'est alors qu'à hauteur de mes yeux, je découvris, perchée sur une échelle, la plus jolie paire de jambes qu'il m'ait été donné de voir. La jeune femme descendit alors de son échafaudage. Je fus tout de suite séduit par cette créature de rêve. C'était Jillian. Elle se trouvait là avec un de ses amis, décorateur, et c'est elle qui proposa ces fresques. Je me rappelle exactement les termes qu'elle employa : « Un décor de conte de fées, pour le roi des fabricants de jouets. » L'idée me séduisit et ce fut ma perte. La réalisation de cet ensemble lui donnait une raison de revenir.

– Mais pourquoi vous appelait-elle le roi des fabricants de jouets ?

Je vis qu'aucune question n'aurait pu lui plaire davantage.

– Ma chère petite, tu penses peut-être que je fabrique de vulgaires jouets en plastique ? Détrompe-toi ! Les Tatterton sont bien les rois des fabricants de jouets. Leurs modèles sont destinés aux collectionneurs, aux gens fortunés qui n'arrivent pas à grandir et à oublier leur enfance; à ceux qui ne trouvaient rien sous l'arbre de Noël et qui n'ont jamais eu de goûters d'anniversaire. Tu n'imagines pas combien de gens riches, combien de célébrités n'ont pas eu d'enfance. Alors, dans leur maturité, ou même leur vieillesse, ils veulent se procurer ce dont ils ont toujours rêvé. Ils achètent les pièces de collection réalisées par mes artisans – les meilleurs du monde. Entrer dans une boutique Tatterton, c'est accéder au pays des merveilles. C'est pénétrer dans une époque, celle que l'on souhaite reconstituer au passé ou au futur. Curieusement, c'est le passé qui attire le plus mes clients. Nous avons une liste d'attente de cinq ans pour des châteaux forts reproduits à l'échelle. Tout y est : douves, ponts-levis, donjons, cuisines, étables, les logis des chevaliers et des seigneurs, les abris pour les animaux... Ceux qui peuvent se les offrir peuvent aussi bien choisir un royaume ou un duché, peu importe, et les peupler de tout un monde approprié : servantes, paysans, seigneurs et gentes dames.

» Nous fabriquons également des jeux savants qui tiennent l'esprit en éveil pendant des heures. Les nantis, une fois leur but atteint, s'ennuient tellement, Heaven ! Il ne leur reste plus qu'à collectionner des tableaux, des femmes ou des jouets... Je travaille pour ceux qui ont tout et qui ne trouvent plus rien à désirer. J'essaie de combler leur attente.

Je restais confondue.

– Il y a des gens qui sont prêts à payer des centaines de dollars pour un jouet ?

– Il y en a qui dépenseraient des milliers de

dollars pour posséder ce que personne d'autre ne possède. Chaque pièce fabriquée chez Tatterton est unique en son genre, ce qui se paie en général très cher.

J'étais impressionnée et même angoissée de savoir qu'il existait des gens qui jetaient ainsi l'argent par les fenêtres. En quoi cela pouvait-il changer leur vie de posséder l'unique exemplaire d'un cygne en ivoire aux yeux de rubis, ou une paire de poussins taillés dans une pierre semi-précieuse ? Dans les Willies, on aurait pu nourrir un millier d'enfants affamés pendant un an, avec la somme qu'un de ces magnats déboursait pour s'offrir un échiquier de collection !

Je regardai Tony. Que pouvait-il comprendre de ma vie ? Sa famille, immigrée d'Europe, avait apporté avec elle son talent et, grâce à celui-ci, décuplé sa fortune. Un fossé nous séparait. Déroutée, je décidai de revenir sur un terrain plus familier. La peinture de Jillian, par exemple. Le sujet me captivait et je demandai avec une admiration mêlée de respect :

– Jillian a-t-elle exécuté ces décors elle-même ?

– Elle en a dessiné les esquisses et en a confié la réalisation à plusieurs jeunes artistes. Je dois dire qu'elle venait chaque jour vérifier leur travail. Je l'ai même vue, une fois ou deux, avec un pinceau dans les mains.

Sa voix douce se fit rêveuse.

– À cette époque, elle avait les cheveux longs. Ils lui tombaient au milieu du dos. Elle avait l'air tantôt d'une femme-enfant, tantôt d'une femme pleine d'expérience. Sa beauté avait quelque chose de rare, et bien sûr elle ne l'ignorait pas. Elle savait quel pouvoir elle peut donner et moi, j'avais vingt ans ! Je n'étais pas très expert dans l'art de cacher mes sentiments.

Je demandai innocemment, ou presque :

– Mais quel âge avait-elle donc ?

Il eut un rire saccadé, un peu crispé.

– Dès le début, elle me fit part de ses doutes. Elle était plus âgée que moi, ce qui pouvait constituer un handicap. Je me refusais à le croire. J'aimais les femmes dans leur maturité, elles avaient plus à offrir que les gamines de mon âge. Elle me dit avoir trente ans, ce qui m'étonna bien un peu, mais j'éprouvais un tel besoin de la voir que je tombai dans le piège. Nous fûmes vite amoureux l'un de l'autre. Malheureusement elle était mariée et avait un enfant, ta mère. Mais cela ne l'empêcha pas de se lancer dans une folle aventure avec moi. Je lui apportais tout ce que son mari n'avait jamais pris le temps de lui donner.

Quelle coïncidence que Jillian fût de dix ans plus âgée que Tony ! Kitty Dennison, elle aussi, avait vingt ans de plus que Cal, son mari.

– Imagine ma surprise le jour où je découvris, six mois après notre mariage, que ma femme n'avait pas trente mais quarante ans.

Il avait épousé une femme de vingt ans plus âgée que lui ? Incroyable !

– Qui vous l'a dit ? Elle ?

– Ma chère enfant, Jill fait rarement mention de l'âge de quelqu'un. Ce fut ta mère, Leigh, qui me l'annonça sans ménagement.

Je fus blessée d'apprendre que ma mère ait pu ainsi trahir sa propre mère. Je m'étonnai :

– Maman ne l'aimait donc pas ?

Il me tapota la main d'une façon rassurante et sourit de manière ambiguë.

– Bien sûr que Leigh aimait Jillian. Mais elle était malheureuse pour son père... Elle me haïssait de lui avoir pris sa mère. Comme la plupart des enfants, elle s'adapta néanmoins très bien à sa nouvelle vie, et même à moi. Elle et Troy devinrent très bons amis...

J'écoutais tandis qu'il me guidait, mais mon esprit était ailleurs. Le luxe de cette demeure m'ahurissait. Je découvris bientôt que le rez-de-chaussée comportait à lui seul neuf pièces et deux salles de bains. Les quartiers des domestiques se trouvaient près de la cuisine et occupaient, avec elle, une aile entière. La bibliothèque était immense, sombre, le décor seigneurial. Elle renfermait des milliers de livres reliés en cuir. Et puis venait le bureau de Troy, qu'il me fit visiter brièvement.

– Je dois reconnaître que je deviens un tyran quand il s'agit de ce bureau. Personne n'y entre en mon absence, et jamais sans y être invité, même les domestiques. Je ne veux pas qu'on y vienne faire le ménage si je ne suis pas là pour surveiller. C'est que, vois-tu, ma notion de l'ordre échappe totalement aux femmes de chambre, enfin à la plupart. Elles ont la manie de trier mes papiers. Elles referment les livres et les rangent sur les étagères. Résultat : je ne retrouve plus rien et je perds un temps fou à chercher ce dont j'ai besoin.

Cet homme d'aspect si aimable serait un tyran ? Pa l'était, lui. Il piquait des colères terribles et frappait la table de son poing. Quand je pensais à lui, les larmes me brouillaient la vue. Autrefois, j'avais tellement désiré son amour ! Et il me l'avait refusé. Tom et Fanny en avaient reçu quelques miettes, sans doute. Mais s'il avait jamais serré dans ses bras Keith et *notre* Jane, je ne m'en étais pas aperçue...

– Tu es une fille déconcertante, Heaven. Tu as l'air radieuse et l'instant d'après, on dirait que toute joie de vivre t'a abandonnée, tu as même les larmes aux yeux. Penses-tu à ta mère ? Tu dois accepter sa disparition et te dire qu'elle a eu une vie heureuse. Ce n'est pas le sort de tout le monde.

Une vie heureuse... mais si brève ! Là-dessus mieux valait me taire. Je devais marcher sur la pointe des pieds jusqu'à ce que j'aie gagné un ami dans cette maison. Serait-ce Tony ? Je subodorais que je passerais plus de temps avec lui qu'avec Jillian. Je savais déjà que j'allais lui demander son aide. Mais je le ferais au moment où je sentirais qu'il m'aimait assez pour me l'accorder.

– Tu as l'air fatiguée. Allez, viens t'installer, tu pourras te détendre et te reposer.

Sans plus de cérémonie, il m'entraîna hors de son bureau. Après avoir fait quelques pas, d'un geste théâtral, il ouvrit une large porte à double battant.

– Quand j'ai épousé Jillian, j'ai fait refaire deux pièces pour Leigh. Elle avait douze ans. Je voulais la flatter et je les ai fait décorer pour une jeune fille, et non pour une enfant. J'espère qu'elles te plairont...

Il avait détourné la tête, me dérobant ainsi l'expression de son regard.

La lumière du soleil qui traversait les rideaux de soie ivoire donnait à ce petit salon un aspect irréel. Comparée aux pièces du bas, celle-ci était petite, bien qu'elle occupât deux fois la surface de notre cabane. Les murs étaient tapissés eux aussi d'une délicate soie ivoire sur laquelle couraient de légers motifs orientaux. Leurs tonalités de vert, de violet et de bleu étaient ravissantes. Le même tissu recouvrait deux petits canapés, sur lesquels on avait jeté des coussins d'un bleu doux assorti au tapis chinois. J'essayai, sans succès, de m'imaginer vivant dans cette pièce, pelotonnée devant la cheminée. Mes vêtements juraient avec ces tissus délicats et je me promis d'être soigneuse pour ne pas laisser de marques de doigts sur les murs, les canapés ou les abat-jour. Et soudain, je me sentis bien. Je n'étais plus dans les collines, je n'aurais plus à bêcher le jardin ni à frotter le sol comme je le faisais dans les Willies ou à Candlewick, chez Cal et Kitty Dennison.

– Viens voir ta chambre, me dit alors Tony. Il faut que je me dépêche de m'habiller pour cette soirée; Jillian ne la manquerait pour rien au monde. Tu ne peux lui en vouloir, Heaven, elle avait répondu à l'invitation bien avant de savoir que tu venais. La personne qui donne cette soirée est à la fois sa meilleure amie et sa pire ennemie !

Amusé par mon expression, il me donna une petite tape sous le menton, puis gagna la porte.

– Si tu as besoin de quoi que ce soit, sers-toi de ce téléphone, une femme de chambre te montera ce qu'il te faut. Et si tu préfères dîner dans la salle à manger, appelle la cuisine et donne tes ordres. Tu es chez toi, ici !

Il était déjà sorti et la porte fermée avant que

j'aie pu répondre. Je tournai en rond, contemplant le grand lit à baldaquin, recouvert d'une lourde dentelle. Bleu et ivoire. Ma mère avait dû beaucoup se plaire ici ! Sa chaise était en satin bleu, alors que les trois autres sièges de la chambre étaient assortis à ceux du petit salon. J'allais de la salle de bains au cabinet de toilette. Tout m'éblouissait : les miroirs, les lustres de cristal, l'éclairage indirect des immenses penderies. Des photographies encadrées s'alignaient sur la coiffeuse. Je m'assis pour mieux examiner l'une d'elles, une ravissante petite fille perchée sur les genoux de son père.

Cette enfant ne pouvait être que ma mère... et cet homme, mon grand-père ! Je saisis le petit cadre d'argent en tremblant d'excitation.

À cet instant, on frappa discrètement à la porte.

– Qui est là ?

Une voix féminine et compassée répondit :

– C'est Beatrice Percy. M. Tatterton m'envoie vous aider à défaire vos valises et à ranger vos affaires.

La porte s'ouvrit sur une femme plutôt grande, en uniforme noir et blanc. Très stylée, elle m'adressa un sourire accueillant.

– Tout le monde ici m'appelle Percy, dit-elle. N'hésitez pas à faire de même. Je serai votre femme de chambre attitrée pendant votre séjour. J'ai reçu une formation de coiffeuse et de manucure. Si vous le désirez, je puis tout de suite vous faire couler un bain.

Et elle attendit, comme si c'était d'une nécessité urgente.

– En général je prends un bain avant d'aller me coucher, ou bien une douche le matin en m'éveillant.

J'étais embarrassée, je n'avais pas l'habitude d'être servie ainsi.

– M. Tatterton m'a donné l'ordre de me mettre à votre disposition.

– Merci, Percy, mais je n'ai besoin de rien pour le moment.

– Y a-t-il quelque chose que vous ne puissiez pas manger ou ne devriez pas manger ?

– J'ai très bon appétit. Je ne suis pas difficile et j'aime à peu près tout.

Non, je n'étais pas difficile... sinon je serais morte de faim depuis longtemps !

– Aimeriez-vous que l'on vous monte votre dîner ?

– Faites ce qui vous arrange le mieux, Percy.

Elle se raidit imperceptiblement, comme si ma réponse la déroutait.

– Le personnel de la maison est là pour vous être agréable. Que vous dîniez dans votre chambre ou dans la salle à manger, nous nous emploierons à satisfaire le moindre de vos désirs...

À la pensée de dîner seule dans cette immense salle à manger, assise à cette longue table entourée de chaises vides, un sentiment de solitude m'envahit.

– Si vous voulez bien me monter quelque chose de léger vers sept heures, ce serait parfait.

– Bien, mademoiselle.

Elle parut soulagée de pouvoir, enfin, faire quelque chose pour moi et sortit. Je regrettai aussitôt de ne pas lui avoir demandé si elle avait connu ma mère ! Avide de tout connaître de celle-ci, je poursuivis l'exploration de ce qui avait été sa chambre. Il semblait que l'on n'y ait rien touché depuis le jour où elle s'était enfuie, si ce n'est pour aérer, passer l'aspirateur et essuyer la poussière. Une à une, je pris les photographies encadrées et les étudiai minutieusement, essayant de découvrir ce qui, dans la personnalité de ma mère, avait dû échapper à Granny et à Grandpa. Comme Jillian était belle assise près de sa fille, son époux attentif debout derrière elle ! Sur le bord de la photographie, une écriture enfantine et décolorée indiquait : « Papa, Maman et moi. »

Dans un tiroir, je trouvai un volumineux album de photos. Je tournai lentement les pages, pleine d'admiration pour cette petite fille qui grandissait et croissait en beauté d'année en année. Les goûters d'anniversaire se succédaient, semble-t-il, gais et animés : cinq bougies, puis six, sept et cela jusqu'à la treizième année. On pouvait lire : « Diane Van

Voreen », encore et encore. Comme si elle se délectait de son nom. Et puis : « Cleave Van Voreen, mon papa », « Jillian Van Voreen, ma maman », « Jennifer Longstone, ma meilleure amie », « Winterhaven, ma future école », « Joshua Bennington, mon premier ami ».

Déjà, avant même d'avoir tourné la moitié des pages, je me sentais jalouse de cette ravissante fille blonde, de ses parents fortunés et de ses vêtements si jolis. À l'âge où je me contentais d'admirer quelques photos de Yellowstone Park dans des numéros sales et déchirés du *National Geographic*, elle allait dans les zoos, dans les musées et même à l'étranger.

Sur l'une des photos, on voyait Leigh, son papa et sa maman sur un gros bateau à vapeur qui partait sûrement pour un port lointain. Elle agitait la main en signe d'adieu à la personne qui, manifestement, prenait la photo. Là, elle se trouvait à Londres, au pied de Big Ben. Et ici, devant Buckingham Palace, elle assistait à la relève de la garde.

Bien avant que l'enfant ne devienne une adolescente, ma pitié pour la jeune fille morte si tôt s'était évanouie. Pendant sa courte vie, elle avait vécu à la fois mieux et plus que je n'avais l'espoir de le faire dans les vingt années à venir. Elle avait eu un vrai père, un homme aimable et bon, d'après les photos. Il avait dû la border dans son lit, lui faire faire sa prière et la mettre en garde contre les autres hommes. Moi, personne ne m'avait avertie... Comment aurais-je pu imaginer que Cal Dennison m'aimait ? Et Logan ! Il s'était montré si peu compréhensif... M'aimerait-il encore ? Mais j'avais tort de penser à cela. Si Pa n'avait pas su voir en moi son enfant, c'est à lui-même qu'il avait nui, pas à moi. Rien n'était irréparable. Un jour, je serais à mon tour une bonne épouse et une bonne mère. Rien ne pourrait m'en empêcher. J'essuyai mes larmes. À quoi bon s'attendrir sur soi-même ? Je ne reverrais jamais Pa. Je ne voulais plus le revoir.

Je me penchai à nouveau sur les photographies. Je n'avais jamais supposé qu'une fillette puisse porter des vêtements si ravissants. Mon rêve le plus fou, à neuf, dix ou même onze ans, était de posséder quelque chose provenant des soldes de chez Sears ! Je contemplai Leigh montant un cheval brun, lustré : ses habits mettaient en valeur sa blondeur ! Elle avait l'allure de son père, ce père qui était toujours à ses côtés.

Je la regardai sur des photos prises à l'école, puis nageant dans la mer ou dans des piscines privées. Elle était déjà fière de sa silhouette, on le sentait. Une cour d'admirateurs l'entourait. Brusquement, on ne vit plus son père sur les photos. En même temps, le joyeux sourire de Leigh s'évanouit et il y eut une ombre dans son regard. Un autre homme se tenait près de maman, un homme beaucoup plus jeune et peut-être plus beau. Je sus tout de suite que cet athlète blond et bronzé était Tony Tatterton à vingt ans. Détail curieux, l'enfant ravissante et radieuse qui riait autrefois avec une candeur confiante devant l'objectif semblait maintenant incapable de sourire, ne serait-ce que du bout des lèvres. Elle se tenait toujours un peu à l'écart de sa mère, laquelle était invariablement flanquée de son nouvel époux.

Je tournai rapidement la dernière page. Comme je m'y attendais, c'était le second mariage de Jillian. Ma mère avait douze ans. Elle portait une longue robe de demoiselle d'honneur rose, un bouquet de roses assorties. À côté d'elle, on apercevait un jeune garçon qui, lui, essayait de sourire. Mais Leigh Van Voreen, elle, ne faisait aucun effort pour l'imiter.

Le petit garçon ne pouvait être que Troy, le frère de Tony. Il était mince, avec une tignasse brune et d'immenses yeux tristes.

Épuisée par toutes ces émotions, je ne souhaitais plus qu'une chose : oublier tout ce que j'avais appris si vite. Ma mère n'aimait pas son beau-père. Comment allais-je pouvoir lui faire confiance moi-même ? Cependant il me fallait rester ici et obtenir ce diplôme d'université : c'était la clé de mon avenir.

Je restais immobile, près de la fenêtre, à contempler l'allée principale qui serpentait jusqu'à la route, à l'extérieur de la propriété. Je vis Jillian et Tony, en habits de soirée, monter dans une nouvelle voiture. Tony s'assit au volant. Ce n'était pas une limousine cette fois... sans doute parce qu'il ne voulait pas faire attendre le chauffeur ?

Quand la voiture fut hors de vue, je me sentis soudain très seule. Affreusement seule.

Qu'allais-je bien faire jusqu'à sept heures ? J'avais faim. Pourquoi ne l'avais-je pas dit à Percy ? D'où venait que je me sentais si timide et vulnérable, alors que j'avais décidé d'être forte ? J'étais restée seule trop longtemps avec mes pensées. Oui, ce devait être cela...

Je descendis et retirai mon manteau bleu d'une penderie qui contenait bien une demi-douzaine de fourrures appartenant à Jillian. Puis je me dirigeai vers la porte d'entrée.

3

Par-delà le labyrinthe

Je marchais vite, habitée par une sorte de rage. Je ne savais pas où j'allais. La seule chose qui m'importait était de respirer à pleins poumons « les embruns salés de la mer », comme disait Tony. De temps à autre, je me retournais pour admirer Farthy. Que de vitres à nettoyer ! Les fenêtres étaient si larges et si hautes ! Et tous ces marbres ! Quel travail ! Je ralentis le pas et marchai à reculons, essayant de reconnaître les fenêtres de mes appartements. Et soudain je butai sur un obstacle. En me retournant, je me trouvai face à face avec une haie, si haute qu'on aurait dit un mur. Elle courait à perte de vue. Fascinée, je la suivis jusqu'à ce que je trouve une entrée : c'était un labyrinthe de verdure. J'y pénétrai avec une joie enfantine, ne pensant pas un moment que je pourrais m'y perdre. J'avais toujours été très douée pour les énigmes. Dans les tests d'intelligence, Tom et moi trouvions toujours la solution.

L'intérieur du labyrinthe était ravissant. Les haies montaient jusqu'à trois mètres et se coupaient à angle droit. Et puis tout était si calme, ici ! Les pépiements des oiseaux du jardin n'y parvenaient qu'assourdis. Même les cris aigus et plaintifs des mouettes qui le survolaient paraissaient lointains. Je me retournai pour me rendre compte de l'endroit où je me trouvais : la maison, si proche l'instant d'avant, avait disparu. Les haies stoppaient les rayons du soleil couchant et, tout à coup, je me sentis transie. Je pressai le pas. J'aurais dû prévenir Percy que je sortais. Je jetai un coup d'œil à ma montre : il était presque six heures et demie. Allais-je manquer ce premier repas dans mon salon particulier ? Sans aucun doute, on avait déjà allumé les bûches que j'avais vues dans la cheminée. Ce serait si bon de se pelotonner devant ce feu sur un charmant petit fauteuil et de grignoter des friandises que je n'avais probablement jamais goûtées.

Je franchis un nouveau tournant pour me retrouver dans un cul-de-sac. Encore un tournant : cette fois-ci, j'étais sur la bonne voie ! Après avoir erré un certain temps, je m'aperçus que j'avais définitivement perdu toute direction. Je ne reconnaissais pas les endroits par lesquels j'étais déjà sûrement passée. Je tirai un mouchoir en papier de la poche de mon manteau, en déchirai une bande et la nouai à une branche de la haie. Maintenant, j'allais en sortir !

Le soleil déclinait à l'horizon, embrasant le ciel. La nuit allait tomber rapidement et il ferait encore plus froid. Se pouvait-il que dans les environs de Boston, cette région civilisée, le climat soit aussi rude que dans les Willies ? Je ne tardai pas à découvrir, à mes dépens, que mon manteau acheté à Atlanta était loin d'être suffisant. C'était pourtant le meilleur manteau que j'aie jamais possédé, un cadeau de Cal Dennison. Avec son petit col de velours bleu, je le trouvais même très élégant... le mois dernier, en tout cas. Plus maintenant.

Je commençai à m'inquiéter sérieusement. Moi qui, à l'âge de deux ou trois ans, avais l'habitude de sillonner les collines sans jamais me perdre, ne voilà-t-il pas que j'étais perdue dans un stupide labyrinthe ! De quoi rire. Pour la troisième fois, je passai devant le mouchoir en papier rose qui flottait allègrement au vent. Il fallait que je me concentre. J'essayai de me représenter le labyrinthe, l'endroit par où j'étais entrée, mais toutes les allées paraissaient identiques et, si je m'éloignais de ce point de repère même ténu, je risquais de m'égarer pour de bon. Je restai là, indécise, essayant de percevoir le bruit sourd du ressac sur le rivage. Ce ne fut pas le clapotis de la mer battant les rochers que j'entendis mais les coups réguliers d'un marteau. Il y avait quelqu'un tout près d'ici. Je me laissai guider par le son.

La nuit tombait rapidement. Des traînées de brouillard flottaient au ras du sol, là où l'air frais rencontre l'haleine encore chaude de la terre. Je marchais, sereine, sûre de trouver la sortie. Et puis soudain j'entendis une fenêtre se refermer et ce fut le silence. Un silence lourd de menaces imprécises. J'étais atterrée. Je ne pouvais errer ici toute la nuit sans que personne s'en doute. Qui penserait au labyrinthe ? Mais quelle idée aussi de m'être fiée à mes réflexes de montagnarde ! Pourquoi avais-je rebroussé chemin ?

Je croisai les bras sur ma poitrine à la manière de Granny, et réfléchis. Il fallait prendre le premier tournant à droite, puis continuer toujours dans la même direction. Peu de temps après en effet, j'étais dehors. Mais ô surprise ! Je ne me trouvais pas là où j'étais entrée. Certes, je ne reconnus rien. Mais comment l'aurais-je pu ? Toutefois j'étais tirée d'affaire. C'était l'essentiel.

Il faisait sombre, la brume était trop dense pour apercevoir la maison. Devant moi, courait un sentier pavé de pierres claires qui luisaient faiblement dans l'ombre. Je respirais l'odeur des pins, affaiblie par le brouillard. C'est alors que j'aperçus un petit cottage au toit d'ardoise bas, entouré d'une rangée de pins. Je me serais crue dans un conte de fées.

Quel agrément d'être riche, d'avoir de l'argent à gaspiller pour construire une si jolie petite maison ! Une clôture de piquets à hauteur du genou courait de guingois tout autour. Elle servait de support à des roses grimpantes que j'avais du mal à distinguer dans l'obscurité. Dans la journée, ce cottage devait avoir un charme fou, mais à la nuit tombée, tout paraissait plus inquiétant, et j'avais presque peur. Que faire ? Évidemment, j'avais la possibilité de revenir sur mes pas. Un coup d'œil par-dessus mon épaule m'apprit que le brouillard avait tout envahi. Je ne voyais même plus le labyrinthe.

Une odeur âcre me prit à la gorge. Une odeur de bois brûlé. De la fumée devait s'échapper de la cheminée. Peut-être s'agissait-il de la maison du jardinier ? Un vieil homme et sa femme se trouvaient sûrement à l'intérieur, assis devant un dîner qui, s'il était simple, ne m'en semblerait pas moins appétissant. En tout cas plus que les mets délicats préparés dans la cuisine sophistiquée de Tony. Aucune lumière ne filtrait à travers les fenêtres et rien n'éclairait le chemin. On distinguait à peine une lueur tremblotante, prête à disparaître d'un moment à l'autre. Elle me guida un instant jusqu'à ce qu'elle aussi s'évanouisse dans le brouillard.

À la porte du cottage, j'hésitai avant de frapper. Puis je cognai deux ou trois fois à la porte, non sans me faire mal aux mains. Il n'y eut aucune réponse. Pourtant il y avait quelqu'un, j'en étais sûre !

Impatiente, souffrant d'être ignorée par les occupants de la maison, mais aussi enhardie par le sentiment d'être devenue un membre de la famille Tatterton, je soulevai le loquet et pénétrai dans une pièce qu'éclairait faiblement un feu de bois.

Il y faisait très chaud. Adossée à la porte, je contemplai longuement le jeune homme assis qui me tournait le dos. Je pouvais deviner, à la longueur de ses jambes moulées dans un pantalon noir, qu'il était grand. Il avait les épaules larges, des cheveux bruns, indisciplinés, dans lesquels la lueur du feu allumait des reflets cuivrés. Je regardai sa chevelure en songeant que celle de Keith prendrait les mêmes teintes quand il aurait l'âge d'être un homme. Les mèches abondantes et bouclées frôlaient le col blanc de sa chemise à manches froncées, dont l'ampleur lui donnait l'air d'un artiste ou d'un poète. J'eus l'impression qu'il travaillait.

Il se tourna légèrement, daignant enfin s'apercevoir de ma présence, et je pus voir son profil. Je retins mon souffle. Pas seulement parce qu'il était beau – Pa était beau, d'une beauté animale, saine, Logan l'était aussi, très classique, dans son genre – mais cet homme avait un charme très particulier. Il était racé, d'une beauté presque fragile qui m'émut tout aussitôt. Je ne sais pourquoi, je repensai alors à Logan. Mais Logan m'avait abandonnée, il m'avait laissée seule dans le cimetière, sous la pluie. Il avait refusé de comprendre qu'une jeune fille de seize ans est vulnérable, qu'elle ne sait pas toujours comment repousser un homme qui se dit son ami. Si j'avais cédé à Cal Dennison, c'était par faiblesse, uniquement pour ne pas le perdre. J'avais tant besoin de tendresse... Mais cela, Logan ne l'avait pas senti. Je ne le reverrais sans doute jamais.

Pour l'instant, je regardais cet homme, totalement déconcertée par la façon dont tout mon être réagissait à sa présence. Avant même qu'il m'ait regardée, il m'attirait déjà terriblement... Je sentais déjà que j'avais besoin de lui et lui de moi. Pourtant il me fallait faire preuve de prudence, et savoir garder mes distances. L'amour, j'en étais déjà revenue, et je ne voulais surtout pas de liaison. Je n'étais pas prête. Je restais là à trembler, émue d'avance par le regard que nous allions échanger. Mais pourquoi gardait-il le visage dans l'ombre ? Tandis qu'il attendait, à demi détourné, parfaitement immobile, je l'observais. Il émanait de lui une sensibilité à fleur de peau. Je le trouvais romantique. En fait, il me faisait penser à un animal sauvage, prêt à bondir si je faisais un mouvement trop brusque ou trop agressif.

Peut-être avait-il peur de moi ? Un homme comme Tony ne serait pas resté ainsi dans l'attente. Il se serait levé, aurait souri. Il aurait immédiatement dominé la situation. Loin d'être fruste, lui semblait toutefois ne pas vouloir s'accommoder des usages...

Et soudain, à la manière dont il remua imperceptiblement la tête, je sus qu'il me voyait. Il leva un sourcil d'un air interrogateur, mais il ne bougea toujours pas. Curieuse situation qui me donnait la chance de l'étudier plus avant. Durant tout ce temps, il avait manipulé des instruments. Il se tourna de nouveau légèrement, le marteau levé, prêt à donner un coup sur l'établi et je découvris un peu mieux son visage. Je notai au passage ses narines palpitantes comme celles d'un animal flairant un danger et je vis que sa respiration était saccadée. Mais pourquoi ne parlait-il pas ? Était-il souffrant ?

Ses lèvres s'étirèrent alors en un léger sourire, il abaissa son minuscule marteau et frappa délicatement une feuille de métal argenté et brillant, comme pour en aplanir la surface. Tap-tap-tap, fit le petit marteau.

Je perdais contenance. Je me sentais menacée par son indifférence. Qui pouvait-il être pour m'ignorer de la sorte ? Que ferait Jillian confrontée à la même situation ? Elle ne se laisserait certainement pas intimider, elle ! Mais je n'étais qu'une Casteel, une fille des collines, et je n'avais pas encore appris à être arrogante. Il n'esquissait toujours pas un geste pour m'accueillir. C'était vraiment l'homme le plus bizarre qu'il m'ait été donné de rencontrer !

Je me décidai enfin à parler, essayant d'imiter la voix grave et sourde de Jillian.

– Excusez-moi, mais j'étais perdue dans le labyrinthe, quand j'ai entendu vos coups de marteau. Je ne suis pas sûre de pouvoir retrouver mon chemin pour rentrer à la maison; il fait très sombre et il y a beaucoup de brouillard dehors.

– Je sais que vous n'êtes pas Jillian, répondit-il sans même me regarder, sinon vous vous seriez déjà lancée dans un bavardage parfaitement inutile. Je sais aussi que vous n'êtes pas d'ici. Désolé, je suis occupé et je n'ai pas de temps à perdre avec des hôtes de passage. Je n'ai invité personne.

Je n'en revenais pas. Comment pouvait-il m'éconduire ainsi, sans même savoir qui j'étais ? Pour qui se prenait-il ? Certes je n'avais ni la beauté ni l'assurance de Jillian, mais j'étais loin d'être inintéressante... Malgré son attitude discourtoise, je n'arrivais pas à partir. C'est pourtant ce que j'aurais dû faire. Sous l'effet de l'émotion je me remis à penser à Logan. Après tout, c'était lui que j'aimais et non cet étranger. Logan me pardonnerait-il un jour ?

Plongée dans une sorte de rêverie, je ne voyais plus rien, aussi le timbre de sa voix me surprit-il.

– S'il vous plaît, insistait-il, soyez assez gentille pour partir.

– Non, je ne m'en irai pas avant que vous ne m'ayez dit qui vous êtes.

– Et qui donc êtes-vous pour me demander cela ?

– Répondez-moi !

– Vous me faites perdre mon temps. Allez-vous-en et laissez-moi. Vous vous trouvez sur un domaine privé, le mien, hors des limites de Farthinggale Manor. Maintenant, filez !

Il me jeta un bref coup d'œil, sans marquer le moindre intérêt pour ma silhouette sur laquelle, en général, les hommes s'attardaient. Puis il me tourna le dos.

J'en eus le souffle coupé. J'étais ulcérée d'être rejetée ainsi, sans façons, comme si je ne méritais même pas un geste de courtoisie ! J'étais blessée dans ma fierté, ma stupide fierté de campagnarde ! Elle m'avait fait souffrir tant de fois sans raison, en des circonstances qui n'en valaient vraiment pas la peine. Et voilà qu'à nouveau je me laissais prendre au piège... Mais de quel droit me parlait-il ainsi ? Je le détestai soudain. Qui était-il ? Un employé installé dans la maison du jardinier pour remettre en forme des pièces d'argenterie ? Un être qui, semble-t-il, n'avait aucune éducation.

Sur cette conclusion hâtive, je repartis de plus belle sur un ton qui ne ressemblait en rien à celui de Jillian :

– Vous... travaillez pour la maison, je suppose ?

Je m'approchai pour le forcer à me regarder en face. Il tenait sa tête penchée sur son travail.

– S'il vous plaît, dit-il d'une voix mesurée, c'est vous qui êtes chez moi, et non le contraire. Rien ne m'oblige à répondre à vos questions. Savoir qui je suis ne présente aucun intérêt pour vous. Alors, partez et laissez-moi. Vous n'êtes pas la première à vous être perdue dans le labyrinthe. Il y a un chemin qui le contourne, il vous mènera à l'endroit d'où vous venez, c'est-à-dire à l'entrée. Un enfant pourrait le suivre tout seul, même en plein brouillard.

– Vous m'avez vue venir !

– Je vous ai entendue venir...

Je ne sais pourquoi, je me suis mise à hurler.

– Ainsi vous m'avez prise pour une domestique ! Normal... En dehors de Jillian, ici...

Je m'interrompis, surprise moi-même de ma violence.

C'était tout à fait dans la note de Fanny et de Pa. J'en fus la première étonnée. Moi qui pensais me contrôler !

– Farthinggale Manor est la maison de ma grand... de ma tante et de mon oncle, repris-je. Ils m'ont invitée...

Soudain prise de panique, je sentis que je ferais mieux de partir.

C'est alors qu'il me fit face et je fus subjuguée. Bien que dans l'ombre, ses yeux sombres me fascinaient. Il me regardait, m'étudiait sans vergogne; d'abord le visage, comme s'il cherchait une ressemblance. Puis son regard s'attarda sur les seins, me caressa les hanches, s'appesantit...

Je n'osais plus bouger. Pourquoi tant d'attention après une telle indifférence ? Quelque chose m'échappait. J'avais les lèvres sèches. Un instant, il plongea ses yeux dans les miens. Puis il reprit son expression lointaine et se détourna, mais j'étais déjà en son pouvoir. Et moi aussi, je venais de le toucher, j'en étais sûre. Je le devinai à la façon dont il serra les poings. Puis, le dos tourné, il reprit son maudit petit marteau dans le but évident de ne plus se laisser distraire de son ouvrage.

Je hurlai derechef, avec mon plus bel accent Casteel.

– Assez ! Vous ne pourriez pas être poli, non ? Je viens à peine d'arriver, mon oncle et ma tante sont allés dîner en ville. Je suis restée seule avec les domestiques, ne sachant que faire. Je cherche quelqu'un à qui parler. Personne n'a pris la peine de m'avertir de votre existence... Qui êtes-vous au juste ?

Sa réponse se fit attendre, comme s'il répugnait à parler.

– Moi, je sais qui vous êtes et j'aurais préféré que vous ne veniez pas. Je ne tenais pas à vous rencontrer mais à présent, il est trop tard. Maintenant, sortez ! Avant d'avoir fait cinquante pas, vous trouverez la haie. Laissez votre main courir dessus et contournez-la. Vous ne tarderez pas à regagner la maison. La bibliothèque possède une intéressante sélection de livres, sans parler de la télévision. Dans l'un des placards, vous trouverez, sur la troisième planche en partant du bas, des albums de photos qui risquent de vous amuser. Et, si rien de tout cela ne vous distrait, le chef, à la cuisine, se montre toujours très amical; il aime parler. Il s'appelle Ryse Williams, mais nous le surnommons Rye Whiskey.

Hors de moi, je vociférai :

– Mais qui êtes-vous, à la fin ?

– Je ne vois pas très bien en quoi cela peut vous intéresser. Toutefois, puisque vous insistez, je m'appelle Troy Langdon Tatterton. Votre oncle, ainsi que vous l'appelez, se trouve être mon frère aîné.

Je criai de plus belle :

– Vous mentez. Il m'aurait dit que vous étiez ici !

– Je ne vois pas non plus la nécessité de mentir à ce sujet. Tony et Jillian ne savent peut-être pas que je réside ici en ce moment. Après tout, j'ai plus de vingt et un ans et je ne leur fais pas parvenir un avis de passage quand je me rends à ce cottage qui est aussi mon atelier, entre parenthèses.

J'étais dépassée par les événements.

– Mais... pourquoi ne vivez-vous pas avec eux ?

Il eut un sourire furtif.

– J'ai mes raisons. Dois-je également vous les exposer ?

– Mais... la maison est si grande et cet endroit si petit, objectai-je avec embarras.

Je ne savais plus quoi dire. Je me sentais complètement perdue. Il avait raison, je m'étais couverte de ridicule. En effet, quel droit avais-je de m'immiscer dans son existence et d'exiger des explications ?

Il rangea le petit marteau dans une niche pratiquée dans le mur. Différents outils s'y trouvaient déjà, alignés dans un ordre parfait. Ses yeux au regard profond eurent une expression de tristesse quand ils rencontrèrent les miens. Je ne compris pas pourquoi.

– Que savez-vous de moi ? demanda-t-il à brûle-pourpoint.

Je sentis mes genoux faiblir et me dirigeai machinalement vers un petit canapé, devant le feu.

Quand il me vit m'asseoir, il secoua la tête, comme s'il eût préféré que je m'éloigne.

C'est d'une voix désemparée que j'expliquai :

– Je ne connais de vous que ce que votre frère a bien voulu me dire, en réalité peu de chose. Il paraît que vous êtes très brillant et que vous avez obtenu votre diplôme d'Harvard à dix-huit ans.

Il quitta la table devant laquelle il était assis et se laissa tomber dans un fauteuil en face de moi. Puis, d'un geste de la main, il balaya l'espace comme si mes paroles n'étaient que fumée.

– Je n'ai rien fait d'extraordinaire et je ne crois pas que ma carrière soit tellement brillante. J'aurais pu aussi bien naître avec un quotient intellectuel estimé à cinquante !

Je ne comprenais plus. Moi qui avais toujours pensé que l'instruction menait à tout !

– Mais... n'êtes-vous pas diplômé de l'une des meilleures universités du pays ?

Pour la première fois, je le vis sourire.

– Vous êtes impressionnée, on dirait ? J'en suis très flatté. Grâce à vous, mon éducation vient de prendre de la valeur.

Il devait me trouver naïve, voire stupide.

– À quoi bon avoir étudié, si vous ne faites que taper sur un morceau de métal avec un marteau, comme un gamin de deux ans ?

– Touché !

Son visage s'éclaira, ce qui le rendit plus attirant... Je me sentis encore plus vulnérable. Et Dieu sait pourtant si je l'étais déjà !

Confuse d'avoir laissé percer mon trouble, je répliquai avec hargne.

– À moins que ce ne soit une distraction, ce que vous faites est surprenant... Si j'étais allée à l'université...

Je m'interrompis, soudain très lasse. Sans paraître le moins du monde offensé, il se leva et alla ramasser sur la table le petit marteau dont, apparemment, il ne pouvait se passer.

Je revins à la charge.

– Puisque vous me connaissez si bien, pourquoi ne pas m'appeler par mon nom ?

C'est d'un ton poli qu'il répondit.

– Ne soyez pas si impatiente. Je tiens d'abord à terminer ces petites pièces d'armures... Elles sont destinées à un collectionneur très spécial qui raffole de ce genre d'objets.

Il me montra un morceau de métal en forme de S.

– Vous voyez, ces pièces minuscules auront un trou à chacune de leurs extrémités. Quand elles seront reliées les unes aux autres par une petite vis, les mailles du haubert s'articuleront en souplesse, ce qui donnera une grande liberté de mouvement au combattant. Par la suite, les armures sont devenues beaucoup plus rigides.

– Mais n'êtes-vous pas un Tatterton, un des actionnaires de la compagnie ? Pourquoi perdez-vous votre temps et votre énergie à faire ce que d'autres peuvent faire à votre place ?

– Vous voulez décidément tout savoir et vous n'êtes pas la première. Je vais vous répondre. J'aime travailler de mes mains et je n'ai rien de mieux à faire.

Pourquoi étais-je si agressive à son égard ? Il incarnait le type masculin dont j'avais longtemps rêvé, sans le trouver. Et maintenant qu'il était là, sous mes yeux... je faisais tout ce qu'il fallait pour lui déplaire !

À l'inverse de Logan, qui était aussi solide que le rocher de Gibraltar, Troy paraissait aussi vulnérable que je l'étais moi-même. Il n'avait fait aucun commentaire sur mon comportement déplacé, mais je le sentais blessé. À le voir, je pensais aux cordes trop tendues d'un violon, prêtes à se briser si on les effleurait sans précaution.

Je n'essayai plus de l'interrompre dans son travail. C'est au moment où je m'y attendais le moins qu'il se tourna vers moi et m'adressa un sourire engageant.

– J'ai faim. Voudriez-vous accepter mes excuses pour mon attitude un peu rude et me faire le plaisir de partager mon repas, Heaven Leigh Casteel ?

– Ainsi vous connaissez mon nom !

– Bien sûr que je le connais.

– Est-ce que... est-ce Jillian qui vous a parlé de moi ?

– Non.

– Qui alors ?

Il jeta un coup d'œil à sa montre et parut surpris de l'heure.

– Il en est ainsi tous les jours. Je n'ai pas vu le temps passer depuis que j'ai commencé à travailler ce matin.

Il avait l'air de s'excuser.

– Les minutes filent si vite que je suis toujours étonné quand la journée se termine.

Son expression se fit songeuse.

– En fait, vous avez raison. Je gaspille mes dons en m'amusant avec ces jouets.

Il passa la main dans sa chevelure et dérangea l'ordonnance naturelle de ses boucles brunes.

– Ne pensez-vous jamais que la vie est trop courte et que vous serez déjà vieille avant même d'avoir pu réaliser ce que vous aviez en tête ?

Étrange remarque dans la bouche d'un si jeune homme. Quel âge pouvait-il avoir ? Vingt-deux, vingt-trois ans ?

– Non, je n'ai jamais ressenti cela, rétorquai-je.

– Je vous envie. Pour moi, la vie est une course contre la montre. Et contre Tony.

Il me sourit et je défaillis presque.

– Allons, restez. Perdons notre temps ensemble !

Je ne savais plus que faire. Je mourais d'envie de rester... en même temps je le redoutais.

– Allez, pas d'histoires ! Vous avez gagné, je me rends. Et puis j'aime bien m'affairer dans la cuisine, même si je n'ai jamais vraiment le temps de préparer autre chose que des sandwichs. Je n'ai pas d'heure pour mes repas, je mange quand j'ai faim. Malheureusement, je brûle les calories aussi vite que je les emmagasine. Je suis perpétuellement affamé. En bref, Heaven, nous allons prendre notre premier repas ensemble.

À ce moment même, à Farthinggale Manor, on devait monter mon dîner. Mais j'oubliai tout dans ma joie de rester près de lui. Je le suivis dans sa cuisine, équipée comme celle d'un yacht. Tous les éléments y étaient encastrés, hors de vue. Il ouvrit des portes de placard pour prendre du pain, du beurre, qu'il posa sur la table, puis de la laitue, des tomates, du jambon et du fromage. Chaque étagère était remplie de provisions soigneusement rangées : de quoi nourrir les cinq enfants Casteel pendant une année... Il est vrai que nous mangions chichement !

Tandis qu'il composait les sandwichs, il ne me quittait pas des yeux. Il avait refusé mon aide, m'avait obligée à m'asseoir, insistant pour que je me repose. J'étais son invitée. Il paraissait à la fois heureux de ma présence et en même temps mal à l'aise, inquiet et sur ses gardes. Comme la conversation languissait, il me suggéra de mettre le couvert. Ce que je fis en un clin d'œil, tout en profitant de cet intermède pour visiter le cottage. Celui-ci n'était pas si petit qu'il y paraissait de l'extérieur. Deux ailes en retrait abritaient plusieurs autres pièces, sobrement meublées. Bref, un intérieur typiquement masculin.

Mettre la table m'avait détendue, comme toute activité manuelle, en même temps elle me laissait le loisir d'observer Troy sans en être gênée.

Étrange situation que la nôtre ! Nous étions seuls dans ce cottage isolé, coupés du reste du monde par l'obscurité et le brouillard. Derrière moi, le feu ronflait et des étincelles crépitaient dans la cheminée. Une vague de chaleur me monta au visage.

J'avais trop chaud et, réduite à l'inactivité, je me sentais vulnérable. Tandis que lui, absorbé dans la préparation des sandwichs, semblait parfaitement décontracté. Il émanait de lui une sorte d'assurance que j'étais loin d'éprouver, livrée à moi-même. Mon regard s'attarda sur son visage, sur les reflets fauves qui dansaient dans ses cheveux et, surtout, sur son corps, dont la seule vue éveillait en moi un trouble déconcertant. Comment pouvais-je me laisser aller à de tels élans, après avoir été la maîtresse de Cal ? J'avais tant souffert de cette situation.

Je tentai désespérément de me reprendre.

Le moment n'était pas venu de songer à l'amour. Il était encore trop tôt.

Troy sourit et annonça avec une sorte de timidité :

– Le dîner est servi, Milady.

Il m'avança une chaise et quand j'eus pris place à table, il souleva une serviette blanche, découvrant six grands sandwichs sur un plat d'argent. Six ! Le plat était décoré avec du persil et des radis qui s'ouvraient comme des fleurs. Des œufs durs au curry complétaient un assortiment de fromages et de crackers ainsi qu'une coupe d'argent pleine de pommes rouges et luisantes. Quelle abondance pour un homme seul ! Dans les Willies, nous aurions pu vivre une semaine avec un tel festin ! Granny, Grandpa, Tom, Fanny, Keith, *notre* Jane et moi. Tous les sept !

Vinrent ensuite deux bouteilles de vin : l'une de vin rouge et l'autre de blanc. Du vin ! Cal en commandait quelquefois pour moi au restaurant, quand je vivais avec lui et Kitty à Candlewick. Et c'est parce que le vin m'était monté à la tête que je m'étais laissé séduire. Allais-je encore une fois commettre la même erreur ?

Soudain affolée, je me levai d'un bond et m'emparai de mon manteau.

– Je suis désolée, mais je ne peux pas rester. De toute façon, vous ne vouliez pas que je sache que vous viviez ici... Alors, laissez-moi faire comme si je l'ignorais !

En un éclair, je franchis la porte et courus vers

la haie. Il faisait très noir, j'avais peur. Le brouillard humide qui montait du sol s'enroulait en volutes autour de mes chevilles. De loin, j'entendis Troy crier :

– Heaven, Heaven !

Et, pour la première fois de ma vie, je trouvai une consonance étrange au nom que ma mère avait choisi pour moi. Le Paradis était un lieu, pas une personne ! Mes yeux se brouillèrent et je fondis en larmes, sans savoir pourquoi.

4

Cartes sur table

Le lendemain matin, au petit déjeuner, alors que Jillian dormait encore, Tony déclara tout à trac :

– À propos, Heaven, j'ai oublié de te dire que le labyrinthe est plus dangereux qu'il n'y paraît. Si j'étais toi, je ne m'y risquerais pas seule.

Je m'inquiétai. Avait-il surpris mon escapade ?

Il était un peu plus de six heures et l'aube ressemblait terriblement au crépuscule. Le buffet était somptueux, garni de muffins aux myrtilles, de toasts, de miel et de confitures de toutes sortes. Le maître d'hôtel se tenait à sa place, prêt à nous servir. Nous étions seuls à table, autour de laquelle huit convives auraient aisément trouvé place.

Tout me paraissait irréel. Jamais je n'aurais osé imaginer tant de luxe. Mais si la naïve petite campagnarde que j'avais été exultait devant tant de merveilles, la jeune fille réservée que j'étais devenue essayait de cacher ses craintes. Je redoutais de commettre un impair, une indélicatesse qui pourrait me rendre odieuse à Jillian et Tony et les amener à se séparer de moi. Quant à Troy, je ne voulais plus le revoir. C'eût été jouer avec le feu.

Par curiosité, je goûtai absolument à tout ce que Curtis plaça devant moi. À la vérité, c'était le petit déjeuner le plus délicieux de ma vie. Et si copieux qu'après un repas comme celui-là, j'aurais pu, étant gamine, courir tout le long du chemin jusqu'à l'école.

Réflexion qui en amena une autre, plus critique celle-là. Ce petit déjeuner ne m'aurait certes pas semblé si bon si je l'avais préparé moi-même. Ou si j'avais dû le servir.

La voix de Tony me fit alors sursauter.

– Nous n'avons plus besoin de vous, Curtis.

Je m'étais déjà fait une opinion sur lui. À mes yeux, il était de ces hommes volontaires, habitués à diriger les autres. Il semblait prendre un malin plaisir à exercer son autorité sur sa domesticité.

Le maître d'hôtel sorti, Tony se pencha en avant.

– Comment as-tu trouvé le petit déjeuner ?

Je répondis avec enthousiasme.

– Absolument délicieux. J'ignorais que des œufs puissent être si bons !

– Ma chère, tu viens de déguster un des délices de ce bas monde : des truffes.

Je n'avais rien vu qui ressemblât à des truffes, et pour cause : je ne savais pas ce que c'était. Je baissai le nez sur mon assiette, humant les œufs, enrobés d'une sauce onctueuse et servis avec des toasts dorés.

– Aucune importance, enchaîna Tony. L'instant est arrivé de me parler de toi. Hier, dans la voiture, il m'a semblé que chaque fois qu'il était question de ton père, tu étais sur la réserve.

– Ah ? Je ne m'en suis pas rendu compte.

J'avais rougi. J'aurais voulu lui dire la vérité, mais je craignais sa réaction. Et puis, c'était à son frère que je pensais en cet instant, c'était de lui que j'aurais aimé parler et non de Pa. De plus il ne fallait pas compromettre mon but, ni oublier mes rêves. Ni Keith, ni *notre* Jane. Je ne ferais pas leur salut sans le mien.

Alors, je commençai, très prudemment d'abord, à me forger une enfance à l'aide de demi-vérités : je ne mentais que par omission.

– Voyez-vous, ce n'est pas ma mère qui est morte d'un cancer. C'est Kitty Dennison. Ma mère adoptive, si vous voulez. Elle s'est occupée de moi quand Pa est tombé malade et m'a laissée seule.

Tony n'avait pas bougé depuis que je lui avais

appris que ma mère était morte en me donnant le jour. Il semblait foudroyé. Puis dans ses yeux fixes et comme éteints, la tristesse fit soudain place à la colère. Une colère froide, amère, terrible.

– Que me dis-tu là ? Ton père m'aurait menti ? Peux-tu me dire comment une fille jeune, solide et en bonne santé a pu mourir, si ce n'est par manque de soins ? On ne meurt plus en accouchant, à notre époque, surtout à son âge !

– Elle était très jeune, dis-je d'une voix faible, peut-être trop. Nous vivions pourtant dans une maison assez décente, même si les travaux de Pa n'étaient jamais bien solides. Il se peut que nos repas n'aient pas toujours été assez nourrissants. Quant à dire si elle a reçu des soins médicaux, je ne sais pas; il est sûr que les gens des collines ne font pas confiance aux médecins. Ils préfèrent se soigner eux-mêmes. En fait, de vieilles dames comme ma Granny étaient plus considérées que tous ces médecins qui ont des cabinets en ville.

Allait-il, lui aussi, s'en prendre à moi, et pour la même raison que Pa ?

– J'aimerais tant que vous ne m'accusiez pas de sa mort... comme Pa le fait toujours.

Son regard dévia vers la haute fenêtre, fixant les épais rideaux de velours rose, bordés d'un galon d'or.

– Et pourquoi n'as-tu rien dit, hier ? En te taisant, tu t'associais au mensonge de ton père !

– J'avais peur que vous ne me rejetiez. Je sors d'un milieu si pauvre...

Son explosion de colère m'avait prise au dépourvu, me révélant à qui j'avais affaire. Il était d'une autre trempe que Cal Dennison, et on ne le trompait pas si facilement, lui !

Sans plus me soucier de l'impression produite, je débitai tout d'une traite :

– Et moi, que croyez-vous donc que j'aie ressenti, à l'idée que vous ne m'attendiez que pour un court séjour ? Pa m'avait dit, lui, que mes grands-parents étaient fous de joie. Je pensais vivre avec vous. Et voilà que j'apprends que je ne suis peut-être là que pour peu de temps. Je ne sais où aller. Qui pourrait vouloir de moi ? J'ai essayé de m'expliquer pourquoi Pa avait menti ainsi... Il a dû croire que vous seriez plus prévenants envers moi si vous pensiez que je venais de perdre ma mère. D'ailleurs pour moi, c'est effectivement comme si je venais de la perdre. Elle m'a toujours manqué. Mais je ne voulais rien dire qui puisse changer vos dispositions à mon égard. Tony, je vous en prie, ne me renvoyez pas ! Je n'ai d'autre foyer que le vôtre. Mon père a une très grave maladie des nerfs qui le tuera. Il a sûrement voulu me confier à la famille de ma mère avant sa mort.

Je racontais n'importe quoi. Une fois de plus j'étais réduite à mentir.

Son regard pénétrant s'attarda longuement sur moi. Je me faisais toute petite, terrifiée à l'idée que mon visage puisse me trahir. J'avais abdiqué toute fierté. J'étais prête à pleurer, à supplier. Je m'aperçus que je tremblais.

– Comment les médecins appellent-ils la maladie nerveuse de ton père ?

Je ne savais rien des maladies nerveuses, strictement rien. La panique me gagnait quand, brusquement, il me revint en mémoire une émission que j'avais vue à la télévision à Candlewick. C'était un film assez triste.

– Je ne sais pas très bien prononcer le nom de cette maladie, mais un joueur de base-ball célèbre en est mort.

J'essayai de ne pas paraître trop vague.

– Il s'agit d'une sorte de paralysie qui se termine par la mort.

Ses yeux se rétrécirent, soudain méfiants.

– Pourtant il ne paraissait pas tellement diminué, au téléphone. Sa voix était même plutôt alerte.

– Les gens des montagnes ont une voix forte. Il faut bien se faire entendre quand tout le monde parle en même temps !

– Et qui s'occupe de lui maintenant que ta grand-mère est morte ? Il me semble t'avoir entendue dire que ton grand-père n'avait pas toujours tous ses esprits ?

Je le repris vivement.

– Ce n'est pas tout à fait exact. Grand-père voudrait que Granny soit encore vivante, alors il agit comme si elle l'était. Il n'est pas fou, simplement... cette illusion l'aide à vivre.

Il eut un rire sarcastique.

– Prétendre qu'un mort est toujours vivant relève plutôt de la sénilité. Mais enfin... Par ailleurs, j'ai remarqué que, parfois, tu appelais ton père « Daddy »; et à d'autres moments « Pa ». Pourquoi ?

Je murmurai :

– Daddy quand je l'aime bien et... Pa quand je le déteste.

– Ah !

Son intérêt parut s'éveiller. Je repris d'une voix plaintive, comme celle de Fanny quand elle jouait la comédie :

– Mon père m'a toujours tenue pour responsable de la mort de ma mère. C'est pourquoi je ne me suis jamais sentie très à l'aise avec lui, pas plus que lui avec moi, d'ailleurs. En souvenir de ma mère, je crois qu'il aimerait que l'on s'occupe de moi. En ce qui le concerne, il trouvera toujours une femme pour prendre soin de lui jusqu'à la fin de ses jours.

Il s'ensuivit un long silence. Tony semblait soupeser mes propos.

– Un homme qui inspire une telle dévotion, reprit-il, perplexe, à plus forte raison quand il est malade, ne doit pas être si mauvais que ça, Heaven ? Je ne vois personne, pour l'instant, qui ferait la même chose pour moi.

– Si, Jillian !

– Oh, Jillian ! Oui, bien sûr...

Il m'observa d'un œil pensif et je me sentis mal à l'aise. Il était en train de me juger, de me jauger. Cela dura une éternité, puis il fit un petit signe et Curtis apparut comme par enchantement. Il débarrassa la table et disparut tout aussi rapidement. Tony se décida enfin à parler.

– Nous allons passer un marché, toi et moi. Nous

cacherons à Jillian que ta mère est morte à ta naissance, cela lui ferait trop mal. Elle pense que Leigh a eu dix-sept ans de bonheur avec ton père et il serait cruel de la détromper. Elle n'est pas très stable sur le plan psychologique. Quelle femme pourrait l'être, quand elle fait reposer son bonheur uniquement sur sa jeunesse et sa beauté ? Tout le monde sait que ces choses ne durent pas.

Son regard perçant se fit encore plus attentif.

– Si je t'offre un foyer avec tout ce que cela comporte : sécurité, confort, éducation, j'exigerai naturellement quelque chose en retour. Es-tu prête à me donner ce que je vais te demander ?

Il m'observa, attentif, tandis que je le dévisageais. Ma première réaction fut de penser que j'avais gagné la partie; je pouvais rester. Puis, l'examen se prolongeant, l'idée me vint qu'il me tenait à sa merci comme un chat guette une souris. Un gros matou bien nourri, voilà ce qu'il était, et moi une pauvre petite souris, plutôt efflanquée, en grand danger d'être croquée ! Je me jetai à l'eau.

– Qu'allez-vous me demander ?

Il eut un sourire ambigu.

– Excellente question, je suis heureux de te savoir si réaliste. Tu as sûrement déjà compris que l'on n'a rien sans rien. Ce que je vais te proposer me paraît tout à fait raisonnable. En premier lieu, j'exigerai une obéissance totale. Si je prends des décisions au sujet de ton avenir, tu t'y conformeras sans discuter. J'avais beaucoup d'affection pour ta mère et je suis très peiné qu'elle ne soit plus de ce monde, mais je ne tiens pas du tout à ce que tu viennes me compliquer la vie. Mets-toi bien dans la tête que si tu nous causes le moindre ennui, soit à moi, soit à ma femme, je n'hésiterai pas à te renvoyer d'où tu viens. Pour moi, cela voudra dire que tu es une sotte doublée d'une ingrate, et les sots ne méritent pas qu'on leur donne une seconde chance.

Il me toisa d'un regard tranquille et poursuivit :

– Pour te donner une idée de mes intentions, je vais commencer par le choix d'un collège. Je choisirai également tes vêtements : je déteste la façon dont les jeunes filles s'habillent aujourd'hui. On dirait qu'elles s'ingénient à s'enlaidir en portant des vêtements informes et vulgaires, sans parler de leurs coiffures ! Tu t'habilleras comme les jeunes filles s'habillaient du temps où j'allais à Yale[1]. Je surveillerai tes lectures, et même les films que tu verras. Je ne suis pas collet monté, mais ce laisser-aller systématique me déplaît. La jeunesse est l'âge de l'enthousiasme pour un idéal, il ne sied pas de suivre la mode à tous crins. J'aurai également un œil sur tes fréquentations masculines. J'attends enfin de toi la plus grande politesse, aussi bien envers ta grand-mère qu'envers moi-même. Jillian, j'en suis sûr, te fera part de certaines règles à respecter et je vais t'en donner un aperçu dès à présent.

» Jillian dort chaque jour jusqu'à midi. Elle prétend que cela l'aide à rester belle. Alors, ne la dérange pas. Elle n'aime pas être entourée de gens ternes et ennuyeux : arrange-toi pour ne pas en amener à la maison. Veille aussi à n'aborder aucun sujet déplaisant devant elle. Si tu as des problèmes, que ce soit de santé, au collège, ou simplement des difficultés personnelles, parle-m'en en privé. Il serait préférable que tu ne fasses aucune référence à ton passé et que tu ne racontes pas les drames que tu auras pu lire dans les journaux. Jillian vit comme une autruche, la tête dans le sable : cela lui évite d'avoir à s'occuper des autres. C'est une façon de se protéger, mais après tout, pourquoi pas... Si besoin est, je lui sortirai moi-même la tête du sable en temps voulu.

Je commençais à soupçonner que Townsend Anthony Tatterton était un homme dur et cruel et qu'il se servirait de moi comme il devait se servir de Jillian : quand cela l'arrangerait.

Je n'avais pourtant pas l'intention de refuser son offre. J'allais avoir une maison, j'irais au collège ! Mon cœur bondissait en pensant au jour béni où j'obtiendrais enfin ce diplôme tant convoité.

1. Yale : célèbre université américaine, où étudient tous les fils de famille. *(N.d.T.)*

Je me levai et m'efforçai d'affermir ma voix.

– Monsieur Tatterton, j'ai toujours su que mon avenir était ici, à Boston. Je pourrai y faire mes études dans les meilleures conditions et y envisager une vie plus décente que celle que ma mère a connue dans les collines, en Virginie. Je désire plus que tout au monde finir mes études à l'université. Je pourrai enfin être fière de moi, et j'en ai désespérément besoin. J'aimerais retourner un jour à Winnerrow, pour montrer à ceux qui m'ont connue pauvre ce que je suis devenue. Mais je n'ai l'intention de sacrifier à ce but ni mon honneur ni mon intégrité.

Ces derniers mots amenèrent un sourire sur les lèvres de Tony, comme s'il les trouvait ridicules.

– Excellentes dispositions, que j'avais d'ailleurs deviné dans tes yeux. Je suis content de toi. Je vois que tu attends beaucoup de moi. Pour ma part, je ne te demande qu'une chose : l'obéissance.

– Une chose... qui en sous-entend beaucoup d'autres, si je comprends bien.

– Oui, probablement. Mais, vois-tu, ma femme et moi sommes des gens influents dans notre milieu et nous tenons énormément à notre réputation. Certains membres de ta famille pourraient débarquer ici, un jour ou l'autre, et cela deviendrait très embarrassant. Je sens qu'entre ton père et toi, ce n'est pas le grand amour, mais qu'en même temps, tu le protèges ainsi que ton grand-père. D'autre part, j'ai pu observer que tu t'adaptais rapidement et je soupçonne que tu deviendras vite plus bostonienne que moi, qui suis né ici. Mais il est bien entendu que je ne veux voir aucun de tes parents, jamais. Pas plus que tes anciens amis de Virginie.

Là, il me demandait trop. Et moi qui avais projeté, une fois sa confiance gagnée, de lui avouer toute la vérité ! À présent, comment lui raconter ce terrible automne où Pa avait découvert qu'il avait la syphilis, où Sarah avait accouché d'un enfant difforme et mort-né ? L'automne où Granny était morte et qui s'était terminé par la fuite de Sarah. Elle nous avait abandonnés, tous les cinq, dans cette cabane à flanc de montagne, pour le meilleur et pour le pire. Et ce fut le pire. Et que dire de cet hiver infernal pendant lequel Pa nous vendit, un à un, cinq cents dollars chacun, à des gens qui avaient trompé notre confiance et s'étaient servis de nous ? Jamais je ne pourrais inviter ici Tom et Fanny et encore moins Keith et *notre* Jane… en admettant que je retrouve un jour leur trace.

– Oui, Heaven Leigh, je veux que tu coupes tous tes liens familiaux, que tu oublies les Casteel et que tu deviennes une Tatterton, comme ta mère l'aurait été si elle ne nous avait pas quittés. Quand je pense qu'elle ne nous a écrit qu'une fois, une seule ! Est-ce que quelqu'un, là-bas, t'aurait dit pourquoi elle n'écrivait pas ?

J'étais à bout de nerfs. Si quelqu'un devait le savoir, c'était lui, plutôt que Granny, Grandpa ou même Pa !

Ma réponse trahit mon ressentiment.

– Comment vouliez-vous qu'ils le sachent, si elle ne le leur avait pas dit ? À ma connaissance, elle ne parlait jamais de sa maison. Elle leur a seulement expliqué qu'elle venait de Boston et qu'elle n'y retournerait jamais. Ma Granny avait bien deviné qu'elle appartenait à une famille fortunée. Elle portait de très jolis vêtements et possédait un coffret de velours, plein de bijoux. Elle avait aussi des manières très raffinées.

Pour une raison que je ne m'expliquai pas, je ne dis rien de la poupée qu'elle avait cachée au fond de sa valise.

– Elle a dit à ton père qu'elle ne reviendrait jamais ? Pourquoi ?

Sa voix tendue laissait deviner son émotion.

– Pourquoi ? Je n'en sais rien ! Granny aurait souhaité qu'elle retourne d'où elle venait, avant que les collines ne la tuent.

Il se pencha en avant et me regarda durement.

– Avant que les collines ne la tuent ? Je croyais que c'était faute de soins médicaux qu'elle était morte ?

Le son de ma voix me surprit : on aurait dit celle

de Granny, le ton lugubre qu'elle prenait parfois pour me convaincre.

– Il y en a qui disent que l'on ne peut vivre normalement dans nos collines, à moins d'y être né et d'y avoir été élevé. On y entend des bruits, que personne ne peut expliquer, comme la voix des loups hurlant à la lune. Les naturalistes disent que les loups gris ont disparu depuis longtemps de la contrée, mais nous les entendons. Il y a aussi des ours, des lynx et des cougouars. Nos chasseurs rentrent souvent en racontant des histoires qui prouvent que les loups gris sont toujours là. Nous ne les voyons pas, c'est vrai, mais le vent nous amène des hurlements qui nous réveillent, la nuit. Il y a aussi toutes sortes de superstitions que j'ai toujours voulu ignorer. Des choses stupides, comme cette croyance qui veut que l'on tourne trois fois autour de sa maison avant d'y entrer, pour éviter que les démons ne vous y suivent. Aujourd'hui encore, les étrangers qui viennent vivre dans nos collines tombent souvent malades et se remettent rarement. Ils ne présentent aucun symptôme identifiable, mais ils deviennent silencieux, perdent l'appétit, maigrissent et meurent.

Les lèvres de Tony s'étaient resserrées, au point de ne plus former qu'une ligne mince.

– Les collines ? Est-ce que Winnerrow se trouve dans les collines ?

– Winnerrow est dans une de ces vallées que les gens de la montagne appellent « un sale trou ». J'ai toujours essayé de ne pas parler comme eux, mais cette vallée-là n'est pas très différente des collines ! Le temps est immobile, là-bas, aussi bien dans la vallée que là-haut, chez nous. Mais pas à la façon dont l'entend Jillian. Les gens y vieillissent vite, trop vite. Ma pauvre Granny n'a jamais eu l'occasion de mettre de la poudre ni du vernis à ongles !

Il m'interrompit avec impatience.

– Assez, ne m'en dis pas plus ! Explique-moi plutôt ce qui peut bien pousser une fille comme toi, qui es loin d'être sotte, à retourner là-bas ?

– J'ai mes raisons, dis-je d'un ton buté.

Comment lui faire comprendre combien il était important à mes yeux de redonner du prestige au nom si méprisé des Casteel, de lui rendre ce qu'il n'avait jamais eu : la respectabilité. C'était pour ma Granny que je voulais le faire, et pour elle seule.

Tony était toujours assis, et moi debout devant lui. Il restait silencieux, ses mains impeccablement manucurées, croisées sous le menton. D'un geste nerveux, il se mit à tambouriner distraitement sur la nappe immaculée. Quand il se décida à parler, j'étais moi-même fébrile.

– Il faut toujours choisir la franchise, surtout quand on n'est pas certain de tirer parti du mensonge. Là, au moins, on joue cartes sur table et, si l'on échoue, on garde son... intégrité.

Il me décocha un sourire amusé et poursuivit :

– À peu près trois ans après le départ de ta mère, j'ai engagé un détective. Il a retrouvé sa trace à Winnerrow. On lui a dit qu'elle avait vécu non loin de la ville, mais que ceux qui naissaient et mouraient dans le comté ne figuraient pas forcément sur les registres de l'état civil. Cependant, certains habitants de Winnerrow se rappelaient le mariage d'une très jolie jeune fille, étrangère au pays, avec Luke Casteel. Ce détective a même essayé de retrouver sa tombe, mais il n'a découvert aucune pierre tombale à son nom... Depuis longtemps, je savais qu'elle ne reviendrait jamais. Elle a tenu parole.

Étaient-ce bien des larmes que je voyais dans ses yeux ? L'avait-il aimée, à sa façon ?

– Peux-tu, en toute franchise, me dire si elle aimait ton père, Heaven ? Réfléchis bien, c'est important.

Comment aurais-je pu savoir ce qu'elle éprouvait pour mon père, sinon par ouï-dire ? Granny croyait qu'elle l'aimait, c'est vrai, sans doute parce qu'elle désarmait sa méchanceté. Avec elle, il ne s'était jamais montré cruel.

– Assez ! m'écriai-je, à bout de nerfs. Cessez de me poser des questions sur elle ! Toute ma vie, on a rejeté sur moi la responsabilité de sa mort, n'insistez pas là-dessus ! Donnez-moi ma chance, Tony

Tatterton ! Je vous obéirai en tout, je finirai mes études. Vous verrez, vous serez fier de moi !

Quelque chose dans ma voix lui fit baisser la tête et il se prit le front entre les mains. J'aurais tant voulu qu'il partage ma haine pour Pa, comme mon désir de me venger de lui ! J'attendais sa réaction en tremblant quand soudain, il releva la tête. Je soutins fermement son regard.

– Tu me promets d'obéir à toutes mes décisions ?

– Oui.

– Dans ce cas, tu ne passeras plus par le labyrinthe et tu ne chercheras jamais à rencontrer mon jeune frère, Troy.

Je retins mon souffle.

– Mais comment savez-vous que je l'ai vu ?

– Parce qu'il me l'a dit, petite fille. Il était très excité. Il a été frappé par ta ressemblance avec ta mère, enfin... pour autant qu'il s'en souvienne.

– Pourquoi ne voulez-vous pas que je le voie ?

Il secoua la tête, l'air soudain préoccupé.

– Troy souffre lui aussi de maux qui peuvent lui être fatals, tout comme ton père. Je ne veux pas qu'il te contamine, bien qu'il n'ait rien à proprement parler de contagieux.

– Je ne comprends pas.

Je me sentais profondément affectée à la pensée qu'il soit malade et peut-être en danger de mort.

– Bien sûr que tu ne comprends pas. Personne, d'ailleurs, ne peut comprendre Troy. As-tu déjà rencontré jeune homme plus beau, plus charmeur, plus intelligent ? N'a-t-il pas l'air parfaitement bien portant ? Remarquablement même, bien qu'il soit un peu maigre. En fait, depuis sa naissance, j'avais alors dix-sept ans, il n'a cessé d'être malade. Aussi, fais ce que je te demande. Pour ton bien, oublie Troy ! Tu ne le sauveras pas, personne ne peut le sauver.

– Que voulez-vous dire ? Le sauver de quoi ?

– De lui-même.

D'un geste de la main, Tony me signifia que le chapitre était clos.

– Très bien, Heaven, assieds-toi et mettons les

choses au point. Je t'offre un foyer, je t'entretiendrai comme une princesse et t'enverrai dans les meilleures écoles. En échange de quoi, je te demande une ou deux petites choses. D'abord tu éviteras de parler à ta grand-mère de sujets qui la chagrinent. Ensuite tu ne chercheras pas à rencontrer Troy en cachette. Tu ne diras plus un mot de ton père. Tu feras ton possible pour oublier ton ancien milieu et tu emploieras toute ton énergie à t'améliorer. Enfin, en remerciement de tous nos efforts, tu me laisseras prendre toute décision importante te concernant. C'est d'accord ?

– Mais quelles... de quel genre de décisions parlez-vous ?

– Tu es d'accord, oui ou non ?

– Mais...

– Très bien, tu n'es pas d'accord, tu discutes mes conditions. Alors, prépare-toi à nous quitter, le lendemain du jour de l'an.

J'étais en plein désarroi.

– Mais je n'ai nulle part où aller !

– Tu peux t'amuser pendant deux mois et puis nous nous quitterons. Et ne crois pas, surtout, que pendant ce temps tu vas gagner l'affection de ta grand-mère et qu'elle assumera les frais de tes études. Elle ne contrôle pas la fortune que Cleave lui a laissée, c'est moi qui m'en occupe. Elle a tout ce qu'elle veut, j'y veille. Mais elle n'a aucun sens des affaires.

Je ne pouvais pas céder, accepter ces conditions injustes. Il était hors de question de lui laisser faire tous les choix à ma place.

– Ta mère était sur le point de poursuivre ses études dans un collège, reprit-il sur un ton aigu, le meilleur de la région. Toutes les jeunes filles de la bonne société rêvent d'y entrer dans l'espoir de dénicher un beau parti. J'espère que tu auras cette chance-là toi aussi.

Il y avait longtemps que j'avais rencontré le jeune homme de mes rêves. C'était Logan Stonewall. Un jour ou l'autre, il me pardonnerait et me reviendrait. Il comprendrait que j'avais été victime des circonstances...

Comme l'avaient été Keith et *notre* Jane, eux aussi. Je me mordis la lèvre. La vie ne m'offrirait peut-être plus jamais la même chance : il me fallait la saisir. La maison était vaste, les affaires de Tony le retenaient en ville, nous nous verrions à peine et c'était mieux ainsi. Quant à Troy Tatterton, pourquoi me compliquer la vie avec lui, si je devais revoir Logan ?

– J'accepte vos conditions. Je reste, dis-je en toute hâte.

Tony me gratifia d'un sourire chaleureux, le premier.

– Très bien; je savais que tu finirais par faire le bon choix. Ta mère en a fait un très mauvais en s'enfuyant. Maintenant, pour éclairer ta lanterne et t'éviter d'aller fouiner partout, sache que Jillian a soixante ans et moi quarante.

Jillian avait soixante ans ! Granny n'en avait que cinquante-quatre à sa mort, et elle en paraissait quatre-vingt-dix... Oh, ma pauvre, pauvre Granny !

Je ne savais plus que dire ni que faire, mon cœur battait violemment dans ma poitrine. Et, brusquement, vint la détente. Je pouvais enfin respirer, je réussis même à sourire. Tout finirait par s'arranger ! J'arriverais bien un jour à nous rassembler tous : Tom, Fanny, Keith et *notre* Jane. Et, cette fois-ci, ce serait sous mon propre toit. Mais avant tout, il fallait achever et parachever mon éducation : après quoi, tout me serait permis !

– Winterhaven a une liste d'attente très longue, dit Tony. Mais je m'arrangerai pour t'y faire entrer rapidement. À la condition, toutefois, que ton niveau soit suffisant. Tu devras passer un examen : des jeunes filles du monde entier désirent y être admises. Et puis, nous irons tous les deux faire des achats, nous laisserons Jillian à ses occupations. Tu as besoin d'une foule de choses : vêtements chauds, manteaux, bottes, chapeaux, gants, robes et j'en passe. Tu vas représenter la famille Tatterton et tu dois te montrer à la hauteur. Tu auras également de l'argent de poche pour recevoir tes amis et acheter tout ce dont tu auras envie. Comme tu le vois, tu seras plus qu'à l'aise.

Je croyais rêver. Tous les privilèges de la richesse m'étaient offerts... la joie de dépenser sans compter, l'éducation la plus enviée... tout ce que j'avais cru inaccessible se trouvait à portée de ma main, enfin !

– Cette jeune femme... Sarah... celle que ton père a épousée peu après la mort de Leigh... comment était-elle au juste ?

La question me fit sursauter. D'où venait cette curiosité soudaine ?

– C'était une fille des collines. Grande, bien charpentée, avec des cheveux auburn et des yeux verts.

– Tout cela, je m'en moque. Dis-moi quel genre de femme elle était.

– Eh bien... je l'aimais, jusqu'à ce qu'elle nous...

Je m'interrompis net. J'avais failli me trahir.

– Jusqu'à ce qu'elle m'abandonne, repris-je, troublée. Quand elle a su que Pa était condamné, elle est partie.

– Oublie-la, ne prononce plus jamais son nom. Et n'espère surtout pas la revoir.

– J'ignore complètement où elle est actuellement !

Je me sentais coupable d'avoir parlé si vite, au lieu de la défendre. Elle avait fait tout ce qu'elle pouvait pour nous, même si elle avait échoué dans sa tâche.

– Heaven, s'il y a une chose que j'ai apprise en quarante ans, c'est que les mauvaises herbes repoussent toujours.

Je le dévisageai, interloquée.

– Je te le répète, Heaven, tu vas devenir un membre de la famille et tu dois oublier ton passé. Tes amis, quels qu'ils soient, tes cousins, oncles ou tantes, si tu en as. Quant à ce bel avenir d'institutrice, fais-moi le plaisir de viser plus haut. Je ne veux pas que tu ailles t'enterrer dans tes montagnes, où tu ne serviras à rien, de toute façon : on ne fait pas boire un âne qui n'a pas soif. Montre-toi digne des Tatterton et des Van Voreen, c'est-à-dire de l'élite de la société. Nous avons un rôle à tenir, et pas seulement en paroles, mais en actions.

Mais qui était-il donc, pour exiger tant ? Je mourais d'envie de lui jeter à la figure ce que je pensais de sa dureté, de sa mesquinerie, de sa cruauté... mais je parvins à me contenir. Je commençais à deviner ce qui avait poussé ma mère à s'enfuir. Et, en vraie Casteel que j'étais, j'élaborai aussitôt une parade. Aussi fin qu'il fût, Tony Tatterton ne pouvait tout de même pas lire dans mes pensées. Si j'écrivais en cachette à Tom et à Fanny, comment pourrait-il le savoir ? Il voulait jouer au dictateur... Eh bien, libre à lui ! De mon côté, j'agirais à ma guise !

Je baissai humblement la tête.

– Comme vous voudrez, Tony.

Les épaules droites et le menton haut, je montai alors l'escalier. Mais l'amertume couvait en moi. Les apparences changeaient, les choses toutefois restaient les mêmes. Ici non plus, je n'étais pas la bienvenue.

5

Winterhaven

Dès le lendemain, Tony commença à organiser ma vie, comme si ni Jillian ni moi n'étions concernées. Il établit un emploi du temps minutieux pour chaque minute de ma journée, me privant ainsi du plaisir de découvrir un à un les charmes de cette maison. Je dus m'habituer à être servie, moi qui avais toujours servi les autres. Il me fallut aussi du temps pour apprendre à apprécier cette maison. Je n'aimais pas que Percy fasse couler mon bain, ni qu'elle sorte mes vêtements. Je réprouvais l'interdiction sans appel qui m'empêchait de communiquer avec ma famille.

Un matin, levant le nez de la page de la bourse qu'il étudiait, Tony me signifia d'un ton rude :

– Il est inutile que tu appelles Tom pour lui dire au revoir. Tu m'as dit que tu l'avais déjà fait.

J'étais comme hébétée, les événements se succédaient trop rapidement à mon goût. Et quand je m'en plaignis timidement à Tony, il me regarda avec étonnement.

– Comment, trop vite ? N'est-ce pas ce que tu voulais ? C'est pour cela que tu es venue, non ? Maintenant que tu tiens ce dont tu as toujours rêvé, sinon plus, tu vas me faire le plaisir de te mettre au travail, je veux dire à tes études. Et si tu penses que je t'impose un rythme trop soutenu, dis-toi bien que la vie n'attend pas. De toute façon, je n'ai jamais aimé faire traîner les choses, et tu ferais bien d'en faire autant, si tu tiens à ce que nous ayons de bons rapports.

Il me décocha un sourire amusé et j'essayai de dominer mon ressentiment.

Laissant Jillian faire la grasse matinée et se cloîtrer dans ses appartements pour se mignoter, Tony et moi courions les boutiques, dépensant des fortunes en vêtements et en chaussures. Sans jamais demander les prix, il signait ses chèques avec l'air serein que donne la certitude de ne jamais manquer d'argent. Cependant, lorsque je suggérai timidement que j'aurais aimé des chaussures assorties à certains ensembles, il refusa catégoriquement.

– Non. Tu as du noir, du marron, du beige et du bleu, plus une paire de grises, cela me semble suffisant. Ces chaussures vont avec tout. Cet été, tu en achèteras des blanches. Si je ne satisfais pas tous tes caprices, c'est pour bien te faire comprendre que l'on ne peut réaliser tous ses rêves d'un seul coup. Nous vivons de rêves, mon petit. Et quand nous n'en avons plus, nous sommes près de la mort.

Ses yeux s'assombrirent.

– Une fois j'ai commis l'erreur de trop donner, de tout donner d'un seul coup. Je ne recommencerai pas.

Ce soir-là, nous revînmes à la maison dans une voiture pleine à ras bord de paquets. Mon trousseau aurait suffi à habiller trois jeunes filles, mais Tony ne paraissait pas comprendre qu'il venait précisément de donner trop et trop vite. Cette abondance de toilettes dépassait de très loin mes rêves les plus fous. Il avait pourtant l'air de trouver que c'était à peine suffisant. Évidemment, si l'on comparait ma garde-robe à celle de Jillian !...

La façon dont celle-ci me traitait me blessait. Tantôt elle m'ignorait, tantôt elle se jetait à mon cou. En sa présence, je ne me sentais jamais vraiment bien à l'aise. Mon intuition me disait qu'elle aurait préféré m'éloigner. Quelquefois, je la trouvais tranquillement assise sur le divan de sa chambre, occupée à faire une réussite. Elle m'accordait alors un regard.

– Joues-tu aux cartes, Heaven ? demanda-t-elle un jour.

Je sautai sur l'occasion, heureuse de passer un moment avec elle.

– Un ami m'a appris à jouer au gin rummy, autrefois, avançai-je timidement.

Cet ami m'avait également offert un jeu de cartes tout neuf emprunté, comme il le disait, au magasin de son père.

Elle me regarda d'un air vague.

– Au gin rummy ? Est-ce le seul jeu que tu connaisses ?

– Si vous m'aidez, j'aurai vite fait d'en apprendre d'autres !

Ce jour-là, elle entreprit de m'initier au bridge. C'était son jeu préféré. Elle m'expliqua les points attribués à chaque carte, comment faire les annonces et de quelle manière répondre à celles de son partenaire. Je compris vite que je m'en tirerais beaucoup mieux en achetant un livre : Jillian n'avait pas la patience d'expliquer.

Elle aimait pourtant son rôle. Et pendant toute la semaine qui suivit, elle exulta chaque fois que je perdis. Puis, vint le jour où nous commençâmes à jouer sur un écran électronique avec lequel on pouvait jouer seul, ou bien à deux ou trois. Au grand désespoir de Jillian, je gagnai. Elle s'écria aussitôt, en plaquant les mains sur ses joues :

– C'est un coup de chance !

Elle avait l'air affreusement déçue et décréta :

– Après déjeuner, nous ferons une autre partie. Nous verrons bien qui gagnera.

Elle semblait ressentir le besoin de ma présence, et même l'apprécier. Puis arriva notre premier dîner ensemble dans la salle à manger. J'avais en face de moi l'une des femmes les plus riches du monde, peut-être aussi l'une des plus belles, et je la voyais se nourrir de minuscules sandwichs au concombre ou au cresson en sirotant quelques gorgées de champagne.

– Ce n'est pas très nourrissant tout cela, Jillian. Moi, même après six sandwichs, je suis toujours aussi affamée.

Elle leva ses sourcils délicats en signe d'exaspération.

– Et de quoi te nourris-tu quand tu prends tes repas avec Tony ?

– Oh ! il me laisse choisir ce que je veux. En fait, il m'encourage à goûter les plats que je ne connais pas.

– Je vois. Il te gâte comme il gâtait Leigh.

Elle se tut un long moment, le nez baissé sur son assiette de crudités, puis fit un signe de la main comme pour me signifier mon congé.

– S'il y a une chose que je déteste, c'est bien de voir une jeune fille s'empiffrer. Est-ce que tu te rends compte, Heaven, que c'est exactement ce que tu fais ? Jusqu'à ce que tu aies appris à te contrôler, il est préférable que nous ne prenions plus nos repas ensemble. Et si jamais cela devait se reproduire, je tâcherais d'ignorer tes mauvaises manières à table.

Elle tint parole et ne me demanda plus jamais de jouer au bridge avec elle. S'il nous arrivait de nous trouver en même temps dans leur élégante salle à manger, elle m'ignorait et n'adressait ses remarques qu'à Tony. Quand elle ne pouvait absolument pas se dispenser de me parler, elle évitait de me regarder. Pour lui faire plaisir, je refusais de me resservir lorsque l'on repassait les plats. Je me servais même très modestement. Résultat : j'étais perpétuellement affamée. J'allais alors quémander à la cuisine. Ryse Williams, le chef noir, était d'ailleurs ravi de m'accueillir dans son domaine.

– Doux Jésus ! s'exclamait-il à tout bout de champ, vous êtes le portrait de votre mère. Je n'ai jamais vu une telle ressemblance. Même si vos cheveux bruns vous donnent une allure différente.

Et, dans cette cuisine étincelante de cuivres, toute pleine d'ustensiles, je passais des heures à écouter les histoires de Rye Whiskey sur la famille Tatterton. J'insistais souvent pour qu'il me parlât de ma mère. Il prenait alors un air gêné et faisait semblant de s'activer à ses fourneaux, puis détournait la conversation. Soit ! Il finirait bien un jour par me dire tout ce qu'il savait. Et, à son air entendu, je devinais qu'il pourrait m'apprendre beaucoup.

Dans l'intimité de ma chambre, j'écrivais à Tom et lui racontais ce qu'était ma vie. Je lui avais déjà envoyé trois lettres, l'avertissant toutefois de ne pas me répondre jusqu'à ce que je puisse lui donner une adresse sûre. Pauvre Tom ! Que devait-il imaginer ? J'en étais peinée pour lui. Je lui décrivais Farthinggale Manor, Jillian et Tony, mais je ne soufflais mot de Troy, à qui mes pensées revenaient sans cesse. Bien trop souvent, à mon avis. Je désirais le revoir tout en le redoutant.

J'aurais pu interroger Tony sur son frère. Mais chaque fois que j'abordais le sujet, il éludait la question. À deux reprises, j'essayai de questionner Jillian, mais elle aussi détournait la tête et écartait le sujet.

– Troy ? Il n'est pas très passionnant. Oublie-le, il a trop de choses en tête pour s'intéresser aux femmes.

Et, alors que j'avais l'esprit tout occupé de Troy, je décidai qu'il était temps d'écrire à Logan, lui de qui dépendait tout mon avenir. M'avait-il gardé une place dans sa vie ?

Le lui demander était loin d'être évident. Il m'avait aimée, avait cru en moi, et je ne savais que trop ce qui nous avait séparés. Lui en parlerais-je ouvertement ? Non, surtout pas. Pour entrer dans les détails de mon aventure avec Cal Dennison, mieux valait avoir Logan en face de moi. Son expression m'en dirait plus long que des paroles.

J'écrivis enfin quelques lignes, qui me parurent totalement insipides.

« Cher Logan,

Je suis enfin dans la famille de ma mère, comme j'en avais toujours eu le désir. J'entrerai bientôt dans un collège privé, Winterhaven. S'il te reste l'ombre d'un sentiment pour moi, et je prie chaque jour pour qu'il en soit ainsi, essaye de me pardonner. Alors, peut-être, tout pourrait recommencer...

Affectueusement,
Heaven. »

Comme adresse, j'indiquai celle de la boîte postale que j'avais ouverte la veille, pendant que Tony faisait quelques achats pour lui. Je mâchonnai, indécise, l'extrémité de mon stylo, avant de me décider à glisser l'unique feuillet dans l'enveloppe, geste que j'accompagnai d'une courte prière. Logan pouvait m'éviter le pire... En aurait-il envie ?

Le lendemain, j'eus la chance de pouvoir poster mon courrier. Je sortis du magasin sous un faux prétexte et courus jeter mes lettres dans une boîte. Je me sentis comme délivrée. J'avais renoué avec mon passé. Ce passé ô combien interdit !

Nous revînmes à Farthy que je considérais peu à peu comme ma maison. Chaque matin, levée de bonne heure, je nageais avec Tony dans la piscine couverte. J'allais ensuite me changer et prenais mon petit déjeuner avec lui. J'étais maintenant habituée à la présence de Curtis, le maître d'hôtel, et comme Tony, je l'ignorais... Il n'était là que pour servir. Je voyais très peu Jillian. Elle passait la moitié de la journée dans sa chambre et apparaissait soudain, superbe, pour se rendre chez son coiffeur. À moins que ce ne fût pour quelque déjeuner ou thé, où, je l'espérais, elle se restaurait de façon plus substantielle que chez elle.

Peu après le petit déjeuner, Tony partait pour Boston s'occuper de ses affaires à la Tatterton Toy Company. Parfois, il téléphonait de son bureau pour m'inviter à déjeuner dans un restaurant chic où je me sentais l'âme d'une princesse. J'aimais la façon dont on se retournait sur nous comme si nous étions père et fille. Oh, Pa ! Si seulement tu avais possédé un peu des manières élégantes qui semblaient si naturelles chez Tony !

Puis, vinrent les jours tant redoutés où Tony me déposa en voiture, en se rendant à son bureau, devant un grand bâtiment d'aspect sévère dans lequel je devais passer mes examens d'admission au collège.

– Les premières épreuves t'ouvriront les portes de Winterhaven, avait-il déclaré, les autres détermineront si tu es qualifiée pour entrer dans les meilleures universités. J'attends de toi des résultats brillants, je ne tolérerai pas la médiocrité.

Un soir, je m'assis dans la chambre de Jillian pour la regarder se maquiller. J'aurais tant aimé pouvoir lui parler comme à une mère. Après tout, elle était ma grand-mère. Mais j'avais à peine entamé le sujet de mes examens qu'elle m'interrompit avec impatience.

– Pour l'amour de Dieu, Heaven, ne m'ennuie pas avec tes problèmes. Je déteste l'école et Leigh ne parlait que de cela, elle aussi. Je ne vois pas en quoi cela peut être utile. De toute façon, belle comme tu es, tu vas te marier et tu auras à peine le temps de te servir de tes connaissances.

Mes yeux s'arrondirent de surprise indignée. En quel siècle vivait-elle ? Dans la plupart des couples, l'homme et la femme travaillaient, de nos jours. Je la regardai de plus près et je devinai qu'elle avait toujours compté sur sa beauté pour conquérir la fortune. Et elle y avait réussi !

– J'irai plus loin, Heaven, une fois que tu seras dans ce satané collège, essaie, je t'en prie, de ne jamais amener à la maison les amis que tu t'y seras faits. Si tu y tiens absolument, préviens-m'en au moins trois jours à l'avance que j'aie le temps de prévoir autre chose pour moi.

Profondément blessée, je gardai longtemps le silence avant de dire d'une voix pitoyable :

– Vous ne m'accepterez jamais, n'est-ce pas ? Quand je vivais dans les Willies, j'ai toujours pensé que vous, la mère de ma mère, vous m'aimeriez. J'imaginais que vous auriez besoin de moi et que nous formerions une famille unie... une vraie famille.

Elle me regarda avec le plus profond étonnement.

– Une famille unie ? Que me chantes-tu là ? J'ai deux sœurs et un frère et nous nous entendons comme chiens et chats. Nous n'avons jamais fait que nous chamailler et chercher de bonnes raisons de nous haïr. Aurais-tu oublié la façon dont ta mère s'est conduite avec moi ? Si je te donne mon affection, je souffrirai encore le jour où tu partiras. Car tu partiras, toi aussi...

Elle avait froncé les sourcils et, à la façon dont elle me dévisageait, je sentis toutefois que cela ne lui briserait pas le cœur de me voir quitter la maison et, du même coup, sortir de sa vie. Elle ne désirait rien y changer. Je ne représentais rien pour elle. Je ne m'étais jamais sentie si désemparée.

Mais Tony me fit oublier, pour un moment, l'indifférence de Jillian à mon égard. J'obtins de très brillants résultats à mes examens; j'avais passé le premier obstacle. Il lui restait encore à intervenir pour me permettre de passer en tête de liste, devant les centaines de personnes qui attendaient déjà.

Ce fut dans son bureau, à Farthy, qu'il me fit part de la nouvelle, son regard bleu rivé sur moi.

– J'ai fait tout ce que j'ai pu pour que tu entres à Winterhaven, à ton tour de faire tes preuves. Tu as passé les épreuves haut la main, tu vas donc intégrer au niveau le plus élevé. Nous allons remplir ton dossier d'inscription, tes notes d'examens leur parviendront directement. Winterhaven est une école réputée. Tu auras d'excellents professeurs. Ils ont pour habitude de récompenser leurs meilleures élèves en leur donnant la possibilité de participer à des activités extra-scolaires, qui te plairont ou non... Peu importe ! Ils estiment que c'est bon pour leur avenir. Et tu t'y plieras. Tu seras invitée à des thés où tu rencontreras tout ce qui compte dans la bonne société de Boston. Tu recevras des places pour des concerts, pour l'Opéra et le théâtre. Je suis désolé de dire que l'on néglige les sports à Winterhaven. Qu'as-tu fait dans ce domaine ?

J'avais travaillé très dur dans les Willies pour obtenir des résultats convenables. Je n'avais ni le loisir, ni l'énergie de pratiquer un sport quand par ailleurs, je faisais dix kilomètres à pied chaque matin pour aller en classe, et autant pour en revenir. À la maison, si toutefois je pouvais appeler notre cabane ainsi, je devais m'atteler à la lessive, au jardinage et seconder Granny et Sarah. Le séjour à Candlewick chez les Dennison n'avait guère été meilleur. Kitty me prenait pour une domestique et Cal ne cherchait qu'une partenaire pour ses distractions de salon.

Tony s'impatientait.

– Eh bien, tu as perdu ta langue ? Je te demande si tu aimes les sports ?

Je murmurai, les yeux baissés :

– Je ne sais pas. Je n'ai jamais eu la chance d'en pratiquer aucun.

Je compris, trop tard, que ma dérobade n'avait pu tromper la vigilance de Tony. Je devais rester impénétrable, surtout ne pas me trahir. En l'observant du coin de l'œil, je crus voir une lueur de pitié dans son regard, comme s'il en savait long sur toute cette misère que j'essayais de lui cacher. Mais jamais, non, jamais, il ne pourrait en soupçonner toute l'horreur ! Je me hâtai de sourire, de crainte qu'il n'en devinât plus.

– Je suis une très bonne nageuse.

– Voilà qui est excellent pour la ligne. J'espère que cet hiver tu continueras à te servir de la piscine.

Je hochai la tête, mal à l'aise.

Juste au-dessus de ma tête résonnait le bruit assourdi des mules de satin de Jillian : elle devait se préparer à sortir. Elle avait un cérémonial particulier quand elle se rendait à une soirée, mais celui du coucher était, de loin, le plus long et le plus fatigant. D'un regard, je désignai le plafond.

– Avez-vous prévenu Jillian que je restais ?

– Non. Avec elle, il n'est pas besoin d'entrer dans les détails. L'attention qu'elle porte aux affaires des autres est tout à fait mesurée : elle a ses propres préoccupations. Laissons aller les choses, nous verrons bien.

Il se renversa en arrière et joignit les mains sous son menton. Je m'étais familiarisée avec ses attitudes et je sus qu'il avait le contrôle de la situation.

– Jillian s'habituera à ta présence, à tes allées et venues pendant les week-ends, exactement comme tu es en train de t'habituer au bruit du ressac. Petit à petit, tu rentreras dans son existence. Tu la désarmeras par ta gentillesse et ton désir de lui plaire. Mais surtout, retiens bien cela : pas de compétition avec elle. Ne lui laisse jamais penser que tu pourrais te moquer de la façon dont elle dissimule son âge. Réfléchis avant de parler ou d'entreprendre quoi que ce soit. Jillian est entourée d'amies qui sont très fortes au petit jeu des allusions perfides, mais elle est la championne, tu t'en apercevras. Je t'ai fait une liste de ses amis avec leurs femmes, leurs enfants, leurs violons d'Ingres, leurs manies et leurs phobies. Étudie-la. Ne sois pas trop empressée de leur plaire, sache les flatter adroitement. Ne les complimente qu'à bon escient. Si l'on parle de sujets que tu ne connais pas, garde le silence et écoute attentivement. Tu seras surprise de voir combien les gens aiment qu'on les écoute. Même si tu n'interviens que pour dire : « J'aimerais en savoir davantage... », tu seras considérée comme une brillante interlocutrice.

Il se frotta les mains et m'inspecta des pieds à la tête.

– Bien, maintenant que tu possèdes une garde-robe adéquate, tu feras bonne figure parmi nous. Grâce à Dieu, tu n'as pas d'accent et tu t'exprimes correctement. C'est toujours ça !

La liste des amis de Jillian m'épouvanta. C'était encore autant d'obstacles à franchir. Il me semblait que je m'éloignais de plus en plus de mes frères et sœurs. Allais-je les perdre, alors que je me trouvais enfin en terrain sûr ? Je ne pourrais jamais faire passer Tom ou Fanny pour des amis récents rencontrés à Boston. Leur accent et leur comportement les trahiraient aussitôt. J'avais déjà du mal à m'en sortir moi-même. La seule personne appartenant à mon passé qui ne paraîtrait pas suspecte était Logan. Son aspect solide et sain, son visage honnête dissiperaient tous les soupçons. Mais Logan n'était pas du genre à trahir ses origines. Il était un Stonewall et fier de l'être. Il n'avait pas, comme moi, honte de son nom et de sa famille.

Tony m'observait. Mal à l'aise, je m'agitais dans mon fauteuil.

– Avant que Jillian ne descende et ne nous interrompe pour nous décrire ce qu'elle va mettre ce soir, prends cette carte de la ville et étudie-la. Miles te conduira au collège chaque lundi matin et l'un de nous deux viendra te chercher le vendredi après-midi, vers quatre heures. Quelle voiture aimerais-tu avoir pour ton dix-septième anniversaire ?

J'étais abasourdie. Une voiture, moi ! J'en restai sans voix pendant une minute et, pour finir, balbutiai :

– Choisissez pour moi. Je vous en serai très reconnaissante.

– Allons, une première voiture mérite un choix judicieux : c'est un événement ! Penses-y, observe celles que tu verras dans les rues, arrête-toi aux vitrines des concessionnaires, entre, compare, fais preuve d'esprit critique. Mais le plus important de tout est d'affirmer ton style. Reste toi-même.

Je n'avais pas la moindre idée de ce qu'il voulait dire, mais je me promis de suivre son conseil.

Peu après, il étala la carte de la ville sur le bureau et posa le doigt sur un endroit entouré d'un cercle rouge.

– Voilà Winterhaven et là, Farthy.

J'entendis alors Jillian descendre l'escalier de marbre. Tony s'empressa de replier la carte. Quand sa femme entra, il l'avait déjà glissée dans le tiroir. Précédée de son parfum, Jillian apparut, très sûre d'elle, et nous gratifia chacun d'un sourire. Elle portait un ensemble de crêpe de laine noir, bordé de vison au cou et aux poignets. Sa veste laissait entrevoir une blouse de mousseline de soie assortie, qui flattait somptueusement sa beauté blonde : on aurait dit un diamant enchâssé dans du velours sombre.

L'admiration me coupa le souffle. Je perdis contenance, m'étranglai soudain, et me mis à tousser. Je suffoquai, le sang me monta au visage.

Jillian pivota sur ses talons et me jeta alors un regard alarmé.

– Pourquoi tousses-tu, Heaven ? As-tu attrapé un rhume, ou la grippe ? Dans ce cas, ne m'approche pas ! J'ai horreur d'être malade, et je ne supporte pas non plus la présence des malades. D'ailleurs, je ne l'ai jamais été de ma vie... sauf quand Leigh est née, bien sûr.

Tony la reprit d'une voix patiente et mesurée.

– Accoucher n'a jamais été considéré comme une maladie, Jill.

Il s'était levé à son arrivée. Je n'avais jamais vu quelqu'un avoir autant d'attentions pour sa femme, surtout dans l'intimité. J'étais on ne peut plus impressionnée. Une telle courtoisie me grisait.

Tony ajouta :

– Tu es absolument superbe, Jillian. Le noir est vraiment ce qui te va le mieux.

Ce qu'elle lut dans ses yeux dut lui plaire car elle m'oublia et se tourna vers lui. D'un pas dansant, comme si elle glissait sur le parquet, elle s'avança vers les bras qu'il lui tendait et lui prit le visage dans ses mains gantées.

– Oh, chéri ! Que le temps passe vite ! Nous nous voyons si peu, tu es toujours absent quand j'ai envie d'être près de toi ! Noël va bientôt arriver et notre emploi du temps sera surchargé. À la seule idée d'organiser toutes ces fêtes, je me sens déjà fatiguée.

Elle écarta les mains de son visage et lui encercla la taille.

– Chéri, j'aimerais tant que tu sois tout à moi ! Ce serait merveilleux de partir en lune de miel. S'il te plaît, tâche d'organiser quelque chose pour que nous puissions échapper à l'horreur de ce climat jusqu'au mois de janvier.

Elle l'embrassa et reprit plus tendrement encore :

– Troy pourrait bien s'occuper de tes affaires ? Tu ne cesses de parler de son génie, alors donne-lui une chance de le montrer.

Étrange, la façon dont mon cœur se mit à battre plus rapidement au seul nom de Troy ! Mais mon intérêt reprit vite le dessus. Ainsi, ils allaient m'abandonner et me laisser passer les vacances, seule, dans une école inconnue ! Parmi des élèves dont je savais d'avance qu'elles me mèneraient la vie dure.

Les rapports de Tony et Jillian me rappelaient

ceux de Kitty avec Cal. Les hommes étaient-ils tous les mêmes ? Dépendants et gouvernés par leurs plus bas instincts, au point qu'ils en perdaient tout sens commun dès qu'une jolie femme les flattait ? Tony ne ressemblait plus en rien à ce qu'il était l'instant d'avant. Il étudiait le visage de Jillian avec une attention pleine de douceur. D'une façon subtile et mystérieuse, elle avait pris les rênes en main : c'était elle qui dominait la situation à présent, et ce spectacle avait pour moi quelque chose d'inattendu, ne laissant rien présager de bon. C'est alors que Tony laissa tomber, l'air nonchalant :

– Je vais voir ce que je peux faire.

Puis il ramassa un long cheveu blond sur l'épaule de sa veste noire et l'enroula négligemment autour de ses doigts. Tout en lui exprimait la désinvolture. Ce simple geste fut pour moi une révélation. Aucune femme ne dominerait jamais Tony. Il leur en donnait seulement l'illusion.

Très doucement, il détacha les mains de Jillian accrochées à ses revers.

– Heaven et moi avons projeté de finir nos courses cet après-midi. Je serais très heureux que tu viennes avec nous. Nous pourrions ensuite aller dîner quelque part, puis au théâtre ou au cinéma...

Elle eut une moue enfantine et murmura :

– Tu me prends au dépourvu.

– Tes amis peuvent se passer de toi, reprit Tony. Après tout, tu les connais depuis des années, tandis que tu as encore tout à apprendre sur Heaven.

Elle ramena sur moi son regard, soudain irritée de ce contretemps.

– Chérie, je te néglige, n'est-ce pas ? Pourquoi ne m'avez-vous pas prévenue plus tôt ? J'aimerais tant pouvoir vous accompagner, tous les deux. C'est vraiment dommage, mais j'ai organisé ma journée. Je ne peux me décommander. Si je ne me montre pas au club de bridge, toutes ces harpies me déchireront à belles dents... Tu me comprends, n'est-ce pas ?

Elle se rapprocha de moi pour m'embrasser mais, se rappelant que j'étais peut-être enrhumée, elle se figea. Puis son attention se porta sur mes cheveux, qu'elle contempla longuement. Ils étaient très épais et difficiles à discipliner.

– Tu devrais aller chez un bon coiffeur, Heaven.

Elle baissa la tête et fouilla dans les profondeurs de son sac, dont elle extirpa une petite carte.

– Tiens, ma chérie, voilà ce qu'il te faut : Mario est un vrai génie ! C'est la seule personne à qui je confie ma tête.

Elle se regarda dans un miroir et tapota légèrement sa chevelure.

– Ne te fais jamais coiffer par une femme; les hommes apprécient mieux la beauté féminine et savent la mettre en valeur.

Soudain, je pensai à Kitty Dennison. Elle était propriétaire d'un salon de coiffure et se considérait comme la meilleure dans sa partie. Mais, comparée aux boucles de soie de Jillian, sa lourde chevelure auburn avait la rudesse du crin.

Souriante, Jillian envoya un dernier baiser à Tony et sortit en fredonnant distraitement cet air qui, chez elle, indiquait la bonne humeur. Je lus alors de la tristesse dans les yeux de Tony lorsqu'il s'approcha de la fenêtre pour la regarder s'en aller dans la voiture conduite par Miles.

Comme s'il se parlait à lui-même, il expliqua :

– Une des choses que je préfère en hiver, c'est la neige et le ski. J'avais pensé t'apprendre à skier, tu aurais pu m'accompagner. Jillian déteste les exercices fatigants. De plus, elle ne veut prendre aucun risque. Troy aime le ski, lui, mais il est toujours par monts et par vaux.

J'attendais, suspendue à ses lèvres, qu'il en dise plus au sujet de Troy, mais il revint à Jillian.

– Elle m'a toujours déçu avec son manque d'enthousiasme pour les sports de plein air. Quand je l'ai rencontrée, elle faisait semblant d'aimer le tennis, la natation et le football. Elle se pavanait dans une robe de tennis adorable, bien que je ne l'aie jamais vue tenir une raquette. Bien sûr, elle aurait détesté courir après une balle… cela fait transpirer !

J'eus à ce moment la vision de Jillian dans son

tailleur noir. Vision si radieuse que je n'eus pas le cœur de la blâmer de vouloir préserver sa fragile beauté, justement parce qu'elle était menacée. Si seulement elle pouvait m'aimer, je lui passerais volontiers tous ses caprices...

Deux semaines après mon arrivée à Boston, j'étais acceptée à Winterhaven. Je n'avais pas revu Troy, mais c'était à lui que je pensais quand Tony ouvrit la portière de la voiture. D'un geste large, il me désigna l'élégante bâtisse qu'était Winterhaven, au milieu du campus. Nous étions en automne. Les feuilles des arbres tombaient. Tout paraissait désolé. Seul le bâtiment principal, construit avec des planches peintes en blanc, ressortait dans le soleil en ce début d'après-midi. Je m'étais attendue à trouver un édifice de pierre ou de brique.

– On dirait une église ! dis-je avec étonnement.

Il rit de bon cœur.

– Ai-je oublié de te dire que c'était une église ? Les cloches de la petite tour sonnent chaque heure et jouent quelques airs au crépuscule. Quand le vent souffle dans la bonne direction, on les entend, paraît-il, jusqu'à Boston. Pure imagination, je suppose.

J'étais très impressionnée par la tour et la rangée de petits bâtiments, construits dans le même style que la maison principale. Tony me désigna l'un d'eux, sur la droite :

– Beecham Hall, où tu étudieras l'anglais et la littérature. Chaque pavillon porte un nom et, comme tu peux le constater, ils forment un arc de cercle. On m'a dit qu'un passage souterrain les reliait pour les jours où la neige rend les allées impraticables. Tu habiteras dans le bâtiment principal, qui abrite les dortoirs et les salles à manger, et où ont lieu les réunions. En entrant, prépare-toi à affronter la curiosité générale : ce n'est pas le moment de flancher. Tiens la tête haute. Ne montre pas que tu te sens vulnérable, mal à l'aise ou intimidée. La famille Van Voreen est aussi ancienne que le rocher de Plymouth, n'oublie pas cela !

Je savais, maintenant, que Van Voreen était un nom d'origine hollandaise, ancien et honorable. C'était celui d'un clan dont je ne ferais jamais partie, hélas ! Moi, une Casteel de la Virginie de l'Ouest. Mes pauvres origines me tiraient en arrière, projetant leur ombre noire sur l'avenir. Que je commette une erreur, une seule et toutes ces filles qui, elles, appartenaient à l'élite, m'accableraient de leur mépris. Mon sentiment d'indignité, cette tare qui me collait à la peau, refit surface de manière angoissante. Mon anxiété devint si aiguë que je me mis à transpirer. J'étais beaucoup trop couverte : je ne portais rien moins qu'un chemisier, un chandail de cachemire, une jupe en lainage et, pour couronner le tout, un manteau de cachemire de mille dollars ! J'arborais une nouvelle coiffure et mes cheveux n'avaient jamais été si courts. D'ailleurs, ce matin même, mon miroir m'avait dit que j'étais plutôt jolie... alors pourquoi trembler ?

Des visages curieux se pressaient aux fenêtres, les yeux braqués sur la nouvelle. Tony me décocha un bref regard.

– Qu'est-ce qui se passe ? Allons, Heaven, un peu de fierté ! Je ne vois pas ce que tu pourrais redouter. Détends-toi, réfléchis avant de parler et tout ira bien.

Je me sentais plus qu'intimidée tandis qu'il déchargeait les douze valises neuves qui composaient mes bagages. Je préférai l'aider et tentai de dégager mon nécessaire de toilette. Il était plein à ras bord de produits de beauté que j'utilisais pour la première fois.

– Jillian n'a pas fait d'objections à tous ces achats ? demandai-je en soulevant mon fardeau à deux mains. Que lui avez-vous dit ?

Tony sourit, comme si Jillian n'était qu'une enfant qu'il menait par le bout du nez.

– C'est très simple. Hier soir, je lui ai annoncé que j'allais faire pour toi ce qu'elle aurait aimé me voir faire pour sa fille. Elle s'est détournée d'un air pincé, mais sans protester. Maintenant, ne t'imagine pas que tout va marcher comme sur des roulettes parce qu'elle s'est plus ou moins résignée à avoir une petite-fille qui se prétend sa nièce. C'est à toi de la conquérir. Quand tu te seras fait une place dans cette école et que ses amis t'auront acceptée, alors, elle voudra que tu restes pour toujours, comme tu le dis si poétiquement.

Je soupirai. Ma grand-mère ne voulait pas de moi. Elle se sentait prise au piège parce que je lui rappelais ce qu'elle aurait aimé oublier, mais un jour viendrait où elle m'aimerait. Je ferais tout pour cela, et ce jour-là, elle remercierait Dieu de m'avoir retrouvée...

Tony me tira brusquement de ma rêverie, au moment où un homme de peine arrivait avec un chariot pour emmener mes bagages.

– Viens, Heaven, ce ne sera pas si difficile. Encore une fois, songe au nom que tu portes.

Sa main gantée serra la mienne et il m'entraîna vers l'escalier.

– T'ai-je dit que tu étais très belle ? Ta nouvelle coupe de cheveux t'avantage énormément. Tu es une fille ravissante, Heaven Leigh Casteel ! Et si je ne me trompe, tout aussi intelligente. Alors, ne me déçois pas !

Ragaillardie par ses paroles et son sourire, je repris confiance en moi. Je trouvai la force de monter les marches comme si j'avais fréquenté toute ma vie ce genre d'écoles privées, ultra-chic. Une fois entrée, je regardai autour de moi et frissonnai. Je m'étais attendue à quelque chose de plus cossu, un peu comme le hall d'un hôtel confortable. Mais ici, la plus grande austérité régnait. Tout rutilait de propreté, le parquet était impeccablement ciré. Les murs blanc cassé avaient des moulures et des plinthes de couleur sombre. Des fougères et toutes sortes de plantes en pots étaient dispersées çà et là, sur des tables ou à même le sol, près de chaises de style sévère, à dossiers raides. J'entrevis un salon qui me parut un peu plus intime, avec une cheminée, des divans et des fauteuils recouverts de chintz.

Tony me conduisit dans le bureau de la directrice, Helen Mallory. Une petite femme ronde et aimable qui nous accueillit avec un sourire chaleureux.

– Bienvenue à Winterhaven, mademoiselle Casteel ! C'est pour nous un privilège et un honneur de recevoir la petite-fille de Cleave Van Voreen dans notre établissement.

Elle eut pour Tony un clin d'œil entendu.

– Ne vous en faites pas, mon enfant, je ne dévoilerai pas vos secrets de famille. Je me contenterai de faire allusion à votre grand-père et de rappeler quel homme exceptionnel il était. Tous ceux qui l'ont connu n'ont eu qu'à s'en louer, je dois dire.

Elle m'attira à elle d'un geste maternel, puis m'éloigna à bout de bras pour me dévisager.

– J'ai connu votre mère, autrefois, quand M. Van Voreen est venu l'inscrire. Je suis navrée qu'elle nous ait quittés.

Tony jeta un coup d'œil à sa montre.

– Bon, abrégeons les formalités, si possible. J'ai un rendez-vous dans une demi-heure et j'aimerais voir Heaven installée dans sa chambre.

J'appréciais de l'avoir à mes côtés tandis que nous montions l'escalier. Les portraits sévères d'anciens professeurs tapissaient les murs. Ils avaient tous une expression, comment dire... puritaine. J'en eus froid dans le dos. Ils nous suivaient du regard et j'avais l'impression d'être en faute.

Derrière nous, je percevais des rires étouffés. Je me retournai mais je ne vis personne.

Helen Mallory s'arrêta et ouvrit toute grande la porte d'une jolie chambre.

– Voilà, nous y sommes. La plus belle chambre de l'école, mademoiselle Casteel. C'est votre oncle qui l'a choisie. J'aimerais que vous sachiez que très peu de nos élèves peuvent s'offrir une chambre particulière, ou alors elles ne le désirent pas. Monsieur Tatterton a insisté pour que vous ayez celle-là. En général, les parents pensent que les jeunes préfèrent rester entre eux. Apparemment, ce n'est pas votre cas.

Tony entra dans la pièce et commença l'inspection. Il ouvrit les placards, les tiroirs, essaya les fauteuils et les chaises avant de s'asseoir au bureau et, finalement, me sourit.

– Bien, je crois que tu vas te plaire ici, Heaven.

J'étais transportée de joie à la vue de ces étagères vides que j'allais bientôt remplir de livres. Je ne pus que murmurer :

– C'est merveilleux ! Une chambre pour moi toute seule !

– Tout ou rien, selon ma devise ! ironisa-t-il gentiment. N'est-ce pas ce que je t'avais promis ?

Il se leva et vint m'embrasser.

– Bonne chance ! Travaille sérieusement. Si tu as besoin de quoi que ce soit, appelle-moi au bureau ou à la maison. Je dirai à ma secrétaire de me passer tes appels. Son nom est Amelia.

Là-dessus, il tira son portefeuille de sa poche et, à mon plus grand étonnement, me glissa plusieurs billets de vingt dollars dans la main.

– Pour ton argent de poche, dit-il.

Médusée, je le regardai s'éloigner, les doigts crispés sur les billets. Quand Helen Mallory fut sûre qu'il n'était plus à portée de voix, son expression changea du tout au tout. Elle perdit sa bonhomie et son air maternel et m'étudia attentivement, le regard dur. Elle m'évaluait, me jaugeait, prenait la mesure de mes atouts et de mes faiblesses. Et, à son expression retorse, je compris qu'elle pensait que je ne faisais pas le poids. Si elle avait cherché à me désarçonner, elle avait réussi ! Elle ouvrit la bouche et sa voix, si amicale l'instant d'avant, se fit soudain dure et cassante.

– Nous attendons de nos étudiantes d'excellents résultats et le respect de notre règlement, qui est très strict.

Elle tendit la main et, d'un air détaché, s'empara des billets et les compta.

– Ceci doit aller dans notre coffre. Vous le reprendrez vendredi. Nous n'aimons pas que nos élèves gardent de l'argent dans leurs chambres. Il pourrait être volé, ce qui entraînerait toutes sortes d'ennuis.

Mes deux cents dollars disparurent dans sa poche.

– La cloche sonne à sept heures, chaque matin.

Vous devez vous lever et vous habiller le plus rapidement possible. Il est préférable de prendre votre bain ou votre douche le soir; je vous suggérerais d'adopter cette habitude. Le petit déjeuner est à sept heures trente, au rez-de-chaussée. Vous trouverez des panneaux qui vous guideront.

Elle tira une petite carte d'une des poches de sa jupe de laine noire et me la tendit.

– Voilà votre emploi du temps. Je l'ai composé moi-même. Si vous avez quelque difficulté à le suivre, faites-le-moi savoir. Il n'y a pas de favoritisme ici. Vous devrez apprendre à respecter vos professeurs et vos camarades de classe. Un passage souterrain relie les différents bâtiments. Vous ne devez l'utiliser que les jours de mauvais temps. Les autres jours, vous passerez par l'extérieur : l'air frais est excellent pour les poumons. Vous êtes arrivée à l'heure du déjeuner et votre tuteur m'a dit que vous vous étiez déjà restaurée, c'est bien cela ?

Elle fit une pause et me toisa, attendant une confirmation. L'ayant obtenue, elle regarda fixement mes douze luxueuses valises. Je crus lire du mépris sur son visage, ou même, qui sait... de l'envie ? Elle se hâta de poursuivre :

– À Winterhaven, on n'étale pas sa fortune en arborant des toilettes hors de prix, mettez-vous bien cela dans la tête. Il y a quelques années encore, nos étudiantes portaient un uniforme, ce qui simplifiait les choses. Mais elles ne cessaient de s'en plaindre, au point qu'il nous a fallu céder. Elles s'habillent maintenant comme bon leur semble. Sachez aussi que le repas est servi à midi pour les élèves des petites classes, à midi et demi pour les autres. Soyez ponctuelle, sinon vous ne serez pas servie. Une table vous a été assignée. Vous n'en changerez pas, à moins que l'on ne vous invite expressément à une autre. Vous pouvez également inviter quelqu'un à la vôtre. Le dîner est à six heures et les mêmes règles lui sont appliquées. Chaque étudiante doit servir à table pendant une semaine par semestre. Nous avons établi un roulement pour le service et la plupart de nos jeunes filles l'estiment satisfaisant.

Elle toussa pour s'éclaircir la gorge et poursuivit :

– Nous ne tolérons pas que nos élèves stockent de la nourriture dans leurs chambres, ni qu'elles organisent de petites fêtes nocturnes. Vous êtes autorisée à posséder un poste de radio, un électrophone ou un lecteur de cassettes, mais pas de télévision. Si on vous surprend à boire de l'alcool, vous recevrez un blâme. Trois blâmes dans un semestre et c'est le renvoi. L'étude a lieu de sept à huit. De neuf à dix, vous pouvez regarder la télévision au salon. Nous ne supervisons pas vos lectures, mais nous désapprouvons les livres trop osés. Si l'on vous trouve en possession de magazines peu recommandables, ce sera un blâme. Certaines de nos élèves aiment jouer aux cartes, par exemple au bridge ou au backgammon. Il est interdit de jouer de l'argent. Dans le cas où vous passeriez outre, toutes les joueuses seraient punies et recevraient un blâme. Une dernière chose : tout blâme est accompagné d'une punition, que nous déterminons en fonction de la faute.

Le sourire d'Helen Mallory vira de l'acide au chaleureux.

– Mais j'espère bien qu'il ne sera pas nécessaire de vous punir, mademoiselle Casteel. Ah, j'oubliais ! L'extinction des feux a lieu à dix heures précises.

C'était terminé. Elle pivota sur ses talons et quitta la pièce. Elle n'avait oublié qu'une chose : m'indiquer où se trouvait la salle de bains !

Je m'assis et consultai mon emploi du temps, celui des débutantes. Huit heures, cours d'anglais à Elmhurst Hall... Découragée, je décidai d'aller à la recherche de la salle de bains !

Laissant mes bagages en vrac sur le plancher, je sortis dans le couloir et me mis en quête d'une indication. Les chuchotements que j'avais entendus en montant avaient cessé, je me trouvais dans un désert. J'essayai trois couloirs avant de découvrir, enfin, une petite plaque de cuivre portant l'inscription que j'attendais.

Soulagée, je tournai la poignée et pénétrai dans une grande pièce dont une rangée de lavabos blancs surmontés de miroirs occupait un mur entier. Elle était peinte en gris clair, et le sol carrelé en noir et blanc. Le gris des murs adoucissait considérablement l'ensemble. Douze baignoires s'alignaient le long d'un des côtés, et, dans un autre coin, j'aperçus des cabines de douche sans portes. Sur des étagères s'empilaient des centaines de serviettes blanches soigneusement pliées. Je décidai, sur-le-champ, de prendre des douches plutôt que des bains.

Avant de quitter la pièce, je tâtai la terre des plantes en pots : elle était sèche. Je les arrosai, vieille habitude du temps où je vivais chez Kitty Dennison.

De retour dans ma chambre, je défis rapidement mes valises, rangeai ma jolie lingerie neuve sur les étagères de la penderie et consultai à nouveau mon emploi du temps. J'avais cours de sociologie à Sholten Hall à deux heures et demie : mon premier cours à Winterhaven !

Je trouvai assez facilement Sholten Hall. Je portais l'ensemble que Tony m'avait suggéré de choisir pour le premier cours et, devant la porte, je n'eus qu'un moment d'hésitation. Je pris une profonde inspiration, redressai la tête et entrai. On devait guetter mon arrivée, car toutes les têtes pivotèrent dans ma direction et quinze paires d'yeux détaillèrent mes vêtements avant de se fixer sur mon visage. Puis, satisfaites de leur examen, elles se tournèrent à nouveau vers le professeur, une grande femme mince assise derrière son bureau.

– Venez, mademoiselle Casteel, nous vous attendions.

Elle jeta un coup d'œil à sa montre.

– Et demain, tâchez d'être à l'heure, s'il vous plaît.

Les seules chaises vides se trouvaient au premier rang. Terriblement gênée, je me dirigeai vers la plus proche et m'y assis.

– Mon nom est Powatan Rivers, mademoiselle Casteel. Mademoiselle Bradley, donnez donc à Mlle Casteel les livres dont elle aura besoin pour ce cours.

J'espère, mademoiselle Casteel, que vous vous êtes munie de stylos, crayons, papier… enfin, du nécessaire.

Tony m'avait acheté tout ce qu'il fallait. J'acquiesçai et pris les livres qu'on me tendait avant de tirer de mon sac mon matériel personnel. J'avais toujours eu grand soin de mes livres, comme de toutes mes fournitures scolaires. Et, pour la première fois, je possédais tout ce qu'un étudiant pouvait raisonnablement souhaiter.

– Voudriez-vous adresser quelques mots à la classe pour vous présenter, mademoiselle Casteel ?

Le vide se fit dans ma tête. Non, je ne voulais pas me lever ! Je n'avais strictement rien à leur dire.

– Il est d'usage que les nouvelles se présentent elles-mêmes, surtout quand elles viennent d'un endroit différent de notre grand et beau pays. Cela nous aide à mieux vous comprendre.

Elle attendit. Toutes se penchèrent en avant et je sentis leurs yeux braqués sur moi. Je me levai à contrecœur et gravis les quelques marches de l'estrade. Et là, devant mes futures compagnes, je compris brusquement quelle erreur avait commise Tony en choisissant mes vêtements. Aucune d'elles ne portait de jupe. Elles étaient toutes en pantalon ou en jean avec des chemises très quelconques ou des chandails trop larges. C'était exactement le genre de tenue qu'auraient pu mettre les jeunes de Winnerrow ! Ici, dans ce collège si sélect… comment était-ce possible ? J'étais aussi surprise que déçue.

Je dus passer plusieurs fois ma langue sur mes lèvres, tant elles étaient sèches. Mes jambes me trahissaient et je commençai à trembler. Puis, les conseils de Tony me revinrent en mémoire et c'est d'une voix mal assurée que j'articulai :

– Je suis née au Texas. À l'âge de deux ans, mon père m'a emmenée en Virginie de l'Ouest. Puis il est tombé malade et ma tante m'a proposé de venir vivre avec elle et son mari.

Là-dessus, je regagnai précipitamment ma place.

Perplexe, Mlle Rivers intervint à nouveau.

– Mademoiselle Casteel, avant votre arrivée, j'ai

pu voir votre nom sur nos registres. Pourriez-vous nous donner l'origine de ce prénom charmant ?

– Je... Je ne comprends pas ce que vous voulez dire...

– Vos camarades aimeraient savoir si votre nom vous vient d'un parent, par exemple ?

– Non, mademoiselle Rivers. Il m'a été donné à cause de cet endroit où nous espérons tous aller un jour, le paradis.

J'entendis glousser plusieurs filles derrière moi. Mademoiselle Rivers paraissait pétrifiée.

– Très bien, mademoiselle Casteel. Je vois qu'en Virginie, il se trouve des parents assez audacieux pour braver les puissances célestes. À présent, veuillez ouvrir votre livre de sciences sociales à la page 212. Mademoiselle Casteel, étant donné que vous avez commencé le semestre avec retard, je vous demanderai de rattraper le temps perdu avant la fin de la semaine. Nous avons un contrôle, chaque vendredi. Nous commencerons le cours d'aujourd'hui par la lecture des pages 212 à 242. Quand vous aurez terminé, vous fermerez votre livre, le rangerez dans vos casiers et nous commencerons la discussion.

Je découvrais que l'enseignement était sensiblement partout le même : des pages à étudier, des questions à copier au tableau. À ceci près que notre professeur semblait remarquablement bien informé de la façon dont fonctionnait notre gouvernement, et en particulier de ses défauts. J'étais subjuguée par la passion avec laquelle Mlle Rivers exposait son sujet, à tel point que, lorsqu'elle s'arrêta, j'eus envie d'applaudir. Je trouvais fantastique qu'elle sût si bien parler de la pauvreté. Oui, il y avait encore des gens, dans notre riche pays, qui allaient se coucher le ventre creux. Oui, il y avait des milliers d'enfants qui se voyaient frustrés de leurs droits les plus légitimes. Le droit de manger à leur faim, d'apprendre à lire et à écrire, celui de se vêtir convenablement, d'avoir un toit pour s'abriter, le droit de dormir dans un lit et non à même le sol et, enfin, le plus important de tout, le droit d'avoir des parents responsables qui puissent leur apporter une vie décente.

– Par où commencer pour changer cet état de choses ? conclut-elle d'une voix véhémente. Comment pallier l'ignorance quand les intéressés eux-mêmes ne semblent pas se soucier du fait que leurs enfants seront condamnés à une vie misérable, comme la leur ? Comment faire comprendre aux gens haut placés qu'il est de leur devoir de s'occuper des déshérités ? Pensez-y ce soir, et, quand vous aurez trouvé des solutions, écrivez-les. Vous me les soumettrez demain.

La journée s'acheva sans incident. Aucune de mes camarades ne me posa de questions. Elles se contentèrent de me dévisager avec curiosité. Chaque fois que j'essayais de croiser un regard, il se dérobait aussitôt. Ce soir-là, dans la salle à manger, je m'assis seule à une table ronde, recouverte d'une nappe blanche éclatante de fraîcheur. Seule fantaisie, au centre, un vase contenant une rose rouge.

Les étudiantes qui servaient cette semaine-là me donnèrent un menu pour que je puisse choisir mes plats. Puis elles passèrent aux autres tables, autour desquelles bavardaient gaiement quatre ou cinq de mes compagnes. La salle à manger résonnait de rires et de voix joyeuses. J'étais la seule à avoir un vase et une rose. Et soudain, je découvris qu'elle était accompagnée d'une petite carte blanche avec ces quelques mots : « Mes meilleurs vœux, Tony. »

Chaque jour, jusqu'au vendredi suivant, je trouvai une rose rouge sur ma table et, chaque jour, on ignora mon existence. Mais que pouvait-on me reprocher, à part ma façon de m'habiller ? Je n'avais malheureusement emporté ni jean, ni pantalon, ni vieille chemise ! Bravement, j'essayai de sourire à celles qui regardaient dans ma direction. Mais dès qu'elles virent mes efforts pour lier connaissance, elles se détournèrent toutes sans exception. Je commençai alors à soupçonner ce qui était arrivé. Mes commentaires sur la faim en Amérique m'avaient trahie. Ma passion pour ce sujet les avait mieux renseignées que si je leur avais raconté ma vie.

J'étais trop bien informée. Là-haut, dans la cabane, j'avais passé trop de nuits sans sommeil à chercher en vain des solutions à l'éternel problème des pauvres.

À mon devoir sur la misère en Amérique, j'obtins la mention très bien. Un bon début, mais qui m'avait desservie. Elles savaient toutes, à présent, de quel milieu je sortais. Sinon, comment aurais-je pu en savoir tant ?

Seule dans ma si jolie chambre, étendue sur mon lit étroit, je prêtais l'oreille aux rires étouffés qui me parvenaient. Je sentais l'odeur du pain grillé et du fromage fondu, je percevais des tintements de verres, des bruits de vaisselle. Pas une fois on ne frappa à ma porte pour m'inviter à une de ces petites fêtes nocturnes. Et jamais elles ne furent interrompues par une surveillante, outrée de ces infractions au règlement.

Grâce à des bribes de conversations surprises par hasard, j'appris que presque toutes mes compagnes avaient déjà fait le tour du monde et visité les villes que je rêvais de découvrir. Trois d'entre elles avaient dû quitter leur pension en Suisse pour des histoires sentimentales, deux autres avaient été expulsées de collèges américains pour des excès de boisson, et deux autres enfin parce qu'elles se droguaient. La plupart d'entre elles juraient comme des charretiers, et quant à leur éducation sexuelle, ce que j'entendis à travers les murs me choqua infiniment plus que les pires incartades de Fanny.

Un jour que je prenais une douche dans l'unique cabine qui possédait une porte, je les entendis parler de moi. Au fond, elles ne voulaient pas m'accepter dans leur école parce que je n'appartenais pas à leur milieu.

– Elle n'est pas ce qu'elle prétend être, dit une voix.

Je reconnus celle de Faith Morgantile.

À la vérité, je ne prétendais rien. Je cherchais simplement à parfaire mon éducation... Et c'est ce qu'on me reprochait ! J'espérais de toutes mes forces que, lorsque arriverait mon bizutage, ma fierté et ma dignité n'auraient pas trop à en souffrir.

Ainsi, à Winterhaven, malgré mes ancêtres Van Voreen et mes attaches avec les Tatterton, malgré mes vêtements élégants, ma coupe de cheveux impeccable, mes chaussures ravissantes, et malgré mes notes excellentes, je restais ce que j'avais toujours été partout : une étrangère, une intruse. Mais ce que je me reprochais, c'était de m'être trahie, à peine arrivée...

6

Une nouvelle vie

Ce vendredi-là, le premier, ce fut Tony qui vint me chercher. Je l'attendais sur le perron, au milieu d'une quinzaine de filles dont les mines amicales ne me trompaient guère : c'est à lui que cette mise en scène était destinée. Elles le regardèrent se garer en minaudant. Leur principal souci était de savoir quand elles verraient Troy.

– Quand vas-tu nous inviter chez toi, Heaven, lança Prudence Carraway, que tout le monde appelait Pru. Il paraît que c'est fabuleux, absolument super.

Avant même que Tony ait eu le temps d'ouvrir la porte, j'étais déjà en bas de l'escalier pour leur échapper. Elles me crièrent avec un ensemble touchant :

– À lundi, Heaven !

Depuis mon arrivée, c'était bien la première fois que j'entendais prononcer mon nom, si ce n'est par les professeurs !

Tony me sourit et démarra sans plus attendre.

– Eh bien ! D'après ce que je vois, tu t'es déjà fait des amies. C'est une bonne chose, mais je déteste la façon dont elles s'habillent. On dirait qu'elles s'ingénient à s'enlaidir.

Les kilomètres défilaient, et je n'avais toujours pas ouvert la bouche.

– Allons, Heaven, raconte-moi ! Tes pulls en

cachemire ont fait sensation, j'imagine ? À moins qu'ils ne t'aient attiré les sarcasmes de ces demoiselles ! C'est le genre de toilettes que leurs mères leur achètent, mais qu'elles préfèrent laisser chez elles, quand elles ne les revendent pas pour s'acheter des vêtements d'occasion !

– Vraiment ? Elles font ça ?

J'étais stupéfaite.

– C'est ce que j'ai entendu dire. Il est de bon ton à Winterhaven de braver l'autorité des parents, des professeurs ou de qui que ce soit. C'est la même chose à Boston, d'ailleurs. Il n'y a qu'à voir la façon dont les jeunes se tiennent dans les réunions mondaines : ils feraient n'importe quoi pour affirmer leur indépendance !

J'avais compris. Tony savait parfaitement ce qu'il faisait en m'achetant tous ces sweaters, blouses, chemisiers et jupes ! Il n'ignorait pas dans quelle position difficile il me mettait. Je ne dis mot, mais n'en pensai pas moins. Je devinais qu'il n'aurait pas aimé que je me plaigne. Je m'étais jetée à l'eau, c'était à moi de nager. Je savais qu'il ne m'obligerait pas à continuer de porter tous ces vêtements coûteux. Il me laisserait libre d'abandonner ce style ou de me battre pour me faire accepter par les autres. Sur-le-champ, je décidai de ne jamais lui faire part de mes difficultés. Je les résoudrais, seule. À mes risques et périls.

Tony conduisait vite et nous étions presque arrivés quand il m'apprit son départ.

– Des affaires très urgentes m'appellent en Californie. Je prends l'avion dimanche matin, Jillian m'accompagne. Si tu n'étais pas obligée de retourner au collège, nous t'aurions emmenée avec nous, mais les choses étant ce qu'elles sont, Miles te conduira en classe lundi et viendra te chercher, vendredi prochain. Nous ne rentrerons que le dimanche suivant.

Je tombais de haut. Je ne voulais pas rester seule à la maison, en compagnie de domestiques que je connaissais à peine ! Je retins de mon mieux les larmes qui me montaient aux yeux. Pourquoi fallait-il toujours qu'on m'abandonne !

– Pour nous faire pardonner, Jill et moi avons décidé d'être là pour Thanksgiving, et également pour Noël. De plus, je te donne ma parole que, dès mon retour, je t'emmène à ce fameux concert de musique pop. Promis !

Il s'était exprimé avec cet air chaleureux, si rare chez lui, et qui lui donnait tant de charme.

Pour rien au monde, je n'aurais voulu être une gêne pour lui, un poids, ce que j'étais pour Jillian. Je me hâtai de répondre :

– Ne vous en faites pas pour moi ! Je saurai bien trouver des occupations.

En fait j'en étais bien incapable. Farthinggale Manor m'intimidait toujours. Le seul domestique qui ne me mît pas mal à l'aise était Rye Whiskey. Mais si j'allais trop souvent lui rendre visite dans sa cuisine, il y avait de fortes chances pour qu'il se lassât de moi, lui aussi. Le vendredi après-midi, mes devoirs terminés, je me retrouvai dans un désœuvrement total. Qu'allais-je faire ? Le samedi matin, une agitation fébrile s'empara des domestiques qui aidaient Jillian à faire ses bagages. Je la croisai sur le palier du premier étage. Elle courut aussitôt vers moi en riant, me prit dans ses bras, m'embrassa, si bien que j'en vins à douter de moi-même. Peut-être m'aimait-elle, après tout ? En descendant l'escalier, elle battait des mains comme une petite fille heureuse.

– C'est vraiment dommage que tu ne puisses pas venir avec nous, mais c'est toi qui as demandé à aller au collège, non ? Moi qui avais fait des projets si excitants pour toi !

Voir la Californie était certes l'un de mes rêves, au temps où j'avais encore la naïveté de rêver. Mais j'aurais bien l'occasion d'y aller un jour !

– Tout se passera bien, Jillian, ne vous tracassez pas pour moi. Cette maison est merveilleuse, et si grande que je n'en ai pas encore fait le tour.

J'étais si profondément blessée par leur indifférence que je voulais blesser à mon tour. Stupidement, méchamment, je pris la décision de rendre visite à Logan. Aussi je m'empressai d'ajouter :

– Moi aussi, j'ai fait des projets. J'ai l'intention d'aller à Boston, cet après-midi.

– À Boston, sans nous ? Voyons, Heaven, tu sais pourtant que le samedi est notre jour, le seul où nous puissions sortir ensemble !

Parce que nous avions un jour ? C'était nouveau ! Jusqu'à présent, j'avais passé mes samedis entourée de gens bien plus âgés que moi, qui parlaient de sujets dont j'ignorais tout. Je me sentais totalement inutile et voilà que maintenant Jillian me parlait de sortir.

– Ce soir, par exemple, que dirais-tu d'une fête dans ce charmant petit théâtre que nous venons de restaurer près de la piscine ? Nous pourrions projeter un vieux film. Et pour que ce soit plus gai, j'inviterais quelques amis.

Jillian n'aurait pas dû faire mention de ses amis. Les convier, c'était enlever toute intimité à notre dernière soirée.

– Je suis vraiment désolée, Jillian, mais je pensais que vous aimeriez vous coucher tôt ce soir, pour être reposée en arrivant en Californie. J'ai pris des engagements. Mais si je rentre tôt, je viendrai saluer vos amis.

Tony, qui parcourait son journal du matin, me jeta un regard soupçonneux et demanda sévèrement :

– Et où vas-tu ? Tu ne connais personne à Boston, hormis nous et les quelques amis à qui nous t'avons présentée. Les filles de Winterhaven se seraient-elles soudain prises de passion pour toi ? Permets-moi d'en douter. Aurais-tu rendez-vous avec un garçon, par hasard ?

Comme toujours quand je me sentais humiliée, ma fierté se rebellait. Bien sûr que j'avais des amies à Winterhaven ! Enfin, j'en aurais tôt ou tard. J'avalai ma salive et annonçai tout d'une traite :

– Une de mes camarades m'a invitée à la soirée d'anniversaire qu'elle donne au Red Feather.

– Et cette amie se nomme ?...

– Faith Morgantile.

– Je connais son père. C'est une canaille. Sa mère

en revanche a l'air assez fréquentable... De toute façon, le Red Feather n'est pas l'endroit que je choisirais pour donner une soirée d'anniversaire pour ma fille.

Il me dévisageait et je sentis la sueur perler à mon front.

– Ne me déçois pas, Heaven !

Il tourna quelques pages de son journal.

– Je connais le Red Feather et les soirées qu'on y donne. Tu es bien trop jeune pour commencer à boire, ne serait-ce que de la bière ou du vin, et pour imiter les adultes. On commence toujours par de petits jeux innocents et cela finit mal. Je suis navré, mais je ne pense pas que ce soit une bonne idée. Ce n'est pas ta place.

Mon cœur se serra. Le Red Feather était si proche de l'université de Boston, où était inscrit Logan Stonewall !

– Et de plus, enchaîna Tony, j'ai donné des instructions à Miles : d'ici lundi matin, il n'est pas question qu'il te conduise en ville. Tu restes à Farthy. Les domestiques s'occuperont de toi. Quand tu auras fait le tour de la maison, tu pourras toujours explorer le parc et les alentours.

Jillian leva brusquement la tête, comme si elle n'avait prêté attention qu'à ces derniers mots.

– Ne va pas aux écuries, surtout ! Je veux être la première à te montrer mes merveilleux pur-sang arabes. Nous irons les voir quand je reviendrai.

Elle me promettait cela depuis si longtemps ! Franchement, je n'y croyais plus.

Mon escapade à Boston pour retrouver Logan tombait à l'eau. Et si la soirée cinéma avait lieu, je n'avais aucune chance de m'esquiver discrètement.

Les invités devaient arriver à quatre heures, pour ce que Jillian venait de baptiser sa soirée de départ pour la Californie. Je savais qu'elle voulait me mettre à l'épreuve. J'allais faire mon entrée dans son monde et mon avenir était en jeu. La partie serait rude : je savais qu'au nombre des personnes présentes se trouvaient être des gens beaucoup plus influents que tous ceux que j'avais déjà rencontrés. Ce que j'ignorais, c'est que chacun devait avoir un partenaire au dîner. Ce fut Tony qui me l'apprit. Et comme naturellement, je n'en avais pas, il ajouta :

– Il y a un jeune homme que j'aimerais te faire connaître.

– Il va beaucoup te plaire, chérie, affirma Jillian de sa voix sourde et langoureuse.

Un jeune Apollon était en train de la coiffer, dans un style entièrement nouveau. Je me perchai sur une chaise et l'observai, fascinée : ce qu'il savait faire à l'aide d'un peigne et d'une brosse tenait du miracle.

– Il s'appelle Ames Colton, continua Jillian, et il a dix-huit ans. Son père a été élu l'année dernière à la Chambre des représentants. Tony pense qu'il finira à la Maison Blanche.

Cela me fit penser à Tom qui voulait être Président. Mais au fait, pourquoi n'avait-il répondu à aucune de mes trois lettres ? Pa détournait-il mon courrier, ou bien Tom se désintéressait-il de moi, maintenant qu'il me savait riche et en sécurité ? Ma famille avait toujours été pour moi une raison de lutter. À présent, je sentais ces liens se desserrer, s'amenuiser, se dissoudre.

– Sois gentille avec Ames, Heaven, dit Jillian avec une nuance d'autorité dans la voix. Et arrange-toi pour te comporter de telle sorte que nous n'ayons pas à rougir de toi.

C'était ma première soirée, la première de ma vie. Je portais une robe longue d'un bleu profond dont le corsage était rebrodé de perles. Une splendeur ! Je me tenais près de la porte entre Jillian et Tony. Ce dernier était en smoking et Jillian portait un ensemble de satin blanc tout simplement éblouissant. J'en eus le souffle coupé.

Comme Curtis introduisait les premiers invités, Tony me chuchota :

– Souris, surtout. L'essentiel est de sourire !

Ames Colton était très agréable. Il ne ressemblait en rien à Logan, il n'avait pas non plus la séduction de Troy, mais je le trouvai absolument charmant. Quant à moi, je parus l'impressionner beaucoup, alors que j'étais morte d'angoisse. J'avais le sentiment de tromper tout le monde. J'ignore si je fus à la hauteur de la situation, car les détails de cette soirée s'effacèrent de ma mémoire. Je me souviens seulement d'avoir laissé tomber ma serviette pendant le repas et d'être restée sans voix quand on m'interrogea sur mon passé et la durée de mon séjour à Farthinggale. Comment aurais-je pu répondre, sous le regard terrifié de Jillian ? Sa crainte de me voir commettre un impair me paralysait. J'étais effarée par une telle succession de plats, un tel déploiement d'argenterie. Mon malaise s'accrut quand, à la fin du repas, Curtis apporta un petit bol d'argent sur un plateau, le posa devant moi et attendit. Intriguée, je contemplai la coupelle et ce qui me semblait être de l'eau, dans laquelle trempait une rondelle de citron. J'étais éberluée. Je lançai à Tony un regard affolé. Son sourire ironique me glaça. C'est alors que, d'un air détaché, il mit le bout des doigts dans cette eau parfumée et les essuya délicatement avec sa serviette.

Je ne sais par quel miracle je parvins à la fin de la soirée sans commettre la gaffe énorme qui aurait trahi mes origines. Ce que je ne pus cacher, en revanche, c'était mon ignorance des questions sociales. Je restai évasive quand on m'interrogea sur mes opinions politiques. Je ne savais rien de notre économie nationale. Je n'avais pas lu non plus les derniers best-sellers qui faisaient fureur à Hollywood, ni vu un seul des films récemment sortis. À toutes les questions, je répondais par un sourire absent. Bref, je dus passer pour complètement ignare, ce qui m'attrista.

Après la soirée, Tony vint me voir dans ma chambre alors que je me brossais les cheveux.

– Tu as été parfaite, dit-il non sans douceur. Tout le monde a été frappé par ta ressemblance avec Jillian. Ce qui n'a rien d'étonnant, quand on sait que ses deux sœurs aînées sont sa copie conforme, à un détail près, c'est qu'elles n'ont pas cet air de jeunesse. Maintenant...

Son expression se fit soudain plus sérieuse.

– Maintenant, dis-moi ce que tu penses de nos amis ?

Ce que j'en pensais ? J'étais perplexe. Ce qui différencie les gens, c'est leur tenue vestimentaire ou leur façon de s'exprimer. Mais parfois on s'y trompe. Les beaux parleurs se révèlent d'une navrante bêtise. D'autres, malgré leur désir d'éblouir, n'ont pas beaucoup plus de conversation que moi. La plupart des invités de cette soirée semblaient n'être venus que pour faire honneur au buffet et se divertir sur le dos des absents.

Je pris le parti d'être franche.

– S'ils avaient joué du violon ou du banjo, discuté âprement et porté des vêtements moins coûteux, j'aurais pu me croire dans les Willies. J'ai trouvé les uns insignifiants, les autres ennuyeux. Chez nous, tout le monde se moque de la politique et de l'économie du pays. On ne lit que la Bible et quelques romans roses ! Mais au moins les gens sont sincères.

Pour la première fois depuis que je le connaissais, je vis Tony s'amuser de bon cœur. Il me sourit avec chaleur et je sus qu'il m'approuvait. J'étais heureuse.

– Ainsi, tu n'as pas été impressionnée par leur luxe, leurs vêtements, leurs cigares de nabab ? Tant mieux ! Tu as tes propres convictions et je t'en félicite. N'oublie jamais que derrière chaque homme qui a réussi se cache un personnage beaucoup moins reluisant.

Je l'écoutais parler, assise devant ma coiffeuse, souhaitant que Pa lui ressemblât, quand il m'annonça, la voix grave :

– Je viens d'entendre à la météo qu'on prévoit d'importantes chutes de neige. Nous avons l'intention de prendre l'avion très tôt, dimanche matin, avant que la tempête n'éclate. Prends bien soin de toi pendant notre absence, Heaven.

Cette marque d'intérêt me réchauffa le cœur. Pa

ne m'avait jamais parlé ainsi. Je sentis ma gorge se nouer.

– Je vous souhaite un très bon voyage, à tous les deux, balbutiai-je.

Il me sourit, s'approcha et m'embrassa sur le front. Sa main s'attarda sur mon épaule.

– Tu es fraîche et jolie dans ta chemise de nuit. Le bleu te va si bien ! Ne laisse rien ni personne ternir ta beauté. Jamais.

Je ne dormis guère cette nuit-là. Cette soirée venait de me faire toucher du doigt le fossé qui séparait le monde de Jillian et celui dans lequel j'avais grandi. Nous étions pourtant tous citoyens américains, mais un abîme nous séparait. Et puis, tout cet étalage de nourriture m'avait écœurée. On aurait pu nourrir dix familles des collines avec les restes. Quel gâchis !

Ames Colton m'aurait sans doute appelée le dimanche si je l'avais encouragé, mais je ne tenais pas à le voir. Je n'avais pas renoncé à mon projet de revoir Logan.

Tôt le lendemain, j'entendis le moteur de la limousine démarrer. J'essayai de me rendormir, sans succès. À six heures, j'étais toujours éveillée et j'attendais que les domestiques se lèvent. Leurs quartiers se trouvaient trop éloignés de mes appartements pour que j'entende leurs allées et venues matinales. De même, l'odeur du bacon frit et l'arôme du café ne me parvenaient jamais des cuisines. J'habitais trop loin.

À sept heures, la maison semblait toujours aussi morne et désolée. Comme je m'habillais me parvint une petite bouffée du parfum de Jillian qui flottait encore à l'étage et dans la cage d'escalier. Je pris mon petit déjeuner, seule, à la grande table. La présence de Curtis le rendit plus pénible encore. Il se tenait très droit, à côté du buffet, prêt à se précipiter au moindre de mes désirs, alors que j'aurais infiniment préféré qu'il me laissât seule. Comme s'il lisait dans mes pensées, il demanda avec empressement :

– Désirez-vous quelque chose d'autre, mademoiselle ?

– Non merci, Curtis.

– Que souhaitez-vous pour votre déjeuner ou votre dîner ?

– Je n'ai pas d'envie particulière.

– Dans ce cas, je dirai au chef de préparer le menu habituel du dimanche.

Je me souciais bien de ce qu'on allait me servir ! L'ordonnance des repas n'était pas une affaire capitale dès l'instant que j'avais de quoi me nourrir. De plus, la cuisine était toujours délicieuse. Désormais les jus d'orange frais ou les bananes qui complétaient mes céréales n'étaient plus une nouveauté. Une chose, cependant, m'étonnait toujours, les truffes que Tony aimait tant et dont il saupoudrait ses omelettes.

Dans la bibliothèque, je restai un long moment devant la fenêtre à contempler le labyrinthe. Le vent s'était levé et rabattait avec des sifflements rageurs les branches des arbres contre la façade. Dans mon dos, le feu ronflait dans la cheminée, diffusant dans la pièce une atmosphère de chaleureuse intimité. Je projetais d'y passer la journée si, toutefois, je ne trouvais pas le moyen d'aller voir Logan. Il n'avait toujours pas répondu à ma lettre, mais je ne perdais pas espoir. J'étais déjà descendue au garage et j'en avais trouvé la porte fermée à clef. Je savais conduire; Cal Dennison m'avait donné des leçons pendant les absences de sa femme.

J'estimais que Logan aurait dû faire le premier pas pour éclaircir ce qui s'était passé entre Cal et moi. Mais à notre dernière entrevue, dans le cimetière, sous la pluie, il m'avait plantée là et s'était enfui sans me donner la moindre chance de m'expliquer. Comment aurait-il pu comprendre que Cal remplaçait le père que je n'avais jamais eu et dont j'avais tellement besoin ? Pour garder cet homme qui m'entourait d'affection, j'étais prête à tout. Vraiment à tout.

Une fine spirale de fumée s'éleva dans l'air au-dessus du labyrinthe. Troy se trouvait-il chez lui, par hasard ? Sans réfléchir, je courus dans le hall pour enfiler des bottes et un manteau chaud, puis je m'éclipsai discrètement. Je ne tenais pas à ce que les domestiques disent à Tony que j'avais délibérément désobéi en allant voir son frère.

Cette fois-ci, je trouvai aisément mon chemin dans le labyrinthe, mais une fois arrivée, j'hésitai avant de frapper. Troy mit un temps infini à répondre. Peut-être ne voulait-il pas me voir ? J'allais m'en retourner, quand, soudain, la porte s'ouvrit et il se montra sur le seuil, le regard triste, sans même un sourire de bienvenue.

– Ainsi, vous êtes revenue, constata-t-il simplement.

Je discernai de la pitié dans sa voix, comme s'il pensait que je n'avais aucune volonté.

– Tony m'avait assuré que je ne vous verrais plus, ajouta-t-il en s'effaçant pour me laisser entrer.

Déconcertée par cet étrange accueil, je débitai tout d'une traite :

– Je suis venue pour vous demander un service. J'ai besoin d'aller en ville aujourd'hui et Tony a interdit à Miles de m'y conduire. Me permettriez-vous de me servir de votre voiture ?

Il était déjà assis à son établi et avait repris son travail. Il me jeta un regard surpris.

– À seize ans, vous voulez aller seule à Boston ? Connaissez-vous le chemin, seulement ? Et avez-vous votre permis ? Non, franchement, je pense qu'il serait imprudent de vous laisser vous hasarder sur des routes verglacées.

Il m'en coûtait de lui laisser croire que je n'avais que seize ans, alors que j'en avais dix-sept. J'étais une bonne conductrice, Cal le pensait du moins et, à Atlanta, on délivrait des permis de conduire aux jeunes de mon âge. Je m'assis sans qu'il m'y eût invitée et sans ôter mon manteau, m'efforçant de ne pas pleurer, mais ma voix chevrota quand j'expliquai :

– C'est le branle-bas à Farthy. Ils préparent la maison pour les fêtes. Ils font les vitres, frottent et encaustiquent les parquets, passent l'aspirateur partout. Je m'étais réfugiée dans la bibliothèque pour y passer la journée, mais même là, cela sentait l'ammoniaque ! Je n'ai pas pu y tenir !

Ma tirade parut l'amuser.

– C'est le grand nettoyage d'hiver, en effet, et je suis comme vous : je déteste tout ce remue-ménage ! L'avantage des petites maisons comme la mienne, c'est que l'on n'a pas besoin de domestiques. Au moins, quand je pose quelque chose quelque part, je suis sûr de le retrouver à la même place.

Je revins à la charge :

– Si vous ne voulez pas me permettre de prendre votre voiture, seriez-vous assez gentil pour me conduire vous-même en ville ?

Il était en train de fixer une jambe minuscule à un corps miniature à l'aide d'un tout petit tournevis. Il se montrait incroyablement précis et minutieux dans la fabrication de ses jouets.

– Pourquoi avez-vous besoin d'aller en ville ?

Si je lui disais la vérité, rapporterait-il mes propos à Tony dès son retour ? J'étudiai anxieusement son visage; il exprimait une grande sensibilité. Je choisis de lui faire confiance.

– Je dois vous avouer quelque chose, Troy. Je me sens très seule. Je n'ai personne avec qui parler cœur à cœur hormis Tony, et encore pas toujours. Jillian se moque éperdument de ce que je fais. J'ai un vieil ami qui poursuit ses études à l'université de Boston, et j'aimerais le voir.

Je croisai à nouveau son regard inquiet, dubitatif. Visiblement, il était sur ses gardes, comme s'il redoutait de faiblir devant moi.

– Ne pouvez-vous aller lui rendre visite dans la semaine, quand vous serez à Winterhaven ? L'université de Boston n'en est pas très éloignée.

– Mais j'ai tant besoin de parler à quelqu'un qui me comprenne. Quelqu'un avec qui je puisse évoquer le bon vieux temps !

Il resta longuement silencieux, plongé dans ses pensées, tandis qu'au-dehors, une neige légère tourbillonnait devant les fenêtres. Il sourit enfin. J'avais réussi à le gagner à ma cause.

– D'accord, je vais vous y conduire. Accordez-moi seulement une demi-heure pour finir mon travail et je suis à vous. Je ne ferai pas part à Tony de votre escapade.

– Ah ! Vous êtes au courant...

– Bien sûr ! Il m'a dit qu'il vous avait interdit de me rendre visite. Et comme je ne vais jamais à Farthinggale à cause de Jillian...

– Dois-je comprendre que Jillian ne vous aime pas ?

Cela me parut incroyable. Pouvait-on ne pas aimer Troy ?

– Autrefois, je tenais beaucoup à son estime, mais j'ai fini par découvrir que personne ne connaissait vraiment ses sentiments. Je ne sais même pas si elle est capable d'aimer qui que ce soit. Elle ne s'intéresse qu'à elle-même. Mais elle est intelligente. Ne la sous-estimez jamais.

Sa déclaration me stupéfia.

– Et pourquoi Tony ne veut-il pas que nous soyons amis ?

Il m'adressa une petite grimace moqueuse.

– Il estime que j'exerce une mauvaise influence sur ceux qui m'approchent et il a probablement raison. Alors, Heavenly, prenez garde à vous.

Mon cœur bondit quand il prononça mon nom. Heavenly ! C'était toujours ainsi que m'appelait Tom ! Je répondis d'un ton léger qui trahissait ma joie :

– D'accord, je ferai attention. Je cours à la maison me changer.

Et, sans lui laisser le temps de répondre ou de changer d'avis, je sortis en coup de vent et m'élançai dans le labyrinthe. À la maison, le bruit des diverses machines couvrit celui de mes pas et personne ne m'entendit monter dans ma chambre. Je me changeai rapidement pour mettre ce que je pensais être ma tenue la plus seyante, me poudrai le nez, mis du rouge à lèvres et, pour finir, un soupçon de parfum. J'étais prête à rencontrer Logan Stonewall. Il ne m'avait jamais vue ainsi habillée, jamais.

Troy ne prêta pas la moindre attention à ma

toilette. Il conduisait sa Porsche avec aisance et parlait peu. Moi, j'avais perdu ma timidité et je rayonnais de bonheur. J'allais retrouver Logan ! Je l'avais déçu, il est vrai, mais il saurait me pardonner et oublier, ne gardant en mémoire que la douceur de notre amour d'enfance, le temps béni où nous parcourions les collines, où nous nagions ensemble dans la rivière et où nous échafaudions des projets d'avenir.

C'est seulement en arrivant à l'entrée de l'université que Troy demanda :

– Je suppose que cet ami est un soupirant ?

Je le dévisageai, stupéfaite.

– Et qu'est-ce qui vous fait croire ça ?

– Eh bien... vos vêtements, votre parfum et votre rouge à lèvres.

– Ainsi vous avez remarqué ce détail !

– Je ne suis pas aveugle.

– Il s'appelle Logan Stonewall. Il fait des études de pharmacie pour être agréable à son père, mais il voudrait être biochimiste.

– J'espère qu'il est prévenu de votre visite.

De nouveau, mon cœur bondit dans ma poitrine. Non, Logan ne se doutait de rien ! La chance voulut qu'à peine garés devant le bâtiment qu'il habitait, je l'aperçoive en compagnie de camarades. Je me précipitai hors de la voiture pour ne pas le perdre de vue. À travers la vitre, je criai à Troy :

– Merci de m'avoir accompagnée jusqu'ici. Vous pouvez partir, je suis sûre que Logan me raccompagnera.

– A-t-il une voiture ?

– Je n'en sais rien !

– Dans ce cas, je vais rester dans les parages jusqu'à ce que je sois sûr que vous ayez un moyen de locomotion pour rentrer.

Il m'indiqua un café.

– J'attendrai là. Dès que vous saurez quelque chose, venez me prévenir.

Il s'éloigna en direction du café et je courus vers Logan. J'imaginais déjà sa surprise, son émerveillement. Il ne m'avait jamais vue si belle ! Il entra dans un drugstore pour faire un achat et, à travers la vitrine, je le regardai payer. Je n'étais déjà plus si sûre de moi. Lui était toujours le même, grand et droit, les épaules larges et carrées. Il ne se retournait pas, comme les autres, sur toutes les filles qui passaient... Il avait de l'allure et je l'aimais.

Il prit son paquet et se dirigea vers une porte latérale pour sortir.

– Logan, attends ! m'écriai-je. J'ai besoin de te parler.

Il se tourna, regarda dans ma direction et ne parut pas me reconnaître ! Ou plutôt, il regarda au-delà de moi, comme si je n'existais pas. Une expression soucieuse, presque sévère, passa dans ses yeux. Peut-être ma nouvelle coupe de cheveux était-elle en cause, ou mon maquillage, à moins que ce ne fût le manteau de fourrure que Jillian m'avait donné ? En tout cas, il leva deux fois les yeux sur moi sans aucune réaction. Puis, avant que j'aie pu décider de ce que j'allais faire, il ouvrit la porte, laissant le vent s'engouffrer dans la boutique et fut dehors. Il se mit à marcher si vite que je sus que je ne pourrais jamais le rattraper. Avait-il fait semblant de ne pas me reconnaître ?

Stupidement je me dirigeai vers le comptoir du drugstore et commandai une tasse de chocolat ! Je pris tout mon temps pour le boire et grignotai même deux gaufrettes à la vanille. Quand j'estimai que le temps passé avait été suffisant pour donner le change, je payai et sortis.

L'accueil de Troy me réconforta. Il se leva précipitamment et me sourit.

– J'ai cru que vous ne reviendriez jamais. Je commençais à croire que votre ami s'était proposé pour vous raccompagner.

Il avança une chaise, m'aida à retirer mon manteau et à prendre place à sa table.

– Vous auriez pu l'amener et me le présenter.

Je baissai la tête.

– Logan Stonewall vient de Winnerrow et votre frère m'a interdit d'avoir le moindre contact avec mes amis d'autrefois.

– Mais je ne suis pas mon frère, et j'aimerais beaucoup connaître vos amis.

Je n'y tins plus et éclatai en sanglots.

– Oh, Troy ! Logan m'a vue et il a fait semblant de ne pas me reconnaître. Il m'a regardée droit dans les yeux et... il s'est détourné, puis il est parti !

Il prit mes mains dans les siennes et se mit en devoir de me consoler, d'une voix pleine de sollicitude.

– Heaven, vous est-il venu à l'esprit que vous aviez beaucoup changé ? Vous n'êtes plus celle qui est arrivée ici, début octobre. Votre coupe de cheveux est différente et vous vous maquillez, ce que vous n'aviez jamais fait. Et puis, ces bottes à talons vous font paraître plus grande. Votre Logan avait probablement un autre souvenir de vous. Vous l'auriez intimidé que ça ne m'étonnerait pas.

Il sortit de sa poche un mouchoir et me le tendit.

– Allons, ne pleurez plus ! Je ne supporte pas de voir une femme en larmes. Quand vous serez plus calme, vous pourrez peut-être m'en dire un peu plus sur ce Logan ?

J'essuyai mes larmes et mis le mouchoir dans mon sac, avec l'intention de le laver et de le repasser avant de le rendre à Troy. On posa une autre tasse de chocolat devant moi et mon regard croisa celui de mon compagnon. J'y vis tant de douceur et tant de compréhension que, sans réfléchir, je lui racontai tout. Tout, depuis le commencement. Ma première rencontre avec Logan dans la pharmacie de son père, la certitude qu'avait Fanny d'être celle qu'il admirait, nos retrouvailles dans la cour de l'école et son insistance pour nous offrir à déjeuner, à nous, les quatre petits Casteel affamés. Comment il devint mon ami, me raccompagnant chaque jour à la maison, à la sortie de l'école. J'étais la fille la plus heureuse du monde, en ce temps-là ! Il ne ressemblait pas aux autres, et surtout pas aux garçons que Fanny fréquentait. Il était réservé, jamais grossier. Nous avions décidé de nous marier quand nous aurions fini nos études... Et, à présent, il ne voulait même plus me reconnaître !

Je frisais l'hystérie. Ma voix grimpa jusqu'à l'aigu :

– J'ai eu tant de mal pour en arriver là ! En ai-je trop fait, Troy ? J'ai dû le choquer avec le manteau de Jillian et tous ces bijoux ! Dites-moi, Troy ?

– Vous êtes très belle ainsi. Maintenant, tâchons d'y voir plus clair. D'abord, Logan ne s'attendait pas à votre visite. Vous êtes arrivée là, sans crier gare, complètement en dehors de votre élément naturel, le seul qu'il connaisse. Même votre silhouette est différente de ce qu'elle était ! Alors, pas de panique. Vous allez lui téléphoner et lui raconter ce qui est arrivé. Et puis, vous conviendrez ensemble d'un rendez-vous. Voilà !

Mais j'étais inconsolable.

– Il ne veut plus me voir, il ne me pardonnera jamais. Je ne vous ai pas tout dit, Troy. Quand Pa nous a vendus tous les quatre, pour cinq cents dollars chacun, quelque chose de terrible est arrivé. Keith et *notre* Jane ont été vendus les premiers à un avocat et sa femme. Puis ça a été le tour de Fanny, qui est allée chez le révérend Wayland Wise. Keith et *notre* Jane étaient désespérés, mais elle, Fanny, était enchantée de partir avec des gens riches. Ensuite est arrivé un gros fermier, un certain Buck Henry. Il a marché droit sur Tom, l'a palpé comme une tête de bétail et a voulu l'emmener tout de suite. Pa et Buck Henry ont dû le traîner dehors.

» Quand on en vint à moi, je tremblais de peur. On m'a vendue à Kitty et Cal Dennison qui vivaient à Candlewick, en Georgie. C'était la première fois que je voyais une maison si propre et si jolie. J'étais bien nourrie. Mais ce que Kitty voulait, c'était une domestique pour entretenir sa maison pendant qu'elle s'occupait de son salon de beauté à Atlanta. Elle y travaillait cinq jours par semaine et, le samedi, elle donnait des cours de poterie.

» Cal passait beaucoup plus de temps avec moi qu'avec Kitty. Oh, Troy ! tout était si compliqué pour moi, à cette époque-là ! Je voyais en Cal le père que Pa ne pourrait jamais être. Il me regardait, m'aimait, il avait besoin de moi. Il me gâtait aussi. Il m'achetait des vêtements, des chaussures et quantité de petites choses que je n'avais jamais possédées. Il m'arrivait même d'aller me coucher en serrant ses cadeaux dans mes bras !

À nouveau suffoquée par les larmes, je continuai pourtant mon histoire, jusque dans ses détails les plus pénibles. La seule chose que je laissai dans l'ombre fut l'année exacte de ma naissance. Bien avant d'en avoir terminé, je sentis que Troy avait oublié les projets qu'il avait formés pour la journée. Nous reprîmes la route de Farthinggale Manor. Passé le grand portail de fer forgé, il s'engagea dans un chemin que je n'avais jamais remarqué et qui menait en serpentant jusqu'à son cottage. Le jour gris de cet après-midi d'automne me remplissait de mélancolie, réveillant ma nostalgie des collines. Où étaient ma candeur, ma confiance et mon innocence d'alors ?

Troy ne prononça pas un mot avant que nous soyons arrivés chez lui. Quand il eut ranimé le feu et que les flammes dansèrent dans la cheminée, il annonça :

– Le repas sera prêt en un rien de temps. Le chef de Farthinggale veille à ce que mon cellier soit toujours plein.

Il commença ses préparatifs. Il était à peu près quatre heures de l'après-midi et je n'étais pas présente à l'heure où on m'attendait à Farthy. Je ne doutai pas un instant que Percy le rapporterait à Tony à son retour.

Troy posa devant moi une planche avec des légumes qu'il me demanda de découper en rondelles.

– Continuez, Heaven ! Je n'ai jamais entendu une histoire qui ressemble à la vôtre. Parlez-moi de Keith et de *notre* Jane.

Je compris alors que j'en avais beaucoup trop dit, mais le mal était fait. D'ailleurs que m'importait ? Depuis que Logan m'avait rejetée de sa vie, je n'avais plus goût à grand-chose. Je venais de raconter à Troy cette terrible journée de Noël où Pa avait commencé à nous vendre. Je dus recommencer mon récit, tout cela lui semblait difficile à croire. Je fus même assez imprudente pour préciser pourquoi Logan m'avait retiré sa confiance. Pas une seule fois il ne me regarda ou ne fit le moindre commentaire. Il semblait complètement absorbé par ce qu'il était en train de faire.

– Je n'avais pas compris que toutes ces sorties au cinéma, ces merveilleux dîners au restaurant et tous ces cadeaux faisaient partie de la séduction que Cal exerçait sur moi. Je devins de plus en plus dépendante de lui. Je lui dois mes seuls moments de bonheur à Candlewick. Kitty, elle, ne m'apportait que des ennuis. En outre j'avais pitié de Cal quand, chaque soir, elle se refusait à lui sous un prétexte ou un autre. J'aurais voulu le voir heureux. Et, quand il commença à me prendre un peu trop souvent dans ses bras et que ses baisers se firent moins paternels, je voulus ignorer le sens de cette étrange lueur que j'allumais dans ses yeux. Le soir, dans mon lit, quand je réfléchissais à tout cela, je refusais de m'attarder sur le fait que, plus ou moins consciemment, je l'encourageais. Je ne l'ai jamais blâmé, c'était moi, la coupable. Mais je tenais tellement à lui, à ce qu'il représentait pour moi… comment aurais-je pu le repousser ? Je me suis donnée à lui.

Je m'interrompis, repris mon souffle et poursuivis :

– Voyez-vous, Troy, je n'ai plus personne maintenant. Tony m'a ordonné d'oublier ma famille. Il ne connaît même pas l'existence de Keith et de *notre* Jane. Tom n'a pas répondu à mes lettres. Fanny attend le bébé du révérend et ne donne jamais signe de vie, et je ne sais même pas où se trouvent Keith et *notre* Jane !

Avec un accent de sincérité qui lui gagna ma confiance, Troy déclara :

– Vous les retrouverez un jour, je vous y aiderai. J'ai de la fortune et je crois que ce serait une excellente façon de l'employer. Sinon la meilleure !

– Cal m'avait promis la même chose et il n'en a rien fait.

Il me jeta un regard de reproche.

– Je ne suis pas Cal Dennison, et quand je fais une promesse, je la tiens !

Mes larmes recommencèrent à couler.

– Et pourquoi feriez-vous cela ? Vous me connaissez à peine et je ne suis même pas sûre que vous ayez de l'affection pour moi.

Il vint s'asseoir à côté de moi, à la table.

– Je le ferai pour vous et pour votre mère. Demain, je contacterai mes avoués pour qu'ils recherchent cet avocat dont vous parlez et dont vous ne connaissez que le prénom... Lester, c'est ça ? Vous m'apporterez les photos de Keith et de *notre* Jane. Un photographe est toujours content de mettre son nom sur son œuvre, cela nous aidera à le situer. Vous verrez, nous aurons tôt fait de remettre la main sur le couple qui a acheté votre frère et votre petite sœur.

Un espoir fou me dilata le cœur pour s'évanouir presque aussitôt. Cal Dennison ne m'avait-il pas promis la même chose ? Je connaissais à peine Troy !

– Et que comptez-vous faire quand vous les aurez retrouvés ? voulut-il savoir.

La question méritait réflexion. En tout cas, une chose était certaine : Tony ne voudrait plus entendre parler de moi et ce serait la fin de mes études. Moi qui étais en si bon chemin... En réalité cette hypothèse semblait prématurée. Il fallait d'abord que les avoués de Troy retrouvent la trace du petit garçon et de la petite fille qui m'appartenaient. Ensuite, j'aviserais. Il devait y avoir un moyen de les reprendre sans abandonner mes rêves. Une chose était claire : j'avais décidé de ne jamais revenir en arrière.

Si seulement le cours des événements avait pu être différent, si seulement j'avais été élevée comme toutes les autres petites filles ! Mais voilà que je m'apitoyais à nouveau sur moi-même ! Ravalant mes larmes, je pris une longue inspiration.

– Maintenant, vous savez tout de moi. Et dire que Tony me défend de vous voir et de vous parler ! Il a même voulu me faire croire que vous ne viviez pas ici. S'il apprend que je lui ai désobéi, il me renverra dans les Willies. J'ai peur, Troy. J'ai peur de retourner là-bas. Personne à Winnerrow ne s'occupera de moi. Pa vit quelque part en Géorgie ou en Floride, avec Tom. Et lui, il ne m'écrit jamais, Fanny non plus. Comment pourrais-je vivre sans quelqu'un pour veiller sur moi, quelqu'un qui m'aime ?

Je baissai précipitamment la tête pour lui cacher les larmes que je ne pouvais plus contenir.

– S'il vous plaît, Troy, s'il vous plaît, soyez mon ami ! J'ai désespérément besoin d'aide.

– Ne pleurez pas, Heaven, je serai votre ami.

Il avait parlé sans grand enthousiasme comme si mon amitié ne pouvait être qu'un fardeau pour lui.

– Mais rappelez-vous bien que Tony n'a pas agi ainsi sans raisons, ajouta-t-il. Ne le jugez pas trop sévèrement. Et, avant de décider que je suis justement l'ami qu'il vous faut, mettez-vous bien dans la tête qu'à Farthy, c'est lui qui commande, pas moi. Lui et moi avons des personnalités totalement opposées. Il est fort et réaliste. Je suis faible et rêveur. Si vous vous attirez sa désapprobation et son mécontentement, il vous rayera de sa vie et de celle de Jillian. Il ne vous restera plus qu'à retourner dans les Willies. Et croyez-moi, il fera en sorte que je ne puisse ni vous aider, ni même vous envoyer un sou !

Ma fierté se regimba. Je m'écriai :

– Je ne veux pas de votre argent !

– Vous acceptez bien celui de mon frère !

– Il est marié avec ma grand-mère, c'est différent. Il administre la fortune qu'elle a héritée de son père et de son premier mari, mon grand-père. Cet argent aurait appartenu à ma mère, si elle était encore en vie. Accepter que Tony en dépense un peu pour moi me paraît parfaitement justifié.

Troy tourna la tête pour que je ne puisse voir son expression.

– Heaven, votre exaltation m'épuise. Il est beaucoup plus tard que je ne pensais et je suis fatigué. Peut-être pourrions-nous continuer cette conversation vendredi prochain, quand vous reviendrez de Winterhaven ? Je serai là.

Il avait l'air si vulnérable que j'en fus émue. Je

sentis qu'il avait terriblement peur de me laisser troubler le cours de sa vie. Pourquoi ? Je n'en savais rien.

Je me levai avec lenteur. Je n'avais pas envie de quitter la réconfortante chaleur de son cottage.

– Heaven, je vous en prie ! J'ai encore un millier de choses à faire avant d'aller me coucher. Ne pleurez surtout pas parce que Logan ne vous a pas reconnue, vous l'avez dérouté. Donnez-lui une autre chance. Appelez-le et proposez-lui un rendez-vous.

Troy ne connaissait pas l'entêtement de Logan. En cela, il ressemblait bien à son nom, Stonewall ! Si ce mot voulait dire mur de pierre, Logan le portait bien. Il avait la fermeté du roc ! Je me dirigeai vers la porte.

– Bonsoir, Troy. Merci pour tout. J'attends vendredi avec impatience.

Et je fermai doucement la porte derrière moi.

Il n'y avait aucun domestique en vue lorsque je me glissai à l'intérieur de la grande maison. Je jetai un coup d'œil dans la salle à manger. Le dîner m'attendait, au chaud dans des plats d'argent. Je soulevai le couvercle de l'un d'eux et découvris d'appétissantes tranches de viande en sauce. Sans réfléchir, je me composai une assiette en me servant de chaque plat. Et, seule à la longue table qui aurait pu accueillir la famille Casteel au grand complet, je me préparai à faire honneur à ce nouveau repas.

7

Perfidie

La semaine suivante, les filles de Winterhaven se montrèrent moins distantes. Elles me dévisageaient avec effronterie et louchaient sur la jolie robe de lainage que j'inaugurais. Il aurait fallu me payer cher pour que je porte de nouveau le genre de vêtements dont je m'affublais dans les Willies. Ce lundi-là, quand je m'assis seule à ma table pour le déjeuner, à ma grande surprise, Pru Carraway me sourit. Elle m'invita alors à la sienne, à laquelle trois autres camarades étaient déjà assises. Je me hâtai de rassembler mes couverts, mon assiette et ma serviette.

Je les remerciai tout en prenant place auprès d'elles.

Les cils pâles de Pru battirent.

– Quelle jolie robe rose ! observa-t-elle.

– Merci. Elle est mauve.

– Quelle jolie robe mauve !

Les trois autres gloussèrent.

– J'ai l'impression que nous n'avons pas été très gentilles avec toi, *Heaven*.

Elle avait appuyé lourdement sur mon prénom.

– Mais c'est toujours ainsi que nous traitons les nouvelles, jusqu'au moment où nous décidons que nous pouvons les accepter parmi nous.

J'avais donc gagné leurs faveurs ? Je me demandais bien comment !

Faith Morgantile, une très jolie brune qui portait un chandssail et un pantalon blancs quelque peu négligés, me demanda :

– Comment se fait-il que tu en saches si long sur la misère ?

J'accusai le coup.

– Vous savez bien que je viens de la Virginie de l'Ouest, un pays de mineurs et de ramasseurs de coton. Les collines sont habitées par des gens misérables pour qui l'instruction est une perte de temps. Vivant si près d'eux, il est normal que je les connaisse, non ?

Pru insista.

– Mais tu décris les tourments de la faim d'une façon tellement saisissante ! On jurerait que tu l'as connue, toi aussi.

– Il suffit d'avoir un peu de cœur pour comprendre le malheur des autres.

L'une d'elles s'exclama :

– Ce que tu parles bien ! Il paraît que tes parents ont divorcé et que tu as été confiée à ton père. C'est bizarre, tu ne trouves pas ? En général, on donne la garde des enfants à leur mère, surtout pour les filles.

Je haussai les épaules et pris un air faussement nonchalant.

– J'étais trop jeune au moment du divorce pour me rappeler les détails. Mon père n'a jamais voulu m'en parler.

Estimant alors que le sujet était clos, je me resservis de tomates et de laitue, ma salade préférée.

– Quand ton père viendra-t-il te voir ? Nous aimerions tellement le connaître ?

Cette chère Pru. Elle en aurait fait une tête en voyant le beau Luke Casteel ! J'imaginais la scène. Je n'aimais pas Pru Carraway, c'était une petite peste, elle aurait fait battre des montagnes. L'assurance que lui donnait son milieu, les relations qu'affichait sa famille, les amis qu'elle avait et que je n'avais pas, formaient autour d'elle comme un rempart. Tandis que moi, j'étais sans défense, avec, pour tout bagage, mes qualités personnelles.

Je terminai mon déjeuner avec rage. J'avalai jusqu'au dernier des spaghettis, jusqu'à la dernière bouchée de viande. Pour un peu j'aurais saucé mon assiette sans laisser la moindre trace. Elles me regardaient avec une telle fascination que je sentis que je m'étais trahie. Mettre tant d'enthousiasme à dévorer un vulgaire plat de spaghettis !... Leurs insinuations m'avaient rendue féroce et je décidai de leur raconter une histoire.

– Mon père ne viendra jamais me voir pour la bonne raison que nous ne nous aimons guère tous les deux. De plus, il est mourant.

Elles me regardèrent, pétrifiées par une telle démonstration de mauvais goût. J'avais forcé la dose, et la pensée de Pa mort me remplit de honte. On n'avait pas le droit de détester son père, ni de souhaiter sa mort. Mais après tout, pourquoi me serais-je sentie coupable ? Pa méritait bien tout ce que je pensais de lui !

Pru Carraway prit de nouveau la parole. D'un ton nettement plus prudent, semblait-il.

– Nous avons des clubs privés qui nous permettent de sortir. Si tu pouvais nous amener à rencontrer Troy Tatterton, nous t'en serions très reconnaissantes.

Pendant que je parlais de Pa, j'avais oublié de me tenir sur mes gardes : voilà donc où elles voulaient en venir ! La bouche pleine, je répondis avec embarras :

– Troy est très... très indépendant. Et de plus, il n'est pas vraiment de votre âge... Je ne sais s'il acceptera.

– Troy Tatterton a eu vingt-trois ans il y a quinze jours, affirma Faith Morgantile. Certaines parmi nous ont dix-huit ans ici. D'autre part, on t'a vue avec lui, dimanche, et tu n'as que seize ans à ce que je sache.

J'étais stupéfaite. Dans une ville aussi vaste que Boston, on avait remarqué mon équipée avec Troy ! Troy et moi n'étions pas passés inaperçus, dans ce café, voilà ce qui me valait ces marques d'intérêt soudaines ! Je me levai et laissai tomber ma serviette sur la table.

– Merci pour votre invitation.

J'étais vraiment peinée. J'avais pensé trouver des amies, ici. Je n'en avais jamais eu à l'exception de Fanny qui avait plutôt été une charge en définitive. Je repris les livres que j'avais laissés sur ma table et quittai la salle à manger.

À partir de cet instant, je perçus un changement très net dans leur attitude. Auparavant elles se montraient méfiantes parce que j'étais nouvelle et différente. À présent que j'avais relevé le défi, et cela sans effort apparent, elles étaient devenues des ennemies.

Le lendemain matin, je pris dans ma commode un ravissant chandail de cachemire bleu lin qui faisait partie d'un ensemble. À ma grande horreur, je constatai que mon beau chandail flambant neuf commençait à se démailler. Je sortis la jupe et l'étalai sur mon lit. L'ourlet pendait, et quelqu'un avait soigneusement décousu les plis. Dans les Willies, j'aurais porté l'ensemble tel quel, mais ici, il n'en était pas question. Surtout en sachant que, la veille encore, il était en parfait état.

Je sortis un à un mes chandails des tiroirs : cinq d'entre eux avaient subi le même traitement. Ils étaient hors d'usage. Je courus à la penderie pour vérifier l'état de mes jupes et de mes chemisiers : je les trouvai tels que je les y avais rangés, intacts. L'auteur de cet acte, qui que ce fût, n'avait apparemment pas eu le temps de le terminer. Inutile de dire que, ce mardi-là, je n'eus pas le temps de prendre mon petit déjeuner.

J'arrivai en classe en chemisier et en jupe, sans chandail. Aucune des filles de Winterhaven ne portait jamais de vêtements chauds. Elles faisaient fi des rhumes et des grippes, quitte à frissonner de froid toute la journée. On ne se dorlotait pas, à Winterhaven. Nos éducatrices n'encourageaient ni la mollesse ni le luxe. Nous étions censées nous endurcir. À la fin du mois d'octobre, la classe n'était pas plus chauffée que notre cabane des collines à la même époque. Je grelottai toute la matinée et décidai de remonter dans ma chambre à l'heure du déjeuner pour y prendre une veste.

J'expédiai mon repas si rapidement que je faillis m'étouffer, et me précipitai dans ma chambre. La porte n'en était jamais fermée à clef. J'allai droit à la penderie qui renfermait les trois vestes que Tony avait choisies pour moi : deux d'entre elles manquaient, la troisième était trempée.

La richesse et le fait d'appartenir à une famille connue leur donnaient-ils le droit de saccager ce que je possédais ? Tremblant de froid autant que de fureur, j'enfilai le couloir en courant, tenant ma veste à bout de bras, et je fis irruption dans la salle de bains. Elles étaient six à fumer et à discuter. Un silence de mort salua mon entrée. Je leur mis sous le nez ma veste de lainage en criant :

– Était-il vraiment nécessaire de la plonger dans l'eau ? Il ne vous a pas suffi de dépareiller mes ensembles ! Vous êtes ignobles.

Pru Carraway leva des yeux pâles et innocents.

– Mais de quoi parles-tu ?

Je hurlai de plus belle.

– Mes chandails neufs sont détricotés.

Je secouai ma veste avec fureur. L'eau qui gouttait encore du tissu leur gicla à la figure. Elles se reculèrent en se serrant les unes contre les autres.

– Vous avez fait disparaître deux de mes vestes et rendu la troisième importable. Ne croyez surtout pas que vous allez vous en tirer comme ça !

Je leur lançai des regards furibonds que je voulais menaçants mais elles ne semblaient nullement intimidées, ce qui augmenta ma fureur. Je ne savais plus quoi dire. Mon hésitation sur l'attitude à prendre renforça leur confiance en elles.

Je me tournai et jetai ma veste dans un des toboggans qui amenaient directement les serviettes sales au sous-sol où elles tombaient dans d'immenses paniers. La lourde porte de métal était dotée d'un ressort très puissant et elle se referma avec un claquement sec. Chacun des étages comportait plusieurs salles de bains dans lesquelles deux cents élèves se douchaient et se baignaient chaque jour, utilisant des centaines de serviettes. Et, chaque jour, les femmes de chambre apportaient des piles de serviettes propres qu'elles rangeaient dans les placards, à l'abri des portes vitrées.

Je dévisageai chacune de mes compagnes en essayant de leur faire peur et déclarai d'une voix ferme :

– Bon, quelqu'un va trouver cette veste parmi les serviettes et une enquête sera faite. À moins que vous ne la détruisiez pour effacer toute preuve, ce qui me paraît un peu difficile à réaliser.

Pru Carraway se mit à bâiller ostensiblement, imitée aussitôt par d'autres.

– J'espère que l'on vous renverra pour vol et mauvaise conduite.

Faith Morgantile gloussa.

– On dirait un avocat. Tu crois nous faire peur, par hasard ? Et que prouve une veste trempée ? Rien, si ce n'est ton manque de soin et ta stupidité.

Je crompris qu'elles ne voudraient rien reconnaître. Alors, le joli visage de Mlle Marianne Deale se présenta à moi et je l'entendis murmurer : « Il vaut mieux soutenir une cause perdue à laquelle vous croyez, que vous taire. Vous ne savez pas l'effet que vos arguments pourront avoir plus tard. »

– Parfait, dis-je. Je m'en vais de ce pas dans le bureau de Mme Mallory. Je lui montrerai l'état de mes chandails neufs et, par la même occasion, je lui parlerai de ma veste.

Amy Luckett, une fille petite et assez simplette, dit avec une précipitation qui trahissait sa culpabilité :

– Tu ne peux rien prouver. Tu aurais aussi bien pu accrocher tes chandails toi-même et faire tomber ta veste dans ton bain.

– Mme Mallory m'a vue lundi avec cette veste sur le dos. Quand on la trouvera dans le panier avec les serviettes sales, je pense qu'elle comprendra.

Pru ricana :

– Tu parles comme un avocat de seconde zone. De toute façon, nous n'avons rien à craindre. Il y a deux ans, nous avons persuadé nos parents d'arrêter leurs subventions à l'école, qui ne peut pas s'en passer. La direction a dû céder et supprimer ces horribles uniformes d'écolières françaises. Nous gagnons toujours quand nous décidons de nous unir pour nous battre. Nos parents nous soutiennent. Nos très riches et très influents parents... Il se trouve que tu n'es pas des nôtres. Personne n'accordera foi à ton histoire et Mme Mallory te regardera de haut parce qu'elle sait que tu ne nous ressembles pas et que ce ne sera jamais le cas. Elle préférera croire que tu as abîmé tes vêtements toi-même pour nous faire punir.

Sa déclaration me donna la chair de poule. C'était à peine croyable. Je n'avais pas assez d'expérience du monde pour concevoir une telle vilenie. Je n'avais pas été interne dans une pension chic en Suisse et je n'y avais pas appris à faire face à une situation de ce genre. Il ne me restait qu'à prouver qu'elles bluffaient et à me conduire de la même manière.

– Nous verrons bien, dis-je !

Et je quittai la salle de bains.

Les bras chargés de chandails tous détricotés, j'entrai dans le bureau directorial. Mme Mallory me toisa avec une désapprobation manifeste.

– Ne devriez-vous pas être en cours à cette heure-ci, mademoiselle Casteel ?

Je laissai tomber mes chandails sur le sol et saisis entre deux doigts ce qui avait été un ravissant cachemire bleu. On avait tiré un brin de laine qui arrêtait le tricot et le col était complètement défait.

– Je n'ai jamais porté ce chandail, madame. Veuillez constater son état.

Elle se rembrunit.

– Vous devriez prendre plus grand soin de vos vêtements. Je déteste voir les jeunes jeter l'argent de leur famille par les fenêtres.

– Vous ne m'avez pas comprise, madame. Ce chandail était très soigneusement plié dans le second tiroir de ma commode avec les autres. Ils sont abîmés parce que l'on a tiré des fils ou coupé des mailles.

Elle resta silencieuse un long moment et je lui présentai mes chandails un à un.

– Quant à la veste que vous avez remarquée lundi matin, elle a été plongée dans l'eau pendant que j'étais en cours ce matin.

Elle fit la moue et ajusta les lunettes qu'elle portait sur le bout de son nez.

– Accusez-vous quelqu'un, mademoiselle Casteel ?

– Oui. On ne m'aime pas. Je suis différente des autres et...

– Si vous voulez être aimée, mademoiselle Casteel, n'en demandez pas trop à vos camarades. Elles ont l'habitude de faire des farces à toutes les nouvelles.

Une telle indifférence me révoltait.

– Je pense que ceci est plus qu'une farce; mes vêtements sont importables !

– Allons, voilà beaucoup de bruit pour une chose dont vous êtes peut-être responsable, après tout. Quand vous avez fait vos bagages, vous avez très bien pu coincer vos chandails dans la fermeture Éclair de votre sac ou dans les serrures de vos valises. Vous avez dû tirer pour les dégager, et ce faisant, les déchirer.

– Et la veste, est-elle tombée toute seule dans un bain ?

– Vous ne m'avez pas montré la veste. Si vous avez des preuves, pourquoi ne pas les avoir apportées avec vous ?

– Je l'ai jetée dans le toboggan aux serviettes sales. Vous la verrez à la blanchisserie.

– Il y a pourtant un écriteau indiquant que tout vêtement à laver doit être jeté dans un autre conduit.

– Mais c'est une veste écossaise, elle aurait pu déteindre sur d'autres habits.

– C'est exactement ce que j'ai voulu dire. Elle a aussi pu tacher les serviettes blanches.

Mes lèvres tremblaient.

– Mais il fallait bien que je la mette quelque part !

Elle montra du doigt mon chandail bleu.

– Pourquoi ne reprenez-vous pas vos chandails et n'essayez-vous pas de les raccommoder ? Je dois vous avouer que je n'ai pas la moindre envie de chercher votre veste écossaise. Il me faudrait faire une enquête et prendre des sanctions. Ce genre de choses est déjà arrivé. Si je prends votre parti, serez-vous mieux acceptée ici ? J'en doute. Je suis certaine que votre tuteur ne fera aucune difficulté pour vous racheter des vêtements.

– Vous voulez dire que vous ne punirez personne ?

– Non, ce n'est pas exactement cela. Je préfère que vous vous débrouilliez seule.

Elle me sourit.

– Mademoiselle Casteel, laissez-moi vous dire une chose. Bien que vos camarades essaient de prendre de grands airs pour vous faire croire qu'elles vous méprisent, il n'y a pas ici une fille plus enviée que vous. Vous êtes très jolie, avec un air de fraîcheur plutôt rare. Vous semblez appartenir à un monde hélas disparu, plus authentique. Vous êtes timide, mais cependant fière et beaucoup trop sensible pour vivre dans une société comme la nôtre. Vos compagnes ne sont pas stupides. Elles ne s'y sont pas trompées. Elles ont vu ce que j'ai vu, et qui est évident pour tout le monde. Vous leur faites peur. Vous leur donnez un sentiment d'infériorité qui les fait douter d'elles-mêmes et des fausses valeurs auxquelles elles sont attachées. De plus, Tony Tatterton se trouve être votre tuteur. C'est un homme connu et admiré, et vous vivez dans une des plus jolies demeures des États-Unis. J'ai bien senti que votre passé vous faisait toujours souffrir, alors réagissez. Vous avez des dons et de l'envergure. Tous les espoirs vous sont permis. Ne laissez donc pas cette poignée de gamines ridicules gâcher ce qui pourrait être vos plus belles années. Je vois bien, à votre mine, que vous vous sentez outragée et que vous aimeriez prendre une sorte de revanche. Ces vêtements ont-ils tant d'importance pour vous ? Vous savez bien qu'ils seront remplacés. Pensez plutôt qu'elles auraient pu abîmer un objet de valeur, une chose irremplaçable à laquelle vous tenez vraiment et réellement.

Je n'avais pas songé à cela et me rappelai soudain

avec effroi que j'avais caché au fond de ma malle une lourde boîte qui contenait les portraits encadrés de Keith et de *notre* Jane. Il me fallait m'assurer, sur-le-champ, qu'ils n'avaient pas été touchés.

Je me préparais à sortir quand je rencontrai le regard de Mme Mallory. Il était plein de sympathie.

– Je pense que vous me devez quelque chose, madame, en échange de mon silence et de la paix dans cette école.

Elle fut aussitôt sur ses gardes. Je m'expliquai :

– Il y a une soirée, jeudi, à laquelle sont invités les garçons de Broadmire Hall. Je sais que je n'ai pas assez d'ancienneté dans l'école pour y être admise, mais je veux y aller.

Elle me considéra un certain temps, puis sourit, amusée.

– C'est une bien petite faveur. Accordé. Mais ne faites pas de scandale, c'est tout ce que je vous demande.

Les portraits de mes deux petits se trouvaient à leur place. Je refermai le couvercle de la malle sur eux jusqu'au vendredi. Je devais les donner à Troy pour qu'il les remît aux détectives qu'il allait engager pour faciliter leurs recherches.

Puis je songeai à Tom, mon fidèle allié et défenseur. « Pas de coup de tête, m'aurait-il conseillé, ne saborde pas ton propre navire. » Et, comme toujours, il aurait eu raison. N'avais-je pas tous les atouts en main ?

J'étais chez moi à Farthinggale Manor, Tony était mon tuteur et Jillian ma grand-mère, que cela lui plaise ou non. Et surtout, Troy était mon ami. N'y avait-il pas là de quoi ranimer mon courage ? Non, je ne saborderais pas mon navire ! J'étais entourée d'écueils et en pleine tempête, mais je ne me jetterais pas sur les récifs. Pas question de me laisser faire par ces harpies.

Je me regardai dans le miroir le plus proche et c'est à peine si je me reconnus. Se pouvait-il que cette jeune fille aux cheveux mi-longs, impeccablement coupés et merveilleusement soyeux, fût réellement Heaven Leigh Casteel ? Malgré les apparences, j'allais devoir céder, mais le moyen de faire autrement ? Je ne pouvais pas me permettre de m'aliéner Mme Mallory. Ni elle de renoncer aux subventions qui faisaient vivre son collège.

Je me jetai à plat ventre sur le lit, la tête pendant dans le vide et je commençai à brosser ma chevelure avec vigueur. Elle tombait devant mes yeux comme un rideau de soie, atténuant la lumière des trois lampes. J'entendis la cloche de la tour égrener les mélodies du soir aux accents patriotiques et religieux. Mes mouvements suivaient le rythme de la musique, tandis que je réfléchissais à la meilleure façon de prendre ma revanche sur mes six ennemies. Elles m'avaient attendue dans la salle de bains en sachant très bien ce qui allait se passer. En transportant ma veste trempée, j'allais inonder la belle moquette verte toute neuve, et m'attirer de nouveaux blâmes. Les garces !

Nous n'étions pas à Winnerrow, ici ! Là-bas, j'aurais courbé la tête, humiliée par mes misérables guenilles et mes souliers percés. Ma faim de tous les instants absorbait toute mon énergie : il fallait avant tout survivre. Et, en aurais-je eu la force, comment aurais-je osé me battre pour faire reconnaître mes mérites ? J'avais bien trop honte d'être une Casteel, ces rebuts de la société ! Mais maintenant, les choses étaient différentes. Je débordais de courage, malgré mes vêtements hors d'usage. Tels qu'ils étaient, je n'avais plus à en rougir, je n'étais plus une minable Casteel, obligée de raser les murs !

Et, tandis que je brossais inlassablement mes cheveux, encore et encore... l'idée jaillit enfin. Je tenais ma revanche : on verrait qui aurait le dernier mot ! Les garçons de Boston étaient comme tous les garçons du monde. Qu'une jolie fille se montre, et ils fondraient sur elle comme des papillons sur une fleur. En choisissant, naturellement, la plus belle et la plus parfumée. À ce petit jeu-là, je ne craignais personne.

8

Reine d'un soir

Ce soir-là, quand toutes mes voisines de chambre eurent regagné leurs quartiers, et malgré leurs efforts pour baisser la voix, j'entendis plusieurs fois prononcer mon nom, suivi immédiatement de rires. J'étais blessée de faire les frais de leurs plaisanteries, mais j'avais au moins un ami à qui téléphoner. Je fermai ma porte à clef et composai le numéro de Troy. La sonnerie retentit si longtemps que je crus qu'il était absent. Je ne savais où le joindre et commençais à désespérer quand, enfin, il répondit. Il me parut très occupé mais sitôt qu'il m'eut reconnue, sa voix se fit chaleureuse. Heureusement, sans quoi je n'aurais jamais eu le courage de formuler la demande qui motivait cet appel.

– Vous voulez que j'aille choisir dans votre chambre une robe du soir qui fasse sensation... Vous en avez beaucoup ?

– Oui, Tony m'en a fait essayer au moins une bonne dizaine. Je pensais qu'il n'en prendrait que deux, mais il m'en a acheté quatre. Je n'en ai apporté aucune ici, parce que les nouvelles ne sont en principe pas invitées aux soirées. Mais exceptionnellement, je le suis !

Il émit un petit grognement.

– Bien sûr, je ferai ce que vous me demandez. Mais je ne suis pas très au courant de ce qu'une jeune fille de seize ans est censée porter à une soirée de collège.

Il tint parole et, très tard ce soir-là, quand tout le monde fut endormi, j'entendis sa voiture se garer dans l'allée. J'avais profité de la pénombre pour descendre au rez-de-chaussée. Je me glissai au-dehors, en prenant soin de coincer un livre dans l'embrasure de la porte pour l'empêcher de se refermer.

– Désolée de vous avoir dérangé, chuchotai-je en montant à côté de Troy sur le siège avant.

Puis, dans un élan irréfléchi, je me rapprochai davantage et mes lèvres effleurèrent furtivement sa joue. Je m'empressai d'ajouter :

– Merci, Troy. Je suis tellement heureuse de vous avoir pour ami ! J'imagine que vous étiez occupé mais il me fallait cette robe.

Mon insistance à m'excuser parut l'embarrasser.

– Mais non, je suis très content de vous rendre service.

Il s'éloigna de moi, ce qui eut pour effet de le plaquer contre la portière. À mon tour, je me poussai sur le côté, pour ne pas le gêner.

– J'ai trouvé vos robes et j'ai essayé d'en choisir une mais je n'ai pas pu : elles sont toutes si jolies.. Alors je les ai apportées toutes les quatre. Vous choisirez vous-même.

J'étais déçue : moi qui comptais justement sur son choix pour avoir une opinion masculine !

– Oh, Troy ! Il y en a sûrement une que vous préférez ?

– Franchement non : je suis sûr que toutes vous vont à ravir.

Il prononça cette phrase presque timidement et, pendant quelques instants, nous contemplâmes sans mot dire les dernières feuilles mortes agitées par le vent d'automne.

Il était minuit. Les petites fêtes nocturnes se prolongeaient rarement au-delà de onze heures, comme si les filles de Winterhaven redoutaient les douze coups... l'heure des sorcières, avaient-elles l'habitude de dire.

J'ouvris la portière de la voiture et posai un pied sur le sol.

– Il faut que je m'en aille, dis-je. Puis-je vous téléphoner à nouveau ?

La réponse se fit tant attendre que je me hâtai de quitter la voiture.

– Excusez-moi. Je vois que je vous en demande trop.

Il répondit enfin, sans commentaires superflus :

– Je vous verrai vendredi. Amusez-vous bien à la soirée !

Sa longue voiture sombre s'éloigna, me laissant seule dans le vent. Je devais me glisser le plus discrètement possible à l'intérieur, chargée, cette fois-ci, d'un long paquet encombrant. Le vent poussa la lourde porte derrière moi. Elle claqua, ce qui fit tinter les cristaux des appliques. Dans mon affolement, je heurtai un pot contenant une fougère qui alla s'écraser sur le sol. Les chambres des professeurs étaient situées au rez-de-chaussée et un rai de lumière apparut soudain au bas d'une porte. En un éclair, je ramassai mon livre, agrippai fermement mon sac et courus jusqu'en haut de l'escalier, sans bruit... ou presque. J'entendais le léger frottement de mon sac contre les barreaux de la rampe, ce qui ne manquait pas de m'angoisser. Les couloirs étaient chichement éclairés par de petites veilleuses. Comme tout paraissait étrange à cette heure-ci ! Quel silence étonnant ! J'allai sur la pointe des pieds jusqu'à ma chambre et, comme j'en fermais la porte à clef, j'eus la sensation que ma petite expédition n'était pas passée inaperçue.

J'avais quantité de choses à mettre au point pour faire de cette soirée un succès personnel : je voulais surpasser tout le monde. Il me fallait découvrir ce que les autres allaient porter. Pendant la journée, les chambres n'étaient pas fermées à clef pour qu'on puisse vérifier si les lits étaient faits, les vêtements rangés, les stores tirés à bonne hauteur : rien ne devait déparer la symétrie classique de la façade.

Je fus debout bien avant le premier carillon, comme toujours. J'aimais avoir l'immense salle de bains à moi toute seule pour savourer ma douche matinale. Jusqu'à maintenant, cette habitude m'avait assuré une certaine indépendance. Mais ce matin-là, j'avais à peine fini de me sécher que trois ou quatre filles ensommeillées débouchèrent dans la salle de bains en traînant les pieds. Le jour, la mode était au débraillé mais la nuit ces demoiselles semblaient toutes sortir d'un feuilleton d'Hollywood. En me découvrant là, en sous-vêtements, elles se figèrent comme si elles ne croyaient pas à leur chance : enfin, elles me surprenaient en position d'infériorité. Une chance à ne pas laisser passer !

J'entendis Pru Carraway dire à sa meilleure amie, Faith Morgantile :

– Tiens, elle ne porte pas de caleçons longs ?

– J'aurais pourtant juré qu'elle en portait, et même des rouges.

Sur ce, elles se mirent à ricaner. Avaient-elles surpris le désarroi sur mon visage ou dans mes yeux ? Car elles avaient touché juste sans le savoir. Jadis, dans les Willies, j'avais désespérément désiré ce genre de caleçons longs, blancs ou rouges, de la même façon que je souhaitais un manteau neuf et de nouvelles chaussures, tant j'avais froid !

Il commençait à y avoir foule, dans la salle de bains. Chacune entrait, flanquée d'une ou de plusieurs amies intimes. J'étais seule comme sur un îlot, au milieu d'une mer démontée. Et si malheureuse que les Willies ne me semblaient plus un endroit si horrible, par comparaison ! Là au moins, j'étais parmi mes semblables ! Les larmes aux yeux, j'enfilai mes vêtements à toute allure et quittai ce lieu désormais déplaisant. Derrière moi, les ricanements reprirent de plus belle.

Non loin de ma chambre, j'hésitai. Allais-je les laisser indéfiniment me marcher sur les pieds ? Elles étaient toutes occupées à prendre leur bain ou leur douche, à se friser les cheveux et se maquiller. C'était le moment rêvé pour explorer leurs chambres, ce qui ne m'enthousiasmait pas outre mesure, mais je n'avais pas le choix. Je retrouvai mes deux vestes sans la moindre difficulté et j'appris, par la même occasion, ce qu'elles portaient aux thés dansants et aux soirées de l'école.

Vêtue d'une jupe, d'un chemisier et d'une des vestes dont je venais de reprendre possession, je sortis non sans avoir enfilé un manteau épais et chaussé des bottes. Je me dirigeai vers Beecham Hall. Une neige fine avait commencé à tomber. Le campus du collège ressemblait à un petit village, où j'aurais été si heureuse si seulement j'avais pu m'y intégrer. Le paradis sur terre !

J'entrai en classe. La veste que j'avais été chercher dans la penderie de Pru Carraway fit sensation. Toutes me dévisagèrent avec indignation, manifestement suffoquées que j'aie osé leur tenir tête et même plus, riposter !

Pru Carraway passa à l'attaque :

– Je pourrais te faire renvoyer pour t'être introduite dans ma chambre sans ma permission !

– Ah oui ? Et pourquoi, pour le vol de ma veste, pendant que tu y es ! Ne me menace pas, Prudence ! Tu ferais mieux de prendre garde à toi avant de me jouer un autre de tes charmants tours. Maintenant que je connais le chemin de ta penderie et que je sais où tu caches tes sucreries, il va te falloir trouver un endroit plus sûr !

Je tirai alors nonchalamment de ma poche une barre de chocolat fourré. Elle me foudroya du regard quand je mordis à belles dents dans la nougatine. Elle venait probablement de se rappeler que sa boîte de confiseries était cachée sous une pile de livres dont les titres les plus prometteurs étaient : *Les débordements de la passion, Un prêtre et sa chute* ou *La vierge et le pécheur !*

Le jeudi soir arriva et je me préparai avec le plus grand soin. Dans la penderie, derrière moi, était suspendue l'épaisse housse de plastique qui contenait les quatre robes que Troy m'avait apportées. La housse ne s'ouvrait qu'à l'aide d'une clef. Évidemment, on aurait pu la couper, mais, apparemment, les filles de Winterhaven ne disposaient pas du matériel nécessaire. D'après ce que j'avais pu voir dans leurs garde-robes, elles montraient un goût prononcé pour les robes moulantes surchargées de paillettes. Celles que Tony avait choisies pour moi étaient des robes à danser, mi-longues. L'une était d'un bleu profond, celle que je portais au dîner de Farthinggale Manor, une autre d'un rouge éclatant, la troisième, blanche et la dernière, imprimée d'un motif floral. Je me demandais encore pourquoi Tony l'avait choisie. Cet imprimé me rappelait tellement les toilettes que portaient les femmes des collines pour aller à l'église, le dimanche ! La passion qu'elles montraient pour les robes fleuries tenait peut-être au fait qu'elles dissimulaient mieux les taches ? Toujours est-il que j'avais pris les imprimés en horreur. Même celui que Tony avait choisi me déplaisait. La robe était pourtant jolie avec ses manches ballons serrées par des rubans de velours vert. Plus je la contemplais, plus elle me paraissait printanière et hors de saison : nous étions déjà en novembre.

Au rez-de-chaussée, le comité chargé de la décoration avait enlevé presque toutes les tables de la salle à manger. On avait roulé les tapis. Du plafond, pendaient des guirlandes et toutes sortes de banderoles multicolores. On avait même remplacé le respectable lustre de cristal par une énorme boule scintillante. Je ne reconnaissais plus la pièce. Exposée au sud-est, elle était si ensoleillée, le jour ! À ma grande surprise, on en avait fait une salle de bal tout à fait agréable.

Le moment était venu de paraître. Quand Amy Luckett me vit quitter ma chambre, elle s'arrêta pour me dévisager et plaqua la main sur sa bouche comme pour étouffer le petit cri d'admiration qui lui échappa.

– Oh, Heaven ! Je ne t'imaginais vraiment pas comme… comme ça !

Apparemment, c'était un compliment.

– Merci, Amy… Je pensais que tu étais invitée ?

Ses yeux s'agrandirent et, à nouveau, sa main couvrit sa bouche, rendant ses mots presque inintelligibles.

– Si j'étais toi, je n'irais pas.

Rien ni personne n'aurait pu m'empêcher de m'y rendre, surtout quand il s'agissait d'étrenner ma robe écarlate ! Sa jupe moulante jaillissait comme une épée de son fourreau du bustier au drapé fluide et criblé de brillants, dont les pans croisés sur mes seins m'enserraient le buste comme une flamme vivante. Cette merveille ne semblait tenir à mes épaules que par deux fragiles bretelles cramoisies, piquées de strass étincelant. Quant au petit boléro rouge qui était censé dissimuler ce que le décolleté révélait, je l'avais laissé dans ma chambre, comme par défi. Je voulais provoquer ces garçons et ces filles, et cette robe soulignait sans doute un peu trop ma silhouette. La vendeuse elle-même avait paru étonnée par le choix de Tony.

– Vous ne trouvez pas que c'est un peu vieux pour elle, monsieur Tatterton ?

– Oui, peut-être. Mais un modèle comme celui-ci est difficile à trouver. J'aime cette nuance de rouge, et cette robe ne se démodera jamais. Ma pupille pourra encore la porter dans dix ans. Avec cette robe sur le dos, une femme semble coulée dans du feu.

C'est exactement ce que je ressentais en approchant de la salle de bal improvisée. J'avais fait en sorte d'arriver un peu en retard pour faire impression... Et je fis sensation.

Les filles étaient rangées à gauche de la porte, les garçons de l'autre côté. Quand j'apparus, tous les visages, sans exception, se tournèrent vers moi... et c'est alors que je compris ce qu'Amy Luckett avait voulu dire !

Aucune d'elles n'était en robe du soir. Elles portaient ce que je mettais quotidiennement : une jupe, un chemisier ou un pull-over avec des bas et des mocassins. Je me sentis si déplacée dans cette robe que j'aurais aimé disparaître sur-le-champ. Mais pourquoi Tony m'avait-il choisi cette robe ?

Tous les garçons me fixaient, prêts à ricaner. Pendant un instant, je fus prise de la tentation de faire demi-tour et de m'enfuir en courant pour quitter à tout jamais Winterhaven. Mais j'étais rivée au plancher. Je me raidis, rassemblai mon courage, et c'est avec une assurance nonchalante que je pénétrai dans la pièce, comme si j'avais la plus grande habitude d'être en tenue de soirée et de porter mes toilettes avec panache. Alors, la situation bascula. Les garçons, qui, l'instant d'avant, affichaient des sourires entendus, délaissèrent instantanément leurs partenaires pour s'empresser autour de moi. Pour la première fois de ma vie, c'était moi qu'on entourait, et non Fanny ! Avant de comprendre ce qui m'arrivait, je fus enlevée dans les bras d'un roux dégingandé, qui me rappela quelque peu Tom.

– Bravo ! chuchota-t-il tandis qu'il me serrait contre lui. D'habitude, nous détestons ces invitations conventionnelles mais depuis que vous êtes arrivée, mon chou, c'est devenu beaucoup plus intéressant !

C'était ma robe qui, évidemment, le subjuguait. Exactement le genre de robe pour laquelle Fanny aurait fait n'importe quoi. Rouge, la couleur que le Moyen Âge assignait aux femmes publiques ! Rouge, couleur des femmes de petite vertu, couleur de la passion, de la violence et du sang... Je dus bientôt repousser les assauts de tous ceux qui cherchaient à m'approcher. Dans un tourbillon, je passais de bras en bras, ne suivant plus que de très loin les exploits de mes compagnes. Mes cheveux, relevés très haut sur ma tête par des barrettes de strass, avaient glissé et tombaient sur mes épaules. Mais bientôt je ressentis une certaine fatigue... J'avais besoin de souffler un peu.

Je demandai grâce à mon cavalier et me dirigeai tant bien que mal vers l'un des divans que l'on avait apportés du salon pour la circonstance. Au passage, j'aperçus vaguement les visages de certains professeurs et de quelques-unes de mes compagnes. On m'offrit une coupe de punch, on me présenta des assiettes remplies de petits sandwichs et de délicieux canapés. Le thé glacé et le punch au jus de fruits étaient très corsés. Pour étancher ma soif, j'en avais pris deux coupes et, déjà, la tête me tournait. Comme je me sentais rassasiée, je fus de nouveau entraînée sur la piste de danse. Les quelque vingt filles qui avaient obtenu d'assez bonnes notes pour participer à cette soirée épiaient chacun de mes gestes avec une intensité toute particulière. Mais qu'avaient-elles donc à me guetter ainsi, les yeux brillants ? Qu'attendaient-elles avec une telle curiosité ?

Je m'amusais. J'essayais du moins de m'en persuader, alors que tous ces garçons se répandaient en attentions flatteuses. Je prenais du bon temps aux dépens de toutes celles qui avaient cru avoir raison de moi. Mais que signifiaient tous ces regards braqués sur moi ? Même les couples qui dansaient se retournaient sans vergogne, cela en devenait gênant... J'étais de plus en plus mal à l'aise. Jusqu'aux professeurs qui m'observaient, des coins où ils s'étaient rassemblés pour bavarder. Leur intérêt curieux ajoutait à ma nervosité.

Le garçon qui me faisait danser commenta :

– Ça, on peut dire que tu es belle, toi alors ! Et j'adore ta robe. Pourquoi ce rouge si agressif ?

Il avait l'air un peu moins ennuyeux, en tout cas plus sensible que les autres. Je crus bon d'expliquer :

– Je pensais qu'il fallait s'habiller. Je ne vois pas pourquoi elles n'ont pas mis de robes du soir.

Il grommela quelque chose ayant trait à « ces filles de Winterhaven, complètement imprévisibles ». Mais c'est à peine si je l'entendis. Une crampe aiguë, horriblement douloureuse, me transperça le bas-ventre. Une contraction ovarienne ? Impossible, ce n'était pas l'époque et d'ailleurs je n'avais jamais très mal. La danse finissait et, avant que j'aie pu reprendre souffle, un autre garçon se présentait déjà pour m'entraîner, un inquiétant sourire aux lèvres.

– J'aimerais m'asseoir un peu, dis-je en me dirigeant vers un canapé.

– Impossible ! Vous êtes la reine du bal et vous vous devez de ne manquer aucune danse.

La douleur reparut, plus prononcée.

Ma vision devint floue. Les visages des filles qui

m'épiaient me parurent distordus comme si je les apercevais dans des miroirs déformants.

Un garçon, assez rondelet mais d'allure plutôt sympathique, m'attira à lui d'un geste affectueux.

– S'il vous plaît, venez ! Vous n'avez pas encore dansé avec moi. Personne ne danse jamais avec moi.

Avant que j'aie pu protester, il m'obligea à me lever et je me retrouvai au milieu de la piste de danse. Moi qui avais rêvé toute ma vie d'un bal dont je serais la reine, j'étais servie ! Ce n'était pas ce soir que je risquais de faire tapisserie. Mais je ne songeais qu'à m'éclipser.

La douleur devenait lancinante, me fouaillant les entrailles. Il me fallait trouver une salle de bains, d'urgence.

À peine m'étais-je dégagée des bras de ce garçon qu'un autre m'emporta dans les siens, sur un rythme endiablé, ce qui m'offrait une chance de lui échapper. Je m'apprêtais à le faire, quand, hélas, quelqu'un mit un nouveau disque. Une valse lente, cette fois, qui se dansait évidemment joue contre joue, ce que je redoutais le plus à ce moment précis. Naturellement, mon partenaire ne voulait pas me lâcher. Les crampes se faisaient de plus en plus vives et rapprochées ! Je le repoussai violemment et m'enfuis, enfin ! Sur mon passage, je crus entendre des rires méchants, sinon moqueurs. Était-ce un effet de mon imagination ?

Les lavabos du rez-de-chaussée étaient réservés à nos invités et je dus gagner ceux de l'étage. Ils étaient fermés à clef. Je courus comme une folle jusqu'à ceux qui se trouvaient dans l'aile opposée. Fermés eux aussi !

J'étais en larmes. Je ne comprenais pas ce qui m'arrivait... mais le fait était là, je me tordais de douleur avec de violents élancements dans le bas-ventre. Gémissant et haletant, je regagnai ma chambre au grand galop, claquai la porte et la fermai à clef. Il n'y avait pas de toilettes dans les chambres, mais je n'ai pas vécu quatorze ans dans les Willies, avec des lieux d'aisances à cent mètres de la maison, sans savoir improviser. Quand je fus soulagée, je m'assis, immobile, pressentant que, d'une minute à l'autre, la crise pouvait reprendre.

Pendant une bonne heure, je fus prise de spasmes qui ne me laissèrent aucun répit. Quand, enfin, les contractions s'arrêtèrent, je tremblais d'épuisement et un voile de sueur me collait à la peau. C'est alors que j'entendis remonter les autres filles. La soirée s'était achevée sans moi et elles regagnaient leurs pénates en chuchotant avec excitation. Manifestement, quelque chose les amusait au plus haut point.

Elles frappèrent alors à la porte de ma chambre. Surprenant ! Personne ne me rendait jamais visite jusqu'alors.

– Heaven, tu es là ? Tu sais que tu étais la reine de la fête ? Pourquoi t'es-tu éclipsée si brusquement.. comme Cendrillon ?

Et une autre de renchérir :

– C'est vrai, Heaven ! Nous avons adoré ta robe, elle était tout à fait dans la note !

Je retirai avec précaution un sac en plastique de ma corbeille à papier, le glissai dans un second sac et enroulai le lien de plastique pour le fermer hermétiquement, satisfaite d'avoir ainsi résolu le problème... Mais que faire de ce sac à présent ? Le toboggan aux serviettes usagées pouvait être une solution.

Je pris ma robe de chambre sous le bras, ce qui dissimula le sac que je tenais à la main, et m'acheminai vers la salle de bains sur la pointe des pieds. Peine perdue : les vingt filles qui avaient participé à la soirée s'y trouvaient déjà en train de se démaquiller ou de se sécher les cheveux, tout en poussant des gloussements hystériques.

– As-tu vu sa figure ? Elle était verte ! J'en étais presque ennuyée pour elle. Pru, as-tu versé beaucoup de ce truc dans son punch ?

– Assez pour la mettre hors circuit, tu peux me croire !

– Les garçons ont été très coopératifs ! Je me demande si elle a pu arriver à la salle de bains à temps ?

– Comment aurait-elle fait ? Nous les avions toutes fermées à clef !

Leur hilarité était à son comble. J'en étais malade de dégoût. Même dans les Willies, les gens n'étaient pas si cruels. Le pire des voyous de Winnerrow se serait montré moins retors. Je laissai tomber mon sac en plastique dans le plus large des conduits en espérant que par la suite le poids des serviettes ne le ferait pas éclater. Puis j'allai m'enfermer dans la seule cabine de douche munie d'un verrou où je passai dix minutes à m'étriller, à me laver les cheveux et à me sécher. Quand je ressortis, drapée dans ma robe de chambre en éponge blanche, elles m'attendaient toutes avec impatience, la cigarette au bout des doigts, faisant fi du règlement.

– Ce que tu es fraîche, Heaven ! susurra Pru Carraway. Mais pourquoi donc es-tu restée si longtemps sous la douche ? Tu avais une raison spéciale ?

Elle s'était déshabillée et gesticulait dans sa chemise de nuit courte et transparente.

– Une raison spéciale ? Non. La même que tous les soirs depuis que je suis à Winterhaven : un besoin irrépressible de me débarrasser de la pollution ambiante.

– L'atmosphère serait-elle ici plus polluée que là d'où tu viens ?

– D'où je viens, il y a des mines de charbon et des égreneuses de coton. Le vent transporte la poussière de charbon sur le linge qui sèche dehors. On doit laver les rideaux au moins une fois par semaine. La bourre de coton envahit les poumons des ouvriers et même ceux des habitants de la région. Mais le climat est plus sain qu'ici. Je veux parler du climat psychologique, bien sûr ! Si on consignait par écrit toutes les avanies que vous faites subir aux nouvelles venues, ce serait très instructif pour les suivantes.

Pru Carraway prit le parti de sourire.

– Allons, Heaven, ne le prends pas comme ça ! Ce sont des plaisanteries sans importance que nous essayons sur toutes les nouvelles, un bizutage, quoi ! Maintenant, si tu acceptes de passer la dernière épreuve, tu seras des nôtres et tu pourras faire la même chose avec celles qui vont venir.

Charmant bizutage. J'en avais encore mal au ventre rien que d'y penser ! Je répliquai d'un ton cassant :

– Non, merci. Je me moque complètement de faire partie de votre club.

– Oh si, tu voudrais en être ! Et ça vaut drôlement le coup. On s'amuse comme des folles, on organise des petites fêtes géniales. Et puis nous n'aimons pas les filles qui font des histoires.

Elle eut un sourire triomphant qui lui prêta une sorte de charme inattendu.

– La dernière épreuve consiste à te laisser glisser le long du toboggan au linge sale. Tu te retrouveras au sous-sol. La porte en est fermée à clef, mais il y a une autre issue qu'il te faudra trouver toute seule.

Je réfléchissais à la question et le silence s'éternisait.

– Et qui me dit que ce n'est pas dangereux ?

– Mais nous l'avons toutes fait avant toi, Heaven ! Et, comme tu peux le constater, aucune de nous n'en est morte.

Elle me sourit de nouveau, d'un air encourageant, cette fois-ci.

– Allez, sois sympa, Heaven ! Nous avons bien l'intention d'aller te voir à Noël, tu sais ?

Une colère indescriptible s'empara de moi. Quel chantage ! Elles avaient vraiment bien choisi leur moment. Je pensai à mon sac en plastique qui devait se trouver là, en bas, au-dessus des serviettes sales...

– Si quelqu'un veut bien me prouver que la descente n'est pas dangereuse, je le ferai peut-être. D'autre part, je ne veux pas risquer un blâme parce que l'on me trouvera en bas demain matin.

– Mais nous l'avons toutes fait, insista Pru. C'est seulement l'affaire d'une petite glissade qui se termine sur des serviettes humides. Il n'y a pas de quoi s'affoler.

Je résistai encore.

– Je veux être certaine de trouver la sortie.

– Bon, dit Pru. Je vais te donner l'exemple. Ainsi

tu pourras constater que c'est une plaisanterie. Quand je remonterai, j'espère que tout le monde, ici, reconnaîtra que je suis la seule à avoir du cran. Je suis la présidente du club et je trouve que quelqu'un aurait pu avoir l'amabilité de se proposer à ma place, tout de même !

Je ne pouvais plus arrêter la fatalité. Elle s'était proposée spontanément et ce qui allait arriver n'était plus mon affaire.

Crânement, elle s'avança vers le plus grand des toboggans, celui dans lequel j'avais lâché mon sac en plastique. Elle nous fit un petit signe d'intelligence et s'engagea dans l'ouverture pendant qu'une de ses camarades l'aidait.

Quand elle eut disparu, son amie relâcha la porte qui claqua avec un bruit métallique. On entendit Pru pousser un cri qui annonçait que la descente était amusante au-delà de toute expression.

Je retins mon souffle. Mon sac de plastique soutiendrait-il le choc sans crever ? Rien n'était moins sûr.

D'ailleurs, plus tôt que je ne l'avais pensé, nous parvint un hurlement d'horreur, de dégoût et d'angoisse.

Quelqu'un dit alors :

– Vous ne trouvez pas qu'elle en fait trop ?

Amy Luckett se pencha vers moi et murmura d'une voix contrite :

– Pardonne-nous d'avoir été si désagréables, Heaven. Et dis-toi bien que nous sommes toutes passées par là. Quand tu es arrivée, nous avons entendu ton tuteur dire à Mme Mallory de ne te soutenir en aucun cas contre nous. Il expliquait que c'était pour éprouver ton caractère et voir ce que tu avais dans le ventre.

Je ne savais plus que penser. On entendait, au loin, Pru se plaindre et pleurnicher. Puis elle s'arrêta. Les filles qui m'entouraient commencèrent à échafauder des suppositions de plus en plus extravagantes. Pru ne se montrant toujours pas, elles se perdaient en conjectures sur les raisons de sa disparition.

Elle arriva enfin. Elle était très pâle, tremblante, et reluisait comme une savonnette. Pour ça, elle avait dû frotter ! Elle s'était même fait un shampooing. Son regard délavé s'arrêta sur moi, les filles se turent et elle annonça d'un ton glacé :

– Voilà, j'ai prouvé qu'on pouvait le faire. À ton tour, maintenant.

En fait de manières cassantes, je fus immédiatement à la hauteur.

– Je me moque d'appartenir ou pas à votre club. Plaisanter est une chose, le mauvais goût en est une autre. Vos petits jeux sont aussi grossiers que ridicules et dangereux. Alors restons-en là. J'irai de mon côté et vous du vôtre.

Elles me regardaient toutes, pétrifiées, mais les yeux de Pru Carraway exprimaient autre chose que de la surprise. J'y discernai un certain soulagement parce que je n'avais pas révélé sa mésaventure, mais aussi de la rancune et de l'hostilité. Ne m'étais-je pas gagné des alliées pendant son absence ?

9

Logan

Je ne m'intégrai jamais vraiment à Winterhaven. Toutefois, la majorité de mes compagnes m'acceptèrent pour ce que j'étais, c'est-à-dire différente. Inconsciemment, j'usais de la même parade que celle dont je me servais à Winnerrow, l'indifférence : les flèches ne m'atteignaient pas. Je me trouvais où je voulais être et pour moi c'était suffisant. Le reste m'importait peu.

Troy m'appela, le lendemain de la soirée. Je lui racontai que l'on m'avait joué un drôle de tour, mais je n'entrai pas dans les détails. J'en aurais été par trop gênée. Il s'inquiéta, cependant :

– On ne vous a fait aucun mal, j'espère ? J'ai entendu dire que les filles de Winterhaven peuvent se montrer vraiment féroces avec les nouvelles. Surtout avec celles qui ne font pas partie de leur clan.

Je répondis avec une nonchalance inaccoutumée :

– Oh ! Je crois bien que cette fois, leur méchanceté s'est retournée contre elles.

Le vendredi suivant, Jillian et Tony revinrent de Californie à l'improviste. Ils me couvrirent de cadeaux, vêtements et bijoux. Savoir Troy tout près, dans son petit cottage, m'était un réconfort de tous les instants. C'était mon ami secret. Je le soupçonnais bien un peu d'éprouver quelque irritation quand je le dérangeais dans son travail, mais sa délicatesse l'empêchait de le montrer.

– Que fais-tu pour te distraire le samedi ? me demanda Tony un beau matin.

Je sortais de la bibliothèque, les bras chargés de livres.

– Je travaille, voilà ce que je fais. Je croyais en savoir beaucoup, mais je me suis aperçue que mes connaissances laissaient à désirer. Si Jillian et vous n'y voyez aucun inconvénient, j'aimerais me retirer dans ma chambre pour étudier.

Il soupira longuement.

– Jillian, elle, passe toujours des heures chez le coiffeur, le samedi. Après quoi, elle va au cinéma avec des amies. J'avais pensé que nous pourrions nous rendre en ville et faire des courses pour Noël, qu'en dis-tu ?

– Oh, Tony ! Il y a une chose dont je rêve, c'est de visiter le magasin de jouets Tatterton !

Il eut l'air stupéfait et un sourire incrédule se dessina lentement sur ses lèvres.

– Vraiment ! C'est merveilleux ! Jillian n'y a jamais accordé le moindre intérêt. Ta mère, qui savait bien que c'était un sujet de dissension entre nous, prit le parti de Jillian et déclara qu'elle était trop vieille pour s'occuper de jouets stupides et inutiles.

J'étais étonnée.

– C'était vraiment ce qu'elle pensait ?

– Elle répétait ce que disait ta grand-mère, pour qui un mari idéal devait être avant tout un partenaire agréable, et surtout pas un homme d'affaires. Pendant quelque temps, elle s'est amusée à créer des vêtements de poupée exquis et, à ce moment-là, j'ai espéré qu'elle s'intéresserait à la société. Cela n'a pas duré.

Il était presque l'heure de me rendre au cottage et mon cœur battait d'émotion. Pourquoi n'avait-il jamais battu ainsi pour Logan ! Je pris congé de Tony.

Chez Troy, étendue sur le tapis devant la cheminée où flambait un bon feu, j'écrivis à Tom en le suppliant de m'aider de ses conseils. Voyait-il un moyen de me rapprocher de Logan ?

J'avais fini par me persuader qu'il ne me répondrait jamais, quand, enfin, je trouvai une lettre dans ma boîte postale :

« Je n'arrive pas à comprendre tes craintes. Je suis certain que si tu téléphones à Logan pour lui donner rendez-vous, il sera fou de joie. J'ai peut-être oublié de te dire dans ma dernière lettre que la nouvelle femme de Pa attendait un bébé.

Fanny ne m'a pas écrit, mais j'ai eu de ses nouvelles par de vieux amis de Winnerrow. D'après ce que j'ai pu comprendre, la femme du révérend est partie chez ses parents attendre la naissance de son premier enfant, comme elle dit.

Que deviens-tu ? Fanny t'a-t-elle écrit ? As-tu appris quelque chose de nouveau sur les gens qui ont acheté Keith et *notre* Jane ? »

Non, je ne savais rien de plus. Et Pa qui se mettait à faire d'autres enfants alors qu'il avait vendu les premiers ! Cela me faisait si mal ! Il était par trop injuste qu'il ne soit jamais puni des horreurs qu'il avait commises. Le souvenir de ce petit frère et de cette petite sœur, qui m'étaient tellement indispensables il y avait si peu de temps encore, commençait à pâlir dans ma mémoire, ce dont je m'étonnais. Je ne sentais plus le vide douloureux que provoquait leur absence et je ne voulais à aucun prix laisser s'installer cette indifférence.

Troy m'avait dit avoir contacté ses hommes de loi à Chicago. Ils étaient sur le point de commencer leurs investigations. Il me fallait garder ma colère intacte et ne pas permettre au temps d'atténuer la douleur des blessures que Pa nous avait infligées. Mon but, mon unique but était de nous rassembler, tous les cinq, les enfants Casteel, sous le même toit. Je devais y parvenir !

Je trouvai enfin le courage de composer le numéro de téléphone de Logan et, comme je le craignais, sa voix n'exprima pas la chaleur et la hâte qu'il y mettait lorsqu'il m'aimait. Le ton était plutôt détaché.

– Je suis content de t'entendre, Heaven. Je serai heureux de te voir samedi, mais ce sera, malheureusement, une brève entrevue, parce que j'ai un exposé très important à faire pour la semaine prochaine.

L'intonation froide et mondaine avec laquelle il s'exprimait me glaça. Sa mère avait la même quand elle me trouvait avec son fils bien-aimé. Loretta Stonewall me détestait et n'essayait même pas de cacher sa désapprobation pour la dévotion que j'inspirais à son fils unique. Moi, une fille des collines ! Son mari partageait le même sentiment, bien qu'à une ou deux reprises il ait paru embarrassé par l'hostilité évidente de sa femme. En tout cas, cet après-midi, j'allais enfin rencontrer Logan. Je passai deux heures à me préparer. Je voulais être resplendissante.

Tony me vit descendre l'escalier et me complimenta.

– Quel joli tableau, Heaven ! J'aime la couleur de ta robe, elle te va à ravir. Mais je ne me rappelle pas l'avoir choisie ?

Il fit la grimace. Je le vis réfléchir et j'avalai ma salive : la robe me venait de Jillian. Elle ne l'avait jamais portée parce qu'elle n'en aimait ni le style ni la couleur. Et encore moins le fait que son mari ait jugé bon de la choisir pour elle.

– Avec cette robe, petite fille, il te faut un manteau qui sorte de l'ordinaire.

Il alla à la penderie, y prit un lourd manteau de zibeline et me le tendit pour que je le passe.

– Cette fourrure n'a que trois ans et Jillian en possède beaucoup d'autres. Garde-la si elle te plaît. Et maintenant dis-moi, où allais-tu ? Tu sais bien que tu dois soumettre ton emploi du temps à mon approbation.

Que pouvais-je répondre ? Que j'avais rendez-vous avec un garçon que j'avais connu autrefois ? Que Logan n'avait rien de commun avec les autres garçons des collines ? Il ne m'écouterait même pas, et le classerait, sans appel, parmi les rustres et les illettrés.

– Quelques-unes de mes compagnes de Winterhaven m'ont demandé de déjeuner avec elles en ville. Ce n'est pas la peine de déranger Miles, j'ai déjà appelé un taxi.

Cela aurait pu être vrai, mais je n'en menais pas large. Et Tony dut flairer quelque chose car il fronça les sourcils. Il n'était pas facile à tromper. Il m'observa quelque temps, avec acuité. Mon calme, mon assurance feinte ou mon air innocent durent le convaincre car il finit par me sourire.

– Je suis très heureux que tu te sois fait des amies à Winterhaven : j'ai entendu raconter tant d'histoires au sujet des sales tours que les élèves jouaient aux nouvelles ! Peut-être aurais-je dû te mettre en garde, mais je voulais que tu apprennes à te débrouiller toute seule. Quelles que soient les circonstances...

À la chaleur de son sourire, je devinai instantanément qu'il connaissait chaque détail de mes mésaventures, jusqu'au plus embarrassant. Il me releva le menton d'un geste plein de gentillesse.

– Je suis fier que tu aies de l'esprit, du cran et de l'initiative. À présent, même si tu t'en moques, tu as conquis leur estime et la mienne par la même occasion. Maintenant que tu es des leurs, tu peux voler de tes propres ailes. Refuse de te laisser intimider. Fais confiance aux filles. Quant aux garçons, parle-m'en d'abord. Ne sors avec aucun d'entre eux, avant que je n'aie mené ma propre enquête sur lui et sur sa famille. Je ne peux pas prendre le risque de te voir fréquenter des voyous !

Ces derniers mots me firent passer un frisson dans le dos, comme s'il m'avait percée à jour. Et pourtant, son regard était toujours aussi bienveillant, amical même. Chose inattendue, il éveilla en moi un curieux sentiment de fierté. Je me redressai, étrangement émue. Une vague de tendresse passa entre nous et, spontanément, je l'embrassai. Il parut surpris et touché.

– Merci, Heaven. Merci de ta spontanéité. Si tu persévères dans ces sentiments, les miens pourraient beaucoup changer à ton égard...

Mon taxi était arrivé. Tony sortit sur le perron et me fit un signe d'adieu. Et la voiture prit la direction de l'un des quartiers généraux des jeunes gens de l'université de Boston : le café Boar's Head.

Je m'étais préparée à toutes sortes de difficultés pour trouver Logan, et même à ce qu'il refusât de me reconnaître. Il est vrai que je n'avais fait aucun effort pour ressembler à la petite montagnarde miséreuse que je rougissais d'avoir été. Je regardai à travers la vitre du café et le découvris très vite. Il riait et parlait avec animation avec une jolie fille assise en face de lui. Cette éventualité ne s'était pas présentée à mon esprit, en tout cas pas sérieusement. Je restai plantée là, sous la neige qui commençait à tomber, ne sachant quel parti prendre. Nous étions à la mi-novembre et je pensais qu'il aurait été si facile et tellement plus agréable d'inviter Logan à Farthinggale Manor. Tony et lui auraient pu tranquillement faire connaissance, en bavardant devant la cheminée... Je secouai la tête, désenchantée. C'est alors que je vis, sans pouvoir y croire, Logan se pencher au-dessus de la table et promener ses lèvres sur le visage de son amie... et l'embrasser longuement, comme il ne m'avait jamais embrassée, moi !

Je sentis monter en moi un sentiment de haine, impossible à maîtriser. Mentalement, je l'injuriai : « Va-t'en au diable, Logan Stonewall ! Tu ne vaux pas mieux que les autres ! »

Je pivotai sur mes talons, glissant sur la neige fraîche et me retrouvai aussitôt les quatre fers en l'air, fixant le ciel d'un air hébété. J'essayais de repousser les gens qui s'étaient précipités pour m'aider à me relever, quand Logan sortit du café en courant. Cette fois au moins, il m'avait reconnue ! J'en eus la confirmation immédiate.

– Mon Dieu, Heaven ! Mais qu'est-ce que tu fais là ?

Et sans attendre, il glissa les mains sous mes bras et me remit sur pied. Je vacillai légèrement et dus m'agripper à lui pour ne pas perdre l'équilibre. Ses yeux pétillaient : il semblait s'amuser énormément.

– La prochaine fois que tu achèteras des bottes,

Heaven, tâche de les prendre avec des talons moins hauts !

À travers la vitre du café, la jeune fille qui l'accompagnait nous foudroyait du regard.

J'essayai de cacher ma confusion, mais ma voix s'enroua :

– Salut, l'étranger !

Mon équilibre retrouvé, je lâchai Logan et chassai la neige de mon manteau. Si mes yeux avaient été des pistolets, il serait mort sur place.

– Je viens de t'apercevoir à l'instant embrasser cette fille. Elle n'a pas l'air de nous vouloir du bien, d'ailleurs. Te considère-t-elle comme sa propriété privée par hasard ?

Il eut la décence de rougir.

– Elle n'est rien pour moi, juste une manière comme une autre de passer un samedi après-midi.

Je pris mon ton le plus glacial.

– Ah, oui ! Je suis sûre que tu ne te montrerais pas si compréhensif si tu me surprenais dans la même situation.

Sa rougeur s'accentua.

– Tu avais bien besoin de soulever ce sujet ! Puis-je te faire remarquer à mon tour qu'avec Cal Dennison, tu n'en étais pas à quelques baisers près ?

Il acheva sa phrase en criant; mais je ne voulus pas répondre sur le même ton.

– Bon, je l'admets ! Mais même si tu étais assez généreux pour me donner la chance de m'expliquer, essaierais-tu vraiment de comprendre comment et pourquoi j'en suis arrivée là ?

La neige tombait avec plus de force, à présent. Il se tenait devant moi, l'air buté et les mâchoires serrées au point qu'on ne voyait plus sa fossette. Sa silhouette carrée et masculine fit se retourner plus d'une passante.

Le vent froid sifflait autour des bâtiments et se rabattait au sol en rafales violentes. Nos cheveux volaient dans tous les sens. Ma respiration s'était accélérée, j'aurais donné n'importe quoi pour obtenir son pardon. De le sentir si près de moi, si bon, si fort, me faisait comprendre mieux que jamais combien j'avais besoin de lui. J'étais affamée de son amour, je me languissais de sa chaleur et de sa tendresse. Il m'avait aimée quand je n'étais rien et, avec lui, il était inutile de prétendre être ce que je n'étais pas.

– Heaven, tu as été très gentille de me téléphoner. C'est ce que j'avais envie de faire chaque fois que je pensais à toi. Un jour, je suis allé en voiture jusqu'aux grilles de Farthinggale Manor et j'ai été tellement impressionné que je suis reparti.

Il me regarda, enfin, vraiment. Ses yeux trahirent une sorte d'incrédulité, adoucie par une fugitive lueur de joie.

– Tu as tellement changé...

Il eut un élan comme pour m'attirer à lui, puis laissa retomber ses bras et enfonça les mains dans ses poches.

– En bien, j'espère ?

Il me jeta un regard si chargé de reproches que je me mis à trembler. Qu'avais-je bien pu dire ?

La réponse ne me parvint pas tout de suite.

– Toute cette richesse dont tu es entourée me gêne. Tu n'as plus la même coiffure et tu te maquilles. Tu ressembles à un mannequin sur une couverture de magazine.

Était-ce si terrible ? Je m'efforçai de sourire.

– Oh, Logan ! J'ai tant de choses à te dire ! D'abord, tu as l'air en pleine forme !

La neige commençait à me geler le visage. Nous avions des flocons dans les cheveux et sur le nez. Je proposai :

– On ne pourrait pas aller s'asseoir au chaud, plutôt que de rester là ? Tu me verras peut-être autrement, qui sait ?

Pendant qu'il me guidait à l'intérieur du café, je parlais de tout et de n'importe quoi pour me donner une contenance. Quand nous eûmes commandé un chocolat chaud, je remarquai que la fille qui l'accompagnait continuait à nous dévisager : nous décidâmes tous deux de l'ignorer.

Il promena son regard sur mon manteau de fourrure, sur les chaînes d'or que je portais au cou et enfin, lorsque j'eus retiré mes gants de chevreau, sur mes bagues.

Je continuais de sourire. Je ne voulais pas me tenir pour battue.

– Logan, ne pouvons-nous pas oublier le passé et reprendre tout à zéro ?

Il hésita longuement, comme s'il était en proie à un combat intérieur, et chaque seconde qui passait ravivait un peu plus en moi les souvenirs si doux de notre jeunesse. Nous étions tout l'un pour l'autre, en ce temps-là ! Oh, si seulement Cal Dennison ne m'avait jamais touchée ! Si j'avais été plus forte, plus sage et, surtout, plus avertie sur les hommes et leurs désirs ! Et non cette petite niaise dont un homme sans caractère avait su si bien profiter.

– Je ne sais pas, dit enfin Logan, la voix hésitante. Je n'arrive pas à oublier la façon dont tu as trahi notre promesse, à la première occasion.

Je l'implorai.

– S'il te plaît, Logan, essayons encore ! Je n'ai compris dans quel piège j'étais tombée que lorsqu'il était trop tard pour m'en sortir.

Il reprit de son air buté :

– De toute façon, avec ces bijoux et ce manteau de fourrure hors de prix, tu ne ressembles plus à celle que j'ai connue. Toi qui étais si vulnérable... On dirait que tu n'as plus besoin de rien ni de personne. Je ne sais plus où j'en suis.

Mon cœur se serra. Il ne voyait que le masque, la fausse assurance que me donnaient ces vêtements et ces bijoux. En prenant la peine de gratter la surface, il retrouverait vite la petite Casteel des collines : elle était toujours là. Ou alors... Je compris soudain ce qu'il avait voulu dire et j'en fus effrayée : il me préférait quand je lui faisais pitié ! Ma vulnérabilité, ma pauvreté, la laideur de mon accoutrement, voilà ce qui l'avait attiré. Le courage dont je me flattais et qu'il disait admirer, il ne le voyait donc plus ?

Je fixai machinalement son chandail marron et une idée saugrenue me traversa l'esprit : avait-il toujours cette affreuse casquette rouge que je lui avais tricotée autrefois ? Je sentis que je ne contrôlais plus la situation et pourtant je ne voulais pas lâcher prise.

– Logan, je vis maintenant avec la mère de ma mère. Elle est aussi différente de Granny que le jour et la nuit. J'ignorais, avant de la connaître, qu'une grand-mère pût être si jeune, si jolie et si attirante aussi.

– Mais cette femme vit dans un monde tellement différent de celui que tu as connu dans les Willies !

Il souleva sa tasse et avala une gorgée de chocolat.

– Et ton grand-père te plaît ? Est-il aussi jeune et attirant que ta grand-mère ?

J'essayai d'ignorer le sarcasme.

– Tony Tatterton n'est pas mon grand-père, il est seulement le second mari de ma grand-mère. Mon grand-père est mort il y a deux ans et je suis désolée de ne pas l'avoir connu.

Son regard prit une expression distante. Il semblait fixer quelque chose derrière moi, au loin.

– Je t'ai aperçue un jour, en septembre. Tu courais les magasins avec un homme d'un certain âge. Il te tenait par le coude pour te guider. J'ai voulu t'appeler, mais je n'ai pas pu. Je vous ai suivis bêtement pendant un moment. Quand vous entriez dans une boutique, je te regardais au travers de la vitre essayer des vêtements et parader devant cet homme. J'étais stupéfait de voir combien ces vêtements te changeaient, et pas seulement en apparence. Tu souriais, tu riais, je n'avais jamais vu cette lueur de plaisir dans tes yeux. J'ignorais que cet homme était ton grand-père, Heaven, et j'ai éprouvé une grande jalousie. Du temps où nous faisions des projets d'avenir ensemble, je voulais être celui qui allumerait cette lueur dans tes yeux, qui ferait naître cette expression sur ton visage.

– Mais Logan, j'avais besoin de ces vêtements chauds, de ces chaussures, de ces bottes. Je n'avais rien en arrivant. Le manteau de fourrure que je porte appartient à Jillian. Elle se lasse si vite de ses vêtements ! En réalité, j'en ai moins que tu ne l'imagines. Et puis la vie à Farthy n'est pas si merveilleuse... Ma grand-mère me parle à peine.

Logan se pencha et me fixa avec dureté.

– Mais son mari serait plutôt ravi de s'occuper de toi, lui ! Cela crevait les yeux le jour où je vous ai vus ensemble. Oui, on peut dire que cette séance de shopping l'excitait ! Largement autant que toi !

Sa jalousie féroce m'épouvanta.

– Tu devrais te montrer plus méfiante, Heaven. Rappelle-toi ce qui est arrivé à Candlewick, quand tu vivais chez les Dennison. Cela pourrait bien se reproduire.

Cette attaque soudaine me blessa profondément. Qu'est-ce qui pouvait lui faire penser cela ? Tony ne ressemblait en rien à Cal Dennison. Il n'avait pas besoin de compagnie pendant que sa femme faisait des heures supplémentaires. Il avait une vie riche et bien remplie, des affaires, des vacances, des amis qui ne demandaient qu'à le recevoir, lui et sa femme. Tous arguments qu'il était inutile de faire valoir : Logan aurait refusé de les prendre en compte.

Je secouai la tête avec impuissance, désespérée qu'il ne puisse oublier et qu'il ne veuille pas pardonner.

Avec un regard toujours aussi dur, il jeta :

– Je suppose que tu es restée en contact avec lui ?

– Avec qui ?

– Avec Cal Dennison.

Cette fois, sous l'effet de l'indignation, je m'écriai :

– Non ! Je ne sais rien de lui depuis que j'ai quitté Winnerrow. Il ignore où j'habite et je ne veux plus jamais le revoir !

– Je suis bien certain qu'il te retrouvera.

Il reprit sa tasse, finit son chocolat d'un trait et la reposa d'un coup sec.

– J'ai été très heureux de te revoir, Heaven, et surtout de savoir que tu as vraiment tout ce que tu désirais. Il est dommage que tu n'aies pas connu ton grand-père, mais je suis ravi de voir que tu apprécies tant le mari de ta grand-mère. Je dois admettre que tu es très belle dans ces vêtements, mais tu n'es plus la fille que j'aimais. Elle est morte à Candlewick.

J'étais mortellement blessée et il venait de me donner le coup de grâce. Mes lèvres étaient closes alors que mon cœur le suppliait de me laisser encore une chance. Des larmes brûlantes m'aveuglèrent. Je cherchais encore, désespérément, des mots pour le convaincre, quand il se leva pour se diriger vers la fille qui l'attendait toujours à une autre table. Il s'assit en face d'elle, sans se retourner.

Tout le soin que j'avais apporté à me préparer pour le voir s'avérait complètement inutile. Il eût mieux valu arriver en guenilles, échevelée, les joues creuses et les yeux cernés par la faim. Là, j'aurais peut-être eu droit à sa compassion !

Une vérité qui ne m'avait jamais effleurée jusque-là m'apparut soudain, aveuglante.

Logan ne m'avait jamais vraiment aimée. Il avait eu pitié de moi. Il avait aimé protéger l'enfant abandonnée des collines. Il m'avait prodigué sa générosité. En fait, pour lui, je n'avais été qu'un... cas social !

Tout me revint d'un coup en mémoire; ses petits cadeaux, brosses à dents, dentifrices, shampooings, savons, tous empruntés aux rayonnages de la pharmacie de son père. Sa condescendance et sa pitié me remplissaient de honte, à présent. J'étais dévorée de regret de m'être laissée aller à croire qu'il m'admirait. J'essuyai rageusement le flot de larmes qui ruisselait sur mes joues. Je me levai d'un bond, repris mon sac et mon manteau de fourrure et filai vers la porte. En une seconde, je fus dehors et je m'éloignai en courant de la seule personne au monde que j'aie jamais aimée.

Le vent était cinglant. La neige tombait en rafales obliques. Il faisait glacial et je me débattis pour enfiler les manches de mon manteau. J'étais à moitié suffoquée par mes sanglots et j'en perdais le souffle. J'avais envie de mourir. Derrière moi, j'entendis des pas et me retournai brusquement, ce qui fit s'engouffrer le vent dans mon manteau. Logan courait vers moi et je lus dans ses yeux une émotion tout autre, presque inquiète. Trop tard. Je le regardai avec haine et hurlai, sans me soucier des passants.

– Tu n'as plus besoin d'avoir pitié de moi, Logan Grant Stonewall ! Rien d'étonnant à ce que je t'aie trahi sans le vouloir avec Cal Dennison : mon intuition avait déjà dû m'avertir de la nature de tes sentiments. Ce n'était ni de l'amour, ni de l'admiration, ni même une amitié sincère, rien de ce dont j'avais besoin. Tu as eu raison de suggérer que nous en restions là ! Tout est bien fini entre nous, je ne veux plus entendre parler de toi, aussi longtemps que je vivrai. Retourne à Winnerrow et tâche de trouver dans les Willies un autre cas social, une pauvre fille à qui tu pourras faire l'aumône de ta détestable pitié !

Je courus d'un trait jusqu'au coin de la rue où je hélai un taxi. Je le regardai s'approcher, le cœur gonflé de sanglots silencieux. « Adieu, Logan, me dis-je avec désespoir, ce fut si tendre et si doux tant que je crus que tu m'aimais pour moi-même. À partir d'aujourd'hui, je ne penserai plus à toi. Tu as même réussi à me donner un sentiment de culpabilité envers Troy, et cela sans même le connaître. Troy, mon cher Troy, si merveilleux, si doué, si beau... et si différent de Cal Dennison qui ne m'a jamais troublée, lui ! »

10

Promesses

Quand le taxi passa les grilles impressionnantes de Farthinggale Manor, mes larmes coulaient toujours. Elles m'étouffaient et j'eus du mal à indiquer au chauffeur le virage qui conduisait au petit cottage où j'espérais trouver Troy.

J'allais vers le seul ami qui me restait, aveuglée par les larmes, comme si l'on m'avait arraché à nouveau tous ceux que j'avais aimés et que j'avais perdus. Cette nouvelle blessure rouvrait les anciennes. Une part de moi-même avait toujours cru que Logan serait mien, éternellement, et que je pourrais un jour le ramener à moi.

Mon désespoir me soufflait intérieurement que rien n'était éternel, que rien n'était vrai. Rien !

Mais nous étions arrivés.

– Douze dollars et cinquante cents, annonça le chauffeur.

Il me regardait avec impatience, tandis que j'essayais de compter ma monnaie. Je lui mis finalement dans les mains un billet de vingt dollars et quittai la chaleur de la banquette arrière.

– Gardez la monnaie, dis-je d'une voix enrouée.

Des flocons de neige, piquants comme des morceaux de glace, me cinglèrent le visage. Un vent violent me tordait les cheveux. Je courus comme une aveugle jusqu'au cottage et, sans aucun égard pour l'intimité de Troy, je poussai la porte bleue.

Mais la violence du vent me gênait et j'eus quelque difficulté à venir à bout de l'opération. Quand j'y réussis, enfin, le vent s'engouffra derrière moi et claqua violemment la porte. Le bruit me fit revenir à la réalité et je m'appuyai au panneau pour essayer de reprendre le contrôle de mes émotions.

Troy cria d'une autre pièce :

– Qui est là ?

Quelques instants plus tard, il apparut sur le seuil de sa chambre, torse nu, une serviette enroulée autour des hanches. Des gouttelettes d'eau luisaient sur sa peau et ses cheveux mouillés étaient tout emmêlés.

– Heaven !

Il vit mon expression torturée et ses yeux s'agrandirent.

– Entrez et asseyez-vous. Vous êtes chez vous. Donnez-moi seulement quelques minutes pour me sécher les cheveux et pour m'habiller.

Il commença à se frotter vigoureusement la tête avec la serviette qu'il tenait à la main.

Il ne dit pas un mot qui puisse laisser supposer que je le dérangeais et ne parut même pas songer à me reprocher cette intrusion. Il ne se permit qu'un sourire gêné, avant de disparaître.

Le désespoir me paralysait, j'étais rivée au sol. J'en faisais trop, je le savais. Mais je n'arrivais plus à reprendre mon souffle, ni à contrôler les hoquets qui me secouaient. On aurait dit qu'on m'avait clouée à la porte.

Troy sortit de sa chambre, tout habillé cette fois, en chemise de soie blanche et pantalon noir très étroit. Ses cheveux, encore humides, étaient coiffés en vagues qui lui encadraient le visage. Un visage extraordinairement pâle, comparé au teint doré par le hâle de Logan.

Il s'avança vers moi sans un mot, me prit doucement par la main et m'obligea à m'éloigner de la porte. Puis il fit glisser de mon épaule la bride de mon sac et me retira mon manteau.

– Allons, allons, ce n'est tout de même pas si grave que ça ? Avec le vent qui hurle dehors, rien ne vaut la chaleur d'un bon feu. Je vais essayer d'être un compagnon agréable.

Il me fit asseoir dans un fauteuil qu'il approcha du feu, s'agenouilla pour retirer mes bottes et frictionna mes pieds glacés.

J'étais épuisée et me laissai faire sans réaction. J'avais les yeux dans le vide, mais au moins mes larmes ne coulaient plus. Le poids si douloureux qui m'oppressait encore commençait à s'alléger, et je pus enfin regarder autour de moi. Aucune lampe n'était allumée. Seul le feu éclairait la pièce, projetant des ombres dansantes sur les murs. Troy était toujours à genoux et me regardait. Il tira un tabouret bas et y posa mes pieds, puis, prenant une couverture de laine, il m'en couvrit les jambes jusqu'à la taille.

– Et maintenant, il serait temps de penser à une petite collation, dit-il avec un sourire encourageant.

Je me tamponnai les yeux avec un mouchoir en dentelle pour sécher mes dernières larmes. J'avais épuisé tous les mouchoirs en papier que contenait mon sac.

– Alors ? Café, thé, vin ou chocolat chaud ?

La mention du chocolat me fit de nouveau monter les larmes aux yeux. Alarmé, Troy reprit aussitôt :

– Un peu de brandy pour vous réchauffer et ensuite une bonne tasse de thé. Ça vous va ?

Il se leva sans attendre ma réponse et se dirigea vers la cuisine, allumant au passage la chaîne stéréo. La pièce se remplit de musique et, pendant quelques secondes, je crus entendre la voix nasillarde de Kitty. Je frissonnai.

Mais j'étais dans un autre monde, celui de Troy. J'étais au chaud et en sécurité, baignant dans une atmosphère de beauté et de douceur. Une délicieuse odeur de pain fraîchement cuit me chatouilla les narines. De vagues pensées, dont certaines concernaient Tony, dérivèrent dans mon esprit. Il faisait presque nuit. Il devait faire les cent pas en regardant sa montre, furieux que je n'aie pas tenu ma promesse... Un sommeil miséricordieux emporta ces pensées et mon désespoir.

Je ne sus combien de temps j'avais somnolé quand la voix de Troy m'éveilla.

– Allez, on ouvre les yeux et on avale ce brandy.

Les yeux toujours fermés, j'ouvris docilement la bouche et avalai le breuvage, qui me brûla l'estomac. Un hoquet me secoua et je me mis alors à tousser et à suffoquer. Je n'avais jamais goûté de brandy auparavant. Ma réaction parut amuser Troy.

– Bon, c'est assez pour cette fois ! Si je comprends bien, mon brandy ne soutient pas la comparaison avec la rosée des montagnes !

– La rosée des montagnes ?

Je souris à travers mes larmes, mais le visage de Pa surgit soudain devant mes yeux, dans toute sa beauté, toute sa cruauté et je me remis à pleurer. Un jour... Un jour viendrait où nous nous retrouverions face à face, tous les deux. Et ce jour-là, je saurais me montrer cruelle, à mon tour. Aussi cruelle qu'il l'avait été.

– Restez là et reposez-vous. Je vous prépare un petit dîner. Ensuite, vous me raconterez vos chagrins.

Mes lèvres s'entrouvrirent mais Troy mit un doigt sur sa bouche pour me faire signe de me taire.

– Plus tard.

Je le regardai couper le pain frais et préparer les sandwichs avec l'habileté et le soin qu'il apportait à tout ce qu'il faisait.

Il posa un plateau d'argent sur mes genoux, puis un napperon, des couverts, une assiette de sandwichs et du thé. Il s'assit par terre devant le feu, les jambes croisées, et entama son repas. Nous ne parlions pas. Nous étions bien ensemble. De temps à autre, nos yeux se rencontraient. Troy surveillait à la dérobée ce que j'avalais et veillait à ce que la torpeur ne me saisisse pas. Il tenait à ce que je termine mon dîner.

La neige fouettait les vitres où s'étaient formés des cristaux. Les hurlements du vent faisaient écho à la musique. Mais comparés aux rafales des Willies, qui s'engouffraient à travers nos murs crevés, ce n'était rien. Le cottage devait être six fois plus grand que notre cabane. Il était bâti en dur, avec des murs robustes qui isolaient bien du froid. Alors que là-bas, à travers les crevasses béantes, nous pouvions apercevoir le ciel.

Je grignotai d'abord un sandwich et, sans m'en apercevoir, je mangeai et bus tout ce qui se trouvait devant moi. Troy me sourit gentiment, content que j'aie fait honneur à son repas.

– Encore un autre ? demanda-t-il.

Je me renversai sur le dossier du fauteuil et secouai la tête.

– Non merci. Je n'avais jamais imaginé que des sandwichs puissent être aussi délicieux...

– La cuisine peut aussi se pratiquer comme un art, dit-il avec un sourire. Voulez-vous un dessert ? J'ai là un savoureux gâteau maison.

– C'est vous qui l'avez fait ?

– Non. Les gâteaux ne sont pas mon fort. Rye Whiskey m'en envoie toujours un assortiment quand il fait de la pâtisserie.

Je n'avais plus faim et je le remerciai, mais la part de gâteau que je vis sur son assiette me fit quelque peu regretter ma décision. Je savais que Troy n'insisterait pas. Tant pis pour moi !

De nouveau, la torpeur me gagnait.

– Troy, je suis désolée de mon intrusion. Je devrais retourner à Farthy avant que Tony ne se fâche.

– Il se doute bien que vous ne pouvez pas vous déplacer avec cette tempête. Il pensera que vous attendez la fin du mauvais temps dans quelque salon d'hôtel. Téléphonez, cela lui évitera de s'inquiéter.

Je pris le combiné, il n'y avait aucune tonalité. Les lignes étaient coupées.

– Ne vous en faites pas, Heaven. Mon frère n'est pas stupide, il comprendra.

Il scruta longuement mon visage d'un œil attentif.

– Voulez-vous me raconter vos chagrins à présent ?

Non, je ne voulais pas. À quoi bon retourner le couteau dans la plaie ? Mais les mots coulèrent, malgré moi, et j'eus bientôt dévidé toute mon histoire. Nos amours enfantines, ma trahison involontaire, l'entêtement de Logan à me refuser son pardon.

– ... Et maintenant, il se sent frustré parce que je ne suis plus dans la misère et que je n'ai plus besoin de sa pitié !

Troy se leva pour placer assiettes et couverts dans le lave-vaisselle. Puis, négligeant le confort du canapé et des fauteuils, ce qui devait être chez lui une habitude, il s'allongea sur la moquette, les bras repliés sous la tête. Il médita quelques instants et observa :

– Je suis sûr qu'un jour Logan regrettera ce qu'il vous a dit aujourd'hui. Il cherchera à vous revoir. Vous êtes si jeunes tous les deux !

Je dus faire un tel effort pour contenir mes larmes que ma voix chevrota :

– Je ne veux plus jamais le revoir. J'en ai fini avec Logan Stonewall, fini pour la vie !

Il ébaucha un sourire.

– C'est très gentil à vous d'être venue partager cette tempête avec moi, de toute façon. Et je ne dirai rien à Tony.

– Mais pourquoi ne veut-il pas que je vienne ici ? demandai-je, soudain irritée.

L'espace d'un instant, je vis ses traits s'assombrir.

– La première fois que je vous ai vue, j'ai eu un réflexe de recul. Je ne voulais pas être mêlé à votre vie. Maintenant que je vous connais mieux, j'ai envie de vous aider. Vos yeux me hantent, je les vois même la nuit, dans mon lit. Comment une jeune fille de seize ans peut-elle avoir tant de profondeur dans les yeux ?

À nouveau, ma voix se brisa et pourtant je criai :

– Mais je n'ai pas seize ans, j'en ai dix-sept !... mais n'allez pas le dire à Tony, surtout.

J'avais à peine parlé que, déjà, je le regrettais. Il était tenu à une certaine loyauté à l'égard de Tony, pas moi.

– Mais, bon sang, pourquoi mentez-vous pour quelque chose d'aussi anodin ? Seize ou dix-sept ans, je ne vois pas bien la différence.

– J'aurai dix-sept ans le vingt-deux février. Dans les collines, les filles de cet âge sont presque toutes mariées et elles ont des enfants.

Il se tourna sur le côté pour me faire face.

– Dans ce cas, je suis très heureux que vous ne viviez plus dans les collines. Maintenant, expliquez-moi pourquoi vous avez menti à Tony sur votre âge.

– Je ne sais pas, pour protéger ma mère, sans doute. Je ne voulais pas qu'elle passe pour une écervelée. Elle a accepté d'épouser mon père alors qu'elle le connaissait seulement depuis quelques heures. Granny m'a toujours dit que cela avait été le coup de foudre de part et d'autre. Je n'ai pas bien compris ce qu'elle voulait dire. Et je ne comprendrai jamais qu'une jeune fille appartenant à une famille si fortunée et si cultivée ait pu tomber amoureuse d'un homme comme mon père.

Je croisai le regard de Troy, sombre comme une eau profonde. C'est ce qu'il avait dit de mes yeux : qu'il les trouvait profonds. Alors nous devions nous ressembler, car j'aurais pu me noyer dans les siens...

La vieille horloge commença d'égrener huit heures. Le blizzard hurlait toujours. Une pendulette à musique se mit à jouer une mélodie aigrelette, obsédante, pendant que de tout petits personnages sortaient un à un d'une porte minuscule. Ce spectacle m'arracha un cri d'admiration :

– Je n'ai jamais vu une pendule pareille !

Il murmura distraitement :

– Je fais collection de pendules anciennes.

Puis il roula sur le côté et dit comme pour s'excuser :

– Quand on est riche, on ne sait plus comment dépenser son argent... Quand je pense à toutes ces années que vous avez passées dans les Willies et à tout ce dont vous aviez besoin, cet argent me semble immonde. Je suis gêné de posséder tant alors que d'autres ont si peu. Je trouve choquant, impardonnable de n'avoir jamais eu une pensée pour la misère des autres. Et cela, parce que je vis dans un monde à moi et que ceux que je côtoie sont aussi riches que moi.

Je baissai la tête avec lassitude. La vie de Troy avait été si différente de la mienne ! Il m'observa si longuement que j'en fus mal à l'aise. Je me levai et m'étirai.

– Je vous ai fait perdre beaucoup de temps aujourd'hui. À présent, il faut que je rentre. J'espère que Tony ne me posera pas trop de questions.

À vrai dire, j'espérais qu'il allait me retenir, mais il se releva d'un bond et me sourit.

– Très bien. Je vais vous montrer un chemin que je ne voulais pas que vous connaissiez. Le climat peut être très rude par ici et, quand on a bâti Farthy et ses dépendances, mes ancêtres ont prévu la neige et le mauvais temps. Ils ont fait creuser des passages souterrains entre les différents bâtiments, afin de pouvoir soigner et nourrir les bêtes. Il y a bien longtemps, à l'emplacement de ce cottage, il y avait une grange avec sa cave. Il est donc relié à la maison principale par un souterrain. J'aurais pu vous le dire avant, mais je voulais vous garder avec moi. Je me sens bien avec vous. J'ai l'impression de retrouver mon enfance.

Son regard revint se fixer sur moi avec insistance.

– Pour venir ici, vous descendez dans la cave de Farthy. Vous poussez la porte de l'ouest, celle qui est peinte en vert. Les autres portes, bleu, rouge et jaune, ne conduisent nulle part. Tony les a fait murer. Il a estimé que trop de passages, même secrets, rendaient Farthy vulnérable aux vols.

Il m'apporta mes bottes, m'aida à passer mon manteau et ses mains s'attardèrent sur mes épaules. Comme il se trouvait derrière moi, je ne pus voir son expression. Quand je me retournai, il sourit, me prit par la main et me conduisit à l'une des portes de la cuisine. Elle menait par un escalier de bois à une cave immense, humide et froide. Troy me désigna une porte verte, cintrée.

– Je vous accompagne jusqu'à la maison.

Et, me tenant toujours par la main, il m'entraîna à sa suite.

– Quand j'étais petit, ce passage souterrain me

faisait peur. À chaque tournant, je m'attendais à voir apparaître des monstres ou un fantôme.

Même en sécurité avec lui, ma main dans la sienne, je pouvais imaginer sans peine ce qu'il avait pu ressentir. Ce tunnel me rappelait celui d'une mine de charbon désaffectée que Tom et moi avions explorée, malgré la pancarte qui en interdisait l'entrée.

Troy ne lâcha ma main que lorsque nous fûmes arrivés au bout du tunnel, au pied d'un escalier étroit.

– Vous allez déboucher dans le couloir derrière la cuisine. Faites très attention avant d'en pousser la porte. Rye Whiskey travaille quelquefois très tard. Qu'allez-vous dire à Tony ?

– Aucune importance. Je sais très bien dissimuler, rappelez-vous !

Je lui jetai mes bras autour du cou, mais ne l'embrassai pas. Je pressai simplement ma joue contre la sienne et déclarai avec conviction :

– Sans vous, je ne sais pas ce que je deviendrais.

Et, pendant un instant merveilleux, mais si bref, il me tint serrée contre lui.

– Rappelez-vous bien que c'est Logan que vous aimez et que c'est de lui dont vous avez besoin.

Je courus en haut de l'escalier, blessée qu'il eût trouvé nécessaire de m'avertir de garder mes distances. J'avais besoin de Troy. Désespérément besoin de sa délicatesse, de sa compréhension. Parfois, il m'arrivait de penser que Tony aurait pu, lui aussi, être un appui. Mais son côté autoritaire me faisait vite oublier son charme si prenant. Il avait trop besoin de dominer, comme Pa.

Je pénétrai en larmoyant dans le couloir étroit qui jouxtait l'immense cuisine de Farthinggale Manor. À cette heure avancée de la soirée, Rye Whiskey y travaillait encore. Il chantait en mesure en roulant de la pâte avec son rouleau à pâtisserie. Derrière lui, le jeune aide noir, à qui il apprenait le métier, l'accompagnait en tapant sur la table avec des cuillères. Je passai la porte de la cuisine, lentement et sur la pointe des pieds. Ce n'est qu'un peu plus loin que j'accélérai l'allure.

Une heure plus tard, dans mon lit, je fixais toujours la fenêtre sans pouvoir m'endormir. Malgré le vent, j'entendais le battement sourd de mon cœur.

J'étais profondément endormie, en train de rêver même, quand la porte de ma chambre s'ouvrit brusquement. La voix furieuse de Tony m'éveilla en sursaut.

– Puis-je savoir quand et comment tu t'es glissée dans la maison sans que je te voie ?

Désorientée, affolée, je m'assis en tirant mes couvertures sur ma poitrine. Aucune explication ne me venait à l'esprit, pour une fois : je ne pouvais que trembler. J'avais le sentiment que Troy lui-même n'aurait pu me protéger de la colère de son frère.

Tony traversa la chambre et alluma ma lampe de chevet. Il me toisait de toute sa hauteur et avec une dureté effrayante.

– Où étais-tu et comment as-tu fait pour revenir de Boston ? Toutes les routes, au nord de la ville, sont fermées depuis trois heures de l'après-midi.

Complètement désemparée, je m'efforçai de cacher à Tony la terreur que m'inspirait sa colère. Mais en pensant aux conséquences inévitables de mon imprudence, ma gorge se contracta et je m'effondrai sur mes oreillers en levant sur lui des yeux agrandis par la peur. Il me fixait toujours d'un air à la fois glacial et méprisant et attendait mes explications. Quand il m'adressa la parole, sa voix était aussi dure que son regard.

– N'essaie pas de t'en sortir en me racontant des histoires, surtout. Toi et moi avons passé un marché, il me semble, et j'entends que tu respectes tes engagements.

J'eus un moment d'hésitation. J'essayais de trouver une explication convaincante.

– Je... je... je n'ai pas quitté Farthy. Quand le taxi a passé les grilles, j'ai... le courage m'a manqué. J'avais honte de vous dire qu'en réalité je n'aimais pas ces filles de Winterhaven. Je suis rentrée à la maison par une petite porte et je me suis faufilée dans ma chambre. Et puis...

– Et puis quoi ?

– J'avais peur que vous ne veniez dans ma chambre, alors je me suis cachée dans l'une des pièces où l'on ne va jamais.

– Le courage t'a manqué ? Tu t'es cachée ? Il serait intéressant de savoir où ?

Dans quel piège étais-je allée me fourrer ? On ne trompait pas Tony si facilement !

– C'était... la seconde chambre, dans l'aile nord. Vous savez, celle que Jillian voudrait refaire. La chambre couleur pêche, celle dont elle dit que la tapisserie est défraîchie.

Il avait l'air furieux.

– Et à quelle heure es-tu rentrée dans ta chambre ?

Le piège se refermait. Il pouvait y avoir pénétré à maintes reprises pour vérifier si je m'y trouvais.

– Je ne me rappelle pas très bien, Tony. Je me suis endormie dans l'autre pièce et, quand je suis revenue ici, je n'ai pas pensé à regarder l'heure. Je me suis déshabillée et je me suis mise au lit.

– Et tu n'as pas songé un seul instant à mon inquiétude ?

Je murmurai :

– Je suis désolée, Tony. Mais je me suis enferrée et je ne pouvais plus vous dire la vérité sans perdre la face. D'ailleurs j'ignorais que les routes étaient coupées.

Il me foudroya du regard et jeta d'une voix tranchante :

– Je me demande si je dois te croire. D'autre part, Jillian et moi avons eu un différend pénible à ton sujet, cet après-midi. Elle a peur que ses amis n'en viennent à soupçonner la vérité, c'est-à-dire que tu es sa petite-fille et qu'ils se posent des questions au sujet de Leigh.

Je tripotais nerveusement le ruban qui ornait l'encolure de ma chemise de nuit rose.

Sa haute stature se détachait dans l'embrasure de la porte et masquait presque entièrement la lumière venant du couloir.

– Heaven, je déteste les lâches. J'espère que tu

ne recommenceras plus jamais ce que tu viens de faire aujourd'hui.

Il referma alors la porte sans pousser plus avant ses investigations. Je poussai un soupir de soulagement en me promettant d'être plus vigilante la prochaine fois.

11

Sombres vacances

Les préparatifs de Thanksgiving commencèrent une semaine à l'avance. À l'étage où régnaient Jillian et Tony, tout se passait comme d'habitude. Mais, en bas, dans la cuisine, c'était une avalanche de livraisons de toutes sortes. On avait apporté trois citrouilles. Trois citrouilles pour six invités ! Il est vrai qu'avec Jillian, Tony, Troy et moi, cela faisait dix personnes. Troy allait enfin venir et être admis comme un membre à part entière de la famille.

Perchée sur un tabouret haut, j'interrogeai Rye.

– Parlez-moi des autres invités ?

J'étais en train d'éplucher et d'émincer des légumes. Il était difficile de contenter Rye. Rien qu'à son expression, je savais si mon aide lui donnait satisfaction.

– Ce sont des amis de Madame et de son mari. Des amis importants qui prennent l'avion juste pour un dîner à Farthinggale Manor. Je me flatte de les attirer avec ma cuisine raffinée, mais ce n'est pas l'unique raison de leur venue. M. Tatterton est très populaire, tout le monde l'adore. Ils viennent aussi voir si Mme Tatterton a pris des rides depuis la dernière fois qu'ils l'ont vue. M. Troy les intrigue également : il ne se montre qu'en de très rares occasions. Il reste un mystère pour eux, ainsi que pour nous d'ailleurs. Ne vous attendez pas à voir des enfants. Mme Tatterton ne les aime pas.

Le jour de Thanksgiving arriva, ensoleillé, magnifique et très froid. La venue de Troy m'excitait. Je ne tenais plus en place. Je portais une robe de velours bordeaux que m'avait choisie Tony. Elle m'allait si bien que je n'arrêtais pas de me contempler dans la glace.

Troy arriva le premier. Et, parce que je guettais son passage dans le labyrinthe, ce fut moi qui lui ouvris la porte et non Curtis.

– Bonjour, monsieur Tatterton. Quel plaisir, que dis-je, quel bonheur d'avoir la faveur de vous accueillir à notre table, enfin !

Je plaisantais tant j'étais heureuse.

Troy me regardait comme s'il me voyait pour la première fois. Une robe pouvait-elle opérer un tel miracle ?

– Je ne vous ai jamais vue plus jolie qu'à cet instant précis.

Je l'aidai à retirer son pardessus et Curtis, qui passait dans le hall, nous décocha un regard quelque peu ironique. Mais je m'en moquais bien. Il n'était qu'une ombre, au pire, une voix.

Après avoir suspendu soigneusement le vêtement de Troy dans la penderie, je me retournai vers lui et n'hésitai pas à prendre ses deux mains dans les miennes.

– Je suis folle de joie que vous soyez venu. Au moins, je ne serai pas seule à table, face à six personnes que je n'ai jamais vues.

– Ce ne sont pas tous des inconnus. Il y en a que vous avez déjà rencontrés. Et puis, il y a une invitée très spéciale. Elle est venue du Texas en avion juste pour vous connaître.

J'ouvris de grands yeux.

– Qui est-ce ?

– La mère de Jillian. Elle a quatre-vingt-six ans. Jillian a dû lui demander de ne pas la démentir à votre sujet. Votre arrière-grand-mère a été tellement intriguée qu'elle a téléphoné pour annoncer son arrivée malgré sa fracture de la hanche.

Il sourit et m'attira sur l'un des canapés du grand salon.

– Ne faites pas cette tête ! Elle n'est pas très commode, mais elle est la seule à ne pas raconter de mensonges. C'est déjà ça !

Dès qu'elle passa la porte d'entrée, je subis son emprise. Deux hommes l'aidaient à marcher. C'était un petit bout de femme, haute comme trois pommes, dont la chevelure était encore d'un blond argenté. Ses doigts grêles supportaient le poids de quatre énormes bagues; l'une ornée d'un rubis, l'autre d'une émeraude, la troisième d'un saphir et la quatrième d'un brillant. Les pierres de couleur étaient entourées de diamants. Sa robe, d'un bleu vif, flottait à partir de ses épaules et un lourd collier de saphirs lui enserrait le cou.

Elle me jeta un coup d'œil, clopina jusqu'à Troy et déclara :

– Je déteste les vêtements étriqués.

Elle détestait bien d'autres choses encore.

Les béquilles, par exemple, étaient des engins peu fiables. Les fauteuils roulants, une abomination. On apporta des oreillers, des châles et des couvertures de sa voiture et il ne fallut pas moins d'une demi-heure pour l'installer confortablement. Alors seulement, elle braqua sur moi ses petits yeux perçants et dit à Troy sans même prendre la peine de se tourner vers lui :

– Bonjour, Troy. Cela change un peu de vous voir. Mais je n'ai pas fait tout ce voyage en avion jusqu'ici pour m'entretenir avec les membres de la famille que je connais déjà.

Elle m'étudia des pieds à la tête.

– Oui. Jillian avait raison, c'est bien la fille de Leigh. On ne peut pas s'y tromper. C'est exactement la couleur de ses yeux, la couleur des miens aussi, avant que le temps ne les ternisse. Elle a également la silhouette de Leigh, enfin, quand elle ne la dissimulait pas derrière des vêtements informes. Je n'ai jamais bien compris la façon dont elle s'habillait, surtout l'hiver.

Ses petits yeux entourés de fines rides se rétrécirent et elle demanda abruptement :

– Mais pourquoi ma petite-fille est-elle morte si jeune ?

Jillian apparut, toutes voiles dehors, superbe dans une robe lie-de-vin qui ressemblait étrangement à la mienne, à un détail près : la sienne était rebrodée de pierreries autour de l'encolure.

– Oh, ma petite mère chérie ! C'est merveilleux de te revoir enfin ! Cela fait cinq ans que tu n'es pas venue ici.

Jana Jenkins – son nom m'avait été gentiment décliné par Troy – répondit avec le plus grand calme :

– Et je n'avais pas l'intention de revenir.

En voyant Jillian et sa mère l'une en face de l'autre, je pouvais presque sentir flotter dans l'air les ondes de leur animosité.

– Mère, dès que nous avons su que tu venais, malgré ta fracture, Tony a très gentiment pris la peine de se procurer un superbe fauteuil : il a appartenu au président de Sidney Forestry.

– Crois-tu que je vais m'asseoir dans le fauteuil de ce monsieur qui abattait des arbres ? Changeons de sujet, je préfère. À présent, je veux parler à cette enfant.

Je fus alors soumise à un feu roulant de questions. Comment ma mère avait-elle rencontré mon père ? Où vivions-nous ? Mon père avait-il de l'argent ? Serait-il possible qu'elle rencontrât d'autres membres de la famille ?

L'arrivée de Tony, sortant de son bureau, tiré à quatre épingles, m'évita de débiter trop de mensonges. Et Thanksgiving commença.

C'est alors qu'à ma grande consternation, Jillian me remarqua enfin. Je m'étais assise le plus près possible de Troy et me faisais aussi petite que je le pouvais. Elle ouvrit des yeux effarés.

– Heaven, le moins que tu puisses faire est de t'enquérir de ce que je porte quand nous recevons.

– Si vous voulez, je vais me changer tout de suite.

J'étais sur le point de me lever pour courir à ma chambre, quand Tony intervint.

– Reste assise, Heaven. Jillian n'a aucune raison de t'en vouloir. Sa robe est couverte de pierreries, la tienne est loin d'être aussi somptueuse. J'ai aimé cette robe dès que je l'ai vue sur toi et je veux que tu la gardes.

Ce fut un étrange dîner de Thanksgiving. On dut porter la mère de Jillian jusqu'à la table et l'installer à la place de la maîtresse de maison. Une fois là, elle prit son rôle au sérieux et ne laissa à personne la moindre chance de diriger la conversation. Cette arrière-grand-mère avait de bien étranges manières. Elle se montrait brusque et même cinglante, mais elle était profondément honnête. Je fus étonnée de constater que Tony et Troy avaient de l'affection pour elle.

Ce fut un repas fatigant, une soirée épuisante pendant laquelle je fus soumise à des milliers de questions auxquelles il m'était impossible de répondre sans mentir. Quand Jana me demanda combien de temps je comptais rester à Farthinggale Manor, je ne sus que dire. Je regardai Tony avec angoisse et je notai, au passage, l'expression dure de Jillian qui s'était figée, la fourchette en l'air pendant que son mari venait à mon secours.

– Heaven restera aussi longtemps qu'il lui plaira.

Il me sourit, eut pour Jillian une mimique qui lui intimait de se taire et enchaîna :

– Elle a déjà commencé ses cours à Winterhaven. En fait, son examen d'entrée a été très satisfaisant. On l'a immédiatement mise dans la classe des seniors qui ont, en général, un ou deux ans de plus qu'elle. Nous avons déjà posé sa candidature pour Radcliffe ou Williams. Ainsi elle n'aura pas à aller très loin pour suivre ses études dans une université de première classe. Nous sommes tous deux très heureux d'avoir Heaven avec nous. C'est un peu comme si Leigh était de retour, n'est-ce pas, Jillian ?

Tout au long de ce discours, Jillian n'avait cessé d'avaler ce qu'elle avait dans son assiette, comme pour s'interdire de parler. Elle restait muette et me regardait à peine. Et moi qui désirais tant qu'elle m'aimât ! J'avais besoin d'une vraie mère à laquelle j'aurais pu me confier, qui m'aurait appris à être une femme. J'aurais certainement eu plus de chance si Jillian avait ressemblé à sa mère. Jana était abrupte et autoritaire, mais au moins curieuse de me connaître.

Dieu merci, elle n'en eut pas le loisir. J'étais sur des charbons ardents, redoutant de nouvelles questions sur mon passé. Je craignais de laisser échapper quelques vérités qui auraient contredit ce que j'avais raconté à Tony. Le dîner se termina heureusement sur des banalités et Jana se retira peu après, pour regagner son élégant hôtel de Boston.

– Je suis navrée de ne pouvoir rester plus longtemps pour mieux te connaître, Heaven, mais je ne me suis jamais sentie très à l'aise à Farthy.

Elle lança un regard accusateur à Jillian et ajouta :

– Je dois rentrer au Texas demain, peut-être viendras-tu m'y voir ?

Elle m'embrassa avant de partir et cela me réconforta : il y avait au moins une femme de la famille qui voulait bien m'accepter !

De bonne heure le lendemain matin, Tony me fit monter dans sa somptueuse limousine. Il m'enveloppa douillettement les jambes dans une couverture et nous prîmes le chemin de la Tatterton Toy Company pour la journée d'ouverture qui présidait à la saison de Noël.

Je fus sidérée par la taille du magasin : six étages remplis de jouets ! Il était à peine dix heures que, déjà, une foule de gens chaudement vêtus faisait la queue à l'extérieur. Tony se fraya un passage avec autorité et me conduisit devant les vitrines. Chacune d'elles illustrait un thème différent et je fus émue d'y retrouver les contes de mon enfance.

L'étalage de tous ces jouets me transportait : j'étais toujours l'enfant pauvre fascinée par des rêves de richesse. Le personnel portait des uniformes, rouges, noirs et blancs, agrémentés d'accessoires dorés. Je constatai, à ma grande surprise, que même les personnes qui n'avaient pas l'air aisées faisaient des achats.

– On ne peut plus juger les gens sur leur apparence, dit Tony. Et puis, chacun se sent une âme de collectionneur, de nos jours.

Nous atteignîmes le sixième étage et je me mis à tourner autour des vitrines à coins d'or qui renfermaient les poupées de collection : toutes étaient des portraits authentiques.

J'examinai chacune d'elles avec attention avant de demander à Tony :

– Qui sont les modèles de ces poupées ?

Sa réponse me parut quelque peu évasive :

– Oh... Elles sont jolies, n'est-ce pas ? Nous les recherchons dans le monde entier, selon des critères de beauté précis, et nos artisans, qui sont des artistes, réalisent ces miniatures. Cela leur prend parfois des mois.

– Ma mère a-t-elle posé pour l'une d'elles ?

Il sourit et me regarda bien en face :

– Ta mère était la jeune fille la plus belle que j'aie jamais vue, hormis toi bien sûr. Mais elle était timide et réservée et ne voulait pas poser. J'ai ainsi perdu la chance d'immortaliser Leigh...

– Vous voulez dire que l'on n'a jamais fait de poupée à l'image de ma mère ?

L'angoisse me gagnait. Pourquoi ne disait-il pas la vérité ?

– Pas que je sache.

– Êtes-vous certain qu'une telle poupée n'ait pas été réalisée sans votre autorisation ?

– Rien, ici, n'est fait sans mon autorisation. Et maintenant, Heaven, change de sujet, veux-tu ? Celui-ci est douloureux pour moi.

Pourquoi feignait-il de croire que le passé pouvait être si facilement oublié ? Il devait bien savoir qu'il n'en était rien, surtout pour moi ! Pour moi, tout s'était décidé bien avant ma naissance. Ce passé-là m'avait faite ce que j'étais, il avait orienté ma vie, il contenait la réponse à toutes les questions que je me posais sans cesse.

Quand Tony eut terminé la visite, il se rendit à son bureau et j'allai faire mes achats de Noël. Des achats de Noël, quel rêve ! J'avais de l'argent et je pouvais choisir ce que je voulais pour ceux que j'aimais. Quel plaisir de flâner parmi la foule et d'admirer les ravissantes vitrines des boutiques, en sachant qu'à présent, je pouvais y entrer sans honte ! Finies les errances le long des magasins devant lesquels je contemplais, sans pouvoir m'en rassasier, des objets que je ne pourrais jamais m'offrir.

Semaine après semaine, ma fortune s'accroissait. Tony m'avait ouvert un compte en banque qu'il approvisionnait généreusement. J'étais loin de dépenser tout et versais le reste sur un compte d'épargne qui rapportait des intérêts. En de rares occasions, Jillian me tendait un billet de vingt dollars comme s'il s'était agi de menue monnaie. Et, quand je l'en remerciais, elle s'écriait avec impatience :

– Oh ! ne sois pas si stupidement reconnaissante. Ce n'est que de l'argent, après tout !

Je destinais le contenu de ce compte d'épargne au jour heureux où je réunirais enfin ma famille. Je fis, cette année-là, des achats pour nous tous, comme si nous étions déjà rassemblés. J'achetai, pour Tom, un superbe chandail blanc à torsades, un appareil photo et des douzaines de pellicules. Il pourrait ainsi demander à un ami de prendre des photos de lui et me les envoyer. Il me fut facile de lui dénicher l'épaisse veste de laine dont il avait toujours rêvé quand nous vivions dans les Willies. Nous avions si souvent grelotté et claqué des dents, au cours de nos longs et pénibles trajets entre la maison et l'école ! Je lui achetai également un manteau de cuir, molletonné, exactement comme celui que Logan portait autrefois. Je n'oubliai pas non plus Fanny et, comme je ne savais où lui envoyer ses cadeaux, je les rangeai dans le dernier tiroir de ma commode avec ceux de Keith et de *notre* Jane, en me jurant qu'un jour j'aurais le bonheur de les leur offrir moi-même. Oui, un jour... mais quand ?

Troy et moi, nous nous retrouvâmes au cottage au matin de Noël, bien avant que Tony et Jillian ne fussent levés. Le petit déjeuner qu'il avait préparé m'attendait près du sapin que nous avions décoré ensemble. Sous ses branches s'alignaient des cadeaux.

– Entrez, dit-il. Joyeux Noël ! Que vous êtes belle

avec ce rose aux joues ! J'avais peur que vous ne soyez en retard. J'ai là la plus délicieuse brioche de Noël.

Un peu plus tard, nous ouvrîmes nos paquets, comme deux enfants. Troy m'offrait un chandail de cachemire, bleu comme mes yeux, et je lui avais acheté un lourd carnet recouvert de cuir brun repoussé d'or.

– À quoi va-t-il me servir ? demanda-t-il en souriant. Vous tenez à ce que je note mes bons mots... Je ne suis pas très doué, vous savez !

Il plaisantait, mais j'étais on ne peut plus sérieuse.

– J'aimerais que vous y consigniez vos souvenirs sur ma mère. Tout. La première fois que Tony vous a parlé de Jillian et comment, tout ce qu'ils vous ont dit de ma mère avant leur mariage, les sentiments qu'elle éprouvait pour son père et sa réaction après le divorce de ses parents. Et même ce qu'elle a pu dire, la première fois que vous l'avez vue. Tâchez de vous rappeler ce qu'elle portait ce jour-là, et votre première impression.

Il me prit le livre des mains avec une expression étrange.

– D'accord. Je ferai de mon mieux. Mais souvenez-vous que je n'avais que trois ans... Vous m'entendez, Heaven ? Seulement trois ans. Elle en avait douze.

– Tony a toujours prétendu que vous étiez en avance sur votre âge, pour tout ce qui était du domaine de l'intelligence, en tout cas. Côté autonomie, il paraît que c'était le contraire : d'après lui, vous aviez toujours besoin de quelqu'un pour s'occuper de vous.

J'avais encore d'autres cadeaux pour lui, qui lui plurent bien davantage. Et je préférai les siens à tous ceux qui m'attendaient à Farthinggale Manor, au pied de l'un des gigantesques arbres de Noël alignés devant les fenêtres de la façade.

Jillian, Tony et moi nous rendîmes à une fête de Noël donnée chez des amis à eux. C'était la première fois qu'ils m'emmenaient quelque part. Ce qui ne m'empêcha pas de me sentir terriblement seule ce jour-là, ainsi que toute la semaine qui suivit et celle d'après le jour de l'an.

Tony allait chaque matin à son bureau et, le soir, il sortait en compagnie de Jillian que je voyais rarement dans la journée. Quand, par hasard, je la rencontrais dans le salon de musique, elle ne m'invitait plus jamais à jouer aux cartes avec elle. Depuis que Tony avait annoncé publiquement, le jour de Thanksgiving, que j'allais rester à Farthy, elle m'avait retiré jusqu'au vague intérêt qu'elle me portait jusqu'alors. Pour elle, je n'étais qu'un hôte de passage, pas un membre de la famille.

Elle semblait apprécier au plus haut point de me voir occupée à mes propres affaires, pour ne pas avoir à m'inclure dans son emploi du temps. Alors, l'espoir d'une complicité que nous aurions pu partager m'abandonna. Je savais que je ne me sentirais jamais proche d'elle. Je savais qu'elle ne m'aimerait jamais et qu'elle refuserait de s'attacher à moi, pour ne pas courir le risque de souffrir, si jamais je m'en allais. Je ne la connaissais que trop bien à présent.

De temps à autre, je m'échappais pour rendre visite à Troy, mais cela se produisait rarement. J'avais acquis la certitude que, malgré son indifférence, Jillian savait toujours à peu près où je me trouvais. Je me rendais fréquemment à Boston pour visiter les bibliothèques et les musées. Je passai plusieurs fois devant le Red Feather et devant l'université, dans l'espoir de rencontrer Logan. Par hasard ! Ce bienheureux hasard ne se produisit pas une seule fois : Logan avait dû retourner à Winnerrow pour les vacances. À nouveau, mes larmes se mirent à couler. Il ne m'avait même pas envoyé de carte de Noël, ni personne de ma famille, d'ailleurs. Par moments, la vie à Farthinggale Manor me semblait aussi misérable que celle que je menais autrefois dans les Willies, mais pas pour les mêmes raisons. Là-bas, au moins, nous avions de la tendresse, de l'amour et de la joie à partager. Nous connaissions tout cela, dans notre cabane délabrée. Ici, on ne me donnait que de l'argent, autant que j'en pouvais désirer. Mais jamais l'amour ni l'affection dont mon cœur était affamé.

Février arriva avec la date fatidique de mon anniversaire. C'était le dix-huitième, mais Jillian et Tony fêtèrent mes dix-sept ans. Tony organisa même une soirée grandiose en mon honneur.

– Invite donc toutes ces petites snobinardes de Winterhaven et nous leur ferons une fête dont elles se souviendront.

C'est ainsi qu'elles eurent enfin la chance de s'extasier devant les splendeurs de Farthinggale Manor. La magnificence du buffet me laissa sans voix. Les présents qu'on m'offrit me remplirent de stupéfaction tout en me mettant mal à l'aise. Que devenait ma famille dans tout cela ?

Le succès de cette fête impressionna tellement ces jeunes personnes futiles qu'elles reconnurent, enfin, que j'étais digne de rentrer dans leur cercle.

Au début de mars, il y eut une telle tempête qu'un lundi matin, on ne put me conduire à Winterhaven. Tony et Jillian étaient absents et j'en profitai pour descendre dans le souterrain qui reliait Farthinggale Manor au cottage de Troy. J'arrivai chez lui à bout de souffle, tant j'avais couru tout le long du chemin pour ne pas avoir peur. Je grimpai quatre à quatre les escaliers de la cave en faisant le plus de bruit possible pour le prévenir de mon arrivée. Il était, comme toujours, occupé. Il leva la tête et m'adressa un grand sourire.

– Je suis heureux de vous voir. Pourriez-vous surveiller le pain qui cuit dans le four pendant que je termine mon travail ?

Un peu plus tard, nous nous installâmes devant le feu et je lui tendis un livre de poèmes qu'il avait composés.

– S'il vous plaît, lisez-les-moi !

Il refusa et voulut ranger le livre. Mais j'insistai et il céda à regret. Sa belle voix exprimait tant d'émotion et tant de tristesse, que j'eus envie de pleurer. La poésie était un genre que je connaissais mal, mais je sentis que Troy avait une façon unique, magique, d'assembler les mots et je le lui dis.

Il ferma le livre et le rangea, puis répondit avec une impatience qui ne lui était pas habituelle.

– L'ennui avec mes poèmes, c'est qu'ils sont trop délicats, presque douceâtres.

Je me précipitai pour m'emparer du livre.

– Douceâtres n'est pas le mot, mais je ne comprends pas toujours ce que vous voulez dire. Je sens dans ces poèmes quelque chose de sombre, de morbide même, bien qu'ils soient très beaux. Si vous ne voulez pas m'en expliquer la signification, prêtez-moi au moins ce livre ? Je le lirai et relirai jusqu'à ce que je sois sûre d'avoir vraiment tout compris.

Une expression tourmentée passa dans ses yeux sombres.

– Il serait préférable, je crois, de ne pas trop approfondir.

Son visage s'éclaira alors.

– C'est si merveilleux de vous avoir ici, Heaven ! Je trompe ma solitude avec le travail, mais j'avoue que j'attends avec impatience vos visites.

Nous étions assis côte à côte, très proches l'un de l'autre. Impulsivement, je posai ma tête sur son épaule, le visage tourné vers lui. J'attendais son premier baiser. Ses pupilles s'agrandirent et j'attendis encore... mais il se leva brusquement, me laissant à mon désarroi.

Je me sentis rejetée et saisis le premier prétexte venu pour m'éclipser : un travail à finir... Voilà ! J'étais de nouveau perdante. Je ne pourrais jamais me faire aimer d'un homme.

Furieuse contre lui et plus encore contre moi, je rentrai à Farthy et allai nager dans l'eau tiède de la piscine couverte. Vingt allers et retours ne suffirent pas à atténuer mon dépit. Je me rhabillai et, les cheveux encore humides, je m'étendis pour lire devant un feu ronflant allumé pour moi toute seule. Je fixais le volume relié de cuir ouvert devant moi, bien incapable de me concentrer sur les mots. Je n'étais qu'amertume.

Tout autour de moi, les ancêtres des Tatterton, dans leurs cadres, semblaient épier le moindre de mes gestes. Je pouvais presque les entendre murmurer que je n'étais pas des leurs, que je ferais mieux de partir, avant que les tares des Casteel ne ressurgissent en moi pour souiller leur réputation. Tout ceci était ridicule, je le savais bien. Mais je trouvai soudain la bibliothèque hostile et me levai pour gagner l'intimité douillette de mes appartements.

Dans le couloir qui y menait, j'entendis, bien que faiblement, mon téléphone sonner. Personne ne m'appelait jamais ! C'était peut-être Troy... ou Logan ? Oh, si seulement c'était lui !

Je précipitai le pas et claquai la porte derrière moi pour décrocher l'écouteur avant que la sonnerie ne s'arrêtât.

Une voix nasillarde à l'accent campagnard et que je ne connaissais que trop bien demanda :

– Heaven ? Est-ce que c'est toi ?

– Fanny, enfin !

Une joie délirante me submergea.

– C'est moi, Heaven, c'est Fanny. Tu sais quoi ? Eh ben, j'suis maman. Je viens d'avoir un bébé y a deux heures. Il est arrivé en avance, trois semaines en avance. J'aurais jamais cru que quequ' chose de si naturel pouvait faire si mal. Je me suis mise à brailler, deux infirmières essayaient de me faire tenir tranquille et Mme Wise m'a ordonné de la boucler pour qu'on m'entende pas dans toute la ville. Facile à dire, en attendant c'est moi qui étais en train de le pondre, son bébé !

– Fanny ! Dieu merci, tu appelles enfin ! Je me suis fait un sang d'encre à ton sujet. Mais pourquoi ne m'as-tu pas téléphoné plus tôt ?

– Mais j'ai appelé des centaines de fois. Personne n'a jamais été fichu de comprendre c'que je racontais, ni à qui je voulais parler. Qu'est-ce qu'ils ont dans ton bled ? Ils parlent bizarrement, un peu comme toi maintenant. Est-ce que t'as entendu que je venais d'avoir une petite fille ?

Sa voix se cassa légèrement. Regrettait-elle déjà ?

Comprenait-elle, à présent, que le bébé était vendu au révérend et à sa femme pour dix mille dollars ?

– Fanny, dis-moi, tu vas bien ? Où te trouves-tu ?

– Évidemment que j'vais bien, très bien même. Elle est vachement jolie la p'tite fille avec ses cheveux noirs tout bouclés. Elle a tout ce qu'il faut avoir et rien de ce qu'il ne faut pas. Le révérend va être aux anges quand il va la voir...

– Mais Fanny, où es-tu ? Dis-le-moi, enfin ! Il n'est pas trop tard pour changer d'avis. Tu peux encore refuser l'argent et garder ton bébé. Ainsi plus tard, tu n'auras pas le remords d'avoir vendu ton enfant. Maintenant, écoute-moi. Je vais t'envoyer de l'argent pour prendre l'avion pour Boston. Mon grand-père ne te recevra pas, mais je peux te trouver une pension agréable et t'entretenir pendant quelque temps, toi et ton bébé.

J'allais mettre en danger ma position déjà précaire, mais j'avais désespérément besoin de voir Fanny et je voulais l'aider.

Il y eut un moment de silence. Elle devait considérer sérieusement ma proposition. Puis la réponse arriva.

– Tom m'a dit où tu vivais. Si tu me fais venir à Boston avec mon bébé, t'as qu'à m'inviter dans ta baraque. Elle est grande comme un palais, à c'qui paraît. On m'a dit qu'y avait tellement de salles de bains qu'on pouvait pas les compter. M'insulte pas avec cette histoire de pension ou de motel ! J'vaux autant que toi !

– Fanny, sois raisonnable. J'ai écrit à Tom que mes grands-parents avaient des idées bizarres. Il a dû te le dire. Jillian ne veut même pas qu'on sache que je suis sa petite-fille.

Fanny répliqua d'un ton sans appel.

– Elle doit être complètement cinglée. Bon, alors, est-ce que tu m'invites ? Ils ont l'air tellement cinglés qu'y s'en apercevront même pas. Si tu m'invites pas, je vends mon bébé et je m'en vais à Nashville ou à New York.

C'est alors que j'entendis, à l'arrière-plan, la voix sourde de Wayland Wise. Il devait entrer dans la chambre. Fanny raccrocha sans même me dire au revoir. Je n'avais même pas son adresse ! Il est vrai qu'elle avait la mienne, ainsi que mon numéro de téléphone.

Fanny... Elle agissait exactement comme l'avait fait Pa. Elle vendait son enfant. Comment pouvait-elle se résoudre à un tel acte ? Fanny était égoïste et capable d'être très dure, mais je savais que le jour viendrait où elle regretterait de s'être séparée de son bébé. Je le savais, tout comme je savais que je pouvais l'aider. J'avais de l'argent et j'aurais bien trouvé un moyen de l'entretenir, elle et son enfant. Mais il y avait une chose que je ne pouvais me permettre : l'inviter à Farthy. Autant m'en aller tout de suite, et perdre ainsi tout le bénéfice des derniers mois. Ma candidature venait d'être acceptée à Radcliffe et Tony m'avait déjà promis qu'il m'entretiendrait pendant toute la durée de mes études. J'avais le choix entre rester à Farthinggale Manor, ou bien être pensionnaire à l'université. Comme il me plairait.

Il était au-dessus de mes forces d'abandonner tous ces avantages pour un caprice de Fanny, qui ne savait d'ailleurs jamais très bien ce qu'elle voulait. J'étais sûre qu'elle finirait par comprendre qu'elle avait eu tort de vendre son enfant. Après quoi, elle m'appellerait au secours. De cela j'étais certaine ! J'éprouvais tout de même un grand soulagement de savoir que l'accouchement de Fanny s'était passé sans problèmes. Elle était si jeune ! Le jour où elle reviendrait sur sa décision, j'étais prête à l'aider. Je lus jusqu'à ce qu'il fût l'heure de me mettre au lit.

Le sommeil, cette nuit-là, ne vint pas facilement. Je ne cessais de me remémorer l'appel de Fanny. Ainsi j'avais une nièce ! L'envie me prit de téléphoner à Tom pour lui apprendre la nouvelle, mais à l'idée d'avoir Pa au bout du fil, je renonçai.

Le lendemain, je pris tout de même le risque d'appeler. Heureusement, ce fut Tom qui répondit. Je soupirai de soulagement et lui assenai la nouvelle.

– Chouette alors ! Génial de savoir que la vieille Fanny se porte bien ! Mais c'est terrible de penser qu'elle va vendre son bébé. L'histoire ne va pas se répéter à chaque génération ! Il n'est pas question que tu risques ton avenir, Heavenly. Tu la boucles en ce qui nous concerne ! Ne t'en fais pas, nous nous reverrons, toi et moi. Et puis nous arriverons bien à retrouver Keith et *notre* Jane. Tu m'as dit que des hommes de loi les recherchaient, non ? Alors ils les trouveront.

À la fin du mois de mars, le rude hiver commença à s'adoucir. La neige fondit et le printemps s'annonça, réveillant ma nostalgie des Willies.

Je reçus une lettre de Tom dans laquelle il me suppliait d'oublier les collines et leurs durs moments. « Pardonne à Pa, s'il te plaît, Heaven, pardonne-lui ! Il a beaucoup changé, c'est un autre homme à présent. Sa nouvelle femme lui a enfin donné le petit garçon aux cheveux noirs qui lui ressemble. Celui que Ma désirait et qu'elle n'a pas pu avoir. »

En avril, pour la première fois, je pus ouvrir la fenêtre et écouter le bruit sourd du ressac sans me sentir angoissée.

Logan n'avait pas fait le moindre effort pour entrer en contact avec moi. Les jours passaient et notre histoire devenait un souvenir. J'en souffrais. Surtout quand je considérais l'indifférence dont il faisait preuve à mon égard. Je n'avais pas envie de trouver un flirt et je refusais la plupart des rendez-vous que l'on me proposait. De temps en temps, j'allais au cinéma, ou bien je dînais à l'extérieur avec un garçon. Et, inévitablement, dès qu'il découvrait que j'étais bien décidée à m'en tenir là, il abandonnait sa cour. Je ne voulais plus souffrir, j'éloignais toute idée d'aventure amoureuse, en tout cas dans l'immédiat. J'avais le temps. Je verrais... Plus tard. Pour l'instant, mes études me suffisaient. J'y consacrais toute mon énergie.

Le seul homme que je voyais, le seul qui pouvait remplacer Logan, se trouvait être aussi le seul que j'aurais dû tenir à l'écart, Troy Tatterton. Je le voyais au moins une fois par semaine. Quand Tony et Jillian sortaient, je me faufilais dans le souterrain et passais des heures à converser avec lui. C'était un tel bonheur de pouvoir s'entretenir avec quelqu'un qui avait de l'affection pour moi.

Je mourais d'envie de parler de Troy à Tony. Mais ce sujet amenait toujours une ombre de dureté et de méfiance dans ses yeux.

– J'espère que tu as pris en compte mes avertissements et que tu te tiens à l'écart de mon frère. Il ne rendra jamais aucune femme heureuse.

– Pourquoi dites-vous cela ? Vous ne l'aimez donc pas ?

– Si je ne l'aime pas ? Troy a toujours été le centre de mes préoccupations, c'est l'être qui a le plus d'importance dans ma vie. Il n'est pas facile à comprendre. Il possède une sorte de vulnérabilité qui émeut les femmes et les attire. Elles sentent que son extrême sensibilité est rare chez un jeune homme si beau et si doué. Il ne ressemble pas aux autres hommes, Heaven, rappelle-toi bien cela. Il sera toute sa vie un angoissé, à la recherche de quelque chose qu'il ne peut atteindre.

– Et... quelle est cette chose ?

Tony leva le nez de son journal et fronça les sourcils.

– Finissons-en, veux-tu, avec cette conversation qui ne mène nulle part. Quand le moment sera venu, je ferai le nécessaire pour que tu rencontres le jeune homme qui te convient.

Je lui en voulus de ce dernier commentaire. Je saurais bien le trouver seule, celui-là ! J'étais irritée de l'entendre critiquer son frère que, personnellement, je trouvais admirable. Quelle femme n'aurait été enchantée d'avoir un compagnon aussi charmant, aussi sensible ! Elle aurait de la chance, celle qui épouserait Troy Tatterton ! Le plus curieux de l'affaire, c'est qu'il n'avait pas de maîtresse. Pas même une amie.

Un jour de mai, alors que je me rhabillais après la classe de gymnastique et que mes compagnes se douchaient ou se changeaient, une rousse du nom de Clancey passa la tête dans ma cabine.

– Eh, Heaven ! Ta mère était bien la fille de Jillian Tatterton et de son premier mari, n'est-ce pas ? Tout le monde se demande pourquoi tu racontes qu'elle est ta tante, alors que tout Boston sait que c'est faux ! Cela confirmerait les bruits qui courent.

– Et quels bruits, peut-on savoir ?

– Ma mère a entendu dire que Leigh Van Voreen avait épousé un bandit mexicain.

Sur ces derniers mots, elle adressa un clin d'œil complice à sa meilleure amie qui venait d'arriver.

Les conversations s'interrompirent, les bruits d'eau cessèrent. On attendait ma réponse. Je compris alors que cette attaque avait été programmée pour me prendre au dépourvu. Je me sentis acculée. Pourquoi s'étaient-elles donc montrées si amicales après ma soirée d'anniversaire si c'était pour me nuire par la suite ?

Les échanges un peu vifs que j'avais eus avec Tony m'avaient cependant appris une chose : que la meilleure des défenses était souvent l'attaque ou bien une totale indifférence.

J'ajustai le nœud de mon chemisier blanc et leur adressai un sourire désinvolte.

– Ta mère a bien compris. Je suis née au milieu du Rio Grande, un peu au-delà de la frontière américaine.

J'élevai délibérément la voix.

– À l'âge de cinq ans, mon père m'a appris à tirer sur des grappes de raisin qu'il tenait entre ses dents et sur des graines qu'il plaçait au bout de ses doigts...

C'était la plaisanterie favorite de Tom.

Personne ne pipa mot. Et ce fut dans le plus grand silence que j'enfilai mes chaussures et sortis. Je me payai même le luxe de claquer la porte.

Bientôt, les préparatifs pour la remise des diplômes supplantèrent toute autre activité à Winterhaven. Enfin, je voyais s'ouvrir devant moi les portes de l'université : Mon rêve. Je désirais éperdument la présence de Tony et de Jillian à cette cérémonie. Je voulais qu'ils assistent à mon triomphe. Mais après avoir lu l'épais bristol qui tenait lieu d'invitation, Jillian se rembrunit.

– Oh ! Tu aurais dû me prévenir plus tôt. J'ai promis à Tony de l'accompagner à Londres, justement cette semaine-là !

La déception me fit monter les larmes aux yeux. Pas une seule fois elle n'avait daigné s'intéresser à ma vie. Je me tournai vers Tony pour plaider silencieusement ma cause. Il s'excusa avec gentillesse :

– Je suis désolé, mon petit, mais Jillian a raison. Tu aurais dû nous faire savoir à l'avance la date de cette cérémonie. Je croyais que c'était à la mi-juin.

Ma voix s'étrangla dans ma gorge.

– La date a été avancée. C'est maintenant la première semaine de juin. Ne pouvez-vous pas déplacer la date de votre voyage ?

– C'est un voyage d'affaires très important. Mais crois-moi, nous te revaudrons cela, et pas seulement avec des cadeaux.

Bien sûr, je le savais déjà, les affaires passaient avant les obligations familiales.

Tony ajouta alors d'un ton confiant :

– Tout se passera bien. Tu es de la race des battants, tout comme moi. Je veillerai à ce qu'il ne te manque rien pour cette cérémonie.

J'avais surtout besoin d'une famille, pour partager ma joie et applaudir à mes succès. Mais je me refusai à les supplier davantage.

Quand je sus que Jillian et Tony ne seraient pas là pour m'entourer en ce jour important entre tous, du moins pour moi, je me faufilai à la première occasion dans le labyrinthe et courus d'un trait jusque chez Troy, mon refuge et ma consolation. Sans aucune retenue, je donnai libre cours à mon chagrin.

– La plupart des élèves de Winterhaven auront non seulement leurs parents auprès d'elles, ce jour-là, mais aussi toute leur famille : tantes, oncles, cousins, sans compter leurs amis !

Nous étions sortis pour jardiner. À genoux, nous arrachions les mauvaises herbes de ses plates-bandes, après avoir désherbé son carré de légumes. Cette occupation me rappelait mon enfance, quand Granny et moi, côte à côte, nous nous occupions du jardin. Mais Troy, lui, possédait des outils qui nous facilitaient la tâche. Nous étions agenouillés sur des coussinets imperméables, nous portions des gants et Troy m'avait coiffée d'un chapeau de paille pour me protéger du soleil.

Nous étions si bien en compagnie l'un de l'autre que nous n'avions plus besoin de parler. Nous nous comprenions de manière tacite, ce qui rendait le travail plus rapide. Quand nous en eûmes terminé avec les mauvaises herbes et les plantations, je revins à la charge.

– Je ne dis pas que je n'éprouve pas une grande reconnaissance envers Tony et Jillian pour tout ce qu'ils ont fait pour moi, mais je me sens très seule. Surtout dans les grandes occasions comme celle-là.

Il me jeta un coup d'œil compatissant, mais ne répondit pas.

Je pensais qu'il aurait pu se proposer, mais il ne le fit pas. Il détestait les endroits publics et les cérémonies.

Le vendredi de la remise des diplômes, Miles me conduisit à Winterhaven. Mes compagnes s'attroupèrent pour admirer la nouvelle Rolls Royce que Tony avait offerte à Jillian pour ses soixante et un ans. Elle était blanche, avec le toit et l'intérieur crème. À sa vue, une lueur d'envie s'alluma dans les yeux pâles de Pru Carraway.

– C'est la tienne ?

– Je m'en sers jusqu'à ce que ma tante Jillian revienne.

Une espèce de frénésie régnait ce matin-là à Winterhaven. Les filles couraient dans tous les sens en tenue plus ou moins légère avec des rouleaux sur la tête. Rares étaient celles qui habitaient aussi près de l'école que moi. Je ressentis une certaine amertume à les voir accueillir leurs familles. En serait-il toujours ainsi ? Ma famille des collines d'un côté, à des kilomètres de là et présente seulement dans mes pensées, et celle de Boston toujours absente sous des prétextes divers... C'était à Jillian que j'en voulais le plus, c'était elle la plus responsable.

Elle ne se montrait pas avare de ses deniers, mais quand il s'agissait de donner un peu d'elle-même, c'était tout autre chose ! Et Troy pouvait être terriblement absent, parfois, quand il était absorbé par un projet. Je m'attendrissais sur moi-même en passant ma robe de soie blanche bordée de dentelle fine au bas de la jupe et aux manches. C'était exactement le genre de toilette que Mlle Deale m'avait dit avoir portée pour la même cérémonie. Elle me l'avait décrite et je m'étais rappelé chaque détail en pensant que Logan serait présent pour m'admirer ce jour-là.

Nous nous rassemblâmes dans l'antichambre. Quarante lauréates, occupées à enfiler leurs toges noires et à coiffer leurs toques ! Quel spectacle ! La large porte qui donnait sur l'amphithéâtre ne cessait de s'ouvrir et de se refermer.

Je jetai un coup d'œil dans l'auditorium qu'inondait le radieux soleil de juin : les gradins étaient combles. Après avoir tant craint que ce jour n'arrivât jamais pour moi, mon rêve était enfin devenu réalité ! Je contenais mes larmes avec peine. J'espérais que Tom aurait prévenu Pa ! Hélas ! Je me berçais d'illusions. Pourquoi fallait-il que je sois si seule ?

Quelques-unes de mes compagnes avaient jusqu'à dix personnes de leur famille et plus dans l'assistance, les plus jeunes prêts à taper des pieds et à siffler, ce qui était considéré comme une faute de goût même à Winnerrow. Et il n'y avait personne qui applaudirait pour moi ! Le déjeuner devait être servi sur la pelouse, sous des parasols rayés blanc et jaune. Qui viendrait s'asseoir à ma table ? Si je devais prendre ce repas seule, j'en mourrais d'humiliation...

Le maître de cérémonie nous donna le signal. Comme les autres, je redressai les épaules, levai la tête et, regardant droit devant moi, gagnai ma place avec toute la lenteur et la gravité de rigueur. Nous étions rangées par ordre alphabétique, j'étais la huitième dans la file. Comme dans un brouillard, j'aperçus des visages, tous inconnus, qui cherchaient des yeux leur future diplômée, et si Troy ne s'était pas à moitié levé, mon regard aurait glissé sur lui sans le voir. Mon cœur bondit dans ma poitrine. Ainsi il n'avait pas oublié ! Cette marque d'attention me bouleversa.

Je savais qu'il détestait les manifestations de ce genre et qu'il aimait à laisser croire à la société de Boston qu'il se trouvait dans quelque autre partie reculée du monde. Pourtant, il était venu ! Quand on appela enfin mon nom et que je m'avançai vers l'estrade, ce fut un concert d'applaudissements.

Un peu plus tard, quand tout le monde eut pris place sous les vélums colorés, je me sentis transportée de joie : je n'avais jamais été aussi heureuse. Troy ne s'était pas contenté de venir, il avait demandé à plusieurs cadres de la Tatterton Troy Company d'être à mes côtés ce jour-là, avec leur famille. Ils étaient tous tellement dans la note que mes camarades qui se les représentaient comme « de parfaits culs-terreux » en restèrent stupéfaites.

Je fus très enviée, ce jour-là, aux côtés de Troy. Il était très admiré et considéré comme un beau parti, ce qui ne gâtait rien. Quand nous rentrâmes à Farthy, très tard dans la soirée, j'étais comblée.

– Cessez de me remercier ainsi, protesta Troy. Croyiez-vous vraiment que je n'allais pas venir ? C'était le moins que je puisse faire.

Il eut un petit rire.

– Vous avez tellement besoin d'une famille ! Je vous en ai trouvé une et de taille ! En fait, ils sont tous un peu de la famille : beaucoup d'entre eux travaillent chez nous depuis toujours. Ils étaient très heureux de venir. Vous n'auriez pas cru cela, n'est-ce pas ?

Ainsi, on avait été heureux de me connaître ! Je me sentis soudain intimidée et restai silencieuse, déconcertée par ce qui m'arrivait. Troy me comblait au-delà de toute mesure. Danser avec lui avait été mille fois plus grisant que cela ne l'avait jamais été avec Logan. Je lui jetai un coup d'œil à la dérobée, tout en me demandant ce qu'il pouvait bien penser.

Il paraissait en pleine forme à cette heure avancée de la nuit et conduisait avec dextérité.

– À propos, dit-il, l'agence à laquelle mes hommes de loi ont confié la mission de retrouver votre petit frère et votre petite sœur a commencé ses recherches. À Washington, ils ont trouvé dix avocats dont le prénom est Lester, et quarante dont le prénom commence par un L. A Baltimore, ils en ont trouvé un peu plus de vingt. Il ne sera sans doute pas très difficile de repérer la famille de votre frère et de votre sœur.

Ma respiration s'accéléra. J'aurais donné n'importe quoi pour tenir *notre* Jane contre moi et pour embrasser Keith. Oh ! les revoir avant qu'ils ne m'aient oubliée ! Mais était-ce la raison pour laquelle je ne tenais pas en place ? La proximité de Troy me troublait. Je me rapprochai de lui et nos épaules se frôlèrent. Il parut se raidir et devint silencieux. Nous quittâmes l'autoroute et nous prîmes la route que j'avais empruntée, le jour de mon arrivée, avec Jillian et Tony. Une route qui serpentait comme un ruban d'argent jusqu'au portail imposant de Farthinggale Manor et que l'on n'apercevait qu'au dernier moment. C'était ma demeure à présent.

Je pouvais distinguer le bruit de la mer et je respirais la brise salée. La nuit était très douce. Nous descendîmes de voiture et je saisis la main de Troy. Je l'implorai :

– Oh ! Nous n'allons pas déjà nous quitter sous prétexte qu'il est une heure du matin ? Promenons-nous un peu avant de rentrer.

Le charme de cette nuit chaude dut le captiver, lui aussi. Sans se faire prier, il me prit par la main et m'entraîna. Les étoiles paraissaient si proches qu'on aurait cru pouvoir les toucher. Un parfum entêtant m'emplit les narines.

– Mais qu'est-ce qui sent si bon ?

– Ce sont les lilas. Nous sommes en été, Heavenly, ou presque.

Heavenly ! Il venait à nouveau de m'appeler Heavenly, comme le faisait Tom. Personne ne m'appelait plus ainsi depuis mon arrivée à Farthy.

– Savez-vous qu'aujourd'hui, les filles de Winterhaven n'ont jamais été aussi empressées ! Pour la première fois, j'étais populaire ! Naturellement, elles n'avaient qu'une idée en tête : que je vous présente à elles… ce que je me suis bien gardée de faire. Cependant, il y a une chose que j'aimerais savoir. Pourquoi fuyez-vous les femmes ?

Il eut un rire étouffé, presque gêné.

– Tout ce que je peux vous dire c'est que je ne suis pas *gay*[1], si c'est ce qui vous tracasse.

Je rougis.

– Je n'ai jamais pensé cela, Troy. Mais en général, la plupart des jeunes gens de votre âge sortent beaucoup, à moins qu'ils ne soient fiancés ou mariés.

Il rit encore, sans aucune gêne cette fois, et répondit d'un ton léger :

– Je n'aurai vingt-quatre ans que dans quelques mois et Tony m'a toujours conseillé de ne pas m'engager avant d'en avoir trente. Et puis, Heavenly, j'essaie d'éviter les filles qui cherchent un mari.

– Et qu'avez-vous contre le mariage ?

– Rien. C'est une vieille et honorable institution, excellente pour les autres… mais pas pour moi.

Le ton froid et impersonnel sur lequel il prononça cette phrase m'amena à retirer ma main. Était-ce un avertissement discret pour me faire comprendre que je devais me contenter de son amitié ? Était-il possible qu'aucun homme ne voulût jamais me donner l'amour et la chaleur dont j'étais assoiffée ?

En un instant, toute la magie de cette nuit d'été s'évanouit. Les étoiles me parurent avoir moins d'éclat et bientôt, derrière les nuages argentés, d'autres nuages se montrèrent, sombres et menaçants. La lune avait disparu.

Troy leva la tête.

– On dirait qu'il va pleuvoir, observa-t-il. Quand

1. *Gay* : homosexuel

j'étais enfant, j'ai souvent eu l'intuition qu'en ce qui me concernait, toutes ces belles promesses de bonheur se faneraient avant même d'avoir pu s'épanouir. Il est très pénible de se sentir éternellement déçu, jusqu'au jour où, enfin, vous acceptez ce qui ne peut être changé.

Qu'entendait-il par là ? Il était né favorisé par la fortune. Que pouvait-il savoir du désespoir ? Moi j'avais le droit d'en parler, pas lui !

Il fit demi-tour et le gravier de l'allée crissa sous ses talons. Je voyais bien qu'il faisait un effort pour s'arracher à moi, à cette nuit magique, et qu'il essayait de s'y prendre le plus délicatement possible. Il me félicita de nouveau de mes succès, puis, après avoir mis quelque distance entre nous, me souhaita bonne nuit et hâta le pas en direction du labyrinthe.

Je m'élançai derrière lui, courant presque :

– Troy, pourquoi n'entrez-vous pas un moment ? Il n'est pas vraiment tard et je ne me sens pas fatiguée du tout.

– Je m'en vais, parce que vous êtes jeune, saine et pleine de rêves que je ne pourrais combler. Bonsoir, Heaven.

J'étais si profondément blessée que j'en tremblais. Qu'avais-je fait qui lui ait déplu ? En désespoir de cause, je criai :

– Merci d'être venu à la cérémonie !

– C'était la moindre des choses.

Il disparut alors dans la nuit. Les nuages, à présent, masquaient la lune et les étoiles disparurent une à une. Je sentis une goutte de pluie sur mon nez, mais je ne m'en souciai pas. Je m'étais effondrée sur un banc de pierre dans un jardin de roses et restai assise là, sans réaction. La pluie commençait à tomber et je ne pris garde ni à mes cheveux, ni à ma robe. Je me répétais comme un leitmotiv que tout cela était sans importance. Je n'avais pas davantage besoin de Troy que je n'avais besoin de Logan. Je m'en tirerais toute seule... toute seule.

Mais je n'avais que dix-huit ans. Je croyais Logan parti pour toujours et j'avais terriblement besoin d'aimer. S'il tardait trop, je n'y survivrais pas... Et

Troy ? Pourquoi Troy me considérait-il comme une enfant ?

Seule sur mon banc, je frissonnais. Cette belle journée avait perdu tout son charme, mon diplôme me paraissait secondaire. Après tout ce n'était qu'un pas en avant vers le but à atteindre. Il me fallait encore faire mes preuves à l'université... et me faire aimer d'un homme. Je contemplai le désastre qu'était devenue ma robe blanche en songeant qu'aucune femme de Winnerrow n'avait jamais rêvé d'en posséder une semblable...

De la pitié, c'est tout ce que j'étais capable d'inspirer aux hommes, rien que de la pitié ! Cal avait eu pitié de moi et il avait détruit mes chances d'avenir avec Logan. Celui-ci n'avait vu en moi qu'une occasion de montrer sa bonté d'âme. À présent que je n'avais plus besoin de lui il avait disparu. Quant à Troy, c'est lui que je comprenais le moins de tous ! J'avais cru voir plusieurs fois dans ses yeux sombres une flamme qui ne ressemblait en rien à celle de l'amitié.

J'étais belle, pourtant, mon miroir me le disait. Alors, où était la fêlure, le défaut qui dépréciait cette beauté dont je ne pouvais douter ?

Je ressemblais de plus en plus à ma mère et à Jillian, à une exception près : mes cheveux sombres. Mes cheveux dont la couleur maudite trahissait l'ascendance indienne des Casteel.

12

À tout péché miséricorde

Jillian et Tony n'étaient toujours pas rentrés de Londres. Un soir de juin, j'entendis, venant du salon de musique, une valse de Chopin que l'on jouait au piano. Jusqu'alors, seule Mlle Deale nous faisait entendre de la musique classique pendant sa classe, le vendredi. C'était une mélodie romantique qui me charmait, me remplissait de nostalgie et d'une telle attente que je m'élançai dans l'escalier. Dans le salon de musique, Troy était assis au piano. Un superbe piano à queue. Ses longues mains fines parcouraient le clavier avec une telle maîtrise que je me demandai pourquoi il tenait un tel talent caché.

Sa vue seule suffit à m'émouvoir. Sa façon de tenir les épaules, de pencher la tête au-dessus des touches, et la passion contenue qu'il mettait dans sa musique me bouleversèrent. Il était enfin venu et il savait que je l'écoutais. Il avait besoin de moi, mais il n'en était pas encore conscient. Il m'était nécessaire à moi aussi. Je me tenais en robe de chambre, dans l'embrasure de la porte, appuyée au chambranle. Je tremblais et laissais la musique couler en moi; elle m'apprenait tant de choses. Troy n'était pas heureux, je ne l'étais pas non plus. Nous avions tant en commun ! Je l'avais su la première fois que je l'avais vu. Il était l'homme dont j'avais toujours rêvé, bien avant de connaître Logan et que mon imagination se soit plu à le parer de toutes les qualités. Un homme assez délicat et sensible pour ne jamais me blesser. Trop beau pour être vrai, sans doute, mais Troy existait bel et bien, lui. Il était beau, libre et vivait à mes côtés.

D'une certaine façon, il paraissait plus jeune que Logan, infiniment plus fragile et vulnérable. Un petit garçon qui désirait qu'on l'aime pour lui-même et non pour sa beauté, sa fortune, ses dons exceptionnels. Je laissais mes pensées vagabonder et il dut sentir ma présence car il s'arrêta de jouer et se retourna avec un sourire timide.

– J'espère que je ne vous ai pas réveillée ?

– Continuez de jouer, je vous en prie...

– Je manque de virtuosité depuis que je ne joue plus tous les jours.

– Et pourquoi ne jouez-vous plus ?

– Vous savez bien que je n'ai pas de piano au cottage !

– Mais Tony m'a dit que ce piano était à vous.

Il sourit tristement.

– Tony ne veut pas que nous nous voyions et, depuis que vous êtes arrivée, j'ai cessé de jouer...

– Mais pourquoi cela, Troy, dites-moi ? Pourquoi nous défend-il de nous voir ?

– Oh ! Ne parlons pas de cela ! Laissez-moi achever ce morceau, nous bavarderons après.

Il joua et joua encore jusqu'à ce que je sente mes jambes faiblir et sois obligée de m'asseoir. Il continuait inlassablement. J'avais cessé de trembler et basculé dans une rêverie qui nous rapprochait, comme à la soirée de la remise des diplômes.

Il s'arrêta enfin.

– Vous dormez ? Je joue vraiment si mal ?

J'entrouvris les yeux et le regardai avec tendresse.

– Je n'ai jamais entendu personne jouer comme vous. Votre musique m'impressionne... elle m'angoisse presque. Pourquoi n'avez-vous pas choisi la carrière de pianiste ?

Il haussa les épaules avec indifférence. Au travers de sa fine chemise de soie blanche, j'apercevais sa peau bronzée. Son col ouvert laissait deviner la fine toison sombre qui couvrait sa poitrine. Troublée au-delà de tout, je fermai les yeux.

– Vous m'avez manqué, dit-il d'une voix douce et hésitante. Je sais que je vous ai blessée, le soir de cette cérémonie, j'en suis désolé, mais j'essayais de vous protéger.

Je répondis avec amertume.

– Dites plutôt que vous vouliez vous protéger. Contre cette méchante gamine qui risque d'envahir votre vie. Je crois que je ferais mieux de partir. J'ai assez d'argent pour pouvoir survivre une année à l'université. Et si j'ai la chance de trouver un travail, je pourrai m'offrir celles qui resteront.

Il murmura quelque chose que je ne compris pas et j'entrouvris les yeux, juste assez pour le voir : il paraissait bouleversé.

– Vous ne pouvez pas faire cela. Tony, Jillian et moi, nous vous devons tellement !

Je me levai d'un bond, et débitai d'une voix furieuse :

– Vous ne me devez rien du tout et tout ce que je vous demande c'est de me laisser tranquille. Oubliez-moi ! De mon côté, je m'arrangerai pour ne plus jamais perturber votre vie.

Il sursauta et se passa la main dans les cheveux avec un sourire désarmant.

– Ma musique était une façon de vous demander pardon de vous avoir laissée seule au jardin, l'autre nuit. C'était aussi une manière de vous dire que je vous aime trop pour pouvoir me passer de vous. Je sens votre présence au cottage même quand vous n'y êtes pas. Parfois, je me retourne brusquement en espérant que je vais vous voir… et je suis si déçu de me retrouver seul ! Je vous en prie, revenez me voir.

Ce soir-là, je le raccompagnai chez lui et partageai son dîner. Mais, après toutes ces émotions, l'étroite intimité du cottage me pesait. J'étouffais, j'avais besoin d'air. Avant de quitter Troy, je voulus m'assurer que je le reverrais le lendemain. Je sentais faiblir sa résistance à mon égard. Il n'essayait plus de combattre ses sentiments. J'étais décidée à le forcer à accepter mon amour. Si j'arrivais à passer une journée entière avec lui, je saurais bien chasser sa mélancolie et le forcer à vivre !

– Troy, ne pourrions-nous pas faire quelque chose ensemble, en plein air pour une fois ? Je sais que dans les écuries il y a des pur-sang arabes que personne ne monte, quand Jillian et Tony sont absents. Apprenez-moi à monter, venez nager avec moi dans la piscine ou pique-niquer dans les bois... Ne restons pas enfermés ici alors qu'il fait si beau dehors ! Jillian et Tony vont bientôt rentrer et nous ne pourrons plus nous voir...

Nos regards se lièrent et ce fut lui qui rougit, comme si le sang montait lentement de sa gorge à son visage. Il dut se détourner pour cacher son trouble. Le charme se rompit.

– Entendu, si c'est ce qui vous fait plaisir. Demain à dix heures, je vous retrouve devant les écuries. Vous monterez la jument la plus docile, ce sera parfait pour apprendre.

Dès cet instant, comme si j'avais bu un philtre, je perdis le contrôle des événements. Le lendemain matin, un peu avant l'heure prévue, je rejoignis Troy qui m'attendait devant les écuries, dans une tenue de cheval aussi peu formaliste que possible. Il avait le teint légèrement coloré et cette petite lueur triste qui s'attardait si souvent dans ses yeux avait disparu. Je courus vers lui.

Le sourire spontané qu'il m'adressa me transporta de joie. J'y répondis par un bref baiser et jetai en direction des écuries un regard brûlant d'impatience.

– Je sens que nous allons passer une journée fantastique ! J'espère que les palefreniers ne diront rien à Tony.

– Ils ont bien autre chose à faire, affirma Troy.

Mon excitation semblait l'amuser.

– Vous êtes superbe, Heaven. Absolument superbe !

Je fis gonfler mes cheveux et tournoyai sur moi-même en écartant les bras pour me faire admirer.

– Tony m'a offert cette tenue pour Noël. C'est la première fois que je la porte.

Chaque matin, pendant une semaine, Troy me donna une leçon d'équitation. C'était beaucoup plus amusant que je ne l'avais imaginé, bien qu'il s'ensuivît quelques courbatures. J'appris à distinguer le style anglais du style cow-boy, à galoper dans le vent, à éviter les branches basses et à serrer les flancs de ma monture quand je voulais m'arrêter. En peu de temps, je perdis ma crainte du cheval et de sa taille impressionnante.

Après les leçons, nous rentrions au cottage pour déjeuner. Puis Troy me faisait comprendre que je devais regagner la maison parce qu'il avait à travailler. Je voyais bien qu'il lui était de plus en plus difficile de résister à l'envie de passer tout son temps avec moi. Aussi, j'avais pris le parti de ne jamais aller le voir dans la soirée en espérant que je lui manquerais. Je sentais que le moment approchait où il s'apercevrait enfin qu'il m'aimait.

J'apprenais à monter depuis huit jours déjà, quand un matin, Troy décida que j'étais prête à affronter une longue promenade dans les bois qui entouraient Farthinggale Manor. De temps à autre, il examinait le ciel.

– La météo a annoncé de violents orages pour la journée. Nous ne devrions pas aller trop loin.

Nous avions prévu un panier pour pique-niquer, plus quelques gâteries que Rye Whiskey nous avait fait parvenir.

Troy choisit, pour y faire halte, une petite butte tachetée de soleil sous les plus beaux ormes que j'eusse jamais vus. Un ruisseau gargouillait non loin de là, et les oiseaux se poursuivaient à travers les branches qui oscillaient doucement sous la brise. Cette merveilleuse journée d'été me remplissait de langueur. Troy s'agenouilla pour étaler sur le sol la nappe à carreaux rouges et blancs. Nous avions attaché nos chevaux à proximité et ils broutaient avec délices ce qu'ils trouvaient à leur portée. Tout en vidant le contenu du panier, je percevais le bourdonnement des abeilles. L'odeur du trèfle m'étourdissait et je dus balayer de la main les moucherons qui me frôlaient le visage. La douceur de cette journée, la beauté de l'endroit, tout me ravissait. Je lançais vers Troy des regards éblouis. De son côté, il semblait fasciné. Je pris le relais et disposai les assiettes en plastique, la salade de pommes de terre, le poulet et les sandwichs.

Quand le couvert fut mis, je m'assis sur mes talons et lui adressai un sourire radieux.

– C'est joli, non ? Ne commencez pas le repas avant que j'aie dit le bénédicité. Ma grand-mère le faisait toujours, quand Pa n'était pas à la maison. Je me sens si heureuse, aujourd'hui, qu'il me faut absolument remercier quelqu'un !

Je lus sur son visage une surprise émerveillée. Il fit un signe d'assentiment et inclina légèrement la tête pendant que je prononçais les mots familiers.

– Seigneur, nous vous remercions pour ce repas, bénissez ceux qui l'ont préparé. Nous vous remercions aussi pour tous vos bienfaits, pour les joies que vous nous offrez aujourd'hui et toutes celles que demain nous apportera. Amen.

Quand je relevai la tête, je rencontrai le regard étonné de Troy.

– C'est le bénédicité que disait votre grand-mère ?

– Oui. Nous n'avions ni nourriture ni joie, mais Granny ne semblait jamais s'en apercevoir. Elle espérait toujours que le lendemain serait meilleur que la veille. Quand on a pris l'habitude de se passer de tout, je suppose qu'on n'attend pas trop de la Providence. Elle récitait son bénédicité et moi je demandais à Dieu de lui épargner au moins les douleurs et les peines.

Pendant que nous dégustions notre somptueux pique-nique, Troy parut songeur et garda le silence. J'avais moi-même fait le gâteau, avec un épais glaçage au chocolat, dans la cuisine du cottage.

– C'est le meilleur gâteau que j'aie jamais mangé ! s'exclama-t-il. J'en reprendrais volontiers un morceau.

Je le regardai avec surprise lécher ses doigts pleins de chocolat et m'écriai sans réfléchir :

– Si seulement nous pouvions rester toujours ensemble, comme aujourd'hui ! Je pourrais aller à l'université pendant que vous travailleriez au cottage. Ce serait merveilleux, non ?

Ses yeux sombres prirent une expression douloureuse et tout s'obscurcit autour de moi.

Il ne m'aimait pas ! Il n'avait pas besoin de moi. Je le séduisais comme Cal Dennison. Au-delà, il n'envisageait pas d'avenir en commun. Je lui tendis une seconde part de gâteau en évitant de le regarder. Je gardais la tête baissée pour qu'il ne lût pas la souffrance dans mes yeux. Puis j'enfournai prestement les assiettes dans le panier et pliai la nappe que je jetai par-dessus. Dans l'impossibilité de fermer le couvercle, je poussai avec humeur le panier de son côté.

Ébahi, il me regardait sans mot dire. Je me levai rapidement et courus à mon cheval, criant d'une voix boudeuse :

– Je rentre. Je vois bien que vous n'avez besoin de personne, et surtout pas de moi ! Je ne suis qu'une gêne pour vous. Tout ce qui vous intéresse c'est votre travail et encore ! Merci tout de même pour ces dix derniers jours et pardonnez-moi d'avoir été si impulsive. Je ne vous ferai plus perdre votre temps, je vous le promets.

– Heavenly ! Attendez...

Il n'était pas question d'attendre. Je me hissai sur ma selle sans me préoccuper de mon style et frappai des talons le flanc de ma monture qui bondit en avant. Les larmes m'aveuglaient. J'étais en rage, une rage qui se tournait surtout contre moi-même. Je guidais mal ma jument, elle en fut désorientée. Pour essayer de redresser la situation, je tirai les rênes d'un coup sec. La jument se cabra presque à la verticale, renifla bruyamment et, prenant le mors aux dents, partit d'un train d'enfer à travers bois. Des branches basses arrivaient sur moi à une vitesse terrifiante. Elles auraient pu me jeter à terre, me rompre le cou ou me casser bras et jambes.

Avec plus de chance que d'adresse, je réussis à les éviter toutes. Plus je m'agitais sur ma selle et plus la jument s'affolait. Les conseils de Troy pour se maintenir sur un cheval emballé me revinrent à l'esprit. Je me jetai en avant et empoignai l'épaisse crinière brune. Par-dessus les ravins, les fossés et les troncs d'arbres abattus, ma jument poursuivit son galop forcené. Je fermai les yeux et commençai de répéter son nom afin d'essayer de la calmer.

Soudain, elle broncha sur un obstacle. Je décollai de la selle et atterris en vol plané dans une mare peu profonde où stagnait une eau vaseuse et verdâtre. Ma jument se remit d'aplomb, émit un petit hennissement plaintif, s'ébroua, puis, me lançant un regard de dégoût, prit tranquillement le chemin de la maison. J'étais hébétée, tremblante et souffrais de partout. J'avais aussi perdu ma botte gauche et me sentais totalement ridicule et impuissante. À travers le feuillage le soleil me tombait droit sur la figure.

Amèrement, je me dis que je ne l'avais pas volé : le ciel me punissait d'être tombée amoureuse du premier homme qui me faisait battre le cœur un peu trop vite. J'aurais dû être sur mes gardes, après les échecs successifs que j'avais essuyés avec Cal et Logan.

D'autres pensées, toutes plus stupides les unes que les autres, me traversèrent l'esprit avant que l'idée ne me vienne de me relever. Des abeilles bourdonnaient autour de moi. Je secouai mes cheveux trempés et essayai de me tirer de ce cloaque quand dans le lointain, j'entendis Troy appeler :

– Heaven ! Heaven ! Mais où êtes-vous donc ?

Je me raidis et sous l'effort que je fis pour ne pas lui répondre, je me mis à trembler de plus belle. Je ne voulais pas qu'il me trouve, surtout en ce moment. Je saurais bien rentrer toute seule à la maison, et plus jamais je ne désobéirais à Tony. Plus jamais je n'irais au cottage.

Je restai assise dans l'eau, parfaitement calme, écrasant de temps en temps un ou deux insectes qui se posaient sur moi. Troy m'appelait toujours.

Il devait parcourir le bois, de long en large. Cela dura une éternité. Le vent se leva et les feuilles, au-dessus de ma tête, se mirent à bruire. Des nuages sombres s'amassaient sur ma tête comme toujours lorsque les choses semblaient aller trop bien pour moi. Ah ! il n'y avait pas à dire, j'avais de la chance ! J'étais harassée, énervée et lorsque la pluie commença à tomber, je ne contenais plus mes sanglots.

C'est alors que dans mon dos, un léger bruit se fit entendre, suivi aussitôt d'un commentaire narquois :

– J'ai toujours rêvé de secourir une jeune fille en détresse.

Je tournai la tête pour découvrir Troy, à moins de trois mètres de moi. Depuis combien de temps était-il là à me regarder ? Difficile à dire. Ses vêtements étaient déchirés en plusieurs endroits et, sur l'une de ses manches, un long accroc partait de la couture de l'épaule et descendait jusqu'au coude.

– Pourquoi restez-vous assise de manière aussi inconfortable. Êtes-vous blessée ?

Je détournai vivement la tête pour qu'il ne voie pas mon visage maculé de boue et criai :

– Allez-vous-en ! Je n'ai rien, je n'ai besoin d'aucun secours. Je n'ai surtout pas besoin de vous ! Ni de personne d'ailleurs...

Il ne prit pas la peine de répondre, sauta dans la mare et se baissa pour vérifier si je n'avais rien de cassé. J'essayai de le repousser mais il s'entêta et, après trois tentatives infructueuses, réussit à me soulever dans ses bras.

– Maintenant, soyez sérieuse, Heaven ! Êtes-vous blessée quelque part ?

– Non. Lâchez-moi !

– Vous avez de la chance d'être encore vivante. Si vous aviez été projetée à même le sol, plutôt que dans cette mare pleine de vase qui a amorti votre chute, vous pourriez être sérieusement blessée.

– Je peux marcher. Laissez-moi.

– D'accord, si vraiment vous y tenez.

Il me posa avec précaution sur mes pieds. Une douleur aiguë me traversa la cheville gauche et je hurlai. Il me reprit aussitôt dans ses bras, me soutenant pour marcher.

– Heaven, il faut se dépêcher. Nous n'avons pas de temps à perdre en simagrées. J'ai dû mettre pied à terre pour suivre votre trace. Nous ne sommes pas tirés d'affaire. À voir votre cheville enflée, il n'est pas exclu que vous ayez une entorse.

– Je ne suis pas infirme pour autant. J'ai fait je ne sais combien de fois les dix kilomètres qui nous séparaient de Winnerrow dans des conditions infiniment plus difficiles.

Il eut de nouveau un sourire amusé.

– Oui, mais si j'ai bien compris, vous aviez faim...

– Qu'en savez-vous ?

– Seulement ce que vous m'en avez dit. À présent, cessez de vous débattre et tenez-vous tranquille. Si nous ne rejoignons pas mon cheval rapidement, nous allons essuyer l'orage.

Sa monture attendit patiemment à l'attache que Troy m'eût hissée sur la selle, détachât la bride et sautât derrière moi. Il mit un bras protecteur autour de ma taille et de l'autre guida son cheval avec habileté. Je fulminais.

– Il pleut déjà, dis-je d'un ton rageur.

– Je sais.

– Nous n'arriverons jamais à la maison avant l'orage.

– C'est probable. Voilà pourquoi je me dirige vers une vieille grange abandonnée où l'on emmagasinait le grain à l'époque où les Tatterton exploitaient le domaine.

– Vos ancêtres savaient donc faire autre chose que des jouets ?

– Je pense que mes ancêtres avaient plus d'une corde à leur arc.

– Mais ils devaient avoir des domestiques pour s'occuper des terres et des fermes ?

– Probablement. Il leur fallait aussi des capacités pour subvenir aux besoins du personnel...

– Pas plus que pour survivre sur une terre ingrate dans un pays perdu.

– Exact. Maintenant, taisez-vous et laissez-moi retrouver mon chemin.

Il rejeta en arrière ses cheveux mouillés, regarda autour de lui et dirigea son cheval vers l'est.

D'énormes nuages sombres arrivaient du sud-ouest. L'orage grondait et malgré mon désir d'échapper à Troy, je ne fus pas fâchée d'être en sécurité contre lui. La grange fut bientôt en vue.

Le bâtiment était presque en ruine et il y régnait une âcre odeur de foin moisi. La pluie s'infiltrait par les trous du toit, creusant des flaques sur le sol terreux. À travers les fentes, je pouvais apercevoir le ciel, à présent complètement noir, zébré d'éclairs terrifiants qui semblaient se concentrer au-dessus de nous. Troy dessella son cheval et le couvrit d'une couverture de selle pour le sécher. Puis il inspecta le foin pour former un tas qui ne soit ni humide, ni moisi. Nous nous retrouvâmes ainsi tous deux assis côte à côte dans cette grange humide et triste.

Je continuais cependant de le harceler avec une hargne venimeuse.

– C'est bizarre que des gens aussi riches que les Tatterton ne se soient pas préoccupés de restaurer cette bâtisse croulante !

Il ignora le sarcasme, se renversa dans le foin et dit d'une voix rêveuse :

– Je venais jouer ici quand j'étais enfant. Je m'étais inventé un ami imaginaire que j'appelais Stu Johnson et je faisais avec lui des concours de saut dans le foin. Je sautais de là-haut.

Il pointa le doigt vers les combles.

– Je sautais très loin, jusqu'à l'endroit où nous nous trouvons en ce moment.

Je mesurai avec horreur la hauteur de la plate-forme du grenier.

– Quel jeu stupide et dangereux ! Vous auriez pu vous tuer.

– Je n'y pensais pas. J'avais à peu près cinq ans à l'époque et j'avais plus que tout besoin d'un ami, même imaginaire. Votre mère s'était enfuie et je me retrouvais seul. Jillian passait son temps à pleurer et à téléphoner à Tony, qui était à l'étranger, pour le supplier de rentrer. Quand il revint, ils ne cessèrent de se disputer.

Je retins mon souffle et me tournai vers lui.

– Pourquoi ma mère est-elle partie ?

Il ne répondit pas tout de suite. Il s'assit, tira un mouchoir de sa poche, le trempa dans une flaque d'eau de pluie et commença à laver la boue séchée sur mon visage.

– Je ne sais pas. J'étais trop jeune pour me rendre compte de quoi que ce soit.

Il m'embrassa le bout du nez. Puis ses lèvres effleurèrent ma joue et vinrent frôler mon cou. Son souffle chaud m'électrisait.

– La seule chose dont je me souvienne est que votre mère me promit de m'écrire et me dit qu'elle reviendrait quand je serais grand.

– Elle vous a dit cela ?

Ses lèvres se posèrent sur ma bouche. Logan m'avait embrassée bien souvent, mais sa maladresse d'adolescent ne m'avait jamais troublée ainsi. Troy, lui, savait d'expérience ce que j'attendais. Un frisson de plaisir me courut sous la peau et, perdant toute prudence, je répondis à son baiser. Puis je me rejetai en arrière.

– Personne ne vous oblige à avoir pitié de moi... Je ne supporterais pas que vous mentiez.

– L'ai-je déjà fait ?

Il me prit la tête dans ses mains pour m'embrasser plus aisément. Son baiser se fit plus intense, plus violent. J'étais si tendue que je respirais à peine.

– Plus j'y pense, dit-il, plus je me rappelle comme j'aimais votre mère.

Il me renversa doucement dans le foin et me tint serrée contre lui. Je l'entourai de mes bras.

– Racontez-moi.

– Pas maintenant, Heaven, pas maintenant. Laisse-moi savourer ce qui nous arrive. Jusqu'à présent, je me suis retenu de t'aimer parce que je ne voulais pas te blesser. Je ne voulais pas être un homme de plus à te faire du mal.

– Je n'ai pas peur.

– Tu n'as que dix-sept ans et j'en ai vingt-trois.

Je ne pus croire à ce que je m'entendis prononcer alors.

– Jessie Shakleton avait soixante-quinze ans quand il épousa Lettie Joyner, qui vivait à une vingtaine de kilomètres des Willies. Elle lui donna trois fils et deux filles, et il est mort à quatre-vingt-dix ans.

Il gémit et enfouit son visage dans mes cheveux mouillés.

– Ne m'en dis pas plus ! Nous avons tous deux besoin de réfléchir avant qu'il ne soit trop tard.

Le paradis s'ouvrait devant moi. Il m'aimait ! Je le devinais à sa voix, à la façon dont il me serrait contre lui et parce qu'il essayait de me protéger de lui-même.

La pluie tambourinait sur le toit au-dessus de nos têtes. Des filets d'eau ruisselaient par les trous, le tonnerre grondait, les éclairs crépitaient et nous étions là, enlacés. Nos lèvres se frôlaient, nos mains se cherchaient. Je n'avais jamais rien connu de plus doux. Jamais.

M'eût-il demandé d'être à lui que je n'aurais pas su lui résister. Mais il ne le fit pas et je ne l'en aimai que plus.

L'averse dura une heure. Quand elle eut cessé, il me remit en selle et nous reprîmes à petite allure le chemin de la maison, dont les cheminées et les tourelles pointaient par-delà les arbres. Sur le perron de l'une des petites portes, il m'attira de nouveau dans ses bras.

– Comme c'est étrange, Heaven, la façon dont tu es entrée dans ma vie. Je n'avais pas besoin de toi, je te rejetais, et à présent, je ne peux plus imaginer la vie sans toi.

– Alors ne le fais pas, Troy. N'essaie pas de m'écarter. Je ne suis pas trop jeune. Personne dans les collines ne le penserait.

– La pensée de tes collines m'angoisse, Heaven. Je ne peux pas me marier. Ni avec toi ni avec personne.

Ces mots me firent mal.

– Alors... tu ne m'aimes pas ?
– Je n'ai pas dit cela !
– Tu n'es pas obligé de m'épouser si tu ne veux pas. Contente-toi de m'aimer. De m'aimer assez pour me faire oublier tout le reste. Je n'en demande pas plus.
Je me haussai sur la pointe des pieds et posai mes lèvres sur les siennes. Mes doigts jouaient dans ses boucles humides.
Son étreinte se durcit et je pensai à toutes les femmes qu'il avait connues avant moi. Riches, belles, passionnées, élégantes. Des femmes attirantes, cultivées. Certaines brillantes, spirituelles, d'autres sûres d'elles. Elles n'avaient pas su le retenir. Et moi, une petite campagnarde, une Casteel, j'avais su me faire aimer ! Quelle victoire !
Il me libéra et descendit les marches.
– À demain... à moins que Jillian et Tony ne soient de retour. Je me demande bien pourquoi ils ont prolongé leur voyage.
Je ne le savais pas plus que lui et ne m'en souciais pas davantage. C'était si bon de ne plus avoir à se cacher.
Une fois au lit, je restai éveillée. Troy m'obsédait. Il me fallait être avec lui. Tout de suite. Je le suppliai silencieusement de venir à moi, de se hâter. Je ne pouvais plus attendre.
Je me tournais et me retournais dans mon lit depuis quelques heures, sans pouvoir trouver l'oubli et la bienheureuse torpeur que je cherchais désespérément quand j'entendis prononcer mon nom. Étrange sensation ! Je m'assis d'un bond et consultai mon réveil sur la table de nuit. Deux heures... Je me levai, passai un peignoir léger assorti à ma chemise de nuit, me précipitai dans l'escalier et, sans savoir comment, me retrouvai dans le labyrinthe, pieds nus. L'herbe était tiède et légèrement humide. Je ne songeai même pas à me demander pourquoi j'agissais ainsi.
L'orage avait purifié l'atmosphère et la lune brillait, solennelle. Sur les haies, des milliers de feuilles reflétaient la lumière des étoiles en autant d'éclats

scintillants. Et bientôt je fus là, devant la porte bleue du cottage, hésitante. Je n'osais ni entrer ni frapper, n'ayant pas même le courage de retourner en arrière. J'appuyai mon front contre le bois, fermai les yeux et commençai à pleurer doucement. À ce moment la porte s'ouvrit et je tombai dans les bras de Troy. Il ne dit pas un mot mais me souleva sans effort et me porta jusqu'à sa chambre.

Sous la clarté de la lune, je vis son visage descendre doucement vers le mien, et cette fois, sa bouche se fit plus pressante, plus exigeante. Ses baisers me brûlaient, ses mains me brûlaient... je brûlais tout entière. Tout arriva d'un coup, naturellement, superbement. Sans me laisser ce sentiment de honte et de remords que j'avais ressenti avec Cal Dennison. Au terme de cette étreinte, je me blottis dans les bras de Troy, tremblant encore de cette joie sensuelle qu'il m'avait révélée, et qui ne s'apaisa que peu à peu.

Nous nous éveillâmes à l'aube. Le vent entrait par les fenêtres ouvertes, humide et froid. Le pépiement des oiseaux à peine éveillés me fit presque venir les larmes aux yeux. Je m'assis pour atteindre la couverture pliée au pied du lit mais les bras de Troy m'en empêchèrent. Il me couvrit le visage de baisers, me caressa les cheveux, puis me berça tendrement contre lui. Ce fut moi qui parlai la première.

– Tu sais, je ne pouvais pas dormir, hier soir.

– Moi non plus.

– Au moment où j'allais m'endormir, j'ai cru t'entendre appeler. Étrange, n'est-ce pas !

Il émit un bizarre petit bruit de gorge et me serra plus étroitement contre lui.

– Je m'apprêtais à aller te retrouver quand tu es apparue, comme une réponse à ma prière... Je ne sais si nous avons bien fait. J'ai si peur que tu le regrettes. Je ne veux pas te faire de mal, jamais.

– Tu ne le peux pas, Troy, je le sais. Tu es l'homme le plus délicat, le meilleur que j'aie jamais rencontré.

Il eut un petit rire sourd.

– Quelle expérience, pour une jeune personne de dix-sept ans !

Je cachai mon visage dans mes mains.

– Si tu savais...

Déconcerté, il n'éluda pas. Il me pressa au contraire de me confier à lui...

– Et... si tu m'en disais un peu plus ? chuchota-t-il avec la plus grande douceur.

Il m'écouta jusqu'au bout, sans poser de questions. C'était pour moi un soulagement de parler de Cal. Troy hochait la tête. Ses mains fines me caressaient avec tendresse et, quand je me tus, il déposa un baiser sur chacun de mes doigts et demanda simplement :

– T'a-t-il donné signe de vie depuis que tu vis à Farthy ?

Je répondis avec une véhémence qui m'étonna moi-même :

– Je ne veux plus jamais entendre parler de lui, jamais !

Nous prîmes notre petit déjeuner comme deux enfants en tête à tête. Il m'avait préparé de savoureux sandwichs aux œufs et au bacon. La confiture de fraises en rehaussait singulièrement la saveur. Un régal !

– C'est par un pur hasard que je découvris ce mets de choix ! dit Troy. J'avais à peu près sept ans et je me relevais à peine d'une de ces maladies infantiles que je collectionnais. Nous étions à table et Jillian me grondait pour mes maladresses quand je laissai tomber mon toast plein de confiture de fraises sur mes œufs au bacon. Elle se mit à crier : « Tu le mangeras comme ça ! » Ce que je fis. À partir de ce jour je me mis à aimer les œufs au bacon !

– Jillian te grondait ? Toi ?

Moi qui pensais que sa hargne m'était réservée !

Je soupçonnais qu'elle ne supportait pas la présence d'une femme plus jeune sous son toit.

Troy reprit :

– Jillian ne m'a jamais beaucoup aimé, tu sais. Écoute... on entend le tonnerre. La météo a annoncé des orages pour toute la semaine.

Je perçus le crépitement léger de la pluie sur le toit. Troy préparait un feu pour chasser l'humidité de ce matin frais. Étendue sur le sol, je ne perdais pas un de ses gestes et m'amusais à le voir empiler le petit bois avec une précision minutieuse. J'étais heureuse de le voir si détendu et bénissais le mauvais temps qui nous obligeait à rester au cottage.

Le feu crépitait, haut et clair, diffusant une douce chaleur, le silence s'étirait, palpitait, s'imprégnait de sensualité. Les lueurs orangées qui dansaient sur le visage de Troy accentuaient la fermeté de ses traits et mon trouble s'accroissait. Lui aussi m'observait, mais à la dérobée, regardant mon visage quand je fixais ses mains. Puis il changea de position et prit appui sur un coude, le visage soudain tout proche du mien. Ma respiration s'accéléra. Mais au lieu des baisers attendus, il se mit à me parler. Au lieu de me prendre dans ses bras, il s'étendit sur le dos, mains sous la tête, sa position favorite.

– Sais-tu à quoi je pense toujours, quand l'été revient ? Je pense que ce sera bientôt l'automne. Que les oiseaux les plus jolis et les plus gais s'en iront. Je déteste voir les jours raccourcir. Je dors mal pendant ces interminables nuits d'hiver. Parfois, il me semble que le froid s'insinue à travers les murs jusque dans mes os et je ne cesse de me retourner dans mon lit pour chasser les mauvais rêves. Je rêve beaucoup trop, l'hiver. L'été, les rêves sont plus doux. Toi, en ce moment à mes côtés, tu es un rêve merveilleux.

Je me tournai vers lui et l'interrompis sur un ton de reproche :

– Troy…

– Non, laisse-moi continuer, je t'en prie. Il est rare que quelqu'un m'écoute aussi bien que tu le fais et je veux que tu saches qui je suis.

Son ton grave m'effrayait un peu.

– Les nuits d'hiver sont trop longues pour moi. On y fait trop de rêves. J'essaie de rester éveillé jusqu'à l'aube et parfois, j'y réussis. Quand je n'y parviens pas, je deviens si nerveux qu'il me faut me lever et m'habiller. Alors, je sors. Simplement pour marcher, dans le but de chasser mes tristes pensées. Je parcours les sentiers entre les pins et, quand je me sens l'esprit plus clair, je rentre. Alors, seul le travail peut me faire oublier les nuits à venir et les cauchemars qui m'obsèdent.

Pendant quelques instants, je ne pus que le dévisager. Quand je me décidai à parler, ce fut d'une voix chargée de tristesse. Sa mélancolie m'accablait.

– Voilà pourquoi tu avais toujours les yeux cernés, l'autre hiver ! Je croyais que c'était parce que tu travaillais trop. Mais je suis là, maintenant. Je suis à toi. Tu n'as plus rien à craindre.

Il roula sur le côté, le visage tourné vers les flammes, et tendit le bras pour prendre la bouteille de champagne qu'il avait mise à rafraîchir dans un seau de métal argenté. Il versa le liquide pétillant dans deux flûtes en cristal, puis se tourna vers moi et s'exclama :

– La dernière bouteille du meilleur des vins !

Il leva son verre, en effleura légèrement le mien. J'étais habituée à boire du champagne. On en servait souvent quand Jillian recevait. Mais la tête me tournait tout de suite.

Mal à l'aise, je sirotais mon champagne tout en me demandant pourquoi ses yeux fuyaient les miens.

– Que veux-tu dire avec ta dernière bouteille... ? Il y a une cave sous la maison qui contient assez de champagne pour qu'on en boive jusqu'à la fin du siècle !

– Ce n'était qu'une image. Mais ne t'y trompe pas. Sache que l'hiver et le froid font remonter à la surface le côté morbide de ma personnalité, celui que je cherche à cacher. Je tiens trop à toi pour te laisser t'engager sans t'avoir montré exactement qui je suis.

– Mais je sais qui tu es.

– Non. Tu connais de moi seulement ce que j'ai bien voulu te montrer.

Son regard chercha le mien, me laissant entendre qu'il ne fallait pas poser de questions.

– Écoute-moi, Heaven. J'essaie de te mettre en garde pendant qu'il en est encore temps.

J'ouvris la bouche pour protester, mais il posa ses doigts sur mes lèvres pour m'en empêcher.

– Pourquoi crois-tu que Tony t'ait interdit de me voir ? Il est presque impossible pour moi de me montrer optimiste, en hiver du moins. Je ne peux être gai et heureux que lorsque les jours rallongent et que la chaleur revient. Bizarre, n'est-ce pas !

Je me pris à détester le sérieux de sa voix, la gravité de son regard.

– Pourquoi ne pas descendre vers le sud, alors ?

– J'ai essayé. J'ai passé des hivers en Floride, à Naples, en Italie. J'ai voyagé autour du monde pour essayer de trouver ce que d'autres possèdent si naturellement. Mais partout, j'amenais l'hiver avec moi.

Il me sourit, sans parvenir à me réconforter. Il avait beau s'efforcer de me convaincre qu'il plaisantait, je savais qu'il n'en était rien. Son regard sombre était comme un puits de désespoir sans fond.

Je dis très vite :

– Mais le printemps revient toujours, suivi de l'été. C'est ce que je ne cessais de me répéter quand nous avions faim et froid, que la neige s'entassait jusqu'à deux mètres de haut et que nous devions faire dix kilomètres pour aller à Winnerrow.

Ses yeux se posèrent sur moi, si pleins de douceur et de tendresse que je me sentis revivre. Il versa de nouveau du champagne dans mon verre.

– J'aimerais tant vous avoir connus alors, toi, Tom et les autres ! Vous m'auriez donné un peu de cette force que vous possédiez, tous, et que je retrouve en toi.

– Assez, Troy ! Ne parle pas comme ça !

J'éprouvais une sorte d'effroi, parce que je n'étais pas très sûre de le comprendre. Et j'étais en colère aussi, trouvant que le moment n'était pas très bien choisi pour faire des discours. J'aurais préféré qu'il m'embrasse...

– Que veux-tu me dire ? Que tu ne m'aimes pas ? Que tu regrettes mon amour ? Eh bien, moi, je ne regrette rien ! Et je ne regretterai jamais cette nuit, même si ce devait être la seule. Et si tu crois me faire peur, tu te trompes. Je suis entrée dans ta vie, Troy, et j'en fais partie maintenant, intimement. Et si l'hiver te déprime et te rend triste, nous suivrons le soleil. Chaque nuit, tu seras dans mes bras et je te serrerai si bien contre moi que tu n'auras plus de cauchemars, jamais.

Mais même à cet instant où je me sentais très forte, mon cœur ne retrouva pas la paix. C'était comme si je vacillais au bord d'un abîme, près de m'y enfoncer au cas où Troy me chasserait de sa vie.

Quand mes lèvres se posèrent sur les siennes, je suppliai :

– Ne m'en dis pas plus, je t'en prie ! Pas maintenant, Troy. Pas maintenant.

DEUXIÈME PARTIE

1

Pressentiments

Troy essaya plusieurs fois de me conter sa morne histoire : elle ne parlait que d'hiver, de faiblesse et de mort. Mais je veillais sur notre passion et notre joie. Je les protégeais de Troy lui-même et chaque fois, mes baisers avaient raison de son pessimisme. Pendant deux jours et trois nuits nous fûmes les plus fous des amants. Nous ne supportions pas d'être séparés, même pour quelques minutes. Nous ne quittions plus les jardins de Farthy, même à cheval. Et nous n'allions même plus dans les bois : cela nous semblait trop risqué. Et trop loin. Nous guidions nos chevaux le long des chemins les plus sûrs et les plus proches, impatients de rentrer au cottage et de nous retrouver dans les bras l'un de l'autre. Un soir où le vent avait chassé la pluie vers la mer, le soleil reparut enfin. Nous rentrâmes de bonne heure et, comme d'habitude, Troy m'attira devant la cheminée. Il se montra très ferme cette fois.

– N'essaie pas de m'interrompre, il faut que tu m'écoutes. Ce n'est pas parce qu'une ombre plane sur ma vie que je dois te laisser gâcher la tienne.

– Tu crois vraiment que ton histoire pourrait détruire ce qui nous unit ?

– Je n'en sais rien. Ce sera à toi d'en décider.

– Et tu tiens à courir le risque de me perdre ?

– Non, mais c'est une question d'honnêteté. Après, tu jugeras.

Ma réponse jaillit comme un cri.

– Non ! Laisse-moi savourer jusqu'au bout cet été merveilleux, je ne veux pas penser à l'avenir !

Et d'un bond, je me levai pour me précipiter à l'extérieur. Je m'engageai dans le labyrinthe, à travers les froides vapeurs nocturnes qui s'accrochaient aux haies, noyant peu à peu les allées étroites. À ma grande consternation, je débouchai presque au beau milieu du groupe qui déchargeait la longue limousine noire de Tony, devant le perron de Farthy.

Jillian et Tony étaient de retour ! Je reculai précipitamment dans le labyrinthe. Je ne voulais pas qu'ils me voient maintenant, venant tout droit du cottage de Troy. Pendant que le chauffeur transportait les bagages, j'entendis Tony reprocher à Jillian de ne pas m'avoir annoncé leur arrivée.

– Tu veux dire que tu n'as pas prévenu Heaven, hier ? Tu m'avais promis !

– Je t'assure, Tony, j'y ai pensé plusieurs fois mais j'ai eu toutes sortes d'empêchements. Et puis ça lui fera une surprise, ce sera bien plus amusant pour elle. À son âge, j'aurais été ravie de recevoir toutes les jolies choses que nous lui rapportons de Londres !

Dès qu'ils eurent disparu dans la maison, je m'élançai vers l'entrée latérale, grimpai jusqu'à ma chambre et m'affalai sur mon lit, où je fondis en larmes. Larmes que je m'empressai d'essuyer en entendant Tony frapper à la porte et m'appeler.

– Nous sommes revenus, Heaven. Je peux entrer ?

Au fond, j'étais très contente de le revoir. Il était si gai, si animé ! Il me bombardait de questions, voulait tout savoir : si je m'étais amusée, à quoi j'avais occupé mon temps... Lui en ai-je raconté des mensonges ! Grand-mère a dû s'en retourner dans sa tombe ! Quant à moi, je croisais les doigts derrière mon dos. Il me demanda comment s'était passée la remise des diplômes et se déclara très contrarié de l'avoir manquée. Il me taquina aussi sur mes sorties, les soirées auxquelles j'avais assisté, les jeunes gens que j'avais rencontrés. Pas une seule fois il n'afficha la moindre méfiance envers les mensonges que je débitais. Comment ne soupçonnait-il pas ce qui me poussait vers Troy ? Avait-il oublié les règles de conduite qu'il avait lui-même édictées pour moi ?

– Parfait, dit-il enfin, je suis content que tu aies apprécié les programmes d'été. Personnellement, la télévision m'assomme, mais je n'ai pas été élevé dans les Willies, moi !

Il me décocha un sourire ensorcelant, où perçait une pointe de moquerie.

– J'espère que tu as tout de même trouvé le temps de lire quelques bons bouquins ?

– Je trouve toujours le temps de lire.

Son regard s'éclaira quand il se pencha pour me serrer contre lui, le temps d'un bref baiser.

– Jillian et moi aimerions t'offrir tes cadeaux avant le dîner, annonça-t-il tandis qu'il se dirigeait vers la porte. Nous les avons soigneusement choisis. Et maintenant, si tu séchais ces traces de larmes, avant de te changer ?

Il n'avait donc pas été dupe ! Et si un instant j'avais cru tromper sa clairvoyance, je m'étais fait des illusions. Pourtant, dans la bibliothèque, tandis que je déballais mes paquets en face d'une Jillian souriante dans sa robe longue, il s'abstint de me demander pourquoi j'avais pleuré.

– Est-ce que tout te plaît ? s'enquit Jillian, qui m'avait offert une avalanche de vêtements. Les sweaters sont bien à ta taille, au moins ?

– Ils me vont parfaitement et tout est vraiment très beau.

– Et mes cadeaux, intervint Tony, qu'en dis-tu ?

Il m'avait rapporté une extravagante parure de bijoux en imitation et une lourde boîte gainée de velours bleu.

– De nos jours, on ne fait plus de nécessaires de toilette comme à l'époque victorienne, observa-t-il. Mais celui-ci est très ancien et très précieux.

Je tenais avec précaution le coffret de tapisserie sur mes genoux. Il contenait un miroir à main en argent massif, un peigne et une brosse, deux boîtes à poudre en cristal au couvercle d'argent ciselé et deux flacons à parfum assortis. Les yeux baissés, je me revis à l'âge de dix ans, lorsque j'avais ouvert pour la première fois la valise de ma mère. Elle était toujours là-haut, enfouie au fond de l'un de mes placards, cette vieille valise qu'elle avait emportée dans les Willies ! Elle aussi renfermait un nécessaire en argent, mais pas aussi complet que celui que je tenais entre les mains.

Un sentiment d'impuissance me submergea, comme si le temps m'avait reprise au piège. Tony avait certainement remarqué le nécessaire que m'avait déjà donné Jillian : il me suffisait amplement. À cet instant précis, une pensée saugrenue me traversa l'esprit. Je compris soudain combien il était injuste de n'avoir pas écouté ce que Troy avait à me dire. Injuste, et pour lui et pour moi.

Très tard ce soir-là, le dîner terminé et bien après que Jillian et Tony furent montés se coucher, je m'esquivai par le labyrinthe et gagnai furtivement le cottage. L'air morose, Troy faisait les cent pas dans le salon. À ma vue son visage s'éclaira, et son sourire m'alla droit au cœur. Je refermai la porte et m'y adossai, hors d'haleine.

– Ils sont revenus, haletai-je. Si tu voyais tout ce qu'ils m'ont rapporté... de quoi habiller une bonne douzaine de collégiennes !

Il ne parut pas m'entendre. Bien plus préoccupé, me sembla-t-il, par ce que je n'avais pas dit.

– Qu'est-ce qui te trouble tant ? demanda-t-il en m'ouvrant ses bras.

Je courus aussitôt m'y blottir.

– Troy, quoi que tu aies à me dire, je suis prête à t'écouter.

– Et Tony, que t'a-t-il dit ?

– Rien. Il m'a posé quelques questions sur mes occupations en leur absence mais il n'a pas parlé de toi. J'ai trouvé bizarre qu'il ne m'ait pas demandé où tu étais, ni si nous nous étions vus. C'était presque comme si tu n'existais pas, et cela m'a fait peur.

Il pressa furtivement son front contre le mien puis s'écarta de moi, les traits indéchiffrables. Maintenant que j'étais prête à l'écouter, on eût dit qu'il répugnait à parler. Il m'embrassa, avec plus de douceur que de passion, et me caressa les cheveux. Du bout du doigt, il suivit le contour de ma joue puis, me tenant serrée contre lui, il se tourna vers l'immense baie qui donnait sur la mer. Son bras encercla ma taille et il me fit pivoter, me plaquant le dos contre sa poitrine.

– Écoute, écoute-moi bien et ne pose pas de questions avant que j'aie fini. Ce que j'ai à te dire est important pour moi.

Il commença à parler, tendu dans un effort de tout son être pour s'exprimer, m'obliger à comprendre ce qu'il n'avait peut-être jamais vraiment compris lui-même.

– Heavenly, ce n'est pas parce que je ne t'aime pas que je tiens tant à m'expliquer : je dois le faire. Et je t'aime, vraiment. Je ne cherche pas non plus d'excuses pour ne pas t'épouser. J'essaie simplement de t'aider à te sauver de toi-même.

Je ne comprenais pas, mais je savais qu'il fallait me montrer patiente, lui donner une chance de faire ce qu'il estimait être son devoir.

– Tu as du caractère, toi. Tu possèdes cette force que j'envie et admire à la fois. Tu es de ceux qui peuvent tout supporter. Pas moi. Tout ce qui m'est arrivé me le prouve. Alors ne crains rien, surtout. C'est dès l'enfance que la vie nous façonne. Ton frère Tom et toi êtes faits d'un autre bois que le mien. Bien plus dur, aucun doute là-dessus !

Il me fit tourner vers lui et plongea dans le mien son regard sombre, profond, désespéré. Je dus me mordre la langue pour réprimer les questions qui me venaient aux lèvres. L'été n'était pas fini, rien dans les bois verdoyants ne laissait pressentir l'automne. L'hiver semblait si loin ! Je suis là, avais-je envie de lui dire. Tu ne connaîtras plus jamais de nuits solitaires, si tu le veux... Mais je me tus, et Troy enchaîna :

– Laisse-moi te parler de mon enfance. J'allais avoir un an quand ma mère est morte, et à peine un de plus quand je perdis mon père. Tony est le seul parent dont je me souvienne. Il était ma vie, mon univers. Je l'adorais. Pour moi, le soleil se levait quand il entrait dans une pièce et se retirait avec lui. C'était un dieu, capable de me donner tout ce que je voulais, pourvu que je le désire assez fort. Il avait dix-sept ans de plus que moi et, même avant la mort de mon père, il s'était donné pour tâche de me rendre heureux.

» J'ai toujours été un enfant chétif, Tony m'a dit que ma naissance avait été très difficile. À tout instant, on craignait pour ma vie et Tony se rongeait d'anxiété pour moi. La nuit, il entrait dans ma chambre pour s'assurer que je respirais encore. Quand j'étais à l'hôpital, il venait me voir trois ou quatre fois par jour et me comblait de friandises, de jeux, de jouets et de livres. À trois ans, je me sentais des droits sur chaque seconde de sa vie. Il était à moi, nous n'avions pas besoin des autres. Et puis vint cet horrible jour où il rencontra Jillian Van Voreen. Je ne savais rien d'elle alors : vis-à-vis de moi, il garda le secret absolu. Quand il se décida enfin à m'annoncer qu'ils allaient se marier, il me présenta la chose comme s'il n'avait songé qu'à me donner une seconde mère, prête à me combler de son amour. Et, du même coup... une sœur.

» Je fus bouleversé et furieux tout à la fois. À trois ans, un enfant peut se sentir très possessif à l'égard de la seule personne qui s'occupe de lui. J'étais jaloux. Depuis, Tony m'a raconté plusieurs fois, en riant, que j'entrais dans des colères terribles. Je ne voulais pas qu'il épouse Jillian. Et quand je fis sa connaissance, mon aversion pour ce projet redoubla.

» J'étais malade et alité ce jour-là, et Tony s'imaginait qu'elle serait émue par ce bambin si mignon, si fragile, qui avait tellement besoin d'elle. Mais il ne vit pas ce que je vis, moi : les enfants ont un sixième sens pour déchiffrer les pensées des adultes. Je compris instantanément que l'idée d'avoir à s'occuper de moi lui faisait horreur... Et pourtant, elle expédia son divorce, épousa Tony et vint s'installer à Farthy, avec sa fille de douze ans. Je ne me rappelle presque rien de leur mariage. Aucun détail précis, à peine quelques images, très floues.

» J'étais malheureux, et ta mère aussi. Je me souviens vaguement que Leigh s'efforçait d'être une sœur pour moi : elle passait presque tous ses loisirs à mon chevet pour essayer de me distraire. Pourtant, ce qui s'imprima le plus en moi, ce fut la rancune manifeste que me vouait Jillian, pour les moindres instants que Tony m'accordait. À moi, et non à elle.

Troy parla ainsi pendant une heure, décrivant tout, sans rien omettre. La solitude d'un petit garçon et d'une fillette, brutalement réunis par des circonstances qui leur échappaient, et amenés à ne plus pouvoir se passer l'un de l'autre. Et enfin, l'événement terrible que Troy ne comprit jamais : la fuite de cette sœur qu'il avait appris à aimer.

– Tony était en Europe quand Leigh quitta la maison. À l'appel désespéré de Jillian, il revint par le premier avion. Je sais qu'ils ont engagé des détectives pour essayer de la retrouver. Mais on aurait dit qu'elle avait disparu de la surface de la terre. Ils espéraient qu'elle se montrerait au Texas, où vivaient sa grand-mère et sa tante. On ne l'y vit jamais. Jillian pleurait sans arrêt, et je sais maintenant que Tony lui reprochait la disparition de ta mère. J'ai su qu'elle était morte bien avant que tu ne viennes à Farthy et ne nous l'apprennes. Je l'ai su le jour même où c'est arrivé : je l'ai rêvé. Tu n'as fait que confirmer la réalité de mon rêve. Mes rêves se réalisent toujours.

» Après le départ de Leigh, j'eus une crise de rhumatisme aigu et restai alité près de deux ans. Tony exigea de Jillian qu'elle renonce à sa vie mondaine pour me consacrer son temps, bien que j'eusse déjà une nurse anglaise. Elle s'appelait Bertie. Je l'adorais et j'aurais cent fois préféré rester seul avec elle plutôt qu'avec ta grand-mère. Jillian me faisait peur avec ses ongles longs, ses mouvements brusques. Elle détestait s'occuper de ce petit garçon fragile, et je m'en rendais parfaitement compte. “Je n'ai jamais été malade de ma vie !” répétait-elle à tout instant.

» J'en vins bientôt à me considérer comme un enfant anormal, un véritable fléau, et c'est alors que mes rêves ont commencé. J'en ai fait de merveilleux, mais le plus souvent c'étaient d'affreux cauchemars qui me marquèrent profondément. J'acquis la certitude que je ne serais plus jamais heureux ni bien portant, que je n'aurais jamais droit aux bienfaits de l'existence. Ce qui paraît si naturel aux autres : se faire des amis, flirter, aimer, vivre assez vieux pour voir grandir ses enfants... tout cela m'était interdit. Puis je rêvai ma propre mort, en pleine jeunesse. Quand j'atteignis l'âge d'aller à l'école, j'évitai soigneusement de me lier. Je repoussai les offres d'amitié par crainte de me rendre trop vulnérable. Je devins solitaire, différent et conscient de ma différence, cultivant ma solitude jusqu'à sa fin inéluctable. Ce qui, je le savais, ne saurait tarder. Je n'échapperais pas à mon destin, mais personne ne souffrirait par ma faute.

Je ne pus me contenir davantage.

– Enfin, Troy ! Un homme de ton intelligence ne peut pas croire que la vie est régie par le destin !

– Je suis bien obligé de le croire. Tout ce que j'ai vécu dans mes cauchemars s'est réalisé. Toujours.

Le vent d'été qui soufflait de la mer, humide et froid, entrait par la fenêtre ouverte, et le cri plaintif des mouettes et des fous de Bassan se mêlait au bruit du ressac. La tête sur la poitrine de Troy, je percevais les battements de son cœur à travers l'étoffe de sa veste de pyjama.

– Ce n'étaient que rêves d'enfant, murmurai-je.

Mais je savais qu'il était trop bien ancré dans ses croyances pour y renoncer, et il ne parut pas m'entendre.

– Tony était le plus dévoué des frères, enchaîna-t-il, mais Jillian était là. Toujours présente, habile à se servir de son chagrin de mère pour le détourner de moi. Elle voulut voyager pour oublier. Elle dévalisa les boutiques de Paris, de Londres et de Rome pour se distraire de son chagrin. Et Tony m'envoyait des cartes postales et des cadeaux du monde entier, éveillant peu à peu en moi le désir de voyager. Je décidai qu'une fois adulte, moi aussi je ferais le tour du monde. Je traverserais le Sahara, escaladerais les pyramides... et ainsi de suite. L'école ne m'offrait pas assez de défis à relever, c'était trop facile. Aux dires de mes professeurs, j'étais un enfant surdoué, ce qui éloignait de moi les autres élèves. Je n'avais pas d'amis. Je terminai mes études secondaires sans m'en être fait un seul. J'étais toujours le plus jeune de plusieurs années, ce qui n'arrangeait rien. Je mettais les garçons mal à l'aise et les filles me traitaient de bébé : j'étais tenu à l'écart de tout. À dix-huit ans je quittai Harvard avec tous mes diplômes, assortis de la mention hors concours. Aussitôt, j'allai trouver Tony et lui déclarai que moi aussi, je voulais faire le tour du monde.

» Il s'y opposa tout d'abord. Il voulait que j'attende, pour faire ce voyage avec lui. Mais il était retenu par son travail et moi, le temps me talonnait. C'était maintenant ou jamais. Et je suis arrivé à mes fins. J'ai suivi leurs traces, parcouru les mêmes pistes au Sahara, et qui sait, chevauché les mêmes chameaux, gravi les mêmes vieilles marches jusqu'au sommet des pyramides. Pour découvrir, à mon amère déception, que ces distractions exotiques n'offraient rien de comparable aux merveilleuses randonnées de mes rêves.

La voix désenchantée se tut enfin, me laissant au bord de l'épouvante. Je sursautai, comme éveillée d'un cauchemar. Le plus inquiétant, à mes yeux, était ce que Troy n'avait pas dit. Il avait tout à sa portée, tout ce qu'on pouvait désirer. Sa part d'une fortune colossale, l'intelligence, la beauté... et il laissait des rêves puérils lui ravir de pareilles chances d'avenir et de bonheur ! Tout cela venait de cette maison, sûrement. Cette immense demeure avec ses innombrables recoins d'ombre, ses pièces vides, uniquement peuplées de fantômes. Et lui n'était qu'un petit garçon solitaire et désœuvré, perdu dans tout ce vide. Et dire que nous, misérables enfants des Willies, n'avions jamais cessé de nous raccrocher à l'espoir d'un avenir meilleur ! Je relevai la tête et tâchai d'exprimer, par mes baisers, ce que les mots ne pouvaient dire.

– Oh, Troy ! Il nous reste tant de choses à découvrir ! Ce qui te manquait, dans tous ces voyages, c'était quelqu'un à tes côtés. Je suis sûre qu'alors, tout t'aurait paru aussi merveilleux que tu l'avais imaginé. Tom et moi, nous rêvions aussi de parcourir le monde, quand nous serions grands. Il m'est impossible de croire que la réalité nous aurait déçus.

Son regard se moira de tristesse, évoquant ces étangs forestiers qui semblent refléter l'éternité.

– Tom et toi, vous n'êtes pas marqués par le destin, et le monde est à vous. Moi, il m'est interdit, par mes rêves. Par tous ceux qui se sont réalisés, et ceux qui deviendront réalité, je le sais. J'ai souvent rêvé ma mort. J'ai vu ma propre tombe, gravée à mon nom, bien que je n'aie jamais pu déchiffrer l'inscription jusqu'au bout. Vois-tu, Heavenly, je ne suis pas fait pour vivre en ce monde. J'ai toujours été mélancolique et maladif, et ta mère me ressemblait. C'est pourquoi nous nous étions tellement attachés l'un à l'autre. J'avais rêvé sa mort. Et quand elle a disparu, quand j'ai su que mon rêve avait dit vrai, ma vie a perdu tout son sens. Comment pouvais-je lui survivre ? Comme elle, je désire ce que ce monde ne peut me donner, et, comme elle, je mourrai jeune. Crois-moi, Heaven, je n'ai pas d'avenir. Tu es jeune, toi, pleine de vie et d'amour... Comment pourrais-je t'entraîner sur ce chemin aride qui est le mien ! Ai-je le droit de t'épouser, pour faire de toi une veuve ? D'avoir un enfant, pour qu'il devienne orphelin, comme moi ? Peux-tu vraiment aimer l'homme que je suis, maudit par le destin ?

Lui, maudit ? Je frissonnai et me suspendis à son cou, soudain terriblement consciente du sens véritable de sa poésie. Elle exprimait la mort, l'incertitude. Et l'espoir d'une fin précoce, pour échapper aux désillusions de la vie. Mais maintenant j'étais là, moi ! Plus jamais il ne se sentirait seul, abandonné ou déçu. Avec une sorte de passion désespérée, j'écrasai ses lèvres sous les miennes et commençai à déboutonner sa veste. Bientôt, le plaisir embrasa nos corps moites et nus, comme un défi à l'avenir. Qu'il pleuve, qu'il neige ou qu'il vente, notre insatiable faim d'être l'un à l'autre nous porterait à travers les années, toujours plus avant. Jusqu'à l'heure lointaine où, ayant assez vécu, la mort nous semblerait la bienvenue.

Le retour de Tony et de Jillian ne m'empêcha pas de passer la nuit près de Troy : il me fallait à tout prix l'arracher à ses obsessions morbides. Je resterais avec lui, malgré son frère. Je saurais le persuader de m'épouser et Tony n'aurait plus qu'à s'incliner.

Je m'éveillai tard le lendemain, avec la certitude que Troy s'était enfin décidé à me faire confiance et à partager ma vie. Je l'entendis s'activer dans la cuisine et l'arôme du café frais et du pain cuit à la maison vint me chatouiller les narines. Jamais je ne m'étais sentie si vivante, si belle, si parfaitement féminine. Mollement étendue, les bras croisés sur la poitrine, je prêtais l'oreille au bruit des portes de placard qui s'ouvraient et se fermaient comme j'aurais écouté une mélodie de Schubert. Et le claquement sec de la porte du frigidaire résonna comme un coup de cymbale, juste au moment voulu. Cette musique inaudible faisait courir des frissons sur ma peau, mon cœur se dilatait de plaisir. Toute ma vie n'avait été qu'une longue attente de ce que je ressentais maintenant, enfin ! Mon soulagement était tel que j'en aurais pleuré.

Il allait m'épouser ! Il allait m'offrir la chance inespérée d'illuminer sa vie, d'en chasser à jamais l'ombre et la grisaille. Alanguie, étourdie de bonheur, je me dirigeai d'un pas chancelant vers la cuisine. Penché sur la cuisinière, Troy se retourna et me sourit.

– Il faut annoncer à Tony que nous allons nous marier, et sans tarder !

Mon cœur bondit et je faillis céder à la panique : ce n'était pas le moment de demander l'accord de Tony. Plus tard, quand nous serions mariés, tout s'arrangerait pour le mieux, j'en étais sûre.

Cet après-midi-là, nous revînmes à Farthy par le labyrinthe, la main dans la main, et c'est ainsi que nous entrâmes dans la bibliothèque. Tony était assis à son bureau et le jour déclinant traversait les fenêtres, projetant des rais de lumière sur les tapis. Troy avait téléphoné pour avertir son frère de notre venue. Mais au lieu du chaleureux sourire qu'on pouvait attendre, ses traits ne reflétaient qu'une méfiance prudente. Son regard se fixa sur nos mains enlacées.

– Ainsi, vous n'avez pas tenu compte de mes conseils. Et maintenant, vous venez m'annoncer que vous êtes fous l'un de l'autre !

Désarçonnée, je dégageai ma main de celle de Troy et balbutiai :

– C'est... c'est arrivé tout seul.

Troy passa bravement à l'attaque.

– Nous comptons nous marier le jour de mon anniversaire. Le neuf septembre.

Tony bondit sur ses pieds et se pencha en avant, les paumes à plat sur le bureau.

– Holà, pas si vite, Troy ! Je t'ai toujours entendu dire que tu ne voulais ni te marier, ni avoir d'enfants.

Troy reprit ma main et m'attira tout près de lui.

– Je ne pouvais pas deviner que je rencontrerais une fille comme Heaven ! Elle m'a rendu confiance en moi et en la vie, malgré tout ce que j'ai pu croire jusqu'ici.

Je me serrai contre lui, ce qui amena un étrange sourire sur les lèvres de Tony.

– Je pourrais te rappeler que Heaven est trop jeune, et son éducation trop différente de la tienne pour que vous formiez un couple bien assorti... mais je suppose que je perdrais mon temps ?

– En effet. Avant l'automne, Heavenly et moi serons en route pour la Grèce.

À nouveau, mon cœur s'emballa. Troy et moi n'avions fait qu'effleurer la question de la lune de miel. Pour moi, il ne s'agissait que de quelques jours de solitude à deux, mais pas très loin. Après quoi, je rentrerais à Radcliffe pour y faire mes études. Et voilà que, sans crier gare, nous nous retrouvions tous les trois en train de discuter de ce mariage ! Un mariage auquel Tony n'avait jamais eu la moindre intention de consentir, j'en étais sûre. Et les petits sourires qu'il m'adressait de temps à autre ne me le confirmaient que trop.

– Au fait, m'informa-t-il d'un ton léger, Winterhaven a fait suivre plusieurs lettres pour toi, sans adresse d'expéditeur.

Personne ne m'avait jamais écrit, hormis Tom.

– Et maintenant, si nous allions annoncer la bonne nouvelle à Jillian ?

Quel sarcasme dissimulait ce nouveau sourire de Tony ? Je n'aurais su le dire. Je ne savais jamais ce qu'il pensait.

– Merci de prendre les choses aussi bien, Tony, déclara Troy. Surtout quand on pense à la façon dont j'ai réagi, quand tu m'as annoncé ton mariage avec Jillian !

C'est précisément à cet instant que celle-ci fit son entrée.

– Qu'est-ce que j'entends... Qui donc va se marier ?

– Troy et Heaven, annonça Tony en lui lançant un coup d'œil impératif, comme pour prévenir toute objection de sa part. N'est-ce pas une merveilleuse nouvelle à entendre, à la fin d'un beau jour d'été ?

Elle garda le plus profond silence et son regard se posa sur moi, absent et vide. Vide à faire peur.

Tous les plans pour la cérémonie furent dressés le soir même, y compris la liste des invités. Je restai sans voix devant l'empressement de Tony et de Jillian à accorder leur consentement à ce mariage. J'aurais juré qu'ils s'y opposeraient formellement. Dans le hall, au moment de nous quitter pour la nuit, après un dernier baiser, Troy me demanda :

– N'est-ce pas que Tony est merveilleux ? Je m'attendais à toutes sortes d'objections de sa part, mais non, aucune ! Toute ma vie, il n'a cherché qu'à combler mes désirs.

Je me déshabillai comme un automate et ne me souvins que plus tard des lettres qui m'attendaient sur mon bureau. Toutes deux étaient de Tom : il avait eu des nouvelles de Fanny.

« ... Elle vit à Nashville, dans un meublé bon marché. Elle me réclame de l'argent. Elle t'aurait sûrement appelée pour t'en demander, sois tranquille, mais elle a perdu son carnet d'adresses et tu sais qu'elle n'a jamais eu la mémoire des chiffres. Elle est d'ailleurs toujours en contact avec Pa, c'est-à-dire toujours en train de lui demander de l'argent à lui aussi. Je n'ai pas voulu lui donner ton adresse sans t'en parler d'abord car elle pourrait tout gâcher pour toi, Heavenly, j'en suis sûr. Elle voudrait profiter de ce que tu as et ferait n'importe quoi pour y arriver. Apparemment, les dix mille dollars des Wise n'ont pas fait long feu ! »

Et voilà, exactement ce que je redoutais pour Fanny : l'argent lui brûlait les doigts ! La deuxième lettre était plus inquiétante encore.

« Je ne sais pas si je vais rester au collège, Heavenly. Je n'ai pas assez de volonté pour étudier, quand tu n'es pas là pour me secouer. Pa n'a jamais fini ses études et ses affaires marchent très bien, aussi je me demande si je ne vais pas travailler avec lui. Et le jour où je rencontrerai une fille bien, je me marierai, voilà. Tu sais, ce projet de devenir Président, c'était juste une plaisanterie entre nous, pour t'amuser. Qui donc voudrait voter pour un péquenot comme moi, avec un accent pareil ? »

Quant à ce que pouvaient bien être les affaires de Pa, Tom n'en disait pas le moindre mot. Trois fois de suite, je relus ses deux lettres, de bout en bout. Dire qu'il m'arrivait quelque chose de merveilleux et qu'il était cloué dans son trou au fin fond de la Géorgie, et sur le point de renoncer à tous ses rêves ! C'était trop injuste. Et comment croire que Pa puisse vraiment réaliser quoi que ce soit d'important, lui qui n'avait jamais lu un livre jusqu'au bout et qui peinait pour achever une addition ? Une situation lucrative, lui ? À d'autres ! La seule chose claire, dans cette histoire, c'était que Tom se sacrifiait pour lui.

Une fois de plus, je m'élançai dans le labyrinthe et courus le long des sentiers tortueux baignés de lune. Troy dormait déjà, et je l'éveillai en prononçant son nom. Il se montra sur le seuil, le regard vague, comme un enfant arraché à ses songes.

– C'est si gentil d'être venue, fit-il d'une voix ensommeillée.

Sitôt entrée, j'allumai sa lampe de chevet et lui tendis les deux lettres.

– Pardon de t'avoir réveillé, je ne pouvais pas attendre jusqu'à demain. S'il te plaît, lis et dis-moi ce que tu en penses.

Il parcourut hâtivement les feuillets.

– Pourquoi prends-tu cet air désespéré ? Je ne vois là rien de bien alarmant ! La seule chose à faire est d'envoyer à ta sœur l'argent dont elle a besoin. À Tom aussi, si cela peut lui rendre service.

– Tom ne nous réclame rien, ni à toi ni à moi. Fanny, c'est autre chose, bien sûr, mais c'est pour Tom que je m'inquiète. Je ne veux pas qu'il s'enterre dans ce trou perdu et renonce à tous ses projets, uniquement pour aider Pa à se tirer d'affaire.

Au risque de décevoir Troy, j'ajoutai aussitôt :

– Écoute, il faut que j'aille chez moi avant notre mariage. Tu me comprends, mon chéri ?

Je m'emparai de ses mains et les couvris de baisers.

– Tout s'arrange si bien pour moi, je suis si heureuse... je dois faire quelque chose pour eux avant de commencer notre merveilleuse vie à deux. Je sais que je peux les aider. Simplement en allant les voir, en leur montrant que je m'occupe toujours d'eux, qu'ils peuvent encore compter sur moi. Ils le peuvent, n'est-ce pas, Troy ? Tu ne seras pas fâché s'ils viennent nous voir quand nous serons mariés ? Tu leur feras bon accueil chez nous, dis ? S'il te plaît ?

Je m'agrippais à lui, les doigts crispés, l'implorant silencieusement de me répondre. Il prit mes mains entre les siennes et me fit étendre tout contre lui, sur son lit, mon corps le long du sien.

– À moi de te dévoiler d'autres nouvelles maintenant, Heaven. J'espère que tu me pardonneras d'avoir attendu quelques jours mais je savais que tu voudrais partir tout de suite, et je ne voulais pas voir finir notre idylle. Voilà...

Il m'embrassa, puis me sourit, avant de poursuivre :

– Ce sont de si bonnes nouvelles, ma chérie. J'ai eu un coup de fil de mon avocat, tu te rappelles ? Tu vas pouvoir revoir tous les tiens : nous avons retrouvé Lester Rawlings ! Il vit à Chevy Chase, dans le Maryland... et il a deux enfants adoptifs, Keith et Jane !

C'était trop de bonheur à la fois, tout arrivait trop vite ! Le souffle me manqua. Je fondis en larmes.

– Allons, allons, fit Troy avec une douceur apaisante, tout va bien maintenant. Tu as largement le temps de tout arranger avant notre mariage. Je serai ravi de t'accompagner chez les Rawlings et de connaître ton frère et ta sœur. Et il sera toujours temps de prendre une décision, si tu estimes que c'est nécessaire.

– Ils sont à moi ! suffoquai-je, incapable de me contrôler. Je veux qu'ils reviennent vivre avec moi, sous mon toit !

J'eus droit à un nouveau baiser, après quoi Troy déclara :

– Nous verrons cela plus tard. Et quand nous aurons rendu visite à Keith et à *notre* Jane, nous irons chez ton frère et ton père, et enfin chez Fanny. En attendant, nous pouvons toujours lui envoyer quelques milliers de dollars en mandat télégraphique, pour la dépanner.

Hélas, les choses devaient tourner tout autrement !

Pendant que je rêvais à tout cela dans mon lit douillet de Farthinggale, bien résolue à tenir en bride notre passion jusqu'au mariage, Troy s'endormait profondément dans sa chambre, les fenêtres grandes ouvertes. Une terrible tempête de nord-est se leva, accompagnée de pluie et de grêle. Ce ne fut qu'au petit matin que les violentes rafales m'éveillèrent. De ma fenêtre, j'aperçus les jardins dévastés, les pelouses jonchées de branches brisées, d'arbres déracinés et d'autres débris du désastre. Et quand je courus au cottage, j'y trouvai Troy brûlant de fièvre et presque incapable de respirer.

Terrifiée, j'appelai Tony et Troy fut transporté d'urgence à l'hôpital. Une pneumonie s'était déclarée, son état était alarmant. Et cela, juste au moment où il allait être heureux ! Avait-il inconsciemment provoqué cette catastrophe, incapable d'accepter l'amour et le bonheur qu'il méritait ? Eh bien, cela n'arriverait plus ! Quand nous serions mariés, je serais là pour le protéger de lui-même. Même si, pour l'instant, ses craintes semblaient se réaliser.

– C'est précisément ce que je souhaite, soupirait Troy quelques jours plus tard, dans son lit d'hôpital, alors qu'il m'encourageait à partir. Pour moi, le pire est passé maintenant, et je sais que tu brûles d'envie de revoir Keith et *notre* Jane. Ne te crois pas obligée de rester près de moi jusqu'à ma guérison. Le temps que tu reviennes, je serai complètement rétabli.

Je ne souhaitais pas m'éloigner de lui, même si je le savais bien entouré : les infirmières se succédaient à son chevet, prévenant tous ses désirs. Je protestai, il insista. Pourquoi reculer le moment de revoir Keith et *notre* Jane, quand j'avais attendu si longtemps ? Il m'assurait que tout irait au mieux pour lui, insistait encore. Et une voix me soufflait de me hâter, me hâter avant qu'il ne soit trop tard.

– Tu vas le laisser seul ? s'étonna Tony quand je lui fis part de mon projet.

Je m'étais bien gardée de lui donner les véritables raisons qui me poussaient à entreprendre ce court voyage. Je craignais trop qu'il ne s'y oppose.

– C'est maintenant, quand il a le plus grand besoin de toi, que tu pars à New York pour t'occuper de ton trousseau ? Qu'est-ce que tu me chantes là,

Heaven ? Je croyais que tu aimais mon frère ! Que tu voulais le sauver de lui-même… tu me l'avais promis !

– Mais je l'aime, je l'aime vraiment ! Mais c'est lui qui insiste pour que je commence les préparatifs. Et puis, il est hors de danger maintenant, n'est-ce pas ?

– Hors de danger ? répéta sombrement Tony. Non, il ne sera hors de danger que le jour où son premier enfant viendra au monde ! Peut-être, alors, renoncera-t-il à se croire condamné à mourir jeune et sans descendance.

Le chagrin qui se lisait dans ses yeux bleus me serra le cœur.

– Vous… vous l'aimez donc tellement ?

– Oui, je l'aime. Depuis l'âge de dix-sept ans, je me considère comme totalement responsable de lui. J'ai fait tout ce que j'ai pu pour lui faciliter l'existence et pour qu'il n'ait rien à désirer. J'ai épousé Jillian, qui avait vingt ans de plus que moi, bien qu'elle m'ait menti sur son âge. Elle disait avoir trente ans, alors qu'elle en avait quarante. J'étais jeune et naïf, je la croyais telle qu'elle prétendait être : foncièrement bonne, et douce, la femme la plus merveilleuse du monde. D'emblée, elle a détesté Troy, mais je ne l'ai su que plus tard. Trop tard. Car j'étais déjà amoureux, sottement, stupidement, follement amoureux.

Accablé, Tony courba la tête, le visage caché dans ses mains.

– Va-t'en, Heaven, si tu dois vraiment t'en aller. Tu arrives toujours à tes fins, de toute façon. Mais rappelle-toi bien ceci : si tu espères épouser Troy, dépêche-toi de rentrer. Et sans un seul des paysans de ta tribu, surtout !

Il releva la tête et planta dans le mien son regard perspicace.

– Mais oui, petite sotte, je sais tout, et ce n'est pas Troy qui me l'a dit. Je ne suis ni stupide ni crédule.

Il avait retrouvé son sourire sarcastique.

– Et pour tout te dire, ma chère petite, j'ai su dès le début que tu te faufilais dans le labyrinthe pour aller voir mon frère.

Je me troublai, m'affolai, au comble de l'embarras. Je finis par bégayer :

– Mais... mais... pourquoi n'avez-vous rien fait pour m'en empêcher ?

Son sourire se changea en rictus.

– Le fruit défendu n'en paraît que meilleur. Tu étais si différente des filles ou des femmes que Troy a rencontrées jusqu'ici ! Tu es douce, fraîche, et merveilleusement belle : tu pouvais lui donner une raison de vivre. C'est là-dessus que je comptais.

J'étais abasourdie.

– Vous aviez décidé que nous nous aimerions ?

– Je l'espérais, dit-il simplement.

Pour la première fois, il semblait sincère et sans détour.

– Troy est pour moi le fils que je n'ai pas eu, reprit-il. Mon héritier. C'est à lui que reviendra la fortune des Tatterton et c'est lui qui reprendra la tradition familiale. Lui et ses enfants seront la famille que Jillian n'a pas pu me donner. C'est mon espoir.

– Mais vous n'êtes pas trop vieux !

Il eut un tressaillement douloureux.

– Insinuerais-tu que je pourrais divorcer de ta grand-mère pour épouser une femme plus jeune ? Crois-moi, je le ferais, si je pouvais... oh, oui ! Mais vois-tu, il arrive que l'on s'enferme soi-même dans un piège sans issue. J'ai pris en charge une femme obsédée par le désir de rester jeune. Et j'ai assez de conscience pour ne pas la rejeter dans un monde hostile : sans moi, elle n'y survivrait pas plus de quelques semaines.

Il soupira longuement et poursuivit :

– Alors pars, mon petit, mais tâche de revenir ! Sinon, tu ne te pardonnerais jamais ce qui arriverait à Troy. Et tu pourrais bien voir le bonheur t'échapper, toi aussi. Toute ta vie.

2

Première déception

C'était la deuxième fois de ma vie que je prenais l'avion. J'embarquai à l'aéroport Logan, à Boston, et changeai à New York City pour Washington. Moi qui désirais tant paraître à l'aise, je découvrais que le vernis de mon éducation était terriblement fragile. Dévorée d'anxiété, je redoutais à tout instant de commettre un impair. Au terminal de La Guardia, grouillant d'activité, mon malaise était à son comble. J'eus toutes les peines du monde à être à l'heure pour l'embarquement. Je voulais un siège près d'un hublot et un jeune homme se leva avec empressement pour m'offrir le sien. J'en fus ravie, mais je ne tardai pas à m'apercevoir que son geste n'était pas tout à fait gratuit. Il m'accabla de questions, me proposa de le retrouver un peu plus tard pour prendre un verre et lui tenir compagnie. Je pris ma voix la plus froide pour déclarer :

– Merci beaucoup, mais je ne bois pas. D'ailleurs, je vais rejoindre mon mari.

Il n'insista pas et ne tarda pas à se lever pour aller s'asseoir auprès d'une autre esseulée. Quelle différence avec mon premier voyage, en septembre dernier… Je me sentais tellement plus vieille que lorsque j'avais quitté la Virginie ! En moins d'une année, de septembre à août exactement, j'avais terminé mes études secondaires, passé mes examens d'entrée à l'université et rencontré l'homme que j'aimais. Un homme qui avait réellement besoin de moi, et qui ne me prenait pas en pitié comme Logan. Je promenai un regard inquisiteur sur les autres passagers. La plupart étaient habillés beaucoup plus simplement que moi. Avec l'argent dépensé pour mon ensemble d'été bleu pâle, la famille Casteel aurait pu vivre une année entière, au moins !

C'était étrange de se retrouver là-haut, en plein ciel, au-dessus de cette mer de nuages. J'avais l'impression de m'éveiller d'un rêve enchanté, qui aurait commencé le jour même de mon arrivée à Farthinggale Manor. Maintenant, j'entrais dans le monde réel, un monde où les femmes de soixante et un ans ne pouvaient prétendre en avoir trente. Ici, personne n'affichait un ennui distingué, pas même les passagers de première classe. Les pleurs bruyants des bébés de la classe touriste parvenaient jusqu'à moi. Avec une conscience aiguë, je compris que c'était la première fois que j'échappais à l'emprise de Farthinggale, depuis que j'y avais fait mon entrée. Même à Winterhaven, je n'avais pas cessé un instant de subir son influence. Aucun de mes actes n'avait échappé à son contrôle tout-puissant.

Je fermai les yeux et pensai à Troy, priant pour qu'il se rétablisse au plus vite. Il avait dû vivre trop longtemps dans cette immense demeure, où dominaient l'artifice et les faux-semblants. Et son cottage caché derrière le labyrinthe n'était lui-même qu'un élément de cette mise en scène, un château en carton-pâte. C'est maintenant que je m'en rendais compte.

En arrivant à Baltimore, j'eus un élan de gratitude envers Tony : il m'avait réservé une chambre dans un hôtel et une limousine avec chauffeur m'attendait. Mon voyage n'avait rien d'une aventure, finalement. Même dans sa quête pour retrouver son frère et sa sœur si longtemps cherchés, Heaven Leigh Casteel n'échappait pas à l'influence de Farthy.

Très tôt ce matin-là, Tony m'avait annoncé :

– Tu prendras tes dispositions toi-même pour rendre visite aux Rawlings, mais je te préviens : ne t'attends pas à être accueillie à bras ouverts ! Tu vas raviver le passé de deux enfants qui sont devenus les leurs, et qui se sont très bien adaptés à leur nouvelle vie. Et n'oublie pas non plus que tu n'es plus une Casteel, désormais. Tu es des nôtres.

Non, j'étais et serais toujours une Casteel ! Je le savais, même à l'instant où je quittai la table, après le petit déjeuner, pour aller téléphoner. Je voyais déjà comment les choses se passeraient. Keith et *notre* Jane seraient transportés de joie de me revoir. J'entendais *notre* Jane crier : « Hevlee, Hevlee ! » Son petit visage rayonnerait de bonheur. Et elle se jetterait dans mes bras, pleurant de soulagement en comprenant que je n'avais jamais cessé de l'aimer ni de veiller sur elle.

Keith s'approcherait ensuite, plus lentement, plus timidement. Mais lui aussi me reconnaîtrait et serait heureux.

Mes projets s'arrêtaient là. D'après les avocats des Tatterton, la procédure pour reprendre Keith et *notre* Jane à leurs parents adoptifs pouvait durer des années. Et Tony ne souhaitait pas que je gagne. Il m'avait avertie : « Ce ne serait pas très honnête d'imposer deux enfants à Troy. Ils pourraient lui en vouloir, et tu sais combien il est sensible. Quand tu seras sa femme, c'est à lui qu'il faudra te consacrer. À lui et à ses enfants. »

Agrippée à l'écouteur, je sentais la nervosité et l'appréhension me gagner. La sonnerie retentissait, interminable. Et s'ils étaient en vacances ? Le souffle court, j'écoutais l'appel résonner sans cesse, attendant une réponse qui ne venait pas. J'espérais entendre la voix douce de *notre* Jane. Ce ne serait sûrement pas Keith qui répondrait. Pas s'il était toujours le petit garçon timide que je connaissais si bien.

Trois fois, je composai le numéro que Troy m'avait donné : en vain. Je commandai une nouvelle tranche de tarte aux airelles, en souvenir de Granny. Elle qui en faisait si rarement ! Et je sirotai ma troisième tasse de café.

À trois heures, je quittai la salle du restaurant

et l'ascenseur me hissa jusqu'au quinzième étage. C'était exactement le genre d'hôtel de luxe que nous imaginions, jadis, Tom et moi, dans nos montagnes. Couchés dans l'herbe, nous nous forgions un avenir fabuleux. Il aurait été comblé ! Je comptais ne passer que le week-end à Baltimore, mais Tony ne s'était pas contenté de me retenir une chambre. Il avait tenu à me louer une suite. En plus de la chambre, je disposais d'un ravissant petit salon et d'une cuisine miniature. Elle était entièrement équipée en noir et blanc, et brillait comme un sou neuf.

L'attente s'éternisait. Il était dix heures quand je renonçai à obtenir une réponse des Rawlings et me décidai à appeler Troy. Il s'efforça de calmer mon angoisse.

– Allons, voyons, ce n'est pas grave. Ils sont peut-être sortis pour la journée et ils seront rentrés demain... Mais oui, je vais bien. C'est même la première fois que j'éprouve de l'intérêt pour l'avenir, et c'est peu dire. Il nous réserve tant de choses ! Comment ai-je pu m'imaginer que mon destin était inéluctable ? Dire que j'étais certain de mourir avant vingt-cinq ans ! Grâce à Dieu, je t'ai rencontrée à temps : tu m'as sauvé de moi-même.

Mon sommeil fut hanté par les rêves de Troy. Je le voyais redevenir enfant et s'éloigner de moi. Il m'appelait, comme Keith l'avait fait tant de fois : « Hevlee ! Hevlee ! »

Je me levai tôt, le lendemain, et j'attendis avec impatience qu'il soit huit heures. Cette fois, une voix de femme répondit à mon appel. Je demandai Mme Lester Rawlings.

– Qui est à l'appareil ?

Je déclinai mon identité et lui dis que je désirais voir mon frère et ma sœur, Keith et Jane Casteel. Elle eut un hoquet de surprise affolée et murmura : « Oh, non ! » Puis j'entendis le déclic du téléphone qu'on raccrochait, et le bourdon de la tonalité. Je reformai aussitôt son numéro. La sonnerie retentit longuement avant que Rita Rawlings ne se décide à répondre. Les larmes faisaient trembler sa voix.

– Je vous en prie, ne venez pas troubler la paix de ces enfants. Ils sont si merveilleux, si heureux ! Et tellement bien adaptés à notre famille et à leur nouvelle vie.

– Mais eux et moi sommes du même sang, madame Rawlings ! Ils étaient à moi bien avant d'être à vous.

Sa voix se fit suppliante.

– Je vous en prie ! Je sais que vous les aimez. Je me rappelle très bien l'air que vous aviez ce jour-là, quand nous sommes venus les chercher. Et je comprends ce que vous devez ressentir. Quand nous les avons emmenés, c'est vous qu'ils appelaient en pleurant. Mais depuis plus de deux ans, ils ne vous ont plus réclamée une seule fois. Maintenant, ils nous appellent papa et maman, mon mari et moi. Ils vont très bien, moralement et physiquement. Je vous enverrai des photos, des certificats médicaux, des bulletins scolaires... mais je vous en prie, ne venez pas réveiller leurs mauvais souvenirs. Ils ont tant souffert, dans cette masure des Willies !

Ce fut à mon tour de supplier.

– Mais vous ne comprenez pas, madame Rawlings ! Il faut que je les revoie. Je ne pourrai plus jamais être heureuse, si je n'ai pas la preuve que tout va bien pour eux. Je n'ai pas vécu un seul jour sans me jurer de les retrouver. Je hais mon père pour ce qu'il a fait et cette haine me ronge nuit et jour. Laissez-moi au moins les apercevoir, même à leur insu.

Sa répugnance à me répondre aurait découragé n'importe qui, mais je fus intraitable. Elle céda.

– Très bien, si vous y tenez tant. Mais il faut me promettre de rester hors de vue de mes enfants. Ensuite, si vous estimez que leur santé, leur bonheur et leur sécurité laissent à désirer, je vous promets que mon mari et moi ferons tout pour y remédier.

C'est alors que je compris à quelle volonté je me heurtais. Cette femme était prête à tout pour préserver l'intégrité de sa famille. Elle lutterait à mort pour garder ses enfants. Mes enfants.

Je passai la journée du samedi à courir les boutiques, en quête de cadeaux pour Fanny, Tom et Grandpa. Il me fallait quelque chose de spécial pour chacun d'eux. Et j'ajoutai quelques présents pour Keith et *notre* Jane. J'attendais si impatiemment ce jour où toute la famille se trouverait à nouveau réunie !

Le dimanche matin, je m'éveillai pleine d'espoir, en proie à la plus vive excitation. À dix heures, la limousine se garait en douceur, selon mes ordres, devant une église épiscopale de style vaguement médiéval. Tout ce que je savais, c'est que j'y verrais mes deux petits, à l'école dominicale. Rita Rawlings m'avait expliqué en détail comment je trouverais leur classe et de quelle façon me comporter ensuite. « Et si vous les aimez, Heaven, avait-elle ajouté, tenez votre promesse. Pensez à eux, pas à vous, et ne vous montrez pas. »

Une pénombre fraîche régnait à l'intérieur de l'église. Je m'égarai dans une enfilade de renfoncements tortueux, où je croisai nombre de gens très bien vêtus et souriants. Je parvins enfin dans une salle située tout au fond où je m'arrêtai, indécise, quand j'entendis des enfants chanter. Et je crus reconnaître, dominant toutes les autres, la petite voix haut perchée de *notre* Jane. Exactement comme à Winnerrow, lorsqu'elle s'appliquait à imiter le soprano léger de Mlle Deale, quand nous chantions les hymnes. Le son de ces voix délicieuses me conduisit jusqu'à eux.

J'entrouvris la porte et m'arrêtai sur le seuil, pour écouter. Avec un piano pour unique accompagnement, ce chœur d'enfants chantant le culte était littéralement vibrant de joie. Ils étaient peut-être une quinzaine, de dix à douze ans environ, à chanter à pleine voix, debout, leur recueil d'hymnes à la main. J'avançai de quelques pas à l'intérieur de la vaste salle.

Dans leurs jolies toilettes d'été aux tons pastel, ces enfants-là auraient fait honte à nos petits de Winnerrow. Ceux que je cherchais étaient bien là, côte à côte, Keith et *notre* Jane ! Ils lisaient dans le même livre, chantaient avec la même expression de ravissement, plus par plaisir de s'exprimer que par ferveur, me sembla-t-il. Ils respiraient la santé et le bien-être et pourtant, je pleurai. Merci, mon Dieu, de m'avoir permis de vivre assez longtemps pour les revoir !

Leurs membres autrefois si grêles étaient vigoureux et hâlés. Leurs pauvres petits visages si pâles étaient épanouis, éclatants de fraîcheur. Leurs lèvres roses avaient perdu leur pli maussade pour apprendre à sourire. Et le spectre du froid et de la faim avait disparu de leurs yeux. Les voir ainsi était un éblouissement pour moi. Et les ombres si longtemps amassées au plus secret de moi-même s'évanouirent.

Le chant prit fin, et je me glissai furtivement derrière un gros pilier carré d'où je pourrais voir sans être vue.

Les enfants s'assirent et rangèrent leurs livres dans les sacs pendus aux dossiers du premier rang de chaises, resté inoccupé. Mes larmes s'évaporèrent quand je vis *notre* Jane étaler autour d'elle sa jolie robe blanc et rose. Je souris. Elle faisait tant de chichis pour ne pas froisser ni déranger un seul pli ! Et elle se donnait beaucoup de mal pour recouvrir ses genoux bronzés qu'elle tenait bien serrés, comme une vraie dame. Sa chevelure soyeuse était coiffée avec cette élégance qui parvient à donner l'impression du naturel. Relevée sur la nuque, elle était massée en un flot de boucles folles qui retombaient en arrière, effleurant à peine les épaules dans un mouvement plein de liberté. Et quand elle se tourna de profil, je pus voir la frange vaporeuse qui se gonflait sur son front. On devinait ce coup de peigne professionnel auquel Fanny et moi n'avions jamais eu droit, au même âge. Mon Dieu, qu'elle était belle ! Si fraîche, si vivante... il me semblait qu'elle brillait.

À ses côtés, Keith tenait gravement les yeux fixés sur la maîtresse qui commençait l'histoire de David. Elle disait comment le jeune garçon avait tué un géant avec une fronde d'une pierre en plein front, parce que le Seigneur lui avait prêté sa force. À lui, et non à Goliath. Bien que cette histoire ait toujours été l'une de mes préférées dans la Bible, j'écoutais à peine, trop occupée à regarder Keith. Il portait un complet d'été bleu, pantalon long et chemise blanche, avec une petite cravate bleu marine. Plusieurs fois, je dus changer de place pour bien les voir ensemble, tous les deux. Et lui aussi resplendissait de vie et de santé, comme *notre* Jane.

Il avait beaucoup grandi pendant ces deux années, ils avaient changé et mûri, et pourtant, je les aurais reconnus n'importe où. Car il est des choses que le temps ne peut pas changer. Keith était toujours ce petit homme qui veillait sur sa sœur, s'assurant par de fréquents coups d'œil qu'elle était bien, ne manquait de rien. Et *notre* Jane avait gardé ces petites manières puériles qui lui gagnaient tous les cœurs. Apparemment, elle n'y renoncerait jamais.

Oh, Granny ! Tu aurais été si heureuse de la voir ! Ta beauté ne s'était pas fanée en vain dans les collines. Annie Brandywine revivait en *notre* Jane. Et Keith ressemblait beaucoup plus à Grandpa qu'à la famille de Sarah, si lourdement charpentée. Jamais je n'aurais cru voir les cernes de leurs yeux s'effacer, ni leurs visages souffreteux resplendir comme aujourd'hui.

Devant moi, plusieurs enfants se retournèrent pour m'observer, l'air intrigué. Je retins mon souffle jusqu'à ce que, leur curiosité satisfaite, ils reportent leur attention sur leur maîtresse. J'étais prête à m'esquiver, au cas où mon frère ou ma sœur regarderait de mon côté. Et je formais des vœux pour que personne ne me demande la raison de ma présence.

L'histoire de David achevée, je restai pour assister aux explications qui devaient suivre. Quand on l'interrogeait personnellement, Keith répondait de sa petite voix timide, hésitante. Tandis que *notre* Jane agitait sans cesse sa petite main délicate, avide de questionner ou de fournir une réponse.

– Comment une pierre minuscule peut-elle tuer un énorme géant ? voulut-elle savoir.

Je n'écoutai pas la réponse de la maîtresse. Peu

après, les enfants se levèrent et les petites filles rajustèrent leurs toilettes avec coquetterie. *Notre* Jane tenait fermement son petit sac blanc. Le bavardage qui accompagna le départ aurait pu couvrir sa voix, mais j'avais l'ouïe fine dès qu'il s'agissait d'elle.

– Dépêche-toi, Keith ! Nous sommes invités chez Susan, cet après-midi. Il ne s'agit pas d'être en retard !

Je suivis de loin mes deux petits trésors, et mon cœur se serra quand je vis *notre* Jane se jeter dans les bras accueillants de Rita Rawlings. Son mari se tenait juste derrière elle, plus chauve et plus gros que jamais. Il posa une main possessive sur l'épaule de Keith et se retourna carrément dans ma direction. Il y avait plus de trois ans qu'il ne m'avait vue. Et ce jour-là, j'étais adossée au mur de notre cabane, pieds nus, dans mes haillons malpropres. Il sembla pourtant me reconnaître. Je n'avais plus rien de cette gamine déguenillée, mais il sut qui j'étais. Les larmes qui ruisselaient sur mes joues m'avaient trahie, sans doute. Il adressa quelques mots à sa femme, qui poussa en hâte les enfants dans leur Cadillac. Puis il me sourit avec chaleur et dit simplement : « Merci. »

Pour la seconde fois de ma vie, je vis le couple s'éloigner en Cadillac, emportant avec lui une part de moi-même. Je restai là, clouée sur place, fixant le vide dans la direction où ils avaient disparu. Je vis s'évaporer la pluie, reparaître le soleil et briller l'arc-en-ciel, avant de regagner ma voiture. Pas encore, me soufflait une voix intérieure, pas encore ! Plus tard tu pourras revenir les chercher.

Pourtant, je dis au chauffeur de suivre la Cadillac bleue : il fallait que je voie leur maison. Dix minutes plus tard, leur voiture tournait dans une rue tranquille, bordée d'arbres, et s'engageait dans une longue allée sinueuse. J'ordonnai au chauffeur de se garer dans la rue. La limousine y serait moins visible, si jamais les Rawlings vérifiaient s'ils étaient suivis. Apparemment, ils n'en firent rien.

Ils habitaient une ravissante maison de style colonial, assez vaste, mais nettement moins importante que Farthinggale Manor. Les murs en brique rouge étaient patinés par le temps et en partie recouverts de lierre. Sur les pelouses, vastes et bien entretenues, les parterres et les massifs étaient en pleine floraison. Cette demeure était un palais, comparée à notre cabane branlante des collines ! Pourquoi me tourmenter ? Ces enfants étaient beaucoup mieux ici, beaucoup mieux. Ils n'avaient pas besoin de moi. Plus maintenant. Ils avaient cessé depuis longtemps de m'appeler, ils ne faisaient plus de mauvais rêves. Oh, ces cris qui m'éveillaient la nuit, les cris de mes petits couchés sur leur paillasse, à même le sol ! Mes petits qui n'étaient plus à moi. Ils m'avaient appelée, quand leur propre mère les avait abandonnés.

– Hevlee ! Hevlee ! Tu vas pas t'en aller ?

Et leurs yeux angoissés me suppliaient de ne pas les quitter.

Une demi-heure s'écoula avant que le chauffeur ne demande :

– Faut-il vous reconduire à l'hôtel, mademoiselle ?

D'un mouvement irréfléchi, j'ouvris la porte et sautai sur le trottoir.

– Attendez-moi là, je reviens tout de suite.

Je ne pouvais pas m'en aller ainsi, sans les avoir revus, sans en savoir plus. J'avais trop souffert, trop longtemps. Je n'avais pas cessé de souffrir depuis le jour où Pa avait vendu ses deux petits, ses derniers-nés. Je me glissai furtivement dans la cour latérale, où un portique imposant semblait attendre le bon plaisir des enfants. De là, je gagnai une terrasse dallée. On y avait installé des tables et des chaises de jardin, ombragées par un parasol rayé, au bord d'une piscine en forme de haricot. J'étais tout près de la maison, à portée des fenêtres qui donnaient sur l'arrière. L'une d'entre elles était ouverte et je fus récompensée de mes peines en entendant les voix d'enfants qui provenaient de la pièce.

Instantanément, je m'accroupis derrière les bacs où poussaient d'épais arbustes. Par la porte-fenêtre, je pus distinguer l'intérieur de ce qui devait être une véranda. La pièce était agréable, inondée de soleil, avec un divan et des fauteuils jonchés de coussins de cretonne fleurie. Des pots de plantes vertes étaient suspendus au plafond dans des filets de macramé, et d'épais tapis bleu outremer couvraient le sol. C'est là, sur le plus grand de ces tapis, qu'étaient assis Keith et *notre* Jane. Ils jouaient avec des billes de verre, qu'ils avaient groupées dans l'ovale formant le motif central. Ils s'étaient changés en revenant de l'église et portaient des toilettes plus habillées. À voir leurs gestes précautionneux, on devinait qu'ils veillaient à ne pas se salir, pour être impeccables à leur goûter d'enfants. Je les dévorais des yeux.

Notre Jane arborait une robe bouffante en organza blanc, à volants étagés. Les fronces se resserraient à la taille pour former un corsage à smocks ajusté, et les rubans de satin vert pâle qui servaient de ceinture retombaient jusqu'au bas de la jupe. Le nœud retenait un bouquet de petites roses de soie, d'où les rubans s'échappaient à flots. Elle avait pris grand soin d'étaler sa jupe, qui se déployait autour d'elle en un cercle parfait. Ses cheveux blond cuivré, brossés en arrière, étaient relevés en couronne sur le haut de la tête et retenus par une coque de satin vert. Chaque pan de ruban se terminait par une fleurette en soie rose, les mêmes qu'à son corsage. Je n'avais jamais vu de toilette enfantine aussi délicieuse, ni de fillette aussi élégante : elles semblaient faites l'une pour l'autre.

Assis en tailleur en face de *notre* Jane, Keith portait un costume en toile blanche, avec des souliers blancs au lustre impeccable. Son nœud papillon vert était assorti aux rubans de *notre* Jane. De toute évidence, la plus grande recherche avait présidé à leur habillement.

Je m'arrachai à ma contemplation, pour découvrir non loin un ordinateur, posé sur une longue table. L'imprimante était installée à côté. Une radio diffusait de la musique. Dans un coin se dressait un chevalet, avec sa tablette et son tabouret. Je sus tout de suite à qui il était destiné. À Keith, qui avait hérité les talents artistiques de son grand-père ! Ce coin de la pièce était carrelé, afin que la moindre goutte de peinture tombée par terre soit facilement nettoyée. Des poupées traînaient un peu partout, comme si *notre* Jane avait du mal à prendre les habitudes d'ordre des fillettes de son âge.

Soudain, à ma consternation, je vis surgir en face de moi le museau sympathique d'un jeune chien. En me découvrant là, à quatre pattes, le nez collé à la vitre, il agita furieusement la queue, gémit et poussa quelques jappements. Et ce qui n'aurait jamais dû se produire arriva : les enfants tournèrent la tête et me fixèrent de leurs grands yeux ébahis. Que faire ? Le chiot se tortilla et jappa de plus belle : à coup sûr, les Rawlings allaient l'entendre ! Affolée, je bondis sur mes pieds et pénétrai dans la pièce. Keith et *notre* Jane n'avaient pas dit un mot. Ils étaient là, assis devant leur cercle de billes multicolores, figés comme deux statues de sel. Il était trop tard pour m'éclipser. Debout dans l'embrasure de la porte, j'ébauchai un sourire qui se voulait rassurant.

– Tout va bien, dis-je à voix basse, ne craignez rien. Je voulais simplement vous revoir.

Ils continuaient à me fixer, bouche bée, le regard effaré. Une ombre ternit les grands yeux turquoise de *notre* Jane, et l'ambre de ceux de Keith fonça d'un ton. Le chien gambadait à mes pieds, flairait mes chevilles et finit par se jeter dans mes jupes, dressé sur ses pattes de derrière. L'expression des enfants me fit mal. Ils semblaient terrifiés. De peur de les effrayer davantage, je dis plus doucement encore :

– Keith, *notre* Jane, regardez-moi. Vous n'avez sûrement pas oublié qui je suis ?

Je souris, imaginant déjà leurs cris de joie, quand ils me reconnaîtraient. Je les avais si souvent entendus dans mes rêves. « Hevlee ! Tu es venue nous sauver ! »

Mais cela, aucun d'eux ne le dit. Keith se leva, non sans une certaine maladresse. Les pupilles de ses yeux d'ambre semblaient s'élargir à chaque battement de son cœur. Il jeta un regard soucieux à *notre* Jane, tripota son nœud papillon et me dévisagea, les lèvres serrées. Puis il se passa la main sur le visage. Toute sa vie il avait fait ce geste, quand il était intimidé ou mal à l'aise.

Notre Jane montra moins de réserve. Elle sauta prestement sur ses pieds, éparpillant les billes, se suspendit au cou de son frère et cria :

– Va-t'en ! Nous n'avons pas besoin de toi !

Sa bouche s'ouvrit, prête à hurler.

Non, ce n'était pas de moi qu'ils avaient peur, je me refusais à le croire. Ils n'avaient pas dû me reconnaître. Ils me prenaient pour une quelconque étrangère, une représentante peut-être. Et on leur avait interdit de laisser entrer des inconnus. Encore sous le choc, je voulus leur dire mon nom mais j'avais la gorge nouée et la voix me manqua. Je n'émis qu'un son rauque, étrange, inintelligible.

Le joli visage de *notre* Jane devint affreusement pâle. Il trahissait un effroi proche de la crise de nerfs. Pendant quelques terribles secondes, je crus qu'elle allait vomir. Cela lui arrivait si souvent, autrefois ! Keith lui jeta un coup d'œil et pâlit considérablement, lui aussi. Puis il me regarda et ses yeux lancèrent des éclairs de colère. M'avait-il reconnue ? Essayait-il de se souvenir ? *Notre* Jane se blottit contre lui et gémit d'une voix aiguë :

– Maman !... Papa !...

Je posai un doigt sur mes lèvres.

– Chut ! Tu n'as rien à craindre, je ne suis pas une étrangère et je ne te veux aucun mal. Tu me connaissais bien, quand nous vivions dans les montagnes. Tu ne te souviens pas des Willies ?

Je jure devant Dieu que *notre* Jane pâlit encore. Elle semblait sur le point de s'évanouir. Je ne savais plus où j'en étais, ni quelle décision prendre. J'étais si loin de m'attendre à cette réaction de leur part ! Ils auraient dû être enchantés de me voir. Je m'obstinai.

– Vous aviez une famille autrefois, dans les montagnes. Chaque jour, nous allions à l'école à travers bois et revenions par le même chemin. Le dimanche, nous allions à l'église. Nous avions des poulets, des canards, des oies, et même une vache, de temps à autre. Et des tas de chiens et de chats. Moi, vous m'appeliez Hevlee, je suis votre sœur ! Je voulais vous voir et vous entendre dire que vous étiez heureux, c'est tout.

Le gémissement de *notre* Jane trahit une frayeur grandissante, proche de la panique. Keith se plaça devant elle comme pour la protéger et avança d'un pas vers moi. L'émotion fêlait sa voix bourrue de garçonnet :

– Nous ne savons pas qui vous êtes !

Ses paroles me cinglèrent comme autant de gifles. Ce fut à mon tour de pâlir. *Notre* Jane hurla :

– Fais-la partir !

Ce fut le pire moment de ma vie. Depuis des années, je me consumais du désir de les revoir. Je rêvais de les retrouver, de les sauver... et ils ne voulaient pas de moi ! Je reculai vers la porte et dis précipitamment :

– Je m'en vais. Tout ceci n'est qu'une terrible méprise, je suis désolée. Je ne vous avais jamais vus, ni l'un ni l'autre.

Je m'enfuis aussi vite que mes hauts talons me le permettaient. Je courus jusqu'à la voiture, m'affalai sur le siège arrière et éclatai en sanglots. Keith et *notre* Jane n'avaient rien perdu le jour où Pa les avait vendus. À la loterie de la vie, c'étaient eux les gagnants.

3

Le cirque

L'idée de rester une heure de plus dans cette ville m'était insupportable. J'allai rechercher mes bagages à l'hôtel et me fis conduire à l'aéroport, où je pris le premier avion pour Atlanta. J'étais désespérée de me raccrocher ainsi au passé, moi qui avais tant désiré m'en libérer. Fallait-il découvrir que je n'avais plus de famille au moment précis où une nouvelle vie commençait pour moi, avec Troy ? J'irais voir Tom et il ne me décevrait pas, lui ! Il m'accueillerait avec amour, cet amour fraternel que nous nous étions juré pour toujours.

La sonnerie du téléphone retentit, trois, quatre, cinq fois, avant qu'une voix familière me réponde. Pendant quelques secondes, j'eus l'impression que Pa pouvait me voir, comme sur un écran. J'étais paralysée. Quand je réussis enfin à ouvrir la bouche, ma voix me parut étrangement rauque. Cela me rassura. L'homme que je haïssais ne pourrait pas me reconnaître. M'avait-il jamais reconnue comme sa fille aînée ? Je n'avais tenu aucune place dans sa vie.

– Je voudrais parler à Tom Casteel, s'il vous plaît.

Il hésita et pendant ce bref instant, je crus vraiment voir son visage au type indien si prononcé. Je retins mon souffle. Et s'il allait dire : « C'est toi, Heaven ? » Il n'en fit rien.

– De la part de qui, je vous prie ?

Pour un choc, c'en fut un ! Pa prenait des leçons de bonnes manières, maintenant ? J'avalai ma salive et jetai brièvement :

– D'une amie.

– Ne quittez pas, s'il vous plaît.

Toujours aussi naturel, comme si Tom recevait des coups de fil toute la journée. Je l'entendis reposer l'écouteur, s'éloigner de quelques pas et appeler, avec son plus bel accent des montagnes :

– Tom, encore une de tes amies anonymes ! J'aimerais bien que tu leur dises de ne plus t'appeler ici. Tu as cinq minutes, pas plus. Nous avons une représentation à donner.

À travers les kilomètres qui nous séparaient, le bruit sourd des pas de Tom me parvint, tout proche.

– Salut ! fit-il, hors d'haleine.

Sa voix avait changé : on aurait juré celle de Pa ! Comme j'hésitais, sous l'effet de la surprise, il s'impatienta :

– Je ne sais pas qui vous êtes mais dépêchez-vous ! Je n'ai pas de temps à perdre.

– C'est moi, Heaven. Ne prononce pas mon nom, surtout. Je ne veux pas que Pa sache qui appelle.

Il ne fut pas moins surpris que moi, et je l'entendis reprendre son souffle.

– Ça alors, c'est fantastique ! Nom d'une pipe, ce que je suis content ! Pa est allé voir Stacie et le petit dans la cour, pas la peine de chuchoter.

Suivit un silence embarrassé, que Tom se chargea de meubler.

– C'est un vrai petit trognon, Heaven ! Noir de cheveux, les yeux bruns, juste le genre de gamin que Ma voulait donner à Pa...

Il s'interrompit tout net et je m'attendais à ce qu'il ajoute : « son portrait tout craché ». Mais il reprit :

– Pourquoi tu dis rien, Heaven ?

Je laissai parler mon amertume.

– Merveilleux ! Pa obtient toujours ce qu'il veut, on dirait. Il y en a qui ont vraiment de la chance !

– Oh, suffit, Heaven, laisse tomber ! Sois chic,

le petit n'y est pour rien, lui. Et il est drôlement mignon, tu pourrais pas dire le contraire !

Je demandai, la voix grinçante de rancune :

– Et quel nom a-t-il donné à son troisième fils ?

– Hé, tu dis ça sur un ton ! Oublie un peu le passé, tu veux ? Je l'ai bien fait, moi. Pa et Stacie m'ont laissé choisir le nom. Tu te rappelles, quand on parlait de nos explorateurs préférés, Walter Raleigh et Francis Drake ? On l'a appelé Walter Drake, mais on dit Drake tout court.

Je devins glaciale.

– Je me souviens.

– Je trouve ça terrible comme nom : Drake Casteel !

Oui, un article de plus à vendre. Je changeai brusquement de sujet.

– Tom, je suis à Atlanta et j'avais pensé louer une voiture pour venir te voir. Mais je ne voudrais pas tomber sur Pa.

– Ça, ce serait super, Heavenly ! Vraiment super !

– Mais je ne veux pas le voir, lui. Tu peux t'arranger pour qu'il ne soit pas à la maison quand je passerai ?

Il me le promit, d'un ton peiné, puis il m'indiqua comment trouver la petite ville où ils vivaient. En empruntant une ligne aérienne secondaire qui desservait la Géorgie du Sud, j'atterrirais à une quinzaine de kilomètres de chez eux. Soudain, j'entendis Pa crier de loin :

– Tom, j'ai dit cinq minutes, pas dix !

– Bon, il faut que je m'en aille, fit Tom d'un ton pressant. Je suis rudement content de te voir, mais laisse-moi te dire une chose. Tu as fait une sacrée bêtise en envoyant promener Logan pour ce… ce Troy ! C'est pas ton genre. D'après tes lettres, je vois bien que ce Troy Tatterton te comprendra jamais aussi bien que Logan. Et qu'il t'aimera jamais à moitié autant, non plus !

Il avait repris son argot des montagnes, comme toujours quand il s'emballait. Je le détrompai aussitôt. Ce n'était pas moi qui avais quitté Logan : c'était lui qui ne voulait plus de moi.

– Au revoir, Heavenly... on se voit demain matin, vers onze heures.

Là-dessus, Tom raccrocha.

Je passai la nuit à Atlanta et dès la première heure, le lendemain, je louai une voiture. Tout en roulant vers le sud, je me répétais certaines phrases des lettres de Tom. J'aurais dû mieux comprendre l'avertissement. « Je croyais que ça marcherait toujours entre Logan et toi. C'est cette maison de riches qui t'a changée, j'en suis sûr. Tu n'es plus pareille, Heavenly. Tu ne parles même plus comme avant. »

Et, dans une autre lettre, il m'avait dit : « Tu n'es pas Fanny. Les filles comme toi n'aiment qu'une fois dans leur vie. » Mais pour qui me prenait-il, au juste ? Pour un ange, une sainte ? Je n'étais ni l'un, ni l'autre. Je n'avais pas des cheveux d'or. J'étais et resterais à jamais l'ange noir, une paria, une Casteel ! J'étais la fille de Pa. Quel que soit le nom que je mérite, c'est lui qui avait fait de moi ce que j'étais.

La veille encore, j'avais appelé Troy. Il m'avait demandé de régler sans tarder mes histoires de famille et de rentrer au plus vite. « Et si tu peux, arrange-toi pour que Tom assiste à notre mariage, même si Tony n'y tient pas. Comme ça, tu n'auras pas l'impression que nous n'avons invité que les nôtres. Peut-être Fanny pourra-t-elle venir, elle aussi ? »

Inviter Fanny ! Troy ne se doutait pas de ce qui l'attendait. Tandis que je roulais dans le petit matin vers la ville que j'avais encerclée sur la carte, les pensées les plus folles se bousculaient dans ma tête. Les yeux fixés sur le point rouge qui balisait ma route, j'évoquais une autre époque de ma vie. Celle que j'avais passée près de Kitty et de Cal Dennison. Pour la première fois depuis mon départ précipité de Virginie, je repensai à Cal. Qu'était-il devenu ? Vivait-il toujours à Candlewick ? Avait-il vendu la maison de Kitty ? S'était-il remarié ? Il avait sûrement eu raison de m'envoyer à Boston et de me laisser croire que Kitty survivrait, malgré la gravité de son cancer.

Je secouai la tête et bannis Cal de mes pensées. L'important pour l'instant, c'était ma rencontre prochaine avec Tom. Il fallait que j'arrive à le convaincre de quitter Pa et de reprendre ses études. Troy paierait ses droits d'inscription, lui achèterait des vêtements et tout ce dont il aurait besoin. Le seul point noir, c'était son insurmontable orgueil. Le même que le mien.

Brusquement, je me retrouvai sur une petite route secondaire, complètement perdue. Je m'arrêtai près d'un poste à essence désaffecté, que signalaient ses deux grands réservoirs. Le petit homme rougeaud à qui je demandai mon chemin me dévisagea. Il était clair qu'à ses yeux, il fallait être folle pour s'habiller comme je l'étais par une chaleur pareille. Je portais un tailleur de demi-saison, c'est dire si j'avais chaud, mais il n'était pas question de me montrer en simple robe d'été. Mes doigts croulaient sous les bagues et mon cou ployait sous les colliers. Je voulais faire impression, quitte à me rendre ridicule. Et j'avais loué la voiture la plus chère que j'avais pu trouver.

Je dus rebrousser chemin pour prendre la direction de la maison où vivaient Tom et la nouvelle famille de Pa. Ce coin de Géorgie annonçait déjà la Floride, et le paysage avait un faux air tropical. Peu avant d'arriver à destination, je stoppai sur le bas-côté pour me refaire une beauté. Dix minutes plus tard, ma longue Lincoln bleu nuit se garait en douceur devant une spacieuse maison moderne aux allures de ranch.

J'éprouvais une bizarre sensation d'irréalité, presque oppressante. Faire tous ces kilomètres pour revenir m'exposer à la cruauté de Pa... il fallait que je sois folle ! Je secouai la tête et jetai un regard critique à mon reflet dans le rétroviseur, avant de reporter mon attention sur la maison. Construite en bardeaux de cèdre rouge, son toit s'abaissait en auvent au-dessus des nombreuses et larges fenêtres. Un bosquet d'arbres l'ombrageait, et des massifs de fleurs s'intercalaient entre les buissons bien taillés qui l'entouraient, y jetant leur note de couleur.

Dans tout cela, pas la moindre trace de mauvaises herbes. C'était comme si Pa avait voulu proclamer au monde entier sa réussite, avec cette maison qui devait bien posséder quatre ou cinq chambres à coucher. Mais comment Pa pouvait-il s'offrir tout cela ? Tom n'y avait pas fait la moindre allusion.

Et Tom, où était-il ? Pourquoi ne m'attendait-il pas devant la porte pour me souhaiter la bienvenue ? Je finis par m'impatienter. Je quittai la voiture et suivis l'allée qui menait à la porte d'entrée, abritée dans sa petite loge. Je n'osais frapper. Si j'allais me trouver nez à nez avec Pa, bien que Tom ait promis de l'éloigner ? Non, je n'avais rien à craindre. Mon ensemble haute couture de mille dollars me protégeait comme une armure. Mes colliers et mes bagues sans prix seraient mon bouclier et mon épée. Du moins je voulais le croire.

Je pressai fébrilement la sonnette. Un carillon se fit entendre à l'intérieur et mon cœur battit la chamade. La panique me nouait l'estomac. Puis des pas résonnèrent et le nom de Tom me vint aux lèvres. C'était lui ! Mon Dieu, faites que ce soit lui !

Mais ce n'était pas lui. Ce n'était pas non plus la silhouette tant redoutée de Pa. La porte s'ouvrit à la volée et une jolie jeune femme blonde aux yeux bleus, radieux, me sourit. Comme si elle n'avait rien à craindre des inconnus. Comme si elle prêtait au premier venu les meilleures intentions du monde. Tant d'innocence me désarma. Elle restait là, derrière la moustiquaire qui révélait la pénombre fraîche et la bonne odeur de propreté de son intérieur. Elle attendait en souriant que je me présente. Vêtue d'un short blanc et d'un bain de soleil bleu, elle portait sans effort apparent un bébé somnolent, sur un seul bras. Ce ne pouvait être que Drake, l'enfant qui ressemblait tellement à Pa. Son troisième fils...

– Oui ? fit-elle pour rompre le silence.

Muette, je dévisageai la femme et l'enfant dont j'aurais pu briser la vie, d'un seul mot. Et l'évidence me frappa, dans toute sa brutalité : si j'étais là, ce n'était pas seulement pour sauver Tom. Mon arrière-pensée était de détruire le bonheur que Pa avait enfin trouvé. Je n'avais qu'à parler pour qu'elle le haïsse. J'aurais voulu crier. Mais ce cri m'étouffait et c'est à peine si je pus prononcer mon nom. Son visage s'éclaira.

– Heaven ? C'est bien vous, Heaven ? (Son sourire accueillant s'élargit encore.) Heavenly, dont Tom m'a tellement parlé ? Je suis si contente de vous connaître ! Entrez, entrez donc !

Elle ouvrit la porte grillagée, déposa le garçonnet sur la banquette de l'entrée et rajusta soigneusement son bain de soleil. Puis, d'un bref coup d'œil au miroir le plus proche, elle s'assura qu'elle était présentable. Ce qui me fit comprendre que Tom n'avait pas dû lui dire que je viendrais vers onze heures. Cette rencontre ne faisait pas partie de mes plans. D'un coup d'œil, la jeune femme vérifia que son intérieur était en ordre et m'expliqua rapidement :

– Il y a eu un imprévu, et Tom a dû rejoindre son père, malheureusement.

Elle me précéda dans la salle de séjour, agréable et spacieuse, qui faisait suite au vestibule.

– J'ai bien vu que quelque chose le tracassait, ce matin. Plusieurs fois, il a été sur le point de me parler, mais son père était pressé de l'emmener et il n'en a pas eu l'occasion. C'était certainement votre visite, ce grand secret !

Tout en parlant, elle remettait en place une pile de magazines de décoration et repliait les journaux du matin qu'elle devait être en train de lire.

– Asseyez-vous, Heaven, et mettez-vous à l'aise. Et si vous avez besoin de quoi que ce soit... Je vais préparer le déjeuner pour Drake et moi, vous pouvez le prendre avec nous si vous voulez. Mais vous désirez sans doute un rafraîchissement ? Il fait si chaud, aujourd'hui !

J'avais la gorge sèche, d'anxiété autant que de soif.

– Merci, je prendrais volontiers un Coca.

Je n'arrivais pas à croire que Tom ne m'ait pas attendue. Je ne comptais donc plus pour lui ? Ma famille ne semblait guère partager mon désir de renouer avec elle.

La jeune femme revint bientôt de la cuisine, avec deux verres. Le bambin – je lui donnais un an environ – semblait intimidé. Il fixait sur moi ses grands yeux bruns frangés de longs cils noirs. C'était exactement l'enfant que Sarah aurait tant souhaité avoir, à sa cinquième grossesse. Mais celui-là était mort-né, et difforme. Pauvre Sarah ! Où était-elle maintenant ? Qu'était-elle devenue ? Je me posai la question, une fois de plus.

Je me débarrassai de ma veste, qui m'étouffait. Quelle sottise de m'être attifée ainsi ! J'étais ridicule. Stacie Casteel me gratifia d'un de ses plus beaux sourires.

– Vous êtes ravissante, Heaven. Tom me l'avait dit. Vous avez de la chance d'avoir un frère qui vous admire à ce point. J'aurais tant voulu avoir des frères et sœurs, moi aussi ! Mais mes parents trouvaient qu'un enfant suffisait. Ils habitent à deux rues d'ici et nous nous voyons souvent, c'est très pratique. Ils adorent garder le bébé. D'ailleurs votre grand-père et papa sont sortis ensemble. Ils pêchent dans un lac, tout près d'ici.

Mon Dieu, Grandpa ! Je l'avais complètement oublié.

Stacie semblait ravie d'avoir quelqu'un à qui parler de sa famille. Elle était intarissable.

– Luke voudrait que nous allions en Floride, cela le rapprocherait de son lieu de travail. Mais je ne peux pas me décider à m'éloigner de mes parents. Je sais qu'ils tiennent à leurs habitudes, c'est normal, à leur âge. Ils ont une petite vie tranquille, maintenant, et ils sont fous de Drake.

Assise en face de moi, elle laissait son délicieux petit bonhomme boire quelques gorgées dans son verre. Il était si intimidé par ma présence qu'il en avalait de travers. Elle le poussa vers moi, d'un geste plein de douceur.

– Drake, mon chéri, voici ta demi-sœur, Heaven. Un nom qui va vraiment bien à une si jolie dame, tu ne trouves pas ?

Le dernier-né de Pa m'observa de ses grands yeux sombres et battit des cils, comme pour tester mes intentions amicales. Puis il baissa la tête et se détourna pour se réfugier tout contre sa mère. Cramponné à sa jambe et visiblement rassuré, il risqua quelques nouveaux coups d'œil, le pouce planté dans la bouche. Il ressemblait tellement à Keith, ainsi, que cela me fit mal. Autrefois, c'était contre moi que mon petit Keith venait chercher refuge, et non près de Sarah. Sarah était toujours trop occupée, ou trop fatiguée, pour perdre son temps à « des singeries pareilles » !... jusqu'à la naissance de *notre* Jane, en tout cas.

Et moi qui m'étais juré de ne pas m'attacher à cet enfant ! Je me retrouvai à genoux devant lui, mon regard à hauteur du sien, et je souris.

– Coucou, Drake ! Ton oncle Tom m'a beaucoup parlé de toi. Il m'a dit que tu adorais les trains, les bateaux et les avions. Quand je serai rentrée, je t'enverrai un gros paquet plein de trains, de bateaux et d'avions.

J'eus un regard un peu gêné pour Stacie.

– Les Tatterton fabriquent des jouets depuis toujours. Des modèles uniques. À mon retour, j'en enverrai quelques-uns à Drake.

À nouveau, elle eut un de ses sourires irrésistibles. Il m'alla droit au cœur. Car j'aurais pu envoyer tous ces jouets à Drake depuis longtemps et je n'y avais même pas pensé.

Les minutes s'écoulèrent et Stacie continua de bavarder en préparant le déjeuner. J'eus vite fait de découvrir qu'elle aimait l'homme que je haïssais. De toute son âme.

– C'est le meilleur, le plus merveilleux mari qui soit ! Il fait tout ce qu'il peut pour que nous ne manquions de rien.

Elle me lança un regard émouvant, presque une prière.

– Je me rends compte que vous ne le voyez sans doute pas sous ce jour, Heaven, mais il a eu une vie si difficile ! Pour s'imposer, il a dû quitter ses collines, et renier les Casteel. Il n'a rien d'un paresseux. Mais il se sentait piégé par toute cette misère et cela l'a rendu amer.

Impossible de deviner si elle savait combien Pa m'avait haïe, et me haïssait probablement encore. Elle ne dit pas un mot non plus de ma mère ni de Sarah, ce qui me fit réfléchir. Encore une de ces pauvres filles faciles à duper, comme Leigh Tatterton. Mon père semblait décidément très attiré par les jeunes femmes fragiles. Tout comme par les rousses, du genre de Sarah et de Kitty. Mais celles-là, c'était pour la bagatelle. Et si une ou deux petites brunettes lui étaient tombées sous la main, il aurait eu vite fait de les mettre dans son lit.

Après le déjeuner – salade de laitue croquante, thon et cubes de fromage, petits pains chauds et thé glacé – nous revînmes dans la salle de séjour. Comme dessert, nous avions eu un pudding au chocolat. Drake s'était arrangé pour en barbouiller copieusement sa jolie frimousse. Rien à voir avec nos galettes huileuses d'autrefois !

Le charme de la pièce accueillante accrut encore mon amertume. Les grandes baies donnaient derrière la maison, sur un jardin resplendissant de fleurs. J'essayai de me représenter Luke Casteel dans ce ravissant décor moderne. Sur cet élégant canapé, par exemple, près de la table à thé que ne souillaient ni une marque de doigts, ni une trace de poussière. Les couleurs allaient du grège au brun, avec quelques touches de turquoise. Des plantes vertes apportaient un peu de fantaisie à cette pièce où régnait une atmosphère masculine. Sans le panier à ouvrage, on aurait pu croire que seuls un homme et un enfant vivaient ici. Stacie parut deviner mes pensées.

– C'est la pièce favorite de votre père, annonça-t-elle avec fierté. Luke m'a dit de la décorer à mon goût, mais je voulais qu'il s'y sente à l'aise, sans craindre de froisser les coussins. Tom et votre grand-père s'y plaisent beaucoup, eux aussi.

Je sentis qu'elle voulait ajouter quelque chose. Elle rougit et parut hésiter un instant, puis me sourit avec chaleur en effleurant discrètement mon bras.

– C'est vraiment merveilleux de vous avoir enfin chez nous, Heaven. Luke ne parle pas souvent de sa famille des montagnes, comme il dit. Cela lui fait trop de peine.

Trop de peine, vraiment ? C'était dur à entendre.

– Est-ce qu'il vous a parlé de ma mère ? Vous savez qu'elle n'avait que quatorze ans, quand il l'a épousée ?

– Oui, il m'a dit comment ils s'étaient connus à Atlanta et qu'il l'aimait beaucoup. Mais il...

Elle parut songeuse et articula péniblement :

– Il ne m'en a jamais beaucoup parlé, en fait. Je peux à peine imaginer ce qu'a été leur vie, dans cette masure. Je sais que sa mort prématurée lui a causé un choc dont il ne s'est jamais remis. Je sais aussi qu'il m'a épousée parce que je lui ressemble un peu. Tous lès soirs, je prie Dieu à genoux pour qu'il cesse enfin de penser à elle. Je sais qu'il m'aime et que je l'ai rendu heureux. Plus qu'il ne l'était, en tout cas. Mais tant que vous ne lui aurez pas pardonné, tant qu'il n'aura pas accepté cette mort injuste, il ne connaîtra pas le vrai bonheur. Ni la joie d'avoir réussi, si modestement que ce soit.

Je m'écriai avec emportement :

– Vous a-t-il raconté ce qu'il a fait ? Trouvez-vous que ce soit bien d'avoir vendu ses cinq enfants, cinq cents dollars par tête ?

Elle répondit avec un calme désarmant :

– Non, bien sûr que non. Il m'a raconté cela aussi. La décision a été dure à prendre, pour lui. Vous auriez pu mourir de faim, tous les cinq, avant qu'il ne recouvre la santé. Tout ce que je peux dire pour sa défense, c'est qu'il a fait ce qui lui semblait le mieux, à cette époque. Et finalement, cela n'a pas été si terrible pour vous, n'est-ce pas ? Dites-moi ?

Je laissai la question sans réponse. Et elle attendit, tranquillement assise, tête basse, que je lui dise que j'avais pardonné. S'imaginait-elle que la traîtrise de Pa, ce soir de Noël, était la pire des avanies qu'il nous ait jamais fait subir ? Loin de là, mais c'était le summum, ça oui ! Je me taisais. Je n'avais rien à dire pour le racheter. Une cruauté pareille ! L'espoir qui avait un instant éclairé le regard de Stacie s'éteignit. Elle baissa les yeux vers son fils et ses traits s'assombrirent.

– S'il est encore trop tôt pour que vous lui pardonniez, je comprends. J'espère seulement qu'un jour, dans un proche avenir, vous en serez capable. Pensez-y, Heaven. La vie ne nous offre pas souvent l'occasion de pardonner. Qu'on la laisse passer, et il est trop tard.

Je bondis sur mes pieds.

– Je croyais que Tom serait là pour m'accueillir. Où puis-je le trouver ?

– Il devrait être là vers quatre heures et demie. Votre père ne rentrera que beaucoup plus tard.

– Je n'ai pas le temps d'attendre si longtemps !

Je n'osais pas rester, j'avais peur. Peur qu'elle n'obtienne de moi le pardon de l'homme que je haïssais.

– Je dois prendre un vol pour Nashville, en vous quittant. Je vais voir ma sœur Fanny. Alors, s'il vous plaît, dites-moi où je peux trouver Tom.

Elle me donna l'adresse à contrecœur. Ses yeux m'imploraient de me montrer bonne et compréhensive, si je ne pouvais pas pardonner. Je pris poliment congé, embrassai Drake sur les deux joues et m'esquivai. Loin de cette jeune et trop confiante épouse...

J'avais pitié de sa naïveté ! Elle aurait dû le percer à jour, son bel analphabète ! Lui qui savait si bien se servir des femmes, quitte à les détruire l'une après l'autre. Mentalement, je passai en revue les délaissées, celles dont j'avais connaissance. Leigh Tatterton, Kitty Dennison... et Sarah, qui nous avait quittés, ses quatre enfants et moi. Dieu sait ce qui avait pu lui arriver, depuis... Ce fut seulement en roulant vers la Floride que je me souvins de Grandpa. Je regrettai alors de n'avoir pas fait un petit détour pour aller lui dire bonjour !

Une heure plus tard, j'atteignis la petite ville où, d'après Stacie, Tom travaillait pendant les vacances d'été. Je balayai d'un regard dédaigneux les petits pavillons, le centre commercial minable et son parking, avec sa collection de vieilles guimbardes. Qu'étaient devenues les belles ambitions de Tom ? Comptait-il les réaliser dans ce trou ? J'ignorais quels projets Luke Casteel avait en vue pour son fils aîné, mais j'étais bien décidée à les réduire en miettes. Gare à l'ange exterminateur ! À la recherche du haut mur dont Stacie m'avait parlé, j'engageai mon éblouissante voiture dans les faubourgs de la ville.

Je ne m'attendais pas à voir surgir cette longue rangée de drapeaux multicolores, Stacie n'en avait rien dit. Ils s'agitaient tellement dans le vent chaud que je ne pouvais pas déchiffrer les inscriptions qu'ils portaient. Dans un bourdonnement d'insectes, je mis le cap sur un portail ouvert. Personne ne s'opposa à mon passage et je pénétrai dans un immense espace découvert. Sur le sol herbeux, d'innombrables chemins au tracé douteux s'entrecroisaient en tous sens. Mais qu'est-ce que c'était que cet endroit ? Mon cœur battit plus vite, j'étais affreusement déçue. C'était donc ça, le fameux avenir de Tom. C'était... je compris brusquement ce que ce serait. Tom n'avait pas d'autre ambition que de faire plaisir à Pa !

Les larmes me brouillèrent la vue. Un cirque ! Un petit cirque miteux, crasseux, qui parvenait tout juste à vivoter ! Mes larmes coulaient à flots, maintenant. Tom, mon pauvre Tom !

Debout près du portail, je prêtai l'oreille aux bruits ambiants. Tout le monde s'activait. Des coups de marteau résonnaient, on chantait, on sifflait. On criait des ordres, auxquels répondaient des voix irritées. On riait aussi, et je vis des enfants se poursuivre en courant. Ils me jetèrent des regards curieux, et il y avait de quoi. Mon ensemble de demi-saison, parfait pour Boston, devait paraître plutôt bizarre en Floride. Comme me semblaient bizarres les gens qui déambulaient autour de moi. Des femmes en short se lavaient les cheveux dans des cuvettes. D'autres s'étaient improvisées coiffeuses. Du linge séchait au soleil. Il y avait même quelques palmiers pour donner de l'ombre. Avec un regard moins hostile, j'aurais pu trouver le décor pittoresque et charmant... mais je n'étais pas d'humeur à me laisser charmer. L'odeur âcre des animaux m'offensait les narines. Des gaillards musclés au teint brûlé s'affairaient un peu partout, dans une tenue des plus sommaires. Ils dressaient des stands et des éventaires annonçant des hot-dogs et des hamburgers... Quelques-uns rafraîchissaient des pancartes multicolores qui présentaient l'homme-tronc, la femme à barbe, des danseuses, la femme la plus grosse du monde. Ou encore l'homme le plus grand, le couple le plus petit, jusqu'à un serpent mi-boa, mi-alligator...

Dans ses lettres, Tom avait souvent laissé entendre que Pa faisait un travail fascinant. Quelque chose dont il avait rêvé toute sa vie. C'était donc cela : travailler dans un cirque ! Un misérable petit cirque de seconde zone ! À demi assommée par cette découverte, je me frayai un chemin entre les cages. Lions, léopards, tigres et autres grands félins semblaient attendre d'être transportés ailleurs. Devant l'un des wagons délabrés de la ménagerie, je m'arrêtai brusquement. Sur sa peinture rouge écaillée était collée une affiche qui retint mon attention. Un tigre.

Comme si le temps revenait en arrière, je crus me retrouver dans notre cabane. Ce tigre ! Granny m'avait si souvent raconté comment son petit Luke, à douze ans, avait volé une affiche de cirque à Atlanta. La même que celle-ci, peut-être. Mais l'oncle d'Atlanta n'avait pas tenu sa promesse d'emmener au cirque son petit paysan de neveu. Et le jeune Luke Casteel avait fait vingt-cinq kilomètres à pied, hors des limites de la ville, jusqu'à l'enclos où se dressait le chapiteau. Il s'était glissé sous la tente et avait assisté au spectacle sans payer.

Presque aveuglée par les larmes, je baissai la tête et me tamponnai les joues avec mon mouchoir. Et la première chose que je vis en me redressant fut un grand jeune homme qui s'avançait vers moi. Il portait une espèce de fourche et un immense plateau de viande crue sous le bras. C'était l'heure du repas des fauves, et ils semblaient le savoir. Lions et tigres secouaient leurs grosses têtes hirsutes en exhibant des crocs acérés et jaunis. Reniflant, rongeant, broyant les os, ils déchiraient à belles dents la viande que le jeune homme poussait avec sa fourche à travers les barreaux. Les grondements qui montaient de leur gorge ne pouvaient être que des grognements de plaisir.

Seigneur ! Celui qui jetait si adroitement ces morceaux de viande, pour que des pattes brutales la saisissent et la portent à des dents avides de commencer leur ouvrage... ce jeune homme, c'était Tom. Mon frère Tom !

Je m'élançai vers lui.

– Tom, c'est moi ! Heavenly !

Pour un instant, je redevins une enfant des collines. Oublié, mon tailleur haute couture ! Je me revis dans ma robe informe et râpée, décolorée par d'innombrables lessives sur notre planche à laver métallique. Et c'est vers cette enfant aux pieds nus, affamée, que Tom se retourna, lentement. Ses yeux d'émeraude s'agrandirent de surprise, s'illuminèrent.

– Heavenly ! C'est toi, pour de vrai ? Alors t'as fait tout ce chemin pour me voir, finalement ?

Comme toujours, l'émotion lui faisait oublier sa grammaire, et il reprenait son patois des collines.

– Jour de Dieu, c'est-y vrai ! J'ai tant prié pour que ça arrive !

Il lâcha le plateau vide, jeta sa fourche et me tendit les bras.

– Thomas Luke Casteel, tu n'as pas fini d'avaler tes mots ? Dire que nous nous sommes donné tant de mal pour t'apprendre à parler correctement, Mlle Deale et moi !

Je me jetai à son cou, avide de serrer dans mes bras ce frère à peine plus jeune que moi. Et tout ce temps passé loin de lui fut oublié. Il murmura, la voix cassée par l'émotion :

– Doux Jésus, voilà que tu me fais la leçon, comme autrefois !

Et il m'éloigna de lui à bout de bras, comme pour mieux m'admirer.

– Je pensais pas que tu pouvais encore embellir, mais tu es plus jolie que jamais !

Son regard glissa sur mon ensemble luxueux, ma montre en or, mes ongles polis, mes chaussures à deux cents dollars et mon sac qui en valait plus de mille. Puis, à nouveau, il me dévisagea et laissa échapper un long soupir extasié.

– Ouaoh ! Tu ressembles à ces filles fantastiques, sur les couvertures des magazines !

– Pourquoi as-tu l'air si étonné de me voir ? Je t'avais prévenu que je venais.

– Peut-être que ça me semblait trop beau pour être vrai. Et peut-être aussi... que je tenais pas tellement à ce que tu viennes démolir tout ce que Pa s'efforce de mettre sur pied. C'est un homme simple, Heavenly, sans éducation. Il fait son possible pour faire vivre sa famille, et je sais que ça ne représente pas grand-chose pour toi. Mais il a rêvé toute sa vie de faire partie d'un cirque.

Je n'avais pas envie de parler de Pa, je ne pouvais pas croire que Tom ait pris son parti. À croire qu'il se souciait beaucoup plus de lui que de moi ! Mais je ne voulais pas non plus que Tom s'éloigne de moi, que nous redevenions étrangers l'un à l'autre.

– Tu... tu parais plus grand, et... plus fort, on dirait.

Ce que j'essayais de ne pas dire, c'est qu'il ressemblait de plus en plus à Pa. Il savait trop combien je détestais sa beauté. La silhouette osseuse de Tom s'était étoffée, ses traits anguleux, adoucis. Il n'avait plus ces affreux cernes autour des yeux. Il semblait bien nourri, heureux et satisfait. Je ne pus me retenir de lui demander :

– Tom, je viens de chez Pa, c'est sa femme qui m'a indiqué où te trouver. Pourquoi ne pas me l'avoir dit toi-même ?

Je balayai du regard les tentes et les bâtiments en dur qui parsemaient le terrain.

– En quoi consiste le travail de Pa, au juste ?

Le sourire de Tom s'élargit. Ses yeux brillaient de fierté.

– Il est aboyeur, Heavenly ! Et un fameux, tu peux me croire ! Faut l'entendre pousser le boniment, il racole les clients comme pas un. Aujourd'hui par exemple, ça a l'air morne comme ça, mais attends un peu ce soir. Tu verras les gens rappliquer de tout le pays. Ils videront leurs poches pour voir les animaux, les danseuses, la parade. On a même des manèges !

Il pointa le doigt vers une grande roue que je n'avais pas encore remarquée.

– Et cette année, on pense pouvoir s'offrir un carrousel ! Tu vois, ces grands manèges comme ceux où nous avons toujours rêvé de nous payer un tour ?

Intarissable, il m'entraîna dans une autre direction.

– Heaven, le cirque, c'est la vie de Pa, maintenant. Tu ne le savais pas, et moi non plus, mais il y pensait déjà quand il était petit. Des milliers de fois, il s'est sauvé des collines pour se faufiler dans un cirque. Je crois que c'était sa façon de fuir la pauvreté et la laideur de cette cabane où il a grandi. Tu te rappelles comme il détestait les mines de charbon ? Il aurait voulu décrocher la lune pour y échapper. Les Casteel aussi finissaient par lui répugner, des gens tout juste bons à se faire coffrer pour de petits délits minables. Tout le monde les méprisait. Les garçons de la famille auraient préféré commettre les pires délits, sinon des crimes, pour être admirés. Vraiment !

– Mais, Tom, tout ça, c'est son rêve, pas le tien ! Tu ne vas pas renoncer à tes études, uniquement pour l'aider ?

– En fait, il pense sérieusement à racheter le cirque. Quand j'ai compris ça, j'ai été aussi surpris que toi, Heaven. Je voulais te l'écrire, c'est vrai. Et en même temps, j'hésitais. J'étais certain que tu n'éprouverais que du mépris pour ses ambitions. Je le comprends bien mieux qu'avant, et je voudrais qu'il réussisse, au moins une fois dans sa vie. Je ne partage pas ta haine pour lui, je ne sais pas haïr comme tu le fais. Il a besoin de se respecter lui-même, Heavenly. Et même si ses projets te paraissent minables, pour lui c'est différent. C'est ce qu'il a désiré toute sa vie. Je t'en prie, quand tu le verras, ne le rabaisse pas à ses propres yeux.

À nouveau, je regardai autour de moi. Quelques femmes s'étaient groupées non loin de nous : elles venaient de se doucher dans leurs minuscules roulottes. Drapées dans leurs serviettes, elles nous observaient tranquillement. Je me faisais l'effet d'être une bête curieuse. D'autres ravaudaient des costumes déchirés tout en bavardant avec animation. Quelques jolies filles risquaient des sourires dans notre direction. On voyait que c'étaient de vraies enfants de la balle. Des acrobates musclés s'entraînaient au filet et une demi-douzaine de nains s'affairaient autour de nous. C'était l'endroit rêvé pour quelqu'un comme Pa. Le refuge idéal. Ici, personne ne chercherait à savoir qui il était ni d'où il venait. Pourtant, je savais ce qu'aurait ressenti Tom s'il avait pu voir tout cela avec mes yeux. Peut-être était-ce le cas ? C'est pourquoi il tenait si peu à avoir un autre Casteel pour témoin. Surtout pas moi.

– Oh, Tom ! Tout ça c'est très bien pour Pa, et toujours mieux que de courir après la lune, en tout cas. Mais toi, ça ne te mènera à rien !

Je le poussai vers un petit banc, à l'ombre d'un bouquet d'arbres d'allure tropicale. Des restes de nourriture traînaient sur le sol, et des oiseaux venaient hardiment picorer à nos pieds. La chaleur et les odeurs étaient si fortes que j'en défaillais. Mes bijoux me pesaient. J'en vins au sujet qui me tenait à cœur.

– Troy m'a donné assez d'argent pour payer tes études. Tu n'as pas besoin de renoncer à tes projets pour que Pa réalise les siens.

Les joues de Tom s'enflammèrent. Il baissa la tête.

– Tu n'as pas compris. J'ai déjà tâté du collège, ça a été l'échec complet. Mes rêves ne se réaliseront jamais, je l'ai toujours su. Je voulais seulement te faire plaisir. Passe tes examens et oublie-moi. J'aime cette vie. Et je l'aimerai encore plus quand Pa et moi aurons gagné assez pour racheter le cirque. Il se pourrait bien qu'un jour nous plantions notre chapiteau bien plus loin qu'en Floride ou en Géorgie.

Je le dévisageai, c'était tout ce que je pouvais faire. Je n'en revenais pas qu'il ait abandonné si facilement. Et plus je le regardais, plus sa rougeur s'accentuait.

– Ne me rends pas les choses plus pénibles, Heavenly. Je n'ai jamais eu ton intelligence, c'est toi qui t'étais mis ça dans la tête. Je n'ai aucun don particulier, et je suis heureux ici. Autant que je puisse espérer l'être.

– Non, attends ! Prends cet argent... et fais-en ce que tu veux. N'importe quoi, mais sors-toi de ce piège ! Quitte Pa, et laisse-le se débrouiller.

– Ne crie pas, je t'en prie ! Pa pourrait t'entendre. Il est juste à côté, près de la tente principale.

À plusieurs reprises, mon regard avait glissé sans s'y arrêter sur un homme de haute taille d'allure impressionnante, aux cheveux noirs impeccablement coiffés. Par contre, son jean était rétréci et délavé, et sa chemise blanche me rappelait ces blouses informes que Troy affectionnait. C'était Pa !

Pa, éclatant de santé, plus propre et plus net qu'il n'avait jamais été. Et toujours aussi jeune, du moins autant que je pouvais en juger à quinze mètres de distance. Il parlait à un homme aux cheveux blancs, jovial et corpulent, arborant une chemise rouge. Apparemment celui-ci lui donnait des ordres. Pa jetait de fréquents coups d'œil en direction de Tom, comme s'il se demandait pourquoi son fils n'était pas en train de nourrir les fauves. Son regard sombre, toujours aussi intense, ne fit que m'effleurer. D'habitude, les hommes qui me voyaient pour la première fois prolongeaient leur regard. J'en conclus que les jeunes filles n'étaient pas son gibier favori. Et aussi qu'il ne m'avait pas reconnue. Il sourit à Tom d'un air à la fois paternel et complice, et se retourna vers l'homme à la chemise rouge.

– M. Winderbarron, me souffla Tom. Le propriétaire actuel. Avant, il était clown chez les Ringling Brothers. Tout le monde dit que, dans le pays, il n'y a pas de place pour deux cirques importants. Mais Guy Winderbarron pense qu'avec l'aide de Pa, il pourra encore agrandir sa troupe. Il est âgé, il n'en a plus pour très longtemps à vivre et il voudrait laisser dix mille dollars à sa femme. Nous en avons déjà sept mille de côté, ça ne fait plus très long à attendre. Et M. Winderbarron restera avec nous tant qu'il pourra pour nous aider. Il nous a toujours traités en amis, Pa et moi.

L'enthousiasme de Tom me mit mal à l'aise. Jusque-là, je n'avais pas vraiment compris que, pour lui comme pour moi, le temps avait passé. Il avait de nouveaux amis maintenant. Et de nouveaux projets. Il paraissait pressé de m'éloigner de Pa.

– Reviens ce soir, tu écouteras le boniment de Pa et tu verras le spectacle. Avec toutes les lumières, la musique, tu attraperas peut-être la fièvre du cirque, toi aussi ! Tu ne serais pas la première.

Pour l'instant, j'éprouvais plutôt de la pitié. Et du chagrin, en le voyant si décidé à se perdre.

Je passai le reste de l'après-midi dans une chambre de motel. J'avais besoin de repos et je voulais éclaircir mes doutes. Manifestement, je ne pouvais rien faire pour que Tom change d'avis. Mais je voulais essayer encore une fois.

Ce soir-là, vers les sept heures, je passai une robe d'été toute simple et repris le chemin du parc d'attractions. La métamorphose était spectaculaire. La grande roue tournait avec lenteur, éblouissante avec ses trois rangées d'ampoules multicolores. Bâtisses, tentes, caravanes, tout étincelait. La magie créée par la lumière, la musique et cette foule innombrable était une surprise pour moi. Les baraques aux peintures écaillées retrouvaient l'éclat du neuf. Les wagons dont le rouge et l'or égratignés avaient si triste mine au grand jour semblaient neufs eux aussi. La musique fusait de partout. Par les portes grandes ouvertes s'engouffraient des centaines de gens, dans leurs vêtements de tous les jours. Mais l'attente du plaisir se lisait sur leur visage, créant une joyeuse excitation. Je n'en revenais pas.

Je suivis le flot, gagnée par la contagion. Je voyais des filles de mon âge enlacer étroitement leurs amoureux. Leur habillement plus que sommaire aurait fait froncer les sourcils à Tony, sans aucun doute. Des parents au visage enfiévré tenaient solidement par la main leur marmaille pressée de s'échapper. Les grands-parents suivaient de leur mieux, lents et gauches. On devinait qu'ils étaient plus accoutumés à passer leurs soirées sous leur véranda, à se balancer dans un rocking-chair.

À dix-huit ans, je n'avais jamais mis les pieds dans un cirque. J'en ignorais tout, hormis ce que j'avais pu voir à la télévision. Rien ne m'avait préparée à la griserie de ce mélange de sons, de lumières, et surtout, d'odeurs. Odeurs de foule et d'animaux, de foin, de fumier, de sueur. Et, surgi de partout, dominant tout, le fumet des hot dogs et des hamburgers, de la vanille et du pop-corn.

Je déambulais sur les côtés du champ de foire, où de petites tentes offraient toutes sortes d'attractions. Filles à demi nues, outrageusement fardées et ondulant des hanches, monstres exhibant leurs difformités avec une indifférence confondante. J'entrevoyais enfin ce qui avait pu attirer le petit paysan de douze ans, venu tout droit de ses collines. Il y était retourné tout ébloui, rêvant à cet univers fabuleux. D'un côté, l'éclat des lumières, de l'autre la noirceur des mines, les projets chimériques et la peur du gendarme. Une masure sinistre, et le mépris de tous, les erreurs passées qui vous marquent à jamais. Ici, tout était tellement plus beau... Quel naïf ! J'avais presque pitié de lui.

Tout cela était très bien pour Pa : à son âge, il ne pouvait pas viser plus haut. Mais pas pour Tom. Le charme de la nouveauté envolé, il en aurait vite assez. Et moi je n'avais pas l'intention de m'y laisser prendre.

Avant tout, il me fallait un billet. Et pour l'acheter, suivre la file qui s'avançait vers une estrade surélevée, où un homme vantait à grands cris les mérites du spectacle. Avant même d'entendre sa voix, je sus qui il était. Noyée dans la foule, je levai les yeux vers lui. Je vis d'abord ses pieds, serrés dans de hautes bottes noires, en cuir véritable à n'en pas douter. Puis ses longues jambes musclées, moulées dans un pantalon blanc collant au possible. Sa virilité provocante me rappela nos ricanements de collégiennes devant les tableaux où les ducs, généraux et autres notables s'exhibaient dans le même genre de tenues. Sa redingote écarlate portait des galons d'or aux manches, des épaulettes et une double rangée de boutons dorés. Et la cravate d'un blanc éclatant mettait en valeur le beau visage que je me rappelais si bien, et qui n'avait absolument pas changé. Ses péchés n'y avaient laissé aucune marque, le temps non plus. L'âge n'avait pas épargné Grandpa mais Pa était toujours le même, lui. Vigoureux, éclatant de santé, plus soigné qu'il ne l'avait jamais été. Plus trace de favoris sur son visage impeccablement rasé. L'éclat de ses yeux noirs lui conférait un charme quasi magnétique. Je vis certaines femmes le contempler sans vergogne, comme un dieu.

De temps à autre, il ôtait son haut-de-forme noir et saluait à grands gestes ostentatoires.

– Cinq dollars, mesdames et messieurs. Cinq dollars seulement pour découvrir un autre monde, un monde comme vous n'en connaîtrez jamais plus... Vous y verrez l'homme et la bête s'affronter, des femmes ravissantes et des hommes audacieux risquer leur vie dans les airs pour votre seul plaisir. Deux dollars et demi pour les enfants de moins de douze ans, gratuit pour les bébés portés aux bras. Venez voir Lady Godiva s'élancer de son cheval pour atterrir quinze mètres plus haut dans sa chevelure frémissante... qui parfois la dévoile un peu, mais oui, messieurs !

Et il continuait sur ce ton persuasif, tandis qu'à sa droite la caisse cliquetait triomphalement. Tandis que je me rapprochais de lui, il évoqua les dangereux rois de la jungle, le claquement du fouet du dompteur et bien d'autres merveilles... Il ne m'avait pas encore vue, et j'avais tout fait pour cela. Je portais un grand chapeau de paille blanc, retenu par un foulard bleu noué sous le menton. J'avais prévu des lunettes de soleil mais il faisait nuit et j'oubliai de les mettre. Je me retrouvai enfin en tête de la file, en plein sous ses yeux.

– Allons, jeune fille ! Depuis quand laisse-t-on la lumière sous le boisseau ?

D'un geste vif, il m'arracha mon foulard, et mon chapeau s'envola : nous étions face à face. Ce fut le choc, et j'entendis son hoquet de surprise. Pendant quelques brèves secondes il resta sans voix... et me sourit. Il me tendit chapeau et foulard et lança à la cantonade :

– Voilà ce qui s'appelle une beauté ! Pourquoi vous cacher ?

Un instant plus tard, il lançait à nouveau son boniment. Il s'était vite remis de sa surprise, mais moi... c'est à peine si je tenais encore sur mes jambes. J'aurais voulu crier, l'injurier, faire savoir à tous ces jobards quel monstre il était. Mais je fus poussée en avant, priée de me dépêcher et sans avoir eu le temps de dire ouf, je me retrouvai sur un banc décati, assise à côté de Tom. Il souriait de toutes ses dents.

– Ouaoh ! T'as vu ça, la façon dont il t'a enlevé ton chapeau ? Sans ce chapeau il n'aurait peut-être pas fait attention à toi, d'ailleurs. Je t'en prie, Heavenly, ne me regarde pas comme ça ! Et tu n'as aucune raison de trembler, il ne te fera pas de mal. Il n'en a nullement l'intention.

Il me serra contre lui, exactement comme autrefois, quand j'avais peur.

– Je connais quelqu'un qui meurt d'envie de te dire bonjour. Juste derrière toi.

Je portai la main à mon cou (dire que j'avais cru impressionner Pa, avec toutes mes bagues) et me retournai lentement vers un vieil homme parcheminé. Son regard bleu éteint croisa le mien... Grandpa ! Jamais je ne l'avais vu si bien habillé. Il portait un costume d'été, grand sport, et des chaussures blanches flambant neuves. Ses yeux délavés, ébahis, étaient humides de larmes. Manifestement, il cherchait à me situer dans ses souvenirs et j'eus le temps de l'observer. Il avait pris du poids, et des couleurs. Il respirait la santé.

– Oh ! s'exclama-t-il, enfin parvenu à m'identifier, c'est la petite Heavenly qui nous revient ! Juste comme elle avait dit, Annie. (Il poussa du coude une compagne imaginaire.) Quelle bonne mine elle a, tu ne trouves pas, Annie ?

Il fit le geste d'étreindre cette Annie qui avait été si longtemps à ses côtés, et cela me fit mal. Ne pouvait-il plus vivre sans ce fantôme ? Je me jetai à son cou et l'embrassai sur la joue.

– Grandpa ! C'est si bon de te revoir !

– T'aurais dû embrasser ta grand-mère en premier, ma fille. Oui, t'aurais dû.

Docilement, j'entourai de mes bras l'invisible Annie et déposai un baiser sur sa joue absente. J'éclatai en sanglots, pleurant sur ce qui n'était plus et sur ce qui pouvait être encore. Mais j'embrassais le vide, alors qu'il me restait à vaincre l'entêtement et l'orgueil des Casteel, à ramener Tom au bon sens. Le combat serait difficile.

Ce cirque de pacotille n'était pas un endroit pour lui, et j'avais assez d'argent pour lui payer des études. Et tout en dévisageant Grandpa, j'entrevis un moyen de battre en brèche l'indéracinable fierté de mon frère.

– Tu as toujours le mal du pays, Grandpa ?

Je n'aurais pas dû lui poser la question. Son visage pathétique parut s'éteindre, se ratatiner davantage. Tout son éclat s'évanouit.

– On peut pas être mieux qu'au pays, pour sûr. Annie le disait toujours... Ramène-moi là-bas, chez nous. S'il te plaît, ramène-moi chez nous.

4

Pêcheurs de lune

Je fonçais sur la route ou plutôt je fuyais, en proie à la frustration et à la colère. Je fuyais Tom et Grandpa, bien résolue à sauver Fanny d'elle-même puisque je n'avais plus qu'elle à sauver. J'avais bourré la poche de Grandpa de billets qu'il n'avait même pas pris la peine de compter.

– Tu donneras ça à Tom, quand je serai partie. Force-le à prendre cet argent et à s'en servir pour lui. Pour son avenir.

Mais Dieu seul savait ce que deviendrait cette somme entre les mains d'un vieillard sénile. Je fuyais donc, une fois de plus. Droit vers l'ouest et vers Nashville où Fanny avait filé aussitôt après avoir vendu son bébé au révérend Wise et à sa femme. À peine arrivée, je hélai un taxi, donnai au chauffeur l'adresse de Fanny et m'effondrai sur mon siège, les yeux fermés. La guigne me poursuivait, tout allait de travers. Troy était mon seul espoir et j'éprouvais un douloureux besoin de lui, de sa force. Mais j'avais une tâche à accomplir, et seule. Il n'était pas question de mêler Fanny à ma vie privée. À aucun prix.

La ville était agréable, avec un cachet bien à elle, mais il y régnait une chaleur suffocante; de gros nuages lourds s'amoncelaient, annonçant l'orage. Mon taxi filait le long de jolies rues ombragées, bordées de maisons victoriennes à l'architecture compliquée, alternant avec de rares mais somptueuses résidences modernes. Quant à la bâtisse de trois étages devant laquelle me déposa mon taxi, c'était autre chose. Comme ses voisines, elle avait dû connaître de meilleurs jours, mais ses volets gauchis, sa peinture écaillée n'en portaient plus trace. Ce quartier devait être le plus lépreux de la ville.

Mes talons sonnèrent sur les marches branlantes, tirant de leur léthargie quelques jeunes gens vautrés dans leurs fauteuils sur les vérandas. Quelques têtes se retournèrent de mon côté.

– Hé ! visez un peu ce qui nous arrive ! lança un jeune homme de bonne mine, vêtu en tout et pour tout d'un jean. (Son buste nu était moite de sueur.) Ça, c'est du beau monde !

Sept paires d'yeux me dévisagèrent avec une apparente hostilité. Je tâchai de faire bonne figure.

– Je suis Heaven Casteel... la sœur de Fanny Louisa.

Le jeune homme avait bondi sur ses pieds et s'inclinait devant moi en une parodie de politesse.

– En effet. La richissime sœur dont elle nous a tant parlé et qui ne lui a jamais envoyé un sou ! Vous ressemblez à vos photos.

Je blêmis. Fanny ne m'avait jamais écrit ! Si elle avait des photos de moi, c'étaient celles que j'avais envoyées à Tom, forcément. Ce qui signifiait que Tony avait délibérément subtilisé une partie de mon courrier.

– Est-ce que Fanny est là ?

Une jolie petite blonde en short et en débardeur nasilla, la cigarette aux lèvres :

– Non, elle est bien trop occupée avec le job qu'elle m'a soufflé, mais elle va se ramasser. Elle chante comme une casserole et elle danse comme un pied. C'est moi qui aurai l'audition, demain, et tant pis pour elle !

C'était bien le genre de Fanny de marcher sur les pieds des autres, mais je me gardai bien de le dire. Je lui avais annoncé mon arrivée et elle n'avait pas eu la politesse de m'attendre ! Ma déception dut se lire sur mon visage. Un jeune homme aussi séduisant que le premier prit la parole. Il avait dû noter une certaine différence de manières entre Fanny et moi.

– Elle était tellement emballée qu'elle a dû oublier.

Un cercle de curieux s'était formé autour de moi, et je ne fus pas fâchée d'entendre éclater le tonnerre. Je me précipitai à l'intérieur.

– Chambre 404 ! me cria une certaine Rosemary.

La chambre n'était pas fermée à clé, je poussai la porte au moment précis où la pluie commençait à tomber. La pièce était petite, mais jolie. Ou tout au moins l'aurait été, si Fanny avait pris la peine de ramasser ses vêtements et de passer l'aspirateur de temps en temps. Je m'empressai de faire son lit avec des draps propres dénichés dans un tiroir et de remettre tout en ordre. Puis je m'assis sur l'unique chaise, près de la fenêtre, et contemplai l'orage d'un œil morne. Je pensais à Troy, à Tom, à Keith et à *notre* Jane. Et je fondis en larmes. Fallait-il que je sois jeune et stupide, pour m'accrocher si désespérément au passé ! Pour laisser fuir la richesse et la beauté de ma vie, simplement parce que je ne pouvais pas gouverner celle des autres ! Mais c'était bien fini. Je prendrais ce qui m'était offert, j'oublierais le passé. Personne n'avait souffert autant que moi. Pas même Fanny.

Je passai les doigts sur mes tempes douloureuses. La pluie entrait par la fenêtre ouverte, comme une berceuse rythmée par le tonnerre et les éclairs. Je glissai dans un sommeil léger peuplé de rêves. Troy et moi courions côte à côte dans les nuages, luttant contre des flots de brume. Cinq vieillards nous poursuivaient. Soudain, Troy me poussa en avant et cria :

– Sauve-toi ! Je les entraînerai pour faire diversion.

– Non... non !

Je crus hurler, avec cette inaudible voix des rêves. Et les cinq vieillards s'éloignèrent de moi, mais non de Troy. C'était lui qu'ils poursuivaient maintenant.

Je m'éveillai en sursaut. Le temps avait fraîchi.

Il faisait froid dans la chambre, si étouffante quelques instants plus tôt. Le soir tombant noyait d'ombre les porches et les terrasses, prêtant aux vieilles maisons un charme romantique. La petite pièce pauvrement meublée me parut soudain étrangère. Où étais-je ? Avant que j'aie repris mes esprits, la porte s'ouvrit à toute volée devant une Fanny ruisselante, pestant contre le mauvais temps et la perte de ses derniers dollars. Fanny, ma Fanny de seize ans ! Elle franchit d'un bond l'espace qui nous séparait et se jeta dans mes bras.

– Heaven, c'est toi ! Alors t'es venue, finalement... tu m'as pas laissée tomber !

Une brève étreinte, un baiser sur la joue et elle s'éloignait, déjà tout occupée d'elle-même.

– Cette sacrée pluie... ma meilleure robe est fichue !

Elle virevolta pour arracher sa robe rouge trempée, s'affala sur la chaise et envoya promener ses bottes, de misérables bottes en plastique noir, dégoulinant de pluie.

– Tu parles d'une balade ! J'ai les pieds en compote !

Je fronçai les sourcils : je croyais entendre Kitty. Mais à l'époque ce langage me semblait normal : tout le monde dans les collines s'exprimait plus ou moins comme cela.

– Je voulais t'attendre, mais ces abrutis d'imprésarios m'ont fait courir. Et pour quoi, je te demande ! Juste pour lire et souffler les mots aux acteurs. Je leur avais pourtant dit que je lisais pas assez bien. Je voulais chanter ou danser, moi ! Mais tout ce qu'ils avaient à m'offrir, c'étaient des bouts de rôle sans texte... ah, je les aurai arpentés, ces sacrés trottoirs ! Depuis six mois, si c'est pas plus !

Chez Fanny, la déception ne durait jamais longtemps. Elle avait l'art de s'en débarrasser comme d'un vieux vêtement, et c'est ce qu'elle faisait en ce moment. Elle me gratifia d'un sourire éclatant, qui révéla une rangée de dents irréprochables. Les dents du bonheur, le merveilleux sourire des enfants Casteel ! J'étais sous le charme.

– Tu m'as apporté quelque chose, au moins ? Tom m'a écrit que t'avais de l'argent plein les poches et que tu lui avais envoyé des tas de cadeaux à Noël. Et à Grandpa aussi. Il en a pourtant pas besoin, lui. C'est moi qui ai le plus besoin de tout. Tout ce que t'as de côté !

Elle avait minci et encore embelli, depuis la dernière fois que je l'avais vue. Elle me parut plus grande, mais peut-être était-ce la combinaison noire et collante qui accusait sa silhouette élancée... elle me faisait penser à un élégant croquis d'artiste. Ses cheveux noirs pendaient en longues mèches humides et désordonnées, mais même ainsi, leur beauté eût fait se retourner plus d'un homme. Je ne voyais plus très clair dans mes sentiments. J'ignorais si je l'aimais parce que nous étions de même sang, ou parce que c'était mon devoir de l'aimer et de veiller sur elle.

Mais j'éprouvai une véritable répulsion pour l'avidité que je lus dans ses yeux, quand je tirai un à un de mon grand fourre-tout de cuir les cadeaux que je lui avais apportés. Je n'avais pas encore sorti la dernière boîte que déjà, elle déchirait l'emballage du premier paquet qu'elle avait pu saisir, sans égard pour le papier luxueux ni les rubans. Elle ne songeait qu'à son cadeau et poussa un cri strident en découvrant une robe.

– Chic, alors ! Juste ce qu'il me fallait pour cette sortie la semaine prochaine. Une robe à danser rouge !

Elle jeta la robe pour déchirer l'enveloppe du cadeau suivant, un sac de soirée rouge, brodé de strass. Ses cris montèrent d'un ton. Les escarpins de satin cramoisi étaient un peu trop petits mais elle trouva le moyen de les chausser. Et quand elle exhiba l'étole de renard argenté, une expression de ravissement se peignit sur ses traits exotiques.

– Une fourrure neuve rien qu'à moi, tout ça pour moi ? Oh, Heaven ! Moi qui croyais que tu ne m'aimais pas ! Faut que tu m'aimes pour m'avoir offert tout ça.

Et pour la première fois, me sembla-t-il, elle me

regarda avec attention. Ses yeux se rétrécirent jusqu'à devenir deux fentes de lumière, à peine visibles entre ses longs cils. Mon miroir m'avait appris combien j'avais changé. Ma beauté, encore à l'état de promesse quand je vivais dans les collines, s'était épanouie, et les soins d'un grand coiffeur l'avaient merveilleusement mise en valeur. J'étais mince avec des formes harmonieuses que ma robe coûteuse affinait encore et, sous le regard de Fanny, je compris que ma toilette ne devait rien au hasard : je m'étais préparée à cette rencontre avec ma sœur.

Ses yeux sombres me détaillèrent, de haut en bas, de bas en haut. Elle prit une inspiration et siffla entre ses dents.

– Eh ben, dites donc ! Ma vieille fille de sœur est devenue rudement sexy !

Je rougis jusqu'à la racine des cheveux.

– À Boston, les filles ne se marient pas à douze ou treize ans, comme dans les collines ! Tu n'as pas le droit de me traiter de vieille fille.

– C'était pour rire ! rétorqua Fanny, laissant poindre une hostilité soudaine. Mais tu ne m'as apporté que des frusques alors que tu as envoyé tout ce fric à Grandpa. Il n'en a même pas besoin !

– Regarde dans ton sac.

Avec de nouveaux cris d'extase, elle ouvrit d'une secousse son petit sac à deux cents dollars et ouvrit des yeux ronds devant les billets qu'il contenait : onze mille dollars en tout. Il était clair que c'était ce qu'elle attendait le plus. Elle compta rapidement les coupures.

– Doux Jésus ! Tu me sauves la vie, j'étais au bout du rouleau... à peine de quoi finir la semaine ! Merci, Heaven.

Dans ses yeux sombres, le reflet de la robe jetait des étincelles de feu. Et quand elle sourit, ses dents de perle brillèrent, avivant l'éclat de son teint d'Indienne.

– Et maintenant, raconte-moi ce que tu deviens chez ces mangeurs de haricots[1]. Y paraît que là-bas

1. Sobriquet américain des habitants de Boston. *(N.d.T.)*

toutes les femmes sont des pimbêches, et que les hommes sont plus doués pour la politique que pour la carambole !

Il fallait que je sois bien sotte ce jour-là, ou bien insouciante, pour avoir pu oublier un instant quel genre de fille était Fanny. À moins que, pour la première fois de sa vie, elle ait vraiment fait attention à moi ? Quand je me rendis compte que j'avais livré tous mes secrets, j'eus beau me maudire, le mal était fait. Lovée sur son lit en petite tenue, Fanny rattacha machinalement son soutien-gorge noir dégrafé et passa à l'attaque.

– Attends que je m'y retrouve. Tu dis que ta grand-mère Jillian a soixante et un ans mais qu'elle fait très jeune ? Quel genre d'allure ils ont, au juste ?

L'acuité soudaine de son regard me mit sur mes gardes.

– Parle-moi plutôt de toi : comment va ton bébé ?

La parade était bonne : Fanny mordit avidement à l'hameçon.

– La vieille Wise m'envoie des tas de photos, ils l'appellent Darcy, un joli nom, tu trouves pas ? Elle a des cheveux noirs et elle est drôlement jolie.

Elle bondit et alla farfouiller dans un tiroir bourré de vêtements, y prit une enveloppe brune d'où s'échappèrent une vingtaine d'instantanés. Tous de la même petite fille, à différents stades de sa croissance.

– C'est fou ce qu'elle ressemble à sa mère, non ? Avec quelque chose de Waysie, juste un petit rien.

Waysie ? Le diminutif du révérend Wise m'arracha un sourire. Mais Fanny disait vrai : l'enfant était ravissante. C'était étonnant de se dire que cette union si peu chaste ait produit un si beau fruit.

– Elle est vraiment belle, Fanny, et tu as raison : elle a ta beauté, et un petit peu de son père.

Ses traits se convulsèrent. Elle se jeta sur le lit en désordre, malmenant robe, sac et souliers, et fondit en larmes. Elle poussait des gémissements lamentables et ses poings martelaient les oreillers.

– J'en ai marre d'ici, Heaven ! C'est pas du tout comme je m'imaginais, tout va mal ! Tous ces directeurs et producteurs, à l'Opéra, ils me trouvent bien mais ils disent que je chante mal. Ils veulent que je prenne des leçons de diction, que je retourne à l'école et même que j'apprenne à danser. Et moi j'ai rien à dire, là-dedans. J'ai même pris une leçon de maintien une fois, et j'ai eu tellement de courbatures que je suis pas près de recommencer. J'ai toujours visé haut, tu le sais bien, et je pensais que ça suffisait pour arriver. Eh bien, quand je leur chante du country, si tu voyais leur tête ! On dirait que ma voix leur écorche les oreilles. Je nasille, paraît-il. Je suis trop country ! Ça veut dire quoi : trop ? Ils me trouvent bien fichue mais mon talent est médiocre. Tu parles ! On a du talent ou on n'en a pas. Alors y a pas de raison pour que je fasse pas de progrès !

» Mais j'en ai marre. Marre de les voir se payer ma tête ! Et j'ai plus un sou. Une fois que t'as pris l'habitude de dépenser, ça file vite. Pourtant je cachais mon magot sous mon matelas, de peur qu'on me le pique. J'ai tout juste quinze dollars pour finir la semaine et si t'étais pas venue, il me restait plus qu'à vendre mes affaires aux puces !

Elle me jeta un coup d'œil furtif, guettant ma réaction. Mais je restai de marbre et alors tout changea. Elle se redressa, écrasant ses larmes de ses poings, et son chagrin s'envola comme par enchantement. Son sourire reparut, un mauvais sourire plein de haine.

– Tu as l'air bourrée de fric maintenant, Heaven. Je parie que ton parfum coûte une fortune. Ton sac et tes chaussures aussi, j'ai jamais vu du si beau cuir. Et je parie que t'as au moins dix manteaux de fourrure ! Et des milliers de robes et de chaussures, et des millions de dollars ! Et qu'est-ce que tu m'apportes ? Des frusques de quatre sous. Tu m'aimes pas vraiment, Heaven, pas autant que Tom. T'as décroché le gros lot et t'es là à me regarder tirer la langue comme si ça te faisait de la peine. Alors vas-y, regarde bien cette chambre et pense à l'endroit d'où tu viens. Tu m'as pas tout raconté mais c'est Tom qui me l'a dit. Y a au moins cinquante pièces et vingt salles de bains dans ta baraque, on se demande ce que t'en fais d'ailleurs. Tu as trois chambres à toi toute seule, quatre penderies pleines de fringues, de sacs, de chaussures, de bijoux, de fourrures, et tu vas aller à l'université, en plus ! Moi, tout ce que j'ai gagné, c'est des ampoules aux pieds, dans cette ville pourrie où personne n'aime personne. Je la déteste !

À nouveau, elle écrasa ses paupières de ses poings, meurtrissant le contour de ses yeux.

– Et il a fallu que tu t'offres ce jobard de Logan Stonewall, par-dessus le marché ! Tu as jamais pensé que je pouvais avoir des vues sur lui ? Non, t'es bien trop gourde ! Tu me l'as soufflé et je ne te le pardonnerai jamais. Je te déteste à chaque fois que j'y pense. Et même quand tu me manques, je te déteste. Alors tu peux bien faire quelque chose pour moi, maintenant, au lieu de te contenter de me donner une misérable poignée de billets. Onze mille dollars, qu'est-ce que ça représente pour toi ? Tu as le magot, t'as plus qu'à te servir !

En un clin d'œil elle fut debout et se rua sur moi, toutes griffes dehors. Et pour la première fois de ma vie, je la giflai. Ma main laissa sur sa joue une marque cuisante et elle recula sous le choc, gémissant et pleurant à la fois.

– Tu m'avais jamais battue, jamais ! T'es devenue une vraie garce, Heaven Casteel. Une sale garce !

– Habille-toi, lançai-je d'un ton sec. J'ai faim.

Je la regardai enfiler une jupe ultra-courte en similicuir rouge et un sweater de coton blanc, nettement trop petit. Des anneaux d'or dansaient à ses oreilles et ses chaussures en plastique rouge avaient des talons noirs d'au moins douze centimètres. Elle avait jeté son sac en entrant et il s'était vidé sur le plancher, libérant un paquet de cigarettes froissé et cinq petites boîtes de préservatifs. Je détournai les yeux.

– Je regrette d'être venue, Fanny. Je m'en irai après le dîner.

Nous allâmes dans un restaurant italien, au bout de la rue. Fanny garda le silence pendant tout le repas. Elle dévora le contenu de son assiette puis finit ce que j'avais laissé, alors que je ne demandais qu'à lui commander un autre plat. Elle me glissait de temps à autre un regard calculateur, on ne peut plus clair pour moi : elle préparait ses batteries. Malgré mon impatience de la quitter pour retrouver Troy, je la raccompagnai chez elle et la laissai parler tout le long du chemin.

– Je t'en prie, Heaven, rappelle-toi le bon vieux temps, au moins ! Tu peux pas t'en aller et me laisser me débrouiller toute seule, t'es ma sœur !

Une fois dans sa chambre, elle se campa devant moi, les poings sur les hanches, et vociféra :

– Non mais, pour qui tu te prends à la fin ? Tu peux pas t'amener comme ça et repartir aussi sec, en m'offrant un repas, quelques nippes et une poignée de dollars !

C'était trop fort ! Elle qui de sa vie ne m'avait pas dit un seul mot aimable, sauf pour obtenir quelque chose !

– Tu ne me demandes pas de nouvelles de Tom, de Keith et de *notre* Jane ?

– Je m'occupe de moi et c'est bien suffisant, hurla-t-elle en s'avançant vers la porte pour me barrer le passage. Tu es responsable de moi, Heaven. Quand Ma est partie, tu étais censée t'occuper de moi et tu l'as pas fait. Tu as laissé Pa me vendre aux Wise et maintenant ils ont mon bébé. Tu savais que j'aurais pas dû le faire ! Fallait m'empêcher, mais t'as pas vraiment essayé. Pas assez.

J'en restai stupéfaite. Moi qui avais tout fait pour qu'elle refuse ces dix mille dollars et garde le bébé ! J'explosai.

– J'ai essayé, Fanny, tant que j'ai pu ! Maintenant c'est trop tard.

– C'est jamais trop tard et t'as pas essayé suffisamment. Fallait trouver les bons mots pour que je comprenne. Maintenant j'ai plus rien, ni argent ni bébé ! Et je veux mon bébé, je suis trop malheureuse. Quand je pense que c'est eux qui l'ont et que je la verrai plus jamais, j'en dors plus !... Je l'aime, je la veux, j'ai besoin d'elle. Je l'ai tenue qu'une seule fois dans mes bras, et ils me l'ont prise pour la donner à la vieille Wise.

Déroutée par ses sautes d'humeur, je voulus faire preuve d'un peu de sympathie mais elle n'en avait cure.

– Me dis pas que j'aurais dû le savoir : j'en savais rien et maintenant je regrette. Alors voilà ce que tu peux faire de tout ce fric que t'as planqué je sais pas où... Retourne à Winnerrow, rends-leur les dix mille dollars, donne-leur le double, même ! Mais rachète-leur mon bébé.

– Tu ne sais pas ce que tu dis : c'est impossible. Tu m'as dit qu'à l'hôpital tu avais signé les papiers d'adoption...

– Non ! Les papiers que j'ai signés disent qu'ils peuvent garder le bébé jusqu'à ce que je sois en âge de l'élever moi-même, c'est tout.

Impossible de dire si elle mentait ou non : je n'avais jamais su lire en elle, comme Tom. J'essayai de la raisonner.

– Je ne peux pas retourner là-bas pour enlever un bébé à des parents qui l'adorent et qui s'en occupent parfaitement. Tu m'as montré les photos, Fanny. On voit bien qu'elle ne manque de rien. Qu'est-ce qu'elle deviendrait avec toi ? Pense à ton genre de vie... je ne peux pas faire ça !

Je balayai la pièce d'un geste éloquent : on y voyait mal un berceau de bébé.

– Tu te vois avec un enfant si petit, si accaparant ? Tu l'emmènerais avec toi quand tu irais travailler ? Réponds-moi !

Ses yeux lancèrent des éclairs, puis elle fondit en larmes.

– J'ai pas à te répondre, et toi, fais ce que je dis, sinon... je me paie un billet d'avion pour Boston, avec tes dollars. Et quand je verrai ta grand-mère Jillian, qui se prend pour une minette, je saurai quoi lui dire sur son petit ange qui s'est tiré de Boston ! Je lui cracherai le morceau : la baraque sans eau, les salades de Pa, ses cinq frères en tôle. Et quand elle saura où son petit ange a vécu et où elle est morte, elle voudra plus de toi, ta chère

Jillian ! Je lui dirai que Pa allait chez Shirley même après son mariage, que c'était un coureur. Et qu'on avait des cabinets dehors, et que ça puait, et que son petit trésor si gâté crevait de faim. Et tout ce qu'elle a supporté, l'accouchement sans docteur, avec juste Granny pour l'aider. Et quand j'aurai vidé mon sac et qu'elle saura de quelle pourriture tu sors, elle te détestera... si elle devient pas dingue avant que j'aie fini !

Je la dévisageai, hébétée, écrasée par tant de haine. Moi qui avais cherché toute ma vie à l'aider... Son obsession maniaque me dépassait. Je passai la main dans mes cheveux d'un geste nerveux et me dirigeai vers la porte.

– Pas si vite, Heaven Leigh Casteel !

Sa voix grinçante, exagérant son accent des collines, réveilla toutes mes vieilles hontes. Elle était de première force à ce petit jeu : elle savait où frapper pour faire mal. J'étais glacée. Pourtant, bien que la pluie ait rafraîchi l'air, il ne faisait pas froid.

– Je t'en ferai voir de toutes les couleurs, si tu ne vas pas me chercher mon bébé.

J'étais fatiguée de Fanny et de ses cris. J'aurais voulu n'être jamais venue.

– Tu sais très bien que je ne peux pas agir de la sorte.

– Qu'est-ce que tu peux faire pour moi, alors ? Me donner autant que ce que tu as ? Une chambre dans ta baraque gigantesque ? Si tu m'aimais, comme tu le dis toujours, tu voudrais que j'habite avec toi, pour qu'on se voie tous les jours.

La voir tous les jours, elle ? Je frissonnai.

– Je regrette, Fanny, mais je n'ai pas l'intention de vivre avec toi. Je t'enverrai de l'argent tous les mois, pour que tu ne manques de rien, mais il n'est pas question que je t'invite. Ma grand-mère et son mari ne veulent pas entendre parler des Casteel et encore moins en voir un mettre les pieds chez eux. J'ai dû leur promettre que ça n'arriverait pas. Alors, si tu mijotes de leur raconter que je suis venue vous voir, Tom et toi, renonce à ton petit chantage.

Ils me couperaient les vivres immédiatement et je n'aurais plus un sou ni pour toi, ni pour racheter ton bébé.

Ses longs yeux en amande se rétrécirent davantage encore.

– Combien tu m'enverrais, par mois ?

– Suffisamment.

– Alors, mets le double. Avec mon bébé, j'aurai besoin de tout ce que tu mettras de côté. Et si c'est pas assez, Heaven Casteel, je me débrouillerai pour que tu perdes tout ce que t'as. Tu le mérites pas, de toute façon.

Je frissonnai à nouveau, plus glacée que jamais, comme si le vent des Willies soufflait sur moi. J'entendais le hurlement des loups. Je voyais la neige s'amonceler autour de la cabane pour m'y emprisonner. Les secondes s'éternisaient et les rideaux sales et déchirés se soulevaient en vagues menaçantes, comme un avertissement divin. Je dus faire un effort douloureux pour me concentrer sur la conduite à tenir. Je ne doutai pas un instant des intentions de Fanny : elle ferait tout pour me nuire, pour me punir d'être née la première et de posséder ce qu'elle considérait comme un privilège. Privilégiée, moi ? La seule faveur que m'ait accordée la vie était que Logan m'avait choisie, moi... et pas elle. Et je compris enfin.

La vérité m'atteignit comme une gifle. Je n'avais jamais cru Fanny jusque-là, mais Logan était la véritable raison de sa haine pour moi. Elle l'avait toujours voulu et lui n'avait jamais fait attention à elle, en dépit de ses efforts. Je plaquai les mains sur mes joues enfiévrées, atterrée par ma découverte : c'était ça, la malédiction des filles des collines ! Elles grandissaient trop vite et se lançaient dans une chasse à l'homme éperdue, à l'âge où aucune d'entre nous n'est capable de choisir à bon escient.

Comme cette pauvre Sarah, assez sotte pour s'amouracher d'un Luke Casteel. Ou Kitty Setterton, avec son amour insensé pour un homme qui s'était simplement servi d'elle pour assouvir un désir passager. Quant à Fanny, qui me couvait d'un regard meurtrier alors que je n'étais plus rien pour Logan, qu'elle ne compte pas sur moi pour l'aider à le reprendre ! Autant la jeter dans la gueule du loup.

Je raffermis ma voix, décidée à faire preuve d'autorité.

– Très bien, Fanny, calme-toi : j'irai à Winnerrow et je proposerai aux Wise de leur racheter ton bébé. Mais pendant mon absence, réfléchis sérieusement à quoi tu t'engages et à la façon dont tu pourras assurer le bien-être et l'éducation de cette enfant. L'argent ne suffit pas pour devenir une bonne mère, cela demande du dévouement. Il te faudra penser à elle bien plus qu'à toi-même. Tu devras renoncer à la scène, et rester à la maison pour t'occuper de Darcy.

– J'ai pas les qualités qu'il faut pour réussir dans ce métier, gémit-elle, si lamentable que je faillis m'apitoyer. Je croyais pouvoir y arriver, mais je me suis trompée, alors autant laisser tomber. Il y a un gars qui veut m'épouser, et je crois que je vais me décider. Il a cinquante-deux ans et je l'aime pas vraiment, mais il a une bonne situation et il pourra nous entretenir, le bébé et moi, avec ton aide bien sûr. Je vais attendre que tu reviennes et d'ici là, on sera mariés tous les deux. Et je gaspillerai pas l'argent que tu m'as donné, comme je faisais avant. Promis.

Ce n'était peut-être pas la chose à dire, mais je tentai un dernier effort :

– Ne commets pas la sottise d'épouser un homme aussi vieux. Cherches-en un plus jeune, à peu près de ton âge. Marie-toi, attends sagement que je revienne avec ton bébé et tu verras : tu n'auras plus besoin de moi très longtemps.

Je vis reparaître son sourire charmeur.

– Sois tranquille, je dirai rien à personne, même pas à Mallory. Tu sais, ce type qui m'aime. Va là-bas et fais ce que t'as à faire. Tu t'en sortiras... tu finis toujours par avoir ce que tu veux, hein, Heaven ?

Et une fois de plus, son regard avide caressa les

vêtements et les bijoux auxquels je ne prêtais plus la moindre attention, tant j'y étais habituée.

Je la laissai vautrée sur son lit et quittai Nashville, sans pour autant prendre le chemin de Winnerrow. J'appelai Tom.

– Fanny veut que je rachète son bébé, Tom. Prends l'avion pour Winnerrow avec l'argent que j'ai laissé à Grandpa et viens me rejoindre. Nous serons deux pour affronter les Wise.

– Impossible, Heavenly ! Ce n'est pas très malin d'avoir donné tout cet argent à Grandpa, lui qui n'a jamais eu plus d'un dollar en poche ! Il ne sait plus où il l'a fourré. Mais qu'est-ce qu'il t'a pris de lui donner tout ça en liquide ?

– C'est parce que tu ne voulais pas l'accepter !

J'étais au bord des larmes.

– Je n'ai pas besoin qu'on m'aide. Et si tu as deux sous de cervelle, oublie ce que tu as promis à Fanny et laisse le bébé aux Wise : tout le monde croit que c'est le leur. Fanny ne sera jamais une bonne mère, même si tu lui donnes un million par mois. Tu le sais très bien.

– Au revoir, Tom.

Je soupirai, en proie à un sentiment irrévocable. Le temps et les circonstances m'avaient ravi le frère qui avait été mon héros. Il ne me restait plus que Troy. Quand je l'appelai, j'eus l'intuition que quelque chose n'allait pas. Sa voix me parut bizarre.

– Reviens vite, Heaven ! Je voudrais que tu sois déjà là. Il m'arrive de me réveiller en pleine nuit et de me dire que tu n'étais qu'un rêve, que je ne te reverrai plus jamais.

– Je t'aime, Troy, et je n'ai rien d'un rêve ! Dès que j'aurai vu les Wise, je reviendrai, pour être ta femme.

– Mais tu sembles lointaine, différente, on dirait.

– C'est le vent qui brouille la ligne, je l'entends toujours. Et je suis contente que quelqu'un d'autre l'entende aussi.

– Heaven... non, rien. Je ne veux pas te supplier.

Je restai sur mes positions et attendis l'avion qui

m'emmènerait vers l'ouest de la Virginie, vers Winnerrow et Main Street où vivait Logan, dans l'appartement des Stonewall, au-dessus de la pharmacie.

C'était bel et bien tenter le diable, mais je n'en avais pas conscience alors. Je ne savais qu'une chose : j'avais un défi à relever et je voulais gagner. Avec de l'argent, je pourrais racheter une enfant, et qui sait, peut-être m'en serait-elle un jour reconnaissante ?

5

Envers et contre tous

Tout le monde chantait quand j'entrai dans l'église. Le visage pieusement levé vers l'autel, ils chantaient ces célestes et merveilleux cantiques qui me rappelaient mon enfance. Sarah était ma mère alors, la cabane notre foyer et mon amour pour Logan la seule douceur de ma vie, avec les heures passées dans cette église, le dimanche.

Eux aussi chantaient à tue-tête, ils célébraient le dimanche, le meilleur moment de leur vie, et leurs voix montaient avec une incroyable netteté dans le soir brûlant. Sans arrêt, des éclairs de chaleur zébraient le ciel. À la suite des derniers traînards, je pénétrai dans l'église où s'agitaient des éventails, à défaut d'air conditionné. À nouveau j'étais ramenée en arrière, au temps où je n'étais qu'un de ces parias de Casteel.

Qui eût cru que ces voix angéliques savaient si bien louer, dénigrer ou maudire, à leur gré ? Pas un étranger, en tout cas. Pour cela, il fallait les connaître aussi intimement qu'ils se connaissaient eux-mêmes, de la montagne à la vallée. Tranquillement, j'allai m'asseoir au bord du dernier banc, étonnée par l'affluence des gens des collines. Il n'était pas dans leurs habitudes de se précipiter au service du soir, surtout par cette chaleur torride. Les citadins étaient sur leur trente-et-un, et s'ils ne daignaient pas tourner la tête sur mon passage, ils m'épiaient à la dérobée. Sournoisement, ils inspectaient ma toilette, prompts à former ces jugements hypocrites rarement fondés sur les faits. L'instinct grégaire et la méfiance leur suffisaient. Et ils savaient à quoi s'en tenir sur mon compte : l'habit ne fait pas le moine ! Malgré mes beaux vêtements, je n'étais pas des leurs. Leur hostilité s'exprimait sans paroles, et elle m'aurait chassée si je ne m'étais pas sentie si décidée. Je pouvais bien devenir riche ou même célèbre, je n'obtiendrais jamais leur respect ni leur admiration, ni ce que je désirais par-dessus tout, qu'ils m'envient. Je le savais. Rien n'avait changé : eux seuls savaient ce qui était bien ou mal, du moins en ce qui concernait les gens de mon espèce.

Ceux des collines occupaient toujours les derniers bancs, ceux de la vallée se pavanaient au centre et les privilégiés siégeaient au premier rang, tout près de Dieu. C'étaient aussi les mêmes qui contribuaient, par leurs subventions, à ce qui tenait lieu de charité publique. Au premier banc, guindée dans ses plus beaux atours, Rosalynn Wise regardait d'un œil absent son époux monter en chaire. Dans son complet noir fait sur mesure, net et bien ajusté, il me parut aussi mince que lorsque je l'avais vu pour la première fois, quand j'avais dix ans. Chacun savait pourtant que le révérend Wayland Wise aimait tant la bonne chère qu'il prenait bien ses trois kilos par an !

J'avais d'abord pensé m'asseoir à ma place habituelle, et m'y tenir. Mais c'était aussi la plus étouffante, près de la porte qui s'ouvrait à chaque instant, laissant entrer des bouffées d'air suffocant. À ma propre surprise, je me levai et marchai vers le troisième banc de la rangée centrale. Tous les regards étaient braqués sur moi, sidérés par mon audace, mais je pris place sur un siège libre, tirai un livre de cantiques du sac accroché au dossier d'en face et le feuilletai jusqu'à la page 216. Et je me mis à chanter, à pleine voix, haut et clair. Car tous les Casteel savaient chanter, même s'ils n'avaient guère sujet de le faire.

Et l'on daigna enfin me remarquer : je les avais scandalisés. Ils me dévisageaient, l'œil rond, ébahis sinon alarmés de voir un Casteel montrer tant d'impudence. Et, loin de chercher à les ignorer, je bravai chaque regard accusateur et chantai jusqu'au bout, sans faiblir, la vieille hymne familière que *notre* Jane avait tant aimée. « En portant nos gerbes nous venons à Toi, tous à Toi, en portant nos gerbes... »

C'est tout juste si je n'entendais pas leurs pensées. Un de ces misérables Casteel, oser reparaître dans leur sacro-sainte assemblée ! Leurs yeux malveillants détaillaient mon visage, mes vêtements, évaluaient les bijoux que j'exhibais avec ostentation pour leur montrer que je n'avais plus rien à désirer.

Un murmure désapprobateur parcourut la foule, mais je n'en fus pas troublée. Qu'ils examinent tout à loisir mes bijoux et ma toilette luxueuse, j'étais venue pour ça ! En fait ils ne parurent pas le moins du monde impressionnés, ou s'ils le furent, ils le cachèrent bien. Je ne récoltai ni admiration, ni surprise. À leurs yeux, une grenouille avait plus de chances de se changer en prince que moi de mériter le respect. Aussi vite qu'ils s'étaient retournés sur moi, leurs visages se détournèrent; d'un seul mouvement, comme un éventail qu'on replie. Dans mon dos et à mes côtés, la colline imitant la vallée, on s'écarta discrètement de moi.

Raide comme la justice, je m'assis et attendis. J'attendis la tirade que ne manquerait pas de m'assener le très dévot révérend Wise, dans un sermon choisi pour ce dimanche très particulier. Une menace planait dans l'air, le silence était lourd de malveillance. Figée sur mon banc, je me demandais si Logan et ses parents seraient là, ce soir. Je regardai autour de moi, aussi loin que cela m'était possible sans tourner la tête, espérant et redoutant à la fois leur présence.

Soudain, les têtes pivotèrent à nouveau vers un vieillard qui descendait la nef en clopinant, le genou raide. Je m'obligeai à fixer un point droit devant moi, mais je le vis quand même, du coin de l'œil. Il vint prendre place à mes côtés... Grandpa !

Mon Grandpa, que j'avais vu deux jours auparavant et qui avait empoché mes billets de cent dollars, en promettant vaguement de les donner à Tom. Ici, bien loin de la Floride et de la Géorgie... c'était bien lui. Il me sourit timidement, découvrant ses gencives édentées, et soupira.

– Ça fait plaisir de te revoir, ma petite Heaven.

– Grandpa, chuchotai-je, pourquoi es-tu revenu ?

Je l'entourai de mon bras et l'installai de mon mieux.

– Est-ce que tu as donné l'argent à Tom ?

– Jamais aimé les pays plats, grommela-t-il en guise d'explication.

Il baissa les yeux, ses yeux pâlis qui semblaient ne plus pouvoir verser de larmes mais qui pleuraient souvent, je le savais.

– Mais l'argent, qu'en as-tu fait ?

– Tom n'en veut pas.

Comment avoir une conversation suivie avec un vieil homme qui ne distinguait plus le rêve de la réalité ? Je fronçai les sourcils.

– C'est Pa qui t'a dit de t'en aller ?

– Luke est un bon gars, il aurait pas fait ça.

C'était bon de le sentir à mes côtés. Sa seule présence m'était un réconfort. Il ne s'était jamais détourné de moi, comme Keith et *notre* Jane. Tom avait dû lui dire que j'allais à Winnerrow, et il était venu m'apporter son soutien. Quant à l'argent que je destinais à Tom, Pa l'avait sûrement déjà pris.

Quelques fidèles se retournèrent pour nous fusiller du regard, en levant un doigt menaçant devant leurs bouches pincées. Grandpa se tassa sur son banc, dans un effort désespéré pour disparaître. Je lui saisis vivement le coude.

– Redresse-toi ! Ne te laisse pas intimider.

Mais Grandpa resta comme il était, agrippé à son vieux chapeau de paille comme à un bouclier.

Silencieux et solennel, le révérend Wise me toisait du haut de sa chaire. Cinq mètres à peine nous séparaient, et je lus dans ses yeux quelque chose comme un avertissement. Le service avait dû commencer avant mon arrivée, car il ne se lança pas dans ces interminables prières qui marquaient habituellement le début du culte. Il débuta sur le ton de la conversation, de sa voix chaude et convaincante.

– L'hiver est fini. Le printemps est venu et il s'en est allé. Nous voici donc en plein été, et l'automne à son tour viendra dorer les arbres et de nouveau la neige tombera... et nous, qu'avons-nous accompli ? Avons-nous gagné ou perdu du terrain ? Il est vrai que nous avons souffert et péché, depuis le jour de notre naissance. Et cependant Notre Seigneur, dans sa miséricorde infinie, a jugé bon de nous laisser la vie.

» Nous avons ri et nous avons pleuré, nous sommes tombés et nous nous sommes relevés. Les uns ont donné la vie, les autres ont perdu des êtres chers, car telles sont les voies du Seigneur. Donner et reprendre, ne construire que pour détruire selon les caprices de la nature.

» Et toujours, si grandes soient nos peines, le flot de son amour nous soutient dans l'épreuve afin que nous puissions, comme aujourd'hui, nous réunir pour l'adorer. Pour célébrer la vie même si la mort nous menace et si le malheur nous guette, comme nous le faisons à cette heure, à cette minute même, dans l'allégresse. Nous méritons tous d'être bénis ou maudits, selon nos actes et dans le secret de nos cœurs. La haine, la rancune, le jugement téméraire sont des péchés tout aussi graves que le meurtre. Nul ne connaît le cœur d'autrui, mais rien ne Lui reste caché.

Beau discours, en vérité ! Ambigu et biblique à souhait : chacun pouvait l'interpréter comme il voulait. Il continua sur le même ton, de sa voix onctueuse et monotone, sans me quitter un seul instant des yeux. C'est moi qui détournai les miens finalement, pour échapper à la terreur paralysante que m'inspirait son regard : tel était le pouvoir du révérend Wise.

C'est alors que, parmi des centaines d'autres regards furtifs, je distinguai sous le rebord d'un grand chapeau de paille vert une paire d'yeux tout aussi verts, durcis par une rage froide. Celle qui m'observait avec un tel mépris n'était autre que Reva Setterton, la mère de Kitty Dennison !

Un frisson glacé me courut dans le dos. Comment avais-je pu revenir à Winnerrow sans penser un seul instant à la famille de Kitty ? J'osai enfin regarder autour de moi pour tâcher d'apercevoir Logan, ou ses parents. Ils n'étaient pas là, Dieu merci ! Je portai la main à mon front, qui devenait de plus en plus douloureux et brûlant. Je flottais dans une sorte de brume, aussi irréelle qu'inquiétante. Et brusquement, Grandpa se redressa, se mit debout en vacillant et me prit la main pour m'aider à me lever.

– Ça a pas l'air d'aller, chuchota-t-il. On n'est pas à notre place, ici.

Je n'aurais pas dû céder mais je me sentais trop faible pour lui résister et sa main étreignait la mienne avec une force inattendue chez un vieillard. Mes bagues me rentraient dans la chair. Je me laissai entraîner jusqu'aux bancs du fond et me retrouvai à ma place familière : le passé reprenait ses droits. J'étais à nouveau la petite fille apeurée, intimidée par les riches dans leurs beaux habits neufs et les vitraux étincelants. Humiliée devant ce Dieu qui ignorait nos besoins et ne comblait que les nantis. Un Dieu qu'on payait en beaux dollars, et non en petite monnaie.

La douleur me martelait les tempes. Qu'étais-je venue faire ici ? Moi, une moins que rien, oser me mesurer à celui que les dévots de Winnerrow considéraient comme leur champion, le défenseur de la bonne cause ! Je parcourus l'assemblée d'un œil angoissé, espérant y rencontrer un regard amical, mais en vain. Qu'avait bien pu dire le révérend pour qu'ils me dévisagent ainsi, tous ? Leurs visages se fondaient en une tache confuse où je ne voyais plus que regards hostiles. Et le sentiment de sécurité que m'avait apporté l'amour de Troy m'abandonnait, comme s'effrite une peinture appliquée sur du bois frais. Leur haine me faisait vaciller d'effroi, j'aurais voulu m'enfuir avec Grandpa, avant que les lions soient lâchés.

Comme une Belle au bois dormant s'éveillant au milieu d'ennemis, je vis s'évanouir le charme qui m'entourait depuis mon entrée à Farthinggale Manor. Et surtout, surtout, depuis que je connaissais Troy. Tout cela me semblait chimères à présent, et si lointain... Les yeux baissés sur mes mains, je tournai nerveusement la bague de fiançailles ornée d'un solitaire qu'il avait voulu que je porte, même si nous devions ne jamais nous marier. Puis je jouai distraitement avec le rang de perles qui retenait un pendentif de saphirs et de diamants, autre présent de Troy. Bizarre, ce besoin que j'avais de me raccrocher à ces bijoux. Comme s'il me fallait me convaincre moi-même qu'à peine quelques jours plus tôt, je vivais dans l'une des plus riches et des plus fabuleuses demeures du monde.

Le temps avait d'étranges caprices ce soir-là, dans cette église. J'étais adulte et enfant, tour à tour. J'étais fiévreuse et j'avais mal. J'aurais voulu être au fond de mon lit.

– Prosternons-nous et prions, ordonna le révérend.

Je respirai plus librement, enfin délivrée de son regard.

– Demandons humblement notre pardon, afin d'ouvrir un nouveau chapitre de notre vie, libérés du poids de nos péchés, des offenses passées et des promesses oubliées. Que chaque jour nouveau nous trouve prêts à nous montrer bons pour ceux dont nous croyons avoir eu à nous plaindre. Et promettons-nous d'agir envers notre prochain comme nous voudrions qu'il agît envers nous.

» Nous sommes mortels et si Dieu nous a placés sur cette terre c'est pour y vivre dans l'humilité, sans rancunes ni désirs de vengeance...

Il continua sur ce ton, comme s'il parlait pour moi. Le sermon s'acheva enfin. Il ne contenait rien que je n'aie déjà entendu, mais alors pourquoi avais-je l'impression tenace que le révérend m'adressait un avertissement ? Connaissait-il la raison de ma venue ? Me soupçonnait-il ? Étais-je censée savoir qu'il avait assumé la paternité d'une jolie petite fille, discrètement retirée d'une maternité pour être déposée tout endormie dans les bras de sa femme ? Je me levai, aidai Grandpa à en faire autant et me dirigeai vers la porte. Pas question d'attendre sur place, avec les miséreux des collines. C'étaient toujours eux les derniers à sortir, et à serrer la main pieuse et très chrétienne du révérend.

Dehors, l'air était lourd et chargé d'humidité. À peine étions-nous dans la rue, Grandpa et moi, qu'un homme s'approcha de moi en m'appelant par mon nom. Je crus d'abord que c'était Logan puis mon cœur faillit s'arrêter de battre. Cal Dennison, la main tendue et le sourire aux lèvres !

– Heaven, ma chère Heaven ! Comme c'est merveilleux de te revoir ! Tu es magnifique... une vraie beauté ! Mais dis-moi un peu ce que tu es devenue... Tu te plais, à Boston ?

À Winnerrow, quand il faisait chaud dans les rues, c'était bien pis à l'intérieur, et les habitants préféraient s'installer sur les vérandas. Plantée devant Cal Dennison, j'entendais cliqueter les glaçons dans les carafes de limonade, tout en cherchant désespérément comment répondre à celui qui avait été mon ami... et mon séducteur. Agrippée au bras de Grandpa, je fis un pas en direction de l'hôtel où j'avais retenu une chambre et bredouillai :

– Heu... oui, beaucoup.

Remonter Main Street sous un feu croisé de regards revenait à affronter un peloton d'exécution, et je n'étais pas spécialement pressée de m'exhiber en compagnie de Cal Dennison.

– Heaven, chercherais-tu à te débarrasser de moi ? (Je pouvais voir la sueur perler sur son visage.) Si nous allions prendre un verre et bavarder tranquillement, tu veux bien ?

Je n'y allai pas par quatre chemins.

– J'ai une migraine terrible. Je meurs d'envie de prendre un bain froid et d'aller me coucher.

Ma dérobade lui causa un choc. Ses traits se décomposèrent.

– Tu parles comme Kitty, souffla-t-il en baissant la tête.

Et instantanément, je me sentis coupable. Puis je me souvins que Grandpa était toujours à mes côtés. D'ailleurs nous arrivions devant mon hôtel, le seul hôtel de Winnerrow.

– Luke nous a installés à la cabane, Annie et moi. C'est là que j'habite, maintenant.

– Grandpa, reste à l'hôtel avec moi. Je peux te louer une chambre, avec la télévision en couleurs, tu veux ?

– J'aime mieux rentrer, Annie m'attend.

– Bon, si tu y tiens... mais comment vas-tu rentrer ?

L'effarement le fit presque chanceler, puis il se reprit.

– Skeeter Burl m'emmènera en voiture. Y m'aime bien, maintenant.

Skeeter Burl, le pire ennemi que Pa ait jamais eu dans les collines ? S'il aimait Pa, les poiriers donnaient des prunes ! Obéissant à une de mes satanées impulsions, je repris le bras de Grandpa et l'entraînai vers l'hôtel.

– Grandpa, je crois que tu vas dormir ici, finalement.

La panique s'empara de lui. Il n'avait jamais dormi « dans le lit des autres », il ne voulait pas, à aucun prix. Annie avait besoin de lui. Il avait des animaux, chez lui. Ils allaient être malheureux s'il ne rentrait pas... Ses yeux délavés, larmoyants, m'imploraient. Il était pitoyable.

– T'occupe pas de moi, ma petite Heaven. Va à ton hôtel.

Le désespoir lui donnait des forces. Avec une promptitude incroyable, il libéra son bras et s'élança en clopinant dans Main Street.

– Et pis occupe-toi de tes affaires. J'aime pas dormir dans le lit des autres !

– Je suis content qu'il soit parti, dit Cal tandis qu'il me saisissait le bras pour me piloter vers la cafétéria de l'hôtel. Je suis descendu ici, moi aussi. J'ai dû venir à Winnerrow pour régler des histoires d'héritage avec les parents de Kitty. Ils s'acharnent à démontrer que je n'ai contribué en rien à la fortune de leur fille, et donc que je ne mérite pas la part qu'elle m'a laissée.

Maudissant le sort qui m'avait mise nez à nez avec Cal, je m'informai d'une voix lasse :

– Peuvent-ils casser son testament ?

Nous prîmes place à une petite table ronde et Cal s'empressa de commander un en-cas, puisqu'il était trop tard pour dîner. Il se comportait comme si rien n'avait changé entre nous. Peut-être me voyait-il déjà dans son lit ? En ce cas, il allait être déçu. Mal à l'aise, je restai figée sur ma chaise, prête à le décourager à la moindre avance. Je grignotais mon sandwich à la salade, n'écoutant que d'une oreille le récit détaillé de ses démêlés avec ses beaux-parents.

– Et je suis seul, Heaven, tellement seul. La vie ne vaut rien, sans une femme à vos côtés. Je suis l'héritier légal de Kitty mais ses parents me contraignent à une procédure ruineuse. Cela me coûtera au moins la moitié de ce qu'elle m'a laissé mais ils s'en moquent : ils tiennent leur revanche.

Mes paupières s'alourdissaient de plus en plus.

– Mais pourquoi font-ils ça ? Ils n'ont aucune raison de te haïr.

Cal soupira et baissa la tête, le front entre les mains.

– C'est elle qu'ils détestent, pour ne leur avoir laissé que son meilleur souvenir !

Il se redressa, les yeux brouillés de larmes.

– Est-ce le hasard si une jolie fille comme toi se retrouve sur mon chemin ? Nous pourrions être mariés à l'heure qu'il est, Heaven. Avoir une famille. Je terminerais mes études, toi les tiennes, et nous pourrions entrer dans l'enseignement, tous les deux.

J'étais morte de fatigue et incapable de résister à Cal quand il prit ma main et la porta à ses lèvres, avant de presser ma paume contre sa joue. À cet instant précis, Logan fit son entrée à la cafétéria, donnant le bras à une fille ravissante. Quand il l'aida à s'asseoir, je reconnus Maisie, la propre sœur de Kitty.

Quant à Logan... Grand Dieu ! J'aurais préféré

ne pas l'avoir revu. Il resplendissait de santé mais quelque chose en lui semblait avoir vieilli. Son ardeur juvénile avait fait place au cynisme, et son sourire était tout proche du rictus. Était-ce moi qui l'avais changé ainsi ? Il m'adressa un bref salut de la main et son regard croisa le mien, puis trahit la surprise et le dégoût : il avait vu Cal. Dès lors, il s'appliqua à ne plus regarder dans notre direction; Maisie ne se montra pas si discrète.

– Logan, mon chou ! Est-ce que ce ne serait pas ton ancien flirt, Heaven Casteel ?

Il ne prit pas la peine de répondre, et moi, je bondis sur mes pieds.

– Excuse-moi, Cal, je ne me sens pas bien. Je vais me coucher.

Sa mine s'allongea. Il se leva, l'addition à la main.

– Laisse-moi au moins t'accompagner jusqu'à ta chambre.

C'était inutile et je ne souhaitais pas qu'il vienne, mais la douleur me vrillait le crâne et j'étais recrue de fatigue. Tout allait mal, décidément. À croire que j'y mettais du mien ! J'eus beau protester, Cal me suivit dans le couloir et dans l'ascenseur, en sortit avec moi au sixième et insista pour ouvrir ma porte lui-même. Sitôt entrée, je voulus la refermer, mais il fut plus rapide que moi. Avant que j'aie compris ce qui m'arrivait, il était dans ma chambre et m'attirait dans ses bras, me couvrant le visage de baisers brûlants de passion. Je me débattis pour me libérer.

– Non, arrête ! Je ne veux pas ! Laisse-moi tranquille, Cal. Je ne t'aime pas, je ne crois pas t'avoir jamais aimé. Laisse-moi, je te dis !

Je lui lançai mon poing en pleine figure, et pour un peu je lui aurais abîmé l'œil. Ma résistance furieuse le prit complètement au dépourvu. Il me lâcha et recula. Il paraissait au bord des larmes et sa voix se teinta de tristesse.

– Je n'aurais jamais cru que tu oublierais tout ce que j'ai fait pour toi, Heaven. Depuis mon retour à Winnerrow, il y a trois ans, je n'ai cessé de prier pour te revoir. Je l'espérais, j'en rêvais ! Les gens avaient entendu parler de ta chance et de ta richesse, mais ils ne voulaient pas y croire. Et je sais que Logan Stonewall sort avec une demi-douzaine de filles, y compris Maisie.

J'éclatai en sanglots et le poussai brutalement vers la porte.

– Ça m'est égal, il peut bien sortir avec qui il veut ! Moi, tout ce que je veux, c'est un bon bain et mon lit. Maintenant, file et laisse-moi tranquille.

Et il s'en alla. Du couloir, il me regarda un instant par la porte ouverte, plus triste que jamais.

– Je suis au 310, au cas où tu changerais d'avis. C'est une fille comme toi qu'il me faut. Accorde-moi encore une chance de t'aimer. S'il te plaît !

Des images de l'époque où il vivait avec Kitty défilèrent dans ma mémoire. Kitty refusant ses avances. Sa voix implorante, entendue à travers les murs d'abord, et ensuite... dans ma propre chambre. Oh, oui ! il avait eu besoin de moi ! D'une gamine assez naïve, assez crédule, assez stupide pour le prendre pour un ami ! Pourtant, malgré ces souvenirs qui me hantaient, le voir ainsi, immobile et les yeux pleins de larmes, me faisait pitié. Je m'adoucis.

– Bonne nuit, Cal, et adieu, dis-je en m'approchant pour refermer la porte. Tout est fini entre nous. Trouve quelqu'un d'autre.

Le bruit léger que fit la porte en se refermant étouffa celui de ses sanglots. Je fis jouer la clé dans la serrure, donnai un tour supplémentaire et me précipitai vers la salle de bains, l'esprit en déroute. Pourquoi étais-je revenue à Winnerrow ? Pour racheter le bébé de Fanny ? Allons donc ! Je portai la main à mon front et attendis que la baignoire se remplisse. Puis, avec précaution, j'enjambai le rebord et m'assis dans l'eau. Elle était un tout petit peu trop chaude, ce qui me rappela Kitty : elle aimait les bains brûlants. Où avait pu aller Grandpa ? Était-il vraiment retourné dans cette misérable cabane ?

Une fois sortie du bain, je pensais toujours à Grandpa. Qu'avait-il fait de tout cet argent ? Je devais retrouver Grandpa. Je ne dormirais pas tranquille tant que je ne serais pas certaine qu'il était arrivé sain et sauf à la cabane. Je quittai l'hôtel, en proie à une migraine insupportable.

On étouffait dans Main Street, où de rares souffles de brise brassaient l'air poisseux d'humidité. Là-haut, dans les Willies, le vent qui chantait dans les arbres avait balayé les montagnes, et il arrivait qu'il apporte un peu de fraîcheur dans les pièces minuscules de notre pauvre cabane.

Au volant de ma voiture de location, je traversai la ville endormie. Il était dix heures et demie, et toute activité cessait à dix heures du soir, ici. Seul le caissier des Stonewall était encore au travail. Dès que j'eus quitté les faubourgs pour m'engager sur la route en lacet, ma voiture fit des siennes. Le moteur toussa, cracha, et rendit l'âme. Je sortis, perplexe, et soulevai le capot. Geste gratuit, à vrai dire : je n'entendais rien à la mécanique. J'explorai les alentours du regard : l'endroit qui m'était pourtant familier me parut tout à coup effrayant. Le mieux était de rentrer me coucher, en oubliant Grandpa et cet argent. Tom ne voudrait jamais l'accepter, de toute façon. Et Grandpa n'avait pas vraiment besoin de moi. Je frissonnai de la tête aux pieds.

À nouveau, j'essayai de démarrer : sans résultat. Le vent se levait, un vent mouillé qui annonçait la pluie. Et l'orage semblait devoir être tout autre chose qu'un simple orage d'été. Je pressentais la tempête à venir, amenant l'averse et la grêle. Des rafales de plus en plus fortes me soufflaient au visage. Il ne me restait plus qu'une chose à faire : m'asseoir dans la voiture, attendre que quelqu'un passe et veuille bien s'arrêter pour m'aider. Je ressentais de vives douleurs dans tout le corps, maintenant. Et je commençais à me demander si je n'avais pas contracté la maladie de Troy.

Je devais bien être là depuis une demi-heure quand une voiture apparut, enfin. Contre toute attente, elle ralentit, se gara sur le bas-côté et le chauffeur descendit. Je baissai la vitre et sursautai en reconnaissant la silhouette qui ne m'était que trop familière. Logan Stonewall !

– Qu'est-ce que tu fabriques ici en pleine nuit ? s'enquit-il en me toisant d'un air soupçonneux.

J'expliquai de mon mieux ma mésaventure et son regard se durcit encore. Puis il m'entraîna vers sa voiture.

– Monte. Je t'emmène là-haut.

Je me glissai à son côté sur le siège avant, consciente d'agir comme la dernière des idiotes. Je ne savais absolument plus quoi dire.

– J'allais justement voir si ton grand-père était bien arrivé, ajouta-t-il en remettant le moteur en marche.

D'une voix qui me parut méconnaissable, je m'écriai :

– Ce ne sont pas tes affaires !

– J'aurais fait la même chose pour n'importe qui dans la même situation. Il est tout seul, là-haut.

Un silence épais s'installa entre nous. Le vent fouettait rageusement les arbres et la grêle se mit à tomber si dru que Logan dut à nouveau se garer au bord de la route pour attendre une accalmie. Pendant dix minutes, pas un de nous deux ne dit mot. Puis il redémarra pour s'engager sur la route boueuse que je connaissais si bien et qui débouchait sur un chemin de terre. Je regardais droit devant moi, essayant de contrôler le tremblement qui me gagnait.

L'unique hôtel de Winnerrow, qui jadis me paraissait si grand et si beau, me semblait minable à présent. Mais je savais que c'était un palais, comparé à la misérable cahute vers laquelle nous roulions. J'avais envie de pleurer, j'étais glacée jusqu'aux os. Je rêvais d'un bon lit chaud, avec des couvertures propres et des draps blancs, et que me restait-il à présent ? La cabane, avec ses cabinets à l'extérieur, et le *vieux qui fume,* incapable de réchauffer quoi que ce soit. C'était comme si je laissais la civilisation derrière moi, à Winnerrow. Mais je ravalai mes larmes et c'est à Logan que je m'en pris.

– Ça t'amuse de jouer les bons samaritains avec

mon grand-père ? Il te faut toujours quelqu'un pour t'apitoyer et montrer ta belle générosité, c'est ça ?

Je n'eus droit qu'à l'un de ses regards dédaigneux, et je le dévisageai longuement. Si j'avais espéré retrouver dans ses yeux ne serait-ce qu'une lueur d'amour, je fus déçue. J'affrontais le regard d'un ennemi, plus dur que les plus dures paroles. De cette dureté qui cherchait à blesser, sciemment. Et cela me fit mal, venant de celui qui avait été mon meilleur ami. Je me renversai sur le dossier pour m'éloigner de lui autant qu'il était possible, décidée à ne plus regarder de son côté, ne fût-ce qu'une seule fois. Je le distinguais à peine, de toute façon. Il faisait trop sombre. Ou alors était-ce ma vue qui se brouillait ? Tout devenait affreusement irréel. La douleur fusait dans mes os, gagnait ma poitrine, me tenaillait les tempes et les yeux. J'avais le visage en feu, le moindre mouvement m'était une souffrance.

– Je conduis ton grand-père à Winnerrow chaque fois qu'il en a envie, jeta Logan, glacial.

Le bref coup d'œil qu'il me lança l'était tout autant.

– Il vient souvent de Géorgie ou de Floride, reprit-il, pour voir ce que devient sa cabane.

– Il m'avait dit que c'était Skeeter Burl qui l'emmènerait...

– Skeeter Burl l'a conduit plusieurs fois à l'église et ramené chez lui, mais il est mort il y a deux mois. Un accident de chasse.

Alors Grandpa m'aurait menti ? Non, il avait dû oublier. Il n'avait plus toute sa tête depuis la mort de Granny.

Logan se réfugia dans le silence, et moi aussi. La mort de Skeeter Burl n'avait pas été une grande perte, même s'il avait rendu ce petit service à Grandpa, de temps en temps.

De Winnerrow à la cabane, il n'y avait guère plus de dix kilomètres en prenant tous les raccourcis. Et trois fois plus par la route que nous avions empruntée. L'esprit embrumé, je me perdais en conjectures au sujet de Logan. Et soudain je voulus en avoir le cœur net.

– Pourquoi n'es-tu pas à Boston ? Tes cours reprennent fin août, je crois ?

– Et toi, pourquoi n'y es-tu pas ?

– Je... j'ai l'intention de rentrer demain après-midi.

– Si la pluie se calme...

Mais la pluie tombait à seaux : on se serait cru au début du printemps. Un véritable déluge capable de changer les ruisseaux en torrents furieux, de déraciner les arbres et d'inonder les berges. Dans les Willies, la pluie tombait parfois une semaine durant. Et quand elle cessait, de véritables lacs nous isolaient de tout, même de l'école. Et Troy qui comptait sur moi pour le lendemain soir ! Il faudrait que je l'appelle dès mon retour à Winnerrow...

Les kilomètres défilaient. Je demandai :

– Comment vont tes parents ?

– Bien.

On ne pouvait être plus bref ni plus décourageant. Je m'obstinai :

– Je suis ravie de l'apprendre.

Logan quitta alors la grand-route pour s'engager dans ce qui méritait à peine le nom de chemin : une piste boueuse, creusée d'ornières inondées. Et la pluie ruisselait toujours, inlassablement, noyant vitres et pare-brise. Logan arrêta les essuie-glaces et se pencha en avant, le regard soucieux. Jamais il ne m'avait semblé si dur, si intransigeant. Brusquement, il s'empara de ma main gauche et contempla longuement l'énorme diamant qui ornait mon annulaire. Puis il lâcha ma main, comme un objet de dégoût qu'il ne consentirait plus jamais à toucher.

– Je vois.

Je me mordis les lèvres, m'efforçant désespérément de ne pas penser à la façon dont Keith et *notre* Jane m'avaient repoussée, eux aussi. Peine perdue. Cet affreux sentiment d'abandon me collait à la peau comme une brûlure.

Logan se taisait maintenant, concentré sur la route à suivre. Ce fut avec un soulagement visible qu'il tourna dans l'étroit espace qui tenait lieu de cour à la cabane perchée à flanc de coteau. Notre cabane, que je ne croyais plus jamais revoir. Cette fois, c'est avec des yeux neufs que je la verrais. J'avais vécu à Boston, je m'y étais formé le goût, ma sensibilité s'était affinée. Je savais apprécier la beauté, l'élégance des proportions, toutes les nuances du raffinement. Je m'attendais au pire. Je revoyais avec une précision cruelle la masure délabrée, avec son auvent de guingois. Le bois vermoulu, décoloré par les intempéries, le toit de tôle qui protégeait si mal de la pluie... Et la courette immonde envahie d'herbes et de ronces en partie noyées dans les flaques d'eau. Non, je ne voulais pas revoir l'appentis qui servait de cabinets, ni songer à Grandpa, clopinant pour s'y rendre et regagner péniblement la cabane. J'irais chez le révérend Wise dès le lendemain matin et je retournerais près de Troy.

Nous étions arrivés, Logan se garait et j'allais devoir faire face. Affronter l'horreur de retrouver Grandpa ici, exposé à la pluie qui s'infiltrait par le toit fuyant. Seul dans la nuit avec le fantôme de sa femme, dans le vent qui faisait rage et qui rendait l'abri de la cabane si précaire.

La surprise me cloua sur mon siège : la vieille cabane avait disparu. Devant moi se dressait une de ces robustes maisonnettes en rondins que les citadins nomment « pavillons de chasse ». Je n'en croyais pas mes yeux.

– Mais... mais comment... Qui a... ?

J'eus l'intuition que Logan se faisait violence pour ne pas me secouer. Je m'efforçai de retrouver mes esprits. Il crispa les mains sur son volant, évitant soigneusement de regarder de mon côté. Les fenêtres de la cabane étaient éclairées de l'intérieur : il y avait même l'électricité ! Je croyais rêver.

– Je crois que ton grand-père était malheureux en Géorgie, expliqua Logan. Il trouvait le pays trop plat et étouffant et surtout il n'y avait pas d'amis. Il s'ennuyait des collines et de Winnerrow. Tom m'a écrit que tu lui avais envoyé quelques centaines de dollars pour ses besoins personnels et c'est ce qui l'a décidé. Il voulait retrouver son Annie et cet argent lui a permis de revenir ici. Tom y a contribué, lui aussi, en travaillant jour et nuit. On a démoli la vieille cabane et construit celle-ci. Il ne nous a fallu que trois mois et l'intérieur est très bien aménagé. Tu ne veux pas entrer, pour voir ? À moins que tu n'aies déjà décidé de laisser le pauvre vieux tout seul, avec le fantôme de sa femme !

Comment faire comprendre à Logan que ma présence n'avait pas la moindre importance ? Que je reste ou non, Grandpa serait toujours seul avec sa morte bien-aimée. Mieux valait n'en rien dire. Je reportai mon attention sur la maison. Elle avait un étage et la façade laissait deviner le confort de l'intérieur. La double rangée de trois fenêtres devait laisser entrer le soleil à flots. Quelle différence avec les deux petites pièces obscures et enfumées où n'entrait jamais un souffle d'air frais. Ces six fenêtres, précisément !

Si je voulais entrer ? J'en mourais d'envie, naturellement ! Pourtant, un curieux malaise me gagnait. Je frissonnais de fièvre et de froid tour à tour, mes articulations devenaient de plus en plus douloureuses. Mon estomac lui-même se rebellait. Je me décidai enfin à ouvrir la porte de la voiture.

– Je retournerai en ville demain matin, Logan. Inutile de m'attendre, j'irai à pied.

Là-dessus, je claquai la portière, en proie à un malaise croissant. J'étais une étrangère ici, j'avais changé et le passé me rejetait. Sous la pluie froide qui me cinglait le visage, je me ruai vers la maison. De l'extérieur elle ne paraissait pas très grande et je fus surprise par les dimensions spacieuses du séjour. C'est là que je trouvai Grandpa, à quatre pattes devant une immense cheminée de pierre qui occupait tout un mur de la pièce. Il se démenait maladroitement pour y allumer un feu de bois. Il y avait de beaux chenets de cuivre, un élégant pare-feu, une lourde grille métallique pour les bûches et il faisait bon, bien que Grandpa n'ait pas encore craqué une allumette. Tout près de l'âtre, sur le grand tapis de lirette qu'avait tressé Granny avec de vieux bas nylon – don charitable des dames de la paroisse –, deux vieux rocking-chairs se faisaient face. Ceux-là mêmes où s'asseyaient Granny et Grandpa en été, sous l'auvent, et que l'on rentrait pour l'hiver. C'était tout ce qui subsistait de notre ancien mobilier. Deux vieux fauteuils fanés et déchirés, mais tellement plus émouvants pour moi que tous ces meubles flambant neufs !

En proie à une agitation soudaine, Grandpa tendit une main noueuse vers le moins fatigué des deux, qui avait été celui de sa femme.

– Annie, je t'avais bien dit qu'elle était revenue ! Elle va rester, Annie. Notre petite Heaven va pas nous laisser dans le besoin, sur nos vieux jours.

Rester ? Si seulement j'avais pu, mon Dieu ! Mais c'était impossible, Troy m'attendait.

Logan m'avait suivie à l'intérieur et m'observait, du seuil de la salle de séjour. Il fallait me reprendre, secouer coûte que coûte ce malaise. J'entrepris d'explorer les quatre pièces lambrissées qui constituaient le rez-de-chaussée. La cuisine m'émerveilla avec son équipement moderne, entièrement électrique. Il y avait un évier métallique à double bac, et même une machine à laver la vaisselle ! Je poussai une porte et découvris une buanderie, dotée d'une machine à laver et d'un séchoir. Puis un immense réfrigérateur à deux portes, et plus de placards que n'en contenait la cuisine de Kitty. Les rideaux et la nappe de la table ronde étaient de style rustique, en guingan bleu bordé de marguerites jaunes, et terminés par une frange de coton noué. Le carrelage était d'un beau bleu vif, et les coussins attachés aux sièges des chaises, jaune d'or. C'était la cuisine la plus intime et la plus ravissante que j'aie jamais vue. Exactement celle dont j'avais rêvé pendant toute mon enfance ! Les larmes aux yeux je caressai le bois satiné des placards : jadis, une simple étagère supportait notre misérable vaisselle et quelques clous nous suffisaient pour accrocher nos casseroles et nos pots. Je sanglotais sans retenue, maintenant, imaginant le plaisir qu'un pareil confort aurait procuré à Granny et à Sarah... comme à nous tous, d'ailleurs. Et, comme je l'aurais fait autrefois si un tel bonheur m'avait été donné, j'ouvris les robinets d'eau chaude et d'eau froide et passai mes mains sous le jet. L'eau courante, ici, dans nos montagnes ? J'actionnai les commutateurs électriques et secouai la tête. Non, tout cela n'était qu'un rêve... un de plus.

Avec un respect mêlé de crainte, je poursuivis mes investigations et découvris un petit coin-repas, devant une large baie. De jour, la vue sur la vallée aurait pu être magnifique, sans les arbres qui nous la masquaient. Encore un de mes vieux rêves : voir scintiller les lumières de Winnerrow comme des lucioles en été. Il n'y avait rien à voir pour l'instant, sinon la pluie dans la nuit. Un palier faisait suite au coin-repas. Quelques marches en descendaient, conduisant à une salle de bains avec chambre attenante : celle de Grandpa, sans aucun doute. Ses petits animaux sculptés s'alignaient sur des étagères, chacun devant un miroir miniature. Et un éclairage indirect faisait valoir les attitudes un peu bizarres mais si vivantes de toute cette petite faune montagnarde.

Sur le grand lit de cuivre neuf s'étalait une des plus belles courtepointes qu'ait jamais fabriquées Granny. Il y avait aussi une table de nuit avec sa lampe de chevet, deux chaises longues, un bureau, un coffre ! Je tournais en rond et finis par regagner la cuisine. Et là, au beau milieu de la pièce, je me mis à pleurer et à gémir à fendre l'âme.

– Pourquoi pleures-tu ? fit la voix de Logan, derrière moi. (Elle me parut bizarrement changée et adoucie.) Je croyais que ça te plairait... À moins que tu ne sois tellement habituée à vivre sur un grand pied qu'une petite maison dans la montagne ne te suffise plus ?

Tant bien que mal, je refoulai mes larmes.

– Oh, si, je l'aime ! Elle est si jolie...

– Alors arrête de pleurer, fit-il d'un ton bourru, tu n'as pas encore tout vu. Il y a des chambres, en haut...

Et il m'entraîna par le coude, tandis que je cherchais un mouchoir dans mon sac. Je me tamponnai les yeux et me mouchai énergiquement.

– Ton grand-père a un petit problème avec les escaliers. Pas pour les monter, ça il peut encore y arriver... mais il trouve qu'ils n'ont pas leur place dans sa maison.

Décidément, quelqu'un avait pensé à tout : rien ne manquait. Mais j'étais fatiguée, je me sentais malade et n'aspirais qu'à m'étendre dans un lit. Je tentai de me dérober, mais Logan resserra l'étreinte de sa main et me poussa presque de force dans l'escalier.

– N'est-ce pas ce que tu as toujours voulu quand tu étais petite ? Toutes ces choses dont tu as toujours été privée ? Cela te semblait si injuste à l'époque... Eh bien, regarde ! Tu les as, maintenant. Nous nous sommes donné du mal pour y arriver... J'espère qu'il n'est pas trop tard pour que tu puisses les apprécier... Regarde et juge, même si tu ne dois plus jamais revenir.

Il y avait deux chambres à l'étage ainsi qu'une immense salle de bains.

– Ton père a pris part aux frais, lui aussi, dit Logan en s'adossant à la porte de la penderie. C'est Tom qui me l'a écrit. Peut-être songe-t-il à réunir un jour toute sa famille ici ?

Quelque chose dans la voix de Logan m'incita à me retourner, et nos regards se croisèrent. Et cette fois, je le vis tel qu'il était. Il portait ses vêtements de tous les jours, comme s'il avait cessé de fréquenter l'église le dimanche. Il ne semblait pas s'être rasé et sa barbe naissante le faisait paraître différent. Plus âgé et surtout moins parfait.

Je m'avançai vers l'escalier.

– Il faut que je m'en aille, maintenant. C'est une très jolie maison et je suis heureuse que Grandpa ait un vrai foyer ainsi que toutes ces provisions.

Sans répondre, Logan me suivit en bas où je dis au revoir à Grandpa. Je déposai un baiser sur sa joue pâle et décharnée.

– Bonsoir, Grandpa. Bonsoir, Granny. J'ai quelques petites choses à régler demain mais je viendrai vous voir tout de suite après.

Le regard fixe, Grandpa m'adressa un signe de tête distrait et tripota la frange du châle qui l'enveloppait. Le châle de Granny !

– Ça nous a fait plaisir de te revoir, ma petite Heaven. Ouais, rudement plaisir !

Je savais qu'il ne me demanderait pas de rester. Spontanément, les mots d'autrefois me revinrent aux lèvres :

– Prends bien soin de toi, Grandpa, promis ? Tu n'as besoin de rien ? Tu ne veux pas que je te rapporte quelque chose de la ville ?

Ses yeux chassieux parcoururent la pièce et il grommela :

– Y a une dame qui vient d'en bas pour faire ma cuisine. Tous les jours. Annie trouve qu'elle est bien gentille, mais mon Annie ferait la cuisine elle-même, si elle y voyait mieux.

J'effleurai le bras du fauteuil de Granny, là où sa main avait usé le bois luisant. Puis je me penchai pour mimer un baiser, et je vis briller les yeux de Grandpa.

En sortant, je trébuchai à deux reprises. Le vent et la pluie faisaient rage. L'eau m'aveuglait, et le froid me coupa le souffle. Logan n'eut que le temps de me retenir pour m'empêcher de tomber en bas des marches. Mes jambes se dérobaient sous moi. Puis je me retrouvai dans les bras de Logan, et il me ramena dans la maison.

6

Rien ne va plus

Décidément, le temps me jouait des tours. Cette vieille femme qui s'occupait de moi... on aurait dit Granny. Elle me baignait, me faisait manger, sans cesser un instant de bavarder. N'était-ce pas une « chance qu'elle habite justement à deux pas de là ? Pensez donc, maintenant que tous les ponts étaient par terre, et le docteur qui pouvait plus monter ! »

Je revis Logan, à tout moment, jour et nuit. Que je m'éveille dans le noir ou en plein jour, il était là. Le visage de Troy apparaissait dans mon délire et sans arrêt, il répétait mon nom. Reviens, reviens, sauve-moi, sauve-moi...

Et la pluie qui tombait toujours, et encore, et toujours...

Même quand j'ouvrais les yeux, dans mes rares instants de lucidité, j'en venais à me croire au purgatoire, plus près de l'enfer que du ciel. Jusqu'au jour où j'émergeai enfin des brumes de la fièvre et parvins à distinguer l'endroit où je me trouvais. J'en restai confondue : j'étais étendue, pâle et sans forces, sur un grand lit d'une des chambres du haut de notre nouvelle cabane, à peine rescapée de la plus grave maladie de toute ma vie ! J'avais toujours été plus vigoureuse que *notre* Jane, et jusque-là, c'est à peine si j'avais passé plus d'une journée au lit.

Me sentir faible au point de ne pouvoir lever la main ni tourner la tête était une expérience plutôt éprouvante. Si éprouvante que je fermai les yeux et me rendormis. Je ne me réveillai qu'en pleine nuit, le regard vague mais assez clair pour reconnaître Logan, penché sur moi. Il avait besoin de se raser et semblait soucieux et fatigué, harassé même. Un peu plus tard, quand il fit jour, je m'éveillai tout à fait : il était en train de me laver le visage. Humiliée, je m'efforçai de repousser loin de moi ses mains diligentes et secourables mais je fus secouée par une quinte de toux qui me laissa hors d'haleine.

– Désolé, fit Logan d'une voix bourrue, mais Shellie Burl s'est foulé la cheville en tombant et ne peut pas venir aujourd'hui. Il faudra te contenter de moi.

Il avait l'air on ne peut plus sérieux et je détournai les yeux des siens, consternée. Je murmurai, le rouge aux joues :

– Mais il faut que j'aille à la salle de bains ! S'il te plaît, va chercher Grandpa, je m'appuierai sur lui.

– Ton grand-père ne peut pas monter un escalier sans s'essouffler, et il a tout juste assez de force pour tenir debout lui-même.

Et sans plus de façons, Logan se mit en devoir de me tirer du lit, avec des gestes pleins de tendresse. La tête me tournait et je serais tombée s'il n'avait pas passé le bras autour de moi pour me retenir. Pas à pas, comme il aurait guidé un enfant, il m'aida à gagner la salle de bains. Je m'accrochai à l'un des porte-serviettes jusqu'à ce qu'il ait refermé la porte, après quoi je m'écroulai sur la commode, épuisée.

Les jours suivants, je fis le dur apprentissage de l'humilité. Mes allées et venues à la salle de bains ne pouvaient se faire sans l'aide de Logan, et je dus ravaler ma fierté. J'appris à supporter la façon dont il me tendait l'éponge avec toute la pudeur possible, retenant ma chemise de nuit de façon à ne découvrir que la surface de mon corps qu'il lavait. Il m'arrivait de me révolter en de puérils accès de colère et de chercher à le repousser, comme je l'avais déjà fait. Mais ce simple effort suffisait à m'épuiser, et j'acceptais l'inévitable. Puis je compris l'inutilité de ma résistance. J'avais besoin de ses soins, de ses attentions. Dès lors je me laissai faire sans rechigner ni me plaindre.

Je savais que j'avais appelé Troy dans mon délire. Je harcelais Logan pour qu'il lui téléphone et lui explique pourquoi je n'étais pas rentrée et n'avais pu me consacrer à nos projets de mariage. Logan hochait la tête et murmurait quelques mots rassurants, affirmait qu'il avait tenté de prendre contact avec Troy. Mais je ne le croyais pas. Je ne le croyais jamais. Trop faible pour me lever, je le repoussais d'une tape sur les mains quand il essayait de me faire ingurgiter un médicament. À deux reprises, je tentai de quitter mon lit pour aller téléphoner moi-même à Troy, mais mes forces me trahirent. Je m'affalai presque aussitôt sur le parquet, obligeant Logan à quitter la couchette qu'il occupait au pied de mon lit pour me relever et me recoucher. Quand il me crut endormie, il écarta doucement les mèches humides qui me barraient le front et murmura avec tendresse :

– Pourquoi n'as-tu pas confiance en moi ? Je t'ai vue avec ce Cal Dennison et j'ai failli l'envoyer valser à travers le mur. Je t'ai vue une fois avec ce Troy que tu tiens tant à appeler, et je l'ai détesté. Je me suis conduit comme un imbécile, Heaven, un pauvre imbécile, et maintenant je t'ai perdue. Pourquoi a-t-il fallu que tu ailles toujours chercher ailleurs ce que je souhaitais tellement te donner ? Tu ne m'as jamais laissé une chance d'être plus qu'un ami pour toi. Tu me tenais à l'écart, tu repoussais mes baisers, et tous mes efforts pour devenir ton amoureux.

J'entrouvris les paupières et le vis assis au bord de mon lit. Il penchait la tête, l'air accablé.

– J'ai eu tort de garder mes distances, je le sais maintenant car tu m'aimes. Je sais que tu m'aimes !

Je distinguai confusément sa silhouette et, derrière lui, celle de Troy, le visage noyé d'ombre. Et je m'entendis gémir :

– Troy... il faut que je sauve Troy...

Logan redressa la tête, se tourna vers moi et murmura :

– Rendors-toi, et cesse de te tracasser pour ce Troy. Il va très bien. Tu as beaucoup parlé de lui et je peux te dire une chose : dans la vie, personne ne meurt d'amour, crois-moi.

– Mais tu... tu ne connais pas Troy... Pas aussi bien que moi.

Logan se leva et se mit à arpenter la pièce, à bout de patience.

– Je t'en prie, Heaven ! Tu ne guériras jamais si tu continues à refuser que je te soigne ! Je ne suis pas médecin mais je m'y connais, en médicaments. Et je fais tout ce que je peux pour toi. Il y a quelques semaines, j'en ai apporté une provision à ton grand-père, au cas où il prendrait froid. Je ne me doutais pas que c'est à toi qu'ils serviraient ! Les routes sont inondées, il pleut depuis cinq jours, sans arrêt. Les chemins sont tellement boueux que je ne peux pas sortir de la cour. J'ai essayé trois fois, sans résultat : j'ai dû dégager ma voiture qui s'était embourbée jusqu'à mi-roue.

Je capitulai et avalai ses médicaments sans protester. Que pouvais-je faire d'autre ? Troy revint hanter mes cauchemars. Je le voyais toujours chevaucher devant moi et quand je l'appelais, il galopait plus vite encore. Et je le poursuivais, dans l'obscurité de la nuit.

Plusieurs fois, j'eus vaguement conscience de la présence de Grandpa. De sa respiration entrecoupée, de son visage parcheminé, penché sur moi, de ses mains vacillantes écartant de mon front les longues mèches humides de sueur.

– T'es toute pâlotte, ma petite Heaven, vraiment pâlotte. Annie va te préparer un remontant, une de ses tisanes... Et pis elle t'a fait une bonne soupe, alors faut manger maintenant.

Et un beau jour, enfin, la fièvre me quitta. Mes idées s'éclaircirent. Pour la première fois, je compris pleinement l'horreur de ma situation. J'étais à nouveau dans les Willies, à l'endroit précis où s'élevait jadis notre cabane... et loin de Troy qui devait être fou d'inquiétude.

Je lançai un regard timide à Logan, occupé à sortir une paire de draps propres de la petite armoire à linge, dans la penderie. Il s'avança vers moi et me sourit. Il paraissait plus âgé, avec toute cette barbe. Et terriblement fatigué.

Quand j'étais petite, j'avais souvent souhaité être malade, rien que pour éprouver les sentiments de Pa. J'aurais voulu qu'il s'occupe de moi, avec la même tendresse qu'il avait montrée pour soigner Fanny, au moins une fois. Mais naturellement, il n'aurait même pas pris la peine de m'apporter un verre d'eau ! Et quand Logan me tendit un autre comprimé, un autre verre d'eau, j'éclatai en sanglots.

– Va-t'en ! criai-je en écartant sa main. Pourquoi n'as-tu pas téléphoné pour faire venir une infirmière, quand Mme Burl s'est foulé la cheville ? Tu n'avais pas le droit d'agir comme tu l'as fait !

Il ignora mes paroles comme s'il était devenu soudain sourd et muet. Il me fit rouler sur le côté, tendit une alèse sur le matelas et s'éclipsa pour reparaître avec une cuvette d'eau chaude, un paquet de serviettes de toilette, un gant et un savon. J'agrippai les couvertures et les remontai jusqu'au menton.

– Non !

Logan trempa le gant dans l'eau, le savonna et me le tendit.

– Tiens, lave-toi la figure toi-même. Écoute-moi. Les lignes téléphoniques ont été les premières touchées, le soir même de notre arrivée. Impossible de prendre contact avec qui que ce soit. Je viens d'écouter la météo sur un transistor, la pluie devrait cesser ce soir. Il faudra quelques jours pour que les routes soient praticables. D'ici là, tu seras suffisamment remise pour voyager.

Je lui arrachai le gant des mains et ne le lâchai pas des yeux jusqu'à ce qu'il ait quitté la pièce. En claquant la porte. Puis je me frottai le visage avec fureur, comme si je voulais m'arracher la peau. Et, sans l'aide de Logan cette fois, j'enfilai une des chemises de nuit que j'avais envoyées à Grandpa.

Ce jour-là, quand Logan m'apporta de la soupe et des sandwichs sur un plateau, je réussis à manger seule. Il évita mon regard tout comme j'évitais le sien. Juste avant qu'il ne sorte avec le plateau, je me hasardai à demander :

– Et... les routes ?

– Meilleures. Le soleil est revenu. Les réparateurs sont déjà en train de rétablir l'électricité et le téléphone. Dès que j'aurai pu joindre une infirmière, je m'en irai. Tu en seras ravie, je n'en doute pas. Tu n'auras plus à supporter ma vue.

Je rassemblai mes maigres forces pour lui crier :

– Je te fais pitié, c'est ça ? Je suis malade et j'ai besoin d'aide, alors tu peux m'aimer... Mais pas quand je ne manque de rien. Je n'ai pas besoin de ta pitié, Logan Stonewall ! Je suis fiancée à l'un des hommes les plus merveilleux qui soient. Je ne serai plus jamais pauvre ! Et je l'aime, de toutes mes forces, et je ne peux plus supporter d'être ici, avec toi, au lieu d'être près de lui !

Voilà, je l'avais dit, avec toute la cruauté possible. Logan demeura un instant immobile, debout dans un rayon de soleil falot, le visage décoloré. Puis il tourna les talons et sortit.

Je pleurai après son départ, je pleurai sans pouvoir m'arrêter. Je pleurai sur le passé et sur tant de rêves trahis. Mais tout était bien puisque j'avais Troy. Lui, il n'avait pas pitié de moi. Il m'aimait, il avait besoin de moi, il ne pouvait vivre sans moi.

Cet après-midi-là, je m'obligeai à marcher sans aide jusqu'à la salle de bains. Je me baignai, puis je me fis un shampooing. Encore un jour ou deux et je m'en irais d'ici pour ne jamais revenir.

Je ne me rétablis pas aussi vite que je l'avais espéré. Les routes ne s'asséchèrent pas aussi rapidement que Logan l'avait prédit. Et il ne s'en alla pas non plus quand la boue commença à durcir. Il attendit en bas, patiemment. Jusqu'au jour où le facteur fit son apparition et lui apprit que la route de Winnerrow était praticable. Si on ne craignait pas trop les flaques de boue... Vers quatre heures, tandis que Logan somnolait sur le divan, je réussis à descendre l'escalier et à préparer un repas très simple dans la cuisine. Grandpa semblait ravi. Logan ne dit pas un mot quand je l'appelai pour dîner, mais je sentais son regard sur moi, attaché au moindre de mes gestes.

J'étais faible, pâle, chancelante quand il me déposa devant l'unique hôtel de Winnerrow. Je louai une nouvelle chambre et me changeai, avant d'aller téléphoner à Troy. Au cottage, pas de réponse. J'attendis pourtant, de plus en plus nerveuse à mesure que l'attente se prolongeait. Je finis par raccrocher, composai un autre numéro. Cette fois-ci, j'obtins l'un des domestiques de Farthinggale Manor.

– Oui, mademoiselle Casteel, je dirai à M. Troy que vous avez appelé. Il est sorti pour la journée.

Stupéfaite et déconcertée de ne pas trouver Troy où il était censé être, je repris l'ascenseur pour découvrir que Logan m'attendait dans le hall. Il se leva poliment à mon approche mais sans sourire.

– Et maintenant, puis-je faire quelque chose pour toi ?

Je portai la main à mon front. Il me restait quatre heures avant mon vol pour Boston.

– Le révérend Wise ! Il faut que je le voie, mais je peux me débrouiller toute seule.

Les yeux fixés sur les mains de Logan, j'essayai de m'excuser.

– Je regrette ce que j'ai pu te dire, Logan, et je te remercie pour ton aide. Je te souhaite tout le bonheur possible. Tu n'as plus besoin de t'occuper de moi, maintenant. Je peux m'en tirer toute seule.

Je sentis son regard s'attarder sur moi comme s'il voulait sonder mes pensées. Puis, sans mot dire, il me prit par le bras et se dirigea vers sa voiture. Il avait finalement décidé de m'accompagner. En route, il fit un effort pour répondre à mes questions.

– Est-ce que Pa vient souvent voir Grandpa ?

– Quand il peut, j'imagine.

Il conduisait sans hâte et ne desserra plus les

dents avant de m'avoir déposée dans Main Street, juste en face du presbytère où vivaient le révérend Wise, sa femme et leur petite fille.

– Merci, dis-je avec raideur. Inutile de m'attendre.

– Et qui portera tes bagages jusqu'à ta voiture, si tu as toujours une voiture, ce qui n'est pas sûr ?

Je finis par céder et je m'engageai dans l'allée fraîchement nettoyée des débris de l'orage en m'efforçant de ne pas vaciller ni trébucher. Devant la majestueuse porte d'entrée, je me retournai. Logan était toujours là. Légèrement penché vers le volant comme si, après tant de jours et de nuits passés à me veiller, il succombait enfin au sommeil.

Pendant que j'attendais moi aussi qu'on vienne m'ouvrir, une colère soudaine et terrible m'envahit qui balaya mes hésitations et m'insuffla des forces nouvelles. Le révérend et sa femme n'avaient pas le droit de voler son bébé à Fanny ! Il l'avait séduite alors qu'elle n'était qu'une enfant, une mineure. Quatorze ans... mais légalement, c'était un viol !

Je me devais de ramener l'enfant dans le cercle familial : il remplacerait les deux que j'avais perdus. Toutefois, je doutais fort que ce soit Fanny qui l'élève !

Je cognai de plus belle à la porte, et Rosalynn Wise en personne vint m'ouvrir. Elle se renfrogna en me voyant, mais ne montra aucune surprise. Comme si elle s'attendait à me voir apparaître d'un instant à l'autre depuis ma visite à l'église, huit jours plus tôt. Comme toujours, elle arborait une de ces robes informes et sans grâce. Son accueil fut glacial.

– Nous n'avons rien à nous dire. Alors ayez la bonté de partir et de ne plus reparaître.

Elle se préparait à me claquer la porte au nez mais je m'y attendais. Je fis un pas en avant, l'écartai de mon chemin et pénétrai dans la maison. J'avais été à bonne école à Boston, en fait de grands airs, et je pris mon ton le plus cassant :

– Vous me devez un certain nombre d'explications, veuillez me conduire auprès de votre mari.

Elle se déplaça pour me barrer le passage.
– Il est absent. Quant à vous, sortez d'ici. Votre sœur et vous nous avez causé assez d'ennuis.
Sa longue face ingrate revêtit l'expression dégoûtée du juste offensé par l'odeur nauséabonde du péché.
– Ah, oui ? Vous admettez donc que Fanny est ma sœur ? Très intéressant. Et qu'est-il arrivé à Louisa Wise ?
– J'ai entendu frapper, fit une voix revêche, sans doute celle que le révérend réservait à ses proches. De quoi s'agit-il ?
Cette voix me guida jusqu'à son bureau où je m'introduisis par la porte entrouverte, malgré tous les efforts de sa femme pour m'en empêcher. Et là, face à face avec l'homme le plus influent de Winnerrow, je fis appel à toutes mes forces, à tous les mots préparés de longue date. Mais cela, c'était avant d'être malade, et la fièvre les avait effacés de ma mémoire. Aussi quand Waysie Wise se leva à demi de son siège et me sourit, je perdis contenance. Je pensais les surprendre et m'assurer ainsi l'avantage. Mais, bien qu'il fût à peine dix heures, elle était déjà habillée et lui aussi. La seule concession qu'il s'était accordée consistait en une paire de pantoufles en velours noir bordées de satin rouge. Pour une raison totalement inexplicable, ces pantoufles me fascinaient. Arborant un sourire affable et conventionnel, le révérend frotta ses mains sèches l'une contre l'autre et dit avec onction :
– Aha ! J'ose croire que voici l'une de mes brebis qui revient au bercail.
À ces mots, ma hargne resurgit comme par enchantement. Comme si je n'avais vécu que pour cet instant, je sentis monter en moi la satisfaction bien méritée d'être en droit de lui dire quel homme il était. Il alla s'asseoir dans un confortable fauteuil à haut dossier, près de la cheminée où était disposé un bouquet de fleurs fraîches. Puis, dans une boîte en cuivre doublée de cèdre rouge, il choisit un cigare qu'il huma longuement et examina avec soin,

avant de se décider à l'allumer. Tout cela, bien sûr, sans même m'inviter à m'asseoir.

De moi-même, je choisis un fauteuil qui faisait pendant au sien et m'y installai. Je croisai les jambes et l'observai tandis qu'il les contemplait, ces jambes dont Troy m'avait dit si souvent qu'elles étaient belles. Je n'étais pas fâchée non plus d'avoir des souliers neufs.

Petit à petit, dans les yeux noirs qui me détaillaient sans hâte, je vis poindre une lueur d'intérêt et repris l'avantage : le révérend fut contraint de sourire. Quelle douceur désarmante dans ce sourire ! Pas étonnant qu'une gamine naïve comme Fanny s'y soit laissé prendre. Même vu de près, il fallait convenir qu'il était beau. Des traits bien dessinés, un teint clair avivé par une éclatante santé... seuls ses kilos superflus pouvaient faire soupçonner l'approche de l'âge mûr. L'obésité le guettait, sans doute, mais on ne s'en avisait qu'après coup. Et sa voix onctueuse et grave était un atout, elle aussi.

– Mais oui... je crois bien vous avoir déjà vue... bien qu'oublier le nom d'une aussi jolie fille ne me ressemble pas du tout. Vraiment pas du tout.

En arrivant, je n'avais pas la moindre idée sur la façon de m'y prendre pour l'aborder, mais ses paroles furent pour moi comme un déclic. Il faisait l'innocent parce qu'il avait peur ! Et il cherchait à me le cacher.

– Vous n'avez pas oublié mon nom, dis-je d'un ton badin. (J'agitai nonchalamment le pied, pointant mon talon vers lui comme une arme.) Personne n'oublie jamais ce nom-là. Heaven Leigh, cela ne manque pas de distinction, vous ne trouvez pas ?

Mes interminables quintes de toux avaient changé ma voix, elle me parut légèrement plus grave, assourdie. Et mon éducation bostonienne lui avait ajouté une sorte de charme étudié qui me surprit moi-même.

– Fanny se porte bien, merci d'avoir pensé à me demander de ses nouvelles, révérend Wise. Elle vous envoie ses amitiés.

Je lui souris, consciente de l'emprise que me

donnaient sur lui ma jeunesse et ma beauté. Et je devinai qu'il avait dû être une proie bien tentante pour Fanny, tout homme d'Église qu'il était. Et bien facile à séduire.

– Fanny vous est très reconnaissante d'avoir pris soin de sa fille. Mais maintenant qu'elle a abandonné la scène pour se marier, elle désire reprendre son enfant.

Il ne trahit aucune émotion, n'eut pas un battement de cils. Mais derrière moi, j'entendis un hoquet, puis un sanglot. Le révérend s'enquit d'un ton doucereux :

– Pourquoi Louisa n'est-elle pas venue elle-même ?

Je pesai soigneusement mes paroles.

– Fanny s'en rapporte à moi pour exprimer ce qu'elle ne pourrait dire sans pleurer. Vendre son enfant avant sa naissance fut une décision un peu hâtive : elle la regrette. Elle sait maintenant à quel point la maternité change une femme, et elle désire passionnément pouvoir serrer son bébé dans ses bras. Elle ne veut pas non plus vous léser : je tiens les dix mille dollars à votre disposition.

Le sourire du révérend semblait peint sur ses lèvres : il parvint même à parler sans cesser de sourire.

– Je ne saisis pas très bien vos intentions. Pourquoi dix mille dollars ? Et qu'avons-nous à faire avec le bébé de Fanny, ma femme et moi ? Nous sommes conscients du fait qu'elle était libre de disposer de ses faveurs à sa guise, avec son éducation. Comme toutes les filles des collines, c'était une vraie garce en chaleur et si elle a vendu son enfant, et le regrette, nous sommes sincèrement navrés...

Levée d'un bond, je me ruai vers son bureau et m'emparai d'un cadre en argent renfermant une photographie manifestement prise en studio. C'était celle d'une enfant de quatre mois, environ. Les yeux noirs qui souriaient à l'objectif étaient, sans le moindre doute, ceux des Casteel. L'ascendance indienne était flagrante. La frange de la petite fille n'avait rien des cheveux lisses et drus de Fanny, mais elle se gonflait en boucles soyeuses : le révérend avait dû boucler de la même façon, à son âge. Et elle était jolie... Dieu, qu'elle était jolie, cette enfant que Fanny avait vendue avec une telle inconséquence ! L'un de ses petits doigts potelés s'ornait d'un anneau minuscule et sa robe blanche était ravissante, avec ses broderies et ses dentelles. Une poupée, un trésor, un amour d'enfant !

Brusquement, le portrait me fut arraché des mains.

– Allez-vous-en ! hurla Rosalynn Wise. Wayland, pourquoi restes-tu assis là, à lui parler ? Jette-la dehors !

– Je suis prête à mettre le prix qu'il faudra pour racheter l'enfant de Fanny, déclarai-je avec froideur. Vingt mille dollars si vous voulez, en comptant dix pour votre peine. Si vous n'acceptez pas, je m'adresserai à la police. Et je leur dirai comment vous êtes venus chez nous, pour acheter Fanny cinq cents dollars à mon père. Je ferai savoir à qui de droit comment vous en avez fait votre domestique. La ville entière saura comment son cher pasteur a séduit et violé une fille de quatorze ans et lui a fait un enfant, parce que sa femme était stérile...

Le révérend se leva et me toisa de toute sa hauteur. Ses yeux cruels avaient la dureté des pierres.

– Je crois que vous me menacez, ma fille ? Je n'aime pas ça. Je ne supporterai pas les menaces d'une Casteel. Ni votre ton, ni vos regards insolents, ni vos sottises. Je connais trop bien les gens de votre espèce.

Il reprit son sourire satisfait, décidé à m'intimider.

– Louisa ne nous a pas donné signe de vie, continua-t-il, sûr de son bon droit, et ce, malgré tout ce que nous avons fait pour elle. Mais le Seigneur agit souvent ainsi avec ses élus... ceux qui s'efforcent d'aider leur prochain comme le bon samaritain ne reçoivent en retour que la plus noire ingratitude.

Et il poursuivit sur ce ton, citant la Bible à son

avantage comme pour me prouver que je ne pourrais pas l'ébranler, dussé-je plaider ma cause pendant l'éternité. Je perdis patience.

– Assez ! Vous avez acheté ma sœur à mon père.

Sous son regard soupçonneux, je précisai le jour et l'année, puis ajoutai :

– Mon frère Tom et moi témoignerons que la transaction a eu lieu chez nous.

Je m'interrompis pour l'observer, tandis qu'il abandonnait ses pantoufles pour glisser ses grands pieds dans de confortables chaussures. D'un pas mesuré, il alla s'asseoir derrière son immense bureau, méticuleusement rangé. Puis il se renversa dans son fauteuil pivotant, le recula et joignit les mains sur son menton, devant sa bouche. À cet instant précis, je compris à quel point il est important, pour déchiffrer la pensée de quelqu'un, de pouvoir observer à la fois ses yeux et ses lèvres. Maintenant, les siennes m'étaient cachées. Je ne voyais plus que ses yeux.

– Vous n'avez rien à exiger de nous, ma fille. Malgré vos diamants et vos toilettes coûteuses, vous êtes toujours une Casteel. Entre votre parole et la mienne... laquelle croira-t-on, selon vous ?

– Darcy ressemble à Fanny, dis-je.

C'était bien mon tour, maintenant, d'arborer un sourire confiant. Le sien se fit mauvais, cauteleux.

– À quoi bon nier l'évidence ? Nous avons des papiers pour certifier que ma femme a mis au monde une fille, le trois février de cette année. Pouvez-vous seulement prouver la maternité de Fanny ?

Mon sourire vacilla puis reparut, triomphant.

– C'est facile à vérifier. Examen gynécologique. Votre femme pourrait-elle prétendre abuser un médecin ? Et les empreintes digitales, les empreintes de pied ? Les Casteel ne sont pas aussi bêtes que vous l'imaginez : Fanny a volé une copie du certificat de naissance de sa fille. C'est son nom qui y figure, pas celui de votre femme. Vous avez falsifié des documents. Quel effet cela produira-t-il sur les autorités civiles, à votre avis ?

Derrière moi, Rosalynn Wise poussa un gémissement. Les paupières du révérend battirent. Et je sus que j'avais enfin prise sur eux. Et grâce à un mensonge ! À ma connaissance, Fanny ne possédait pas la moindre preuve de quoi que ce soit.

– Quel homme se serait donné le mal de séduire votre sœur ? glapit Rosalynn en reculant vers la porte, le visage cireux. Elle couchait avec n'importe qui !

Je me redressai, le menton haut.

– Là n'est pas la question. L'essentiel est que le révérend Wise a abusé d'une jeune fille de quatorze ans. Lui, un homme d'Église, a fait un enfant à une mineure. Un enfant que cet honorable ministre présente à tous comme le fruit des entrailles de sa femme. Il sera facile de prouver par examen médical que votre femme n'a jamais été mère. Fanny veut sa fille, et moi je veux la lui rendre. Je suis venue chercher Darcy pour la ramener chez sa mère.

Rosalynn Wise geignit comme un chien battu. Mais le révérend n'avait pas dit son dernier mot. Son regard se fit encore plus dur et plus froid.

– Je sais à qui j'ai affaire. Votre grand-mère maternelle a épousé un membre du clan Tatterton. Vous avez leurs millions derrière vous et vous vous figurez que cela vous donne barre sur moi. Darcy est ma fille et je me battrai bec et ongles pour qu'elle reste ici, chez moi, au lieu d'aller chez une traînée. Alors disparaissez, et que je ne vous revoie plus !

Ma colère s'accrut encore. Je hurlai :

– Je vais de ce pas au commissariat...

– Allez-y. Mettez vos menaces à exécution, on verra si les gens vous croient. Il n'y a pas un seul habitant de cette ville qui ne sache à quoi s'en tenir sur le compte de Fanny Casteel. Mes fidèles me soutiendront. Ils sauront que sous mon propre toit, cette pécheresse impudique s'est glissée dans mon lit pour presser son corps nu contre le mien, lascivement. Et qu'elle m'a séduit, moi qui ne suis qu'un homme et trop humain, hélas... si pitoyable et si honteux de sa faiblesse.

Habile plaidoyer, j'en convenais. Mais le ton dédaigneux, maniéré et triomphant ne me rendit que plus déterminée.

– Choisissez : ou vous me donnez Darcy pour que je la ramène à Fanny, ou je viens ce soir dans votre église dire à tous vos fidèles comment vous avez acheté Fanny pour satisfaire vos appétits sexuels. Ils seront choqués, croyez-moi, et même ulcérés. Vous n'auriez jamais dû l'approcher. Vous venez d'admettre que vous saviez qui elle était avant de l'accueillir chez vous, et cependant vous l'avez fait. Vous avez délibérément introduit la tentation sous votre toit, et vous n'y avez pas résisté ! Dans l'affaire « Wayland Wise contre le diable », c'est le diable qui a gagné. Et je connais vos paroissiens, ils ne vous pardonneront jamais.

Le révérend me considéra pensivement, comme si j'étais un simple pion sur son échiquier. Un pion blanc qu'il se proposait de contrer en déplaçant sa reine noire. Il reprit sur le ton détaché de la conversation :

– J'ai su que vous aviez été malade, mon petit. Vous n'avez pas l'air bien, pas bien du tout. Et à propos, comment trouvez-vous la maison de votre grand-père ? Jolie, n'est-ce pas ? Croyez-vous que vos misérables envois d'argent aient suffi à payer cette belle construction de rondins ? Elle en serait encore aux fondations si, par pure bonté, je n'avais pas versé le complément de ma poche. Je l'ai fait pour l'arrière-grand-père de ma fille, parce que je suis humain, trop humain hélas ! Un homme pitoyable et honteux de sa faiblesse...

Pendant les interminables minutes qui suivirent, le révérend ne détourna pas un seul instant son regard du mien.

À l'étage, j'entendis les pleurs d'un bébé qu'on aurait brusquement réveillé de sa sieste. Je me retournai pour voir rentrer Rosalynn, l'enfant de Fanny dans les bras. Et quand je vis ses yeux pleins de larmes, la moue de ses lèvres roses, ses boucles sombres et son teint lumineux, je ne fus pas seulement émue par sa beauté. Je le fus davantage par cette petite main qui s'accrochait à celle de la seule mère qu'elle connût. Et je sentis fondre ma colère. Je compris que Fanny se servait de Darcy pour exercer sa vengeance, et rien de plus. Qui étais-je pour oser séparer cette enfant de sa mère et faire leur malheur à toutes deux ? Le révérend continuait son prêche, m'obligeant à entendre ce que je ne voulais pas savoir.

– J'ai toujours pressenti qu'un jour vous viendriez à moi, Heaven Casteel. Vous étiez toujours assise au fond de l'église, vos grands yeux fixés sur moi, suspendue aux moindres paroles qui tombaient de mes lèvres. Je lisais sur votre visage que vous désiriez la foi, vous en aviez besoin, vous l'appeliez de toutes vos forces. Et pourtant je ne trouvais pas les mots qu'il fallait pour vous convaincre qu'il y a un Dieu, qu'Il est bon et qu'Il nous aime. J'en arrivais à juger de la qualité de mes sermons par l'effet qu'ils produisaient sur vous. Un jour, enfin, je crus que j'allais y parvenir. Ce fut à la mort de votre grand-mère, quand je priai sur sa tombe et sur celle de l'enfant mort-né, le fils de votre belle-mère. Ce fut un échec total. Je sus que je ne parviendrais jamais à vous toucher, car vous ne vouliez pas l'être. Vous vouliez rester maîtresse de votre destinée, ce que nul ne peut faire. Vous n'attendiez aucune aide, ni des hommes, ni de Dieu.

Je me raidis.

– Je ne suis pas venue écouter un sermon, surtout sur moi-même. Vous ne me connaissez pas.

Il se leva et vint se camper devant moi. Ses yeux se rétrécirent, devinrent deux fentes sombres ne laissant plus filtrer que l'étincelle de son regard.

– Vous vous trompez, Heaven Casteel, je vous connais fort bien. Vous êtes même la plus dangereuse espèce de femme que je connaisse. Vous portez en vous les germes de votre propre destruction, et vous détruisez tous ceux qui vous aiment. Et nombreux sont ceux qui vous aiment, pour votre visage enchanteur et les charmes de votre corps. Mais vous les découragez tous, parce que vous croyez toujours qu'ils vous ont trahie, les premiers. Vous êtes une idéaliste de l'espèce la plus dangereuse : une romantique, née pour détruire et se détruire elle-même !

Son regard solennel où se mêlaient la pitié et la haine me transperçait, comme si mon âme était un livre ouvert devant lui.

– Maintenant, parlons un peu de ma fille, Darcy. Malgré vos insinuations, je n'avais que de bonnes intentions en accueillant votre sœur chez moi. Pour votre père, c'était une bouche de moins à nourrir quand il était dans la misère. Ce que vous refusez de croire, je le lis dans vos yeux. Rose et moi n'avons fait qu'accomplir la volonté de Dieu. Nous avons adopté l'enfant que votre sœur avait mis au monde, et nous avons des papiers qui le prouvent, signés par elle. Et pour vous dire la vérité, si votre père n'avait pas insisté pour nous l'imposer, c'est vous que j'aurais choisie ! Vous entendez ? Vous ! Et vous voulez savoir pourquoi ?

Je l'écoutais, saisie d'étonnement.

– Je voulais étudier de près cette âme rebelle au Seigneur.

Quelle duplicité dans ce regard empreint de gravité et d'apparente compassion ! J'étais battue d'avance, mais qui ne l'aurait pas été ? Le révérend Wayland Wise possédait une adresse redoutable. Rien d'étonnant à ce qu'il soit devenu l'un des hommes les plus riches et les plus respectés de la région. Ses ouailles ignorantes se laissaient prendre à ses ruses. Et moi qui les discernais si bien, j'avais donné droit dans sa toile, comme une mouche ! Je rougis, comme si j'étais coupable.

– Assez, je vous en prie ! Taisez-vous !

Mais je savais que j'avais perdu. Tom allait réaliser son rêve, il n'avait plus besoin de moi. Malgré leur jeunesse, Keith et *notre* Jane possédaient assez de bon sens pour se détourner d'une sœur aussi destructrice. Grandpa vivait là où il souhaitait vivre, près de son Annie, dans une maison dix fois plus belle qu'il n'était en droit d'espérer… et qu'il perdrait, si je m'entêtais. Ils avaient leur univers, et par ma faute, il pouvait s'écrouler sur leurs têtes.

Je crus que ma fièvre revenait et m'effondrai dans le fauteuil. J'étais oppressée, les oreilles me tintaient. Fanny n'avait pas besoin de ce bébé. Elle n'avait jamais rien fait pour Keith et *notre* Jane, comment croire qu'elle serait une bonne mère pour sa propre fille ? La douleur me martelait le crâne. De quel droit voulais-je prendre à cette enfant la seule mère qu'elle ait connue ? C'étaient les Wise, ses vrais parents. Ils l'aimaient, ils étaient en mesure de lui donner tout ce dont elle aurait besoin. Que pouvait offrir Fanny qui soit comparable à ce foyer heureux ? Il fallait que je m'en aille, tout de suite. Je me levai en chancelant et regardai Rosalynn Wise droit dans les yeux.

– Je n'ai pas l'intention d'aider Fanny à vous reprendre le bébé, madame. Je regrette d'être venue. Je ne vous ennuierai plus.

Les yeux pleins de larmes, je me précipitai vers la porte. Mais si rapide que fût ma fuite, elle ne m'empêcha pas d'entendre la voix du révérend :

– Vous avez bien agi : Dieu vous bénisse !

7

Le vent se lève

Logan me conduisit à l'aéroport le plus proche et attendit avec moi que mon vol soit annoncé. Assis à mes côtés, il me dévisagea gravement et me répéta, lui aussi, que j'avais bien agi en laissant à Rosalynn Wise le bébé de Fanny.

– C'est ce qu'il fallait faire, affirma-t-il pour la troisième fois quand je lui fis part de mes doutes. Fanny n'a pas la fibre maternelle, tu le sais aussi bien que moi.

Tout au fond de moi, n'avais-je pas nourri le fol espoir de ramener l'enfant à Farthinggale Manor et prié pour que Troy, conquis par son innocence et sa beauté, finisse par l'adopter ? C'était stupide, insensé, tout comme ma tentative de rendre la fillette à Fanny. Elle ne le méritait pas. Et moi non plus, sans doute.

– Au revoir, dit Logan en se levant, le regard au loin. Bonne chance... et sois heureuse.

Là-dessus, il tourna les talons et s'éloigna, sans me laisser le temps de le remercier pour tous ses soins. De loin, il m'adressa un sourire accompagné d'un petit signe de la main. À travers les cinq mètres qui nous séparaient, nous échangeâmes un dernier regard, puis je me hâtai vers mon avion.

Quelques heures plus tard, je débarquai à Boston. Exténuée, à demi morte et ne souhaitant plus que le repos de mon lit, je me glissai dans un taxi et murmurai l'adresse au chauffeur d'une voix éteinte. Puis je m'abandonnai sur les coussins, étourdie de faiblesse, et fermai les yeux. Je pensai à Logan et à la façon dont il avait souri, quand je lui avais raconté mon équipée chez les Wise.

– Je comprends ce qui t'a fait agir. Et toi, n'oublie pas que si Fanny avait vraiment désiré cette enfant, elle aurait trouvé un moyen pour la garder.

Tout me paraissait irréel, terriblement irréel. Par exemple, le sourire de Curtis, le majordome, quand il était venu m'ouvrir parce que je ne trouvais plus ma clé. Ce sourire m'avait déplu. Tout comme ses paroles de bienvenue.

– Quel plaisir de vous revoir, mademoiselle Heaven.

Abasourdie de l'entendre m'appeler par mon prénom, je le regardai disparaître avec mes valises avant de me tourner vers le salon et là, nouvelle surprise, je ne reconnus pas la pièce. On avait ouvert la double porte qui la séparait du grand salon attenant, ce qui la faisait paraître immense. Une soirée ? Et en quel honneur ? Il est vrai que lorsque Tony était à la maison, il trouvait chaque jour quelque chose à fêter.

J'errai de pièce en pièce, admirant les énormes bouquets de fleurs disposés un peu partout. Cristaux, argenteries, ors et cuivres, tout rutilait. Dans la grande cuisine, où les plateaux s'étalaient, prêts à être servis, Rye Whiskey me sourit comme s'il n'avait même pas remarqué mon absence. L'estomac révulsé à la vue de toutes ces victuailles, je quittai la cuisine et me dirigeai vers l'escalier.

– Ainsi, tu es revenue ! lança la voix grave et autoritaire de Tony.

Il sortait de son bureau. Ses traits séduisants avaient une expression sévère qui me glaça.

– Comment as-tu osé manquer à ta parole ? Te rends-tu compte de ce que tu as fait à Troy, dis-moi ?

Je pâlis et sentis mes genoux faiblir.

– Pourquoi ? Que se passe-t-il ? J'ai été malade. C'est la raison pour laquelle je ne suis pas rentrée plus tôt.

Tony se rapprocha de moi, les lèvres serrées, durcies.

– Tu m'as beaucoup déçu, et Troy aussi, ce qui est plus grave. Il est au cottage, dans un tel état de dépression qu'il refuse de répondre au téléphone. Il ne quitte plus son lit, même pas pour achever le travail qu'il a commencé.

Les jambes molles, je me laissai tomber sur une marche.

– J'ai eu une mauvaise grippe, avec plus de quarante de fièvre. Il a tellement plu que les routes ont été coupées. Le docteur a eu les plus grandes difficultés à venir...

Il écouta mes faibles protestations, la main posée sur la rampe et le regard levé sur moi. Et dans ses yeux, je discernai quelque chose que je n'y avais jamais vu jusque-là. Quelque chose qui m'épouvanta. Mes excuses avaient trop duré. Il m'interrompit d'un geste.

– Va dans ta chambre, fais ce que tu as à faire et rejoins-moi dans mon bureau. Jillian donne une soirée pour une de ses amies qui va se marier. Toi et moi, nous avons à parler.

Je me levai péniblement et lui criai :

– Il faut que je voie Troy ! Il comprendra, lui.

– Troy a attendu assez longtemps. Une heure de plus n'y changera pas grand-chose.

J'escaladai les dernières marches, poursuivie par son regard accusateur jusqu'à ce que j'aie refermé la porte de mon appartement. Percy, la femme de chambre, défaisait déjà mes valises dans ma chambre. Elle m'adressa un bref sourire.

– Je suis contente de vous savoir de retour, mademoiselle Heaven. Bienvenue à la maison.

Je lui répondis par un regard absent. Bienvenue ? Me sentirais-je jamais la bienvenue, dans cette immense demeure ? Ce n'était pas ma maison. Je n'y serais jamais chez moi. Je me rafraîchis et me changeai rapidement. Quant à mes cheveux... je ne m'en étais guère occupée, depuis mon shampooing dans la cabane. En m'examinant dans le miroir de la penderie, je me trouvai les traits tirés, des cernes sous les yeux, mais un pli résolu aux lèvres, malgré tout... Je me contentai d'un nuage de poudre pour tout maquillage. Comme je m'engageais dans l'escalier, le carillon de la porte d'entrée résonna. Curtis s'empressa d'aller ouvrir et introduisit un groupe de femmes, chargées de paquets à l'emballage luxueux. Elles étaient si absorbées par leurs préparatifs de fête qu'elles ne firent pas la moindre attention à moi. Dieu merci. Je ne tenais pas à être le point de mire des amies de Jillian, ni l'objet de leurs questions : elles en posaient beaucoup trop. Discrètement, j'allai frapper à la porte de Tony.

– Entre, Heaven.

Il était assis à son bureau. Derrière lui, les fenêtres laissaient passer les dernières lueurs violettes du couchant, déjà effacées par l'ombre de la nuit. Le premier étage de Farthy dominait le jardin d'environ quatre mètres cinquante, et d'où j'étais, on avait une vue plongeante sur le labyrinthe, qui semblait si intime de l'intérieur. Pour moi, ce labyrinthe était le parfait symbole du romantisme de Troy, de son mystère, et de notre amour. Ses haies vives, hautes de trois mètres au moins, attiraient irrésistiblement mon regard.

– Assieds-toi, ordonna Tony.

Dans l'ombre grandissante, c'est à peine si je distinguais ses traits.

– Et maintenant, dit-il d'une voix plus douce, si tu me parlais de ton séjour à New York...

Dieu merci, pendant qu'il s'occupait de moi, Logan m'avait amplement parlé du mauvais temps. Aussi je pus m'étendre à loisir sur les désastres causés par la tempête, de la côte Est à la région du Maine. Tony m'écouta jusqu'au bout, sans poser de questions. Quand je me tus, il me restait juste assez de force pour ne pas m'effondrer totalement.

– J'ai horreur des mensonges, observa-t-il. Il s'est passé beaucoup de choses depuis ton départ. Je sais que tu n'es pas allée à New York pour choisir un trousseau. Je n'ignore pas que tu es allée en Géorgie voir ton demi-frère. Puis en Floride, chez ton père.

Et ensuite à Nashville, pour rendre visite à ta sœur Fanny, dont le nom de scène est Fanny Louisa.

Je ne pouvais pas déchiffrer son expression. L'obscurité avait envahi la pièce et il n'avait allumé aucune des lampes. À travers les murs me parvenait un brouhaha confus de voix féminines. J'aurais maintenant donné n'importe quoi pour être là-bas, avec elles, et non ici avec lui. Je soupirai et voulus me lever.

– Reste assise, m'ordonna-t-il d'un ton cassant. Je n'ai pas fini. J'ai encore quelques questions à te poser, et je te prie d'y répondre honnêtement. Pour commencer, dis-moi exactement l'âge que tu as.

– Dix-huit ans, répondis-je sans hésiter. Je ne sais pas pourquoi je vous ai dit que j'en avais seize, en arrivant. Je suppose que j'étais un peu gênée par l'empressement de mes parents à se marier, juste après leur rencontre à Atlanta.

Il s'emmura dans un silence presque tangible. Si seulement il avait pu allumer ! Cette façon de rester sans mot dire, dans le noir, me terrifiait. Je dus faire un effort pour demander :

– Une année, qu'est-ce que ça change, d'abord ? J'ai dit la vérité à Troy dès le début, parce qu'il ne me semblait pas aussi sévère que vous. Je vous en prie, Tony, laissez-moi le rejoindre, maintenant. Il a besoin de moi. Je peux le tirer de cette dépression. Sincèrement, j'étais très malade. Je me serais traînée jusqu'ici si j'avais pu.

Il s'agita dans son fauteuil, posa les coudes sur le bureau et se prit la tête entre les mains. Sa silhouette se détachait sur le rectangle violet d'une fenêtre, et le croissant de la lune apparaissait fugitivement dans l'obscurité, vite masqué par les nuages effilochés qui défilaient devant lui. De minuscules étoiles se montraient, par éclats brefs. Et Troy qui ne savait pas que j'étais rentrée !

– Laissez-moi partir, Tony. Soyez compréhensif.

Sa voix s'éleva enfin, rauque et grinçante.

– Non, pas encore. Reste où tu es, et dis-moi tout ce que tu sais sur la façon dont tes parents se sont connus : l'année, le mois, le jour. La date exacte de leur mariage. Tout ce que tes grands-parents disaient de ta mère. Quand tu auras répondu à toutes ces questions, alors tu iras rejoindre Troy.

Je perdis toute notion du temps. Assise là, dans le noir, je parlais à un homme dont je n'entrevoyais que l'ombre, dévidant l'interminable histoire des Casteel et de leur misère. Leigh Van Voreen et tout ce que je savais d'elle... bien peu, en somme. Et quand je me tus, enfin, Tony eut encore mille questions à me poser.

– Cinq frères en prison, répéta-t-il, et elle l'aimait assez pour l'épouser. Et ton père t'a toujours haïe, dès le début ? As-tu la moindre idée de la raison de cette haine ?

– Ma mère est morte à ma naissance, répondis-je simplement.

L'assurance que je devais à mes toilettes coûteuses m'avait abandonnée. Dans l'ombre et la fraîcheur du soir tombant, à mille lieues de la fête dont les échos joyeux ne me parvenaient même plus, les collines se refermaient sur moi. Et j'étais à nouveau cette petite fille traquée, dont l'enfance malheureuse revenait sans cesse. Et lui, pourquoi me dévisageait-il ainsi ? Mes doutes resurgissaient, s'accumulaient, m'écrasaient. Assise sur le bord de ma chaise, j'attendais avec l'intuition que le sort me réservait encore un tour à sa façon. Il me semblait qu'un temps fou s'était écoulé depuis mes dernières paroles... Tony restait là, immobile, le dos tourné à la fenêtre, alors que la lune éclairait mon visage et teintait de cendre le rose de ma robe d'été. Il parla enfin, d'un ton calme, presque trop calme.

– Quand tu es arrivée chez nous, j'ai cru mes prières exaucées et que tu allais sauver Troy de lui-même, lui apporter ce qu'il cherchait en vain. Il est rare qu'une fille le comprenne, il est si secret. Pour se protéger de la souffrance, peut-être. Il est très vulnérable, et tellement persuadé qu'il mourra jeune.

Je hochai la tête avec le sentiment de suivre en aveugle un chemin qu'il était seul à distinguer. Que signifiaient toutes ces précautions oratoires ? S'il n'avait rien fait pour s'opposer à nos projets de mariage, c'est donc qu'il les encourageait ? Et qu'était devenu son humour, lui qui était toujours si gai ? Je ne le reconnaissais plus.

– Est-ce qu'il t'a parlé de ses rêves ?

– Oui, il me les a racontés.

– Et tu y crois, toi aussi ?

– Je n'en sais rien. Je suis tentée d'y accorder foi, il y croit tellement lui-même. Mais je me refuse à envisager sa mort prématurée.

– T'a-t-il dit... jusqu'à quel âge il pense vivre ?

Le trouble perçait dans sa voix, comme s'il percevait les cris d'un enfant dans la nuit et qu'il se laissait, malgré lui, convaincre.

– Ses troubles disparaîtront quand nous serons mariés. Il ne passera plus jamais de nuits solitaires, il oubliera ses angoisses et sa peur de la mort. J'apprendrai à le connaître, à le rendre heureux. Il saura qu'il est tout pour moi, et il ne redoutera plus d'être abandonné. Car c'est cela qu'il craint le plus : voir lui échapper ce qu'il aime.

Tony se décida enfin à allumer la lampe de son bureau. Son regard m'impressionna : jamais il ne m'avait paru si bleu, ni si intense.

– Crois-tu que je n'aie pas toujours fait l'impossible pour aider Troy ? Dis-moi ? À vingt ans, je me suis jeté dans le mariage à seule fin de lui donner une mère. Une vraie, et pas une de ces gamines que la seule idée d'avoir à prendre en charge un enfant maladif aurait fait fuir. Je pensais que Leigh serait une sœur pour lui. J'ai vraiment fait de mon mieux.

– Mais quand vous lui avez parlé de la mort de sa mère, peut-être a-t-il pensé que le paradis était infiniment plus désirable que tout ce que la vie pourrait lui apporter ?

La voix de Tony se teinta de tristesse.

– Oui... tu as sans doute raison.

Il haussa les épaules, se renversa en arrière et regarda autour de lui comme s'il cherchait un cendrier et, n'en trouvant pas, remit son porte-cigarettes dans sa poche. Je ne l'avais jamais vu fumer jusque-là.

– J'y avais bien songé mais que pouvais-je faire avec un enfant qui s'accrochait à son chagrin ? Quand j'ai épousé Jillian, Troy s'est attaché à Leigh. Quand elle est partie, il pleurait toutes les nuits. Il se reprochait d'être la cause de sa fuite. Il est resté alité trois mois et chaque nuit, quand il pleurait, j'allais le consoler. Une fois, je lui ai dit qu'elle reviendrait et depuis, il n'a plus eu que cette idée en tête. Je le soupçonne de s'être mis à fantasmer sur ce retour. Leigh n'avait que neuf ans de plus que lui. Il devait s'imaginer qu'alors, enfin, il pourrait l'aimer comme il avait toujours souhaité l'aimer... Et pendant tout ce temps, jusqu'à ce que ton père nous téléphone, il a vécu dans l'attente de ce retour. Celui de la seule femme qu'il pourrait jamais aimer : ta mère. Mais Leigh n'est jamais revenue : c'est toi qui es arrivée.

Ce fut à mon tour de pâlir : je vacillai sous le choc.

– Essayez-vous de me dire... que je ne suis pour lui qu'un substitut de ma mère ? (Je sentais mes nerfs me lâcher.) Troy m'aime pour moi-même, je le sais ! Un enfant de trois ans ne peut pas tomber amoureux, le rester jusqu'à cinq ans, et encore moins pendant dix-sept années d'attente ! C'est ridicule, impensable.

Les yeux à demi fermés, Tony soupira et palpa à nouveau la poche de sa veste, en quête de son étui à cigarettes. Et une fois de plus, il eut l'air de chercher quelque chose d'un œil hagard.

– J'aimerais en être aussi certain que toi. Je viens tout juste de comprendre que Troy avait idéalisé ta mère. À ses yeux, aucune femme ne soutenait la comparaison... sauf toi, on dirait.

Je me sentis rougir et portai la main à ma gorge.

– Ça ne tient pas debout. Troy aimait ma mère, c'est vrai. Il me l'a dit. Mais pas comme un homme peut s'éprendre d'une femme. Il l'aimait comme un petit garçon solitaire, avide de tendresse, il avait besoin de quelqu'un à chérir. Et je suis heureuse d'être parvenue à l'émouvoir. Je suis la femme qu'il lui faut.

Je voulais affirmer, non supplier. Mais plus je m'y efforçais, plus ma voix se faisait suppliante.

– C'est une fille comme moi qu'il lui faut, et non une de ces enfants gâtées, élevées comme des idoles et complètement blasées parce qu'elles n'ont jamais manqué de rien. Moi j'ai connu la misère et la faim. J'ai été battue, insultée, humiliée. Mais j'ai tenu bon et je suis reconnaissante de ce que la vie m'a donné. Je saurai lui redonner le goût de vivre.

– Sans doute... je crois que tu pourrais lui être d'un grand secours et que tu l'as déjà été. Il était différent jusqu'à ton départ, plus heureux que je ne l'avais jamais vu. Et je t'en remercie. Mais tu ne peux pas l'épouser, Heaven. Je ne le permettrai pas.

Ce que j'avais tellement redouté arrivait.

– Mais vous étiez d'accord ! Qu'avez-vous découvert, depuis ? Si vous craignez l'influence néfaste des Casteel, dites-vous que je descends aussi des Van Voreen.

Il m'enveloppa d'un regard débordant de pitié et de regret. J'eus tout à coup l'impression qu'il avait vieilli.

– Comme la colère et le chagrin te vont bien ! Tu es si belle ainsi, si désirable. Je comprends que Troy tienne à toi. Vous avez tant de choses en commun... bien plus que tu ne peux l'imaginer, mais ce n'est pas moi qui te dirai lesquelles. Va le rejoindre, et promets-moi d'employer toute la douceur, toute la délicatesse possible pour reprendre ta parole. Naturellement, il n'est pas question que tu restes ici, si près de lui. Mais je veillerai à ce que tu ne manques de rien, c'est juré.

– Vous me demandez de reprendre ma parole ? Et vous dites que je dois faire l'impossible pour lui ! Savez-vous à quel point je vais le décevoir ? Il croit avoir rencontré la seule femme au monde qui puisse le comprendre. La seule qui restera à ses côtés et l'aimera jusqu'à sa mort !

Il se leva, évitant soigneusement de croiser mon

regard. Son calme contrastait singulièrement avec l'émotion qui m'animait.

– Je m'efforce d'agir pour le mieux. Troy est mon unique héritier. À ma mort, c'est lui qui prendra le contrôle de la compagnie Tatterton, ou bien son fils. Depuis trois siècles et demi, l'héritage s'est transmis de père en fils, ou de frère à frère... et il en sera toujours ainsi. Troy doit se marier et engendrer un fils, puisque ma femme est trop vieille pour être mère.

– Mais je suis apte à avoir des enfants ! Troy et moi sommes d'accord pour en avoir deux, nous en avons déjà discuté.

Il se pencha sur son bureau, le regard plus lointain que jamais.

– J'espérais te voir prendre les choses plus courtoisement, et m'éviter une situation embarrassante. Je vois que c'est impossible, mais je vais essayer encore une fois. Je te dis que tu ne peux pas épouser Troy, pourquoi ne pas me croire, tout simplement ?

– Et comment le pourrais-je ? Donnez-moi une seule bonne raison qui m'empêche de l'épouser. J'ai l'âge légal, dix-huit ans. Personne ne me fera changer d'avis.

Il se rassit lentement, lourdement. Il éloigna son fauteuil du bureau, croisa les jambes, étendit les pieds, les recula. Et à ma propre stupéfaction, je me surpris à admirer l'élégance de ses chaussures et de ses chaussettes de couleur sombre. Curieux comme dans les moments tragiques, on s'attache à des détails ridicules !

D'une voix toute différente, il reprit la parole.

– C'est ton âge qui m'a mis la puce à l'oreille. Je te croyais plus jeune. Pendant ton absence j'ai appris ton âge véritable, quand Troy l'a mentionné par hasard devant moi. Jusque-là, je ne m'étais douté de rien. Tu ressemblais tellement à Leigh, hormis tes cheveux. Quand tu es heureuse et à l'aise, tes manières sont exactement les siennes. Mais en certaines circonstances, tu me rappelais quelqu'un d'autre.

Son regard s'arrêta à nouveau sur mes cheveux,

que le soleil d'été avait nuancés de mèches fauves et brun doré.

– As-tu déjà porté les cheveux courts ? demanda-t-il, tout à fait hors de propos.

– Qu'est-ce que ma coiffure vient faire là-dedans ?

– Je crois que c'est le poids de ta chevelure qui l'empêche de boucler plus serré. C'est pour cela que, quand il pleut, tes cheveux « tire-bouchonnent », comme tu dis.

– Mais quelle importance, à la fin ? Navrée de ne pas être blond platine, comme ma mère et Jillian, mais ma couleur plaît à Troy. Il me l'a dit cent fois. Il m'aime, Tony, et il a mis si longtemps à me l'avouer ! Il n'a plus ses idées noires sur la vie, il me l'a dit aussi. J'ai réussi à le convaincre que ses pressentiments de mort ne se réaliseraient pas.

Pour la seconde fois, il se leva, puis s'étira comme un chat et se pencha pour rectifier le pli de son pantalon.

– Je dois reconnaître que je n'ai aucun goût pour les confessions mélodramatiques. Le drame, c'est bon pour la scène ou pour l'écran. Je suis d'un naturel réservé, et j'admire ceux qui sont capables de s'emballer comme tu le fais. Peut-être ne le sais-tu pas, mais Troy a le même caractère explosif que toi. Mais chez lui, cela reste intérieur : sa rage se retourne toujours contre lui-même. C'est pourquoi je prends tant de précautions, avec lui. Que Dieu me punisse si je mens, mais je répète que je l'aime plus que moi-même, comme un fils. Et j'avoue que c'est à cause de lui que je n'ai jamais vraiment désiré avoir un fils : il aurait déshérité Troy. Vois-tu – mais tu dois déjà le savoir –, Troy est le véritable cerveau de la compagnie Tatterton. C'est lui qui crée, dessine, invente... moi je ne fais qu'exécuter, courir le monde, comme un représentant. Je suis un homme d'affaires. En dix ans de réflexion, je serais incapable d'inventer un seul jeu ou de créer un seul jouet, ce que Troy fait tout naturellement.

Je n'osais même plus le regarder. Pourquoi me racontait-il tout cela maintenant ? Justement maintenant ?

– C'est Troy qui mérite de diriger l'affaire, et non le fils que je pourrais avoir. Alors, je t'en prie, arrange-toi pour sortir de sa vie sans faire d'histoires. Je serai là pour l'épauler. Va rejoindre ce Logan dont je ne sais plus le nom. Je ferai virer à votre compte une somme de... deux millions de dollars. Penses-y : deux millions. Il y a des gens qui tueraient pour une telle somme !

Il me décocha un sourire à la fois implorant et charmeur.

– Fais-le pour Troy, pour toi et pour ton avenir. Fais-le pour moi et pour ta mère disparue. Ta pauvre mère, qui était si belle.

Je le haïs pour ce qu'il était en train de dire. Quel mauvais goût de me rappeler ma mère, juste en ce moment ! Folle de rage, je hurlai :

– Elle n'a strictement rien à voir dans tout cela !

– Si. Justement.

Il avait élevé la voix et je sentais monter sa colère. Comme si ma passion le brûlait, lui rendait l'air irrespirable et qu'un volcan s'était ouvert sous ses pieds.

8

Vérité

– Alors, ne me dites rien ! Quoi que ce soit, je ne veux pas le savoir !

J'avais crié, le corps tendu vers Tony. Sa voix se durcit encore.

– Tu ne me facilites pas les choses, mon petit, vraiment pas. Je m'efforce de te rendre service et c'est à moi que je fais du tort. Maintenant tais-toi, laisse-moi achever. Après quoi, tu pourras me haïr. Je l'aurai bien mérité.

L'éclat froid de son regard bleu me réduisit au silence. Je retombai sur ma chaise, domptée.

– Nous étions à peine mariés, Jill et moi, que Leigh semblait déjà me détester. Je sentais qu'elle ne me pardonnerait jamais d'avoir séparé ses parents. Elle adorait son père. J'ai essayé de gagner sa tendresse, mais elle a repoussé mes avances. Alors, j'ai renoncé. Je ne voulais pas la blesser, et je savais qu'elle me reprochait le désespoir de son père.

» Je suis revenu de ma lune de miel avec Jill, horriblement déçu, tout en essayant de cacher à tous ma déception. Jill est incapable d'amour, sauf pour elle-même. Et pour cette image d'elle-même qu'elle entretient, celle d'une éternelle jeunesse. C'est fou ce que cette femme peut aimer se contempler dans les miroirs ! Je finis par être écœuré par sa façon de rectifier sans arrêt sa coiffure, de se repoudrer le nez et d'essuyer la moindre trace de rouge à lèvres.

Il eut un sourire amer, sarcastique.

– Je découvris, hélas trop tard, que la beauté de Jill était tout ce qu'elle pouvait offrir à l'amour d'un homme. Elle n'était qu'une façade, une coquille vide, une apparence de femme. Alors que sa fille possédait la douceur, la profondeur et la bonté qui lui manquaient. J'en vins à prêter beaucoup plus d'attention à Leigh qu'à sa mère. C'était une adolescente ravissante, qui ne se regardait jamais dans les miroirs. Elle s'habillait très simplement, et ses vêtements semblaient s'animer et danser autour d'elle, au moindre mouvement, tout comme ses cheveux longs et lisses qui cascadaient sur ses épaules. Elle s'occupait de Troy avec un plaisir et une affection sincères, qui provoquaient mon admiration et mon amour.

» Leigh était sensuelle, bien qu'elle n'en sût rien. Elle rayonnait de santé et de charme. Elle se déplaçait en ondulant des hanches, ses petits seins pointant librement sous ses robes flottantes. Elle faisait toujours des scènes à sa mère, à mon sujet, jusqu'à ce qu'elle découvre que Jill était jalouse. Dès lors, elle se mit à me provoquer, comme par jeu. Je pense qu'elle n'y voyait pas malice, elle voulait simplement punir sa mère d'avoir brisé la vie de son père. C'était sa revanche.

J'élevai les mains comme pour empêcher Tony de poursuivre. Je savais ce qui allait suivre... je le savais ! J'aurais voulu lui crier de se taire.

– Leigh se mit à flirter avec moi, sans retenue. Elle me taquinait, me provoquait. Elle me prenait souvent par les mains pour danser autour de moi, en me raillant avec des mots qui faisaient mouche, à force d'être répétés.

» "Ta femme n'est qu'une poupée !" chantonnait-elle d'un ton moqueur, inlassablement. Ou bien, elle m'implorait : "Laisse maman retourner avec papa, Tony. Si tu le fais, je te jure que je resterai ! Je ne suis pas comme elle, moi. Elle n'aime qu'elle, mais pas moi !" Et, Dieu me pardonne, je la désirais.

Elle n'avait que treize ans, mais possédait plus de sensualité dans le bout de son petit doigt que n'en aurait jamais sa mère.

Je hurlai pour le faire taire :

– Assez ! Je ne veux pas en savoir plus !

Mais il continua, impitoyable. Comme une avalanche poursuit son cours, détruisant tout sur son passage.

– Un jour où Leigh m'avait provoqué sans relâche, c'était son jeu favori pour nous punir tous les deux, je la saisis par le poignet, l'entraînai dans mon bureau et fermai la porte à clé. Je ne voulais que l'effrayer un peu, lui faire comprendre qu'une gamine comme elle ne pouvait pas jouer à ce jeu avec un homme. Je n'avais que vingt ans, j'étais aigri par mon échec, écœuré de m'être laissé prendre au piège de Jillian comme un imbécile. Avant notre mariage, elle avait fait établir un contrat par son avocat. Il stipulait qu'au cas où je demanderais le divorce la moitié de mes biens lui reviendrait. Je ne pouvais donc pas divorcer sans déshériter Troy. Pris au piège, je voulais soudain punir Jill de m'avoir trompé et Leigh de m'avoir si bien fait comprendre ma sottise.

– Vous avez violé ma mère... alors qu'elle n'avait que treize ans ?

Ma voix était rauque, presque inaudible. Je repris néanmoins :

– Vous, un homme si bien élevé, vous avez agi comme une de ces sales brutes de paysans des collines ?

– Tu ne comprends pas ! s'écria-t-il avec désespoir. Je ne voulais que la provoquer à mon tour, pour lui faire peur. Je m'attendais à ce qu'elle le prenne de haut et se moque de moi, ce qui m'aurait calmé sur-le-champ. Mais elle a rallumé mon désir avec sa panique de vierge innocente, terrifiée par ce qui l'attendait. J'y ai vu une invitation de sa part, car je n'ignorais pas que les filles de Winterhaven sont plutôt averties, dans ce domaine ! Et j'ai violé ta mère, oui. Ta mère qui n'avait que treize ans.

– Sale brute ! Espèce de crapule !

J'avais bondi et lui martelais la poitrine à coups de poing. Je voulus le griffer au visage mais il para l'attaque, plus rapide que moi.

– Pas étonnant qu'elle se soit sauvée ! Vous l'avez jetée dans les bras de mon père, et elle est morte de froid et de faim dans les collines !

Je lui décochai un coup de pied dans les tibias, ce qui l'obligea à me lâcher les mains et je revins à l'attaque, toutes griffes dehors.

– Je vous hais ! Vous l'avez tuée en la jetant dans un endroit encore pire que l'enfer !

Il m'enserra solidement les poignets et écarta sans effort mes mains de son visage, un sourire ironique aux lèvres.

– Oh ! elle n'est pas partie tout de suite. Pas la première fois, ni la seconde, ni la troisième. Ta mère, vois-tu, a vite découvert qu'elle prenait plaisir à nos amours défendues. C'était passionnant, excitant, pour elle comme pour moi. Elle venait me retrouver, s'arrêtait sur le seuil de la pièce et attendait. Et quand je m'approchais, elle se mettait à frissonner et à trembler. Parfois, elle pleurait. Quand je la touchais, elle se débattait en criant, tout en sachant fort bien que personne n'entendait ses cris. Et pour finir elle succombait à mes caresses car sous des dehors angéliques, elle était infiniment sensuelle.

Je ne manquai pas mon coup, cette fois. Ma main claqua sur sa joue et y laissa une marque rouge. Je crispai les doigts, prête à lui arracher les yeux. Il me repoussa si brutalement que je chancelai.

– Ça suffit ! Après tout, c'est toi qui m'as obligé à parler. Ce n'est pas moi qui l'ai voulu.

Je lui échappai à nouveau et l'atteignis au visage. Il m'empoigna par les épaules et me secoua jusqu'à dénouer mes cheveux qui s'échappèrent en longues mèches folles.

– Avant de connaître ta date de naissance, il ne m'était pas venu à l'idée de compter les mois. Maintenant c'est fait. Leigh a quitté cette maison le dix-huit juin. Et tu es née le vingt-deux février.

Nous nous sommes retrouvés pendant deux mois, environ. Autrement dit, il est hautement probable que tu sois ma fille.

Je laissai retomber mes bras. Je n'avais même plus envie de le frapper. Le sang se retira de mon visage, mes oreilles tintèrent et je sentis mes genoux mollir.

– Je ne vous crois pas, tout cela ne peut être vrai. Je ne suis pas la nièce de Troy. C'est impossible.

J'étais profondément meurtrie, accablée, brisée.

– Je suis désolé, Heaven, vraiment désolé. Tu aurais été la femme parfaite pour lui, celle qui pouvait le sauver de lui-même. Mais ce soir, tu viens de m'éclairer. Tu m'as raconté comment Leigh avait rencontré Luke Casteel, quel jour ils s'étaient mariés et... il n'y a plus aucun doute. Tu ne peux pas être la fille de Luke Casteel, à moins d'être née avant terme. As-tu déjà entendu ta grand-mère faire allusion à une naissance prématurée ?

Je lui échappai et secouai la tête, étourdie de stupeur. Je n'étais pas la fille de Pa, de ce vaurien de Casteel !

– Tu m'as dit que ton père t'avait toujours haïe, depuis le jour de ta naissance. Connaissant Leigh, je la crois tout à fait capable de lui avoir appris qu'elle était enceinte avant de l'épouser. Et je n'ai plus aucun doute à ton sujet. Regarde tes mains, Heaven, et tes cheveux. Ils sont exactement de la même couleur et de la même qualité que ceux de Troy... tout comme tes mains... vous avez les mêmes, les miennes, celles des Tatterton.

Il étendit ses longs doigts effilés et je baissai les yeux sur les miens. Eh quoi ? Je les connaissais bien, de petites mains aux doigts fins et aux longs ongles ovales. Et une femme sur deux avait la même couleur de cheveux que moi. Rien d'exceptionnel à tout cela. D'ailleurs Granny aurait eu des mains comme les miennes, si le travail de toute une vie ne les avait pas déformées... du moins l'avais-je toujours cru.

J'étais effondrée, écœurée, malade à vomir. Je me détournai brusquement, quittai la pièce et me jetai en trébuchant dans l'escalier. Une fois dans ma chambre, je m'affalai sur mon lit et pleurai.

Je n'étais donc plus une Casteel avec cinq oncles en prison à perpétuité !

Tony fit irruption dans ma chambre sans frapper et s'assit sur le bord de mon lit. Il me parla avec bonté, cette fois, d'une voix pleine de douceur.

– Ne rends pas les choses si difficiles, ma chérie. Je suis déjà si malheureux de vous séparer, mon frère et toi. Et pourtant, je suis ravi que tu sois ma fille. Tout s'arrangera, tu verras. Je sais que je t'ai causé un choc terrible mais malgré tout ce que je t'ai dit de blessant, j'aimais ta mère. Ce n'était qu'une enfant et pourtant, je ne peux pas l'oublier. Et je t'aime à ma façon, crois-moi. Je t'admire, comme j'admire ce que tu as fait pour mon frère. Je saurai me montrer généreux, penses-y quand tu reverras Troy. Trouve une raison plausible pour expliquer ta conduite. Ne lui fais surtout pas de peine : il en mourrait. N'as-tu donc pas compris le sens de tous ses rêves ? Il a un instinct autodestructeur, tout simplement. Il est né désenchanté, il se croit voué à la mort, à l'abandon, à la trahison. Et c'est tout cela qu'il cherche à fuir.

Tony posa furtivement la main sur mon épaule, avant de se lever et de se tourner à demi vers la porte. Je vis qu'il était ému.

– Sois bonne pour lui, il est si fragile. Jillian, toi et moi, nous sommes de la race des forts, pas lui. Il est sans défense dans un monde féroce, il ne sait pas haïr, simplement aimer. C'est un inadapté, destiné à souffrir. Donne-lui le meilleur de toi-même, Heavenly, le meilleur... je t'en prie.

Je m'assis et lançai violemment un oreiller dans sa direction.

– C'est déjà fait ! Est-ce qu'il sait ? Lui avez-vous dit que vous pourriez être mon père ?

Je le vis frissonner de la tête aux pieds.

– Non, je n'ai pas pu m'y résoudre. Il me respecte, il m'admire, il m'aime. Il a toujours été la meilleure part de ma vie, même s'il ne me l'a pas rendue très facile. Je te demande, je te supplie de trouver une autre raison pour expliquer cette rupture. S'il apprend la vérité, il me haïra et je ne pourrai pas l'en blâmer. Toi seule aurais pu le sauver... et c'est par ma faute qu'il va te perdre. Mon seul espoir est que tu trouves les mots qu'il faut, moi j'en suis incapable.

Une heure s'écoula, que j'employai de mon mieux à surmonter mon chagrin. Je me baignai les yeux et le visage dans l'eau glacée et apportai les plus grands soins à mon maquillage. Puis, sans savoir comment je m'y prendrais pour apprendre à Troy qu'il allait lui falloir vivre sans moi, je me faufilai dans le labyrinthe. Je frappai à la porte bleue sans obtenir de réponse, comme Tony me l'avait laissé prévoir.

Il était tard, presque dix heures. Jamais le soir n'avait été si beau. L'air était plein de gazouillis d'oiseaux qui se blottissaient dans leur nid, déjà tout engourdis de sommeil. Un parfum délicat me chatouillait les narines, celui de centaines de rosiers. Près de la porte bleue, les primevères et les pensées étaient en fleurs et les buissons de gardénias resplendissaient, presque bleus dans le clair de lune. L'air avait la douceur d'un baiser... mais Troy était bien loin de tout cela, terré derrière sa porte close. Je l'ouvris et restai sur le seuil, hésitant à entrer.

– Troy, c'est moi, Heaven. Je suis revenue. Je suis désolée, Troy. J'étais malade et je n'ai pas pu tenir ma promesse...

Pas de réponse. Pas d'odeur de four chaud non plus, ni même celle qui flotte dans une pièce où l'on vient de cuire du pain. Le calme et l'ordre régnaient partout, excessifs, effrayants. Je me ruai vers la chambre de Troy et ouvris la porte à la volée. Il était étendu sur son lit, la tête tournée vers la fenêtre ouverte. La brise agita les rideaux, manquant de renverser le vase de roses posé sur la table toute proche.

Je m'avançai vers le lit.

– Troy, regarde-moi, je t'en prie. Dis-moi que tu me pardonnes... Je désirais tellement rentrer, si tu savais.

Il ne fit pas le moindre geste et je m'approchai encore. Avec d'infinies précautions, je pris sa tête entre mes mains et l'obligeai à se tourner de mon côté. Le clair de lune me révéla son regard absent, glacé. Il était à cent lieues d'ici, perdu dans un de ses rêves terrifiants. Je le savais, j'en étais sûre !

Je pressai doucement mes lèvres sur les siennes, répétant inlassablement son nom.

– Reviens-moi, Troy, s'il te plaît, je t'en prie. Tu n'es pas seul, je t'aime. Je t'aimerai toujours.

Je répétai ma prière insistante, encore et encore, jusqu'à ce que ses yeux perdent leur fixité et me reconnaissent, enfin. Je les vis s'éclairer, s'illuminer d'une joie délirante.

Ses doigts effleurèrent timidement mon visage.

– Tu es revenue... Oh, Heaven ! J'avais si peur que tu ne reviennes pas ! J'étais terrifié à l'idée qu'en revoyant ce Logan, tu pourrais découvrir que c'était lui que tu aimais, et non pas moi.

Je couvris son visage défait de baisers passionnés.

– C'est toi que j'aime, toi seul ! J'ai eu la grippe, mon chéri, avec une fièvre épouvantable pendant des jours et des jours. Les lignes téléphoniques étaient coupées, les routes inondées, les ponts détruits. Je suis revenue aussitôt que j'ai pu !

Il eut un petit sourire incertain, hésitant.

– Je savais que c'était stupide de me laisser aller à un tel chagrin. Quelque chose me disait que tu reviendrais. Tout au fond de moi, je le savais...

Je me coulai contre lui et sentis ses mains glisser dans mes cheveux. La tête posée sur sa poitrine, j'entendais les battements de son cœur, si lents, si lents... À quel rythme le cœur est-il censé battre, au juste ?

– J'ai changé d'avis, Troy ! Je ne veux plus de grand mariage. Nous nous échapperons de Farthy et nous nous marierons discrètement, sans cérémonie.

Il m'attira tout contre lui, caressa mes cheveux et fit pleuvoir de petits baisers sur mon front.

– Je suis si fatigué, Heaven, si fatigué. Mais je croyais que tu désirais un grand mariage ?

– Non. Tout ce que je veux, c'est toi.

Il effleura mon front de ses lèvres et murmura :

– Il faut que Tony assiste à notre mariage. Il ne me paraîtrait pas tout à fait réel, sans lui. Il est un peu mon père.

– Comme tu voudras, soupirai-je en attirant son corps frêle plus près du mien.

Comme il avait maigri, mon Dieu !

– Tu es tout à fait remis de ta pneumonie, au moins ? demandai-je pour faire diversion.

– Complètement. Guérir est une habitude, chez moi !

– Tu ne seras plus jamais malade, maintenant. Je serai là pour veiller sur toi.

Nous passâmes la nuit dans les bras l'un de l'autre, à faire des projets d'avenir. Hélas, je croyais presque voir nos rêves s'évanouir en fumée et se dissiper dans l'air nocturne ! Je ne pouvais plus épouser Troy mais je ne pouvais pas vivre sans lui. L'épouser, malgré nos liens de parenté ? Le dilemme était insoluble.

Un peu avant l'aube, je ramenai une fois de plus la conversation sur la poupée de ma mère et de là, sur son modèle : Leigh. Troy savait-il que Tony l'avait séduite ? Avait-il simplement deviné qu'il éprouvait pour elle plus qu'une affection paternelle ? Je vis son regard s'obscurcir.

– Mais non, qu'est-ce que tu vas chercher là ! Crois-moi, Heaven, il pouvait avoir toutes les femmes qu'il voulait ! Il était fou de Jillian. Quant aux autres, elles étaient prêtes à tout pour se glisser dans son lit. On peut dire que depuis qu'il a du poil au menton, il n'a jamais eu à en courtiser une seule : c'est elles qui lui courent après.

Blottie dans ses bras, je réfléchissais et je compris son attitude. Il ne pourrait jamais admettre qu'à sa façon, son frère se servait des femmes, même de Jillian. Il s'en était servi pour donner une mère et une sœur à son jeune frère, tout en cherchant à se distraire avec d'autres femmes à Boston et dans toute l'Europe...

Il était temps de regagner la maison. Je me penchai pour embrasser Troy, les yeux pleins de larmes.

– Je te demande pardon pour tous ces soupçons. Je t'aime, je t'aime, je t'aime ! Je vais essayer de dormir un peu et je reviens. Surtout ne t'en va pas, c'est promis ?

Il s'assit et prit mes deux mains dans les siennes.

– Viens déjeuner avec moi, ma chérie. Vers une heure.

Je m'attendais à plonger dans un sommeil bien mérité. Il n'en fut rien. Je me tournai et retournai dans mon lit et finis par descendre à la petite salle à manger. J'y trouvai Tony, déjà attablé, occupé à tartiner de miel des tranches de melon qu'il engloutissait l'une après l'autre. D'emblée, il me mitrailla de questions : il voulait tout savoir. Si j'avais vu Troy, rompu nos fiançailles. Comment il avait réagi... Quelle explication je lui avais fournie. Si j'avais su me montrer tendre malgré tout, présenter les choses avec tact. Je répondis avec une froideur hostile. Je le haïssais de plus en plus. Autant que Pa ! En fait si Troy n'avait pas été si vulnérable, je ne me serais pas privée de lui apprendre comment se conduisait son frère.

– Quel prétexte lui as-tu donné ? demanda Tony, anxieux.

– Aucun. Je ne peux pas lui porter un coup pareil, Tony. Cela le détruirait !

– Pourtant, il le faut, Heaven. Le mariage est impossible. Mais peut-être as-tu raison d'attendre quelques semaines pour lui dire que tu t'es trompée. Que tu aimes toujours ce... ce Logan, c'est bien son nom ? Troy t'oubliera, je serai là pour l'y aider. Il reprendra le dessus, le travail est un excellent dérivatif. Quand il aura accepté le fait que tu en aimes un autre et qu'il ne t'épousera jamais, il reportera son affection sur une autre. Je m'arrangerai pour lui trouver un parti acceptable.

Ses paroles me firent mal. Je faillis hurler comme une bête blessée, ou comme Sarah à la mort de son dernier-né. Le chagrin me gonflait le cœur. L'homme qui était cause de tout cela se tenait là, en face de moi, et il me faisait horreur.

– Vous êtes odieux, Tony Tatterton ! Et si je ne craignais pas tant de blesser Troy, je lui dirais la vérité. Et il vous haïrait. Vous perdriez le seul être qui ait jamais compté pour vous.

Il eut un regard pitoyable.

– Je t'en prie... n'oublie pas que tu le tuerais. Il a besoin de croire en quelque chose pour vivre, ou en quelqu'un. Toi et moi pouvons tout supporter, lui n'a pas notre force.

– Ne me comparez pas à vous ! Plus jamais !

Il reprit une tranche de melon et ne répondit qu'après un long silence.

– Promets-moi de ne rien dire de tout ceci à Jill, Heaven. Promets-le-moi.

Je me levai et passai près de lui sans rien promettre.

– Très bien ! cria-t-il en se levant, à bout de patience.

Il me saisit par le poignet et me fit pivoter vers lui. Ses traits toujours si affables étaient déformés par la colère.

– Va retrouver Troy, détruis-le, et quand ce sera fait, recommence avec Jill ! Et quand tu auras ravagé Farthy, continue avec ton père ! Et Tom, et Fanny, sans oublier Keith et *notre* Jane ! C'est la vengeance que tu cherches, Heaven Leigh Casteel, je le lis dans tes yeux ! Tes yeux si bleus qui cachent une âme diabolique, même s'ils ressemblent à ceux d'un ange !

Je me débattis tant et si bien qu'il me relâcha brusquement. Je perdis l'équilibre et m'étalai de tout mon long sur le plancher. Sitôt relevée, je me ruai hors de la pièce et grimpai l'escalier quatre à quatre sans lui laisser le temps de placer un mot. Une fois dans ma chambre, je me jetai sur mon lit pour y pleurer tout à mon aise.

À une heure, j'étais de retour au cottage. Troy était levé cette fois, et paraissait aller beaucoup mieux. Il m'accueillit avec le sourire.

– Approche, dit-il, je veux te montrer la maquette que je viens de finir. Nous mangerons plus tard.

Celle-ci occupait tout un coin de son atelier. C'était un circuit ferroviaire miniature, avec ses signaux fonctionnant comme dans la réalité, des trains minuscules dans lesquels on voyait monter des voyageurs, lesquels descendaient un peu plus loin pour remonter peu de temps après. Il circulait à travers un paysage de montagne dangereusement escarpé. Le petit Orient-Express haletait, démarrait lentement, accélérait, prenant de plus en plus de risques dans le seul but d'atteindre les sommets pour redescendre plus vite encore. Et j'avais le sentiment que ce manège avait un sens aux yeux de Troy, comme s'il tentait de me communiquer un message.

Que cherchait-il à me faire comprendre avec ces petits trains qui traversaient différents territoires en suivant leurs trajets compliqués, pour se retrouver toujours au même point ? Les hommes n'étaient-ils pas semblables à ces machinistes, conduisant leurs trains par monts et par vaux, montant et descendant tour à tour... pour s'arrêter le plus souvent à mi-chemin, en terrain plat ? Je me mordis les lèvres. Je réfléchissais, quand une silhouette attira mon regard : il y avait une nouvelle passagère !

C'était une petite fille aux cheveux noirs, en manteau bleu, avec des chaussures assorties. Sa ressemblance avec moi était si frappante que je souris. Et ces petits trains qui causaient tant d'émotion aux voyageurs... ils ne menaient nulle part bien sûr ! Ce ne fut pas la petite fille qui descendit à la gare, mais une vieille femme, vêtue exactement comme elle : manteau bleu et souliers du même bleu. Je m'empressai de retourner à la gare de départ, pour découvrir... la même petite fille, qui montait dans un autre train.

Le talent de Troy m'émerveillait. Il n'avait pas besoin de mots pour s'exprimer, ses jouets parlaient pour lui ! La fascination qu'il exerçait sur moi se réveilla, plus vive que jamais. Je me détournai du spectacle et appelai :

– Troy ? Troy, où es-tu ? Nous avons tant de projets à faire !

Il avait repris sa place près de la fenêtre, les jambes allongées, les mains posées sur les genoux... ses longues mains, si élégantes, si habiles. Et la fenêtre grande ouverte qui laissait entrer dans la chambre le vent humide et glacé, mon Dieu ! Affolée, je me précipitai vers lui et lui secouai le bras pour le ramener à la réalité. Dans quel vide errait-il ainsi, le regard aveugle ? Je le secouai de plus belle.

– Troy ! Troy !

En vain. Une rafale plus forte que les autres jeta au sol une lampe posée sur la table. J'eus besoin de toutes mes forces pour refermer la fenêtre. Cela fait, j'allai chercher toutes les couvertures que je pus trouver et lui enveloppai les épaules et les jambes. Quand j'eus terminé, il n'avait toujours pas dit un mot ni fait le moindre geste.

Son visage était pâle et quand je le touchai, je le sentis froid sous mes doigts, mais souple et doux, et je pleurai de soulagement. Il n'était pas mort ! Je lui tâtai le pouls et le trouvai si faible que je courus au téléphone et composai le numéro de Farthy. La sonnerie retentit interminablement : pas de réponse. Quel médecin fallait-il appeler ? J'étais en train de feuilleter d'un doigt tremblant les pages jaunes de l'annuaire quand j'entendis Troy éternuer. Je me ruai vers lui.

– Troy, qu'essaies-tu de faire ? De te suicider ?

Il prononça mon nom d'une voix faible, le regard vague. Quand il me reconnut, il s'accrocha à moi comme un noyé à une planche de salut et enfouit son visage dans mes cheveux.

– Tu es revenue, Dieu merci ! Je croyais que tu ne reviendrais jamais.

J'inondai son visage de baisers.

– Bien sûr que je suis revenue ! J'ai passé la nuit avec toi, tu ne te souviens pas ?

Je l'embrassai de plus belle, sur le visage encore, puis sur les mains.

– Ne t'avais-je pas dit que je reviendrais pour être ta femme ?

Je caressai alors ses bras, son dos, et lissai ses cheveux en désordre.

– Je suis désolée d'être rentrée si tard, Troy, mais je suis là, maintenant. Nous allons nous marier. Nous inventerons un style de vie qui sera le nôtre, tu verras : chaque jour sera un jour de fête...

En voyant qu'il n'écoutait plus, je me tus.

La fraîcheur de la pièce déclencha un nouvel accès d'éternuements, de ma part comme de la sienne. Je l'entraînai vers le lit. Peu de temps après nous étions enfouis sous un monceau de couvertures pour nous réchauffer. Blottis dans les bras l'un de l'autre, nous entendîmes alors de petits cliquetis légers mais distincts, provenant des nombreuses pendules : le bruit familier des rouages annonçant qu'elles allaient sonner. Dans le coin-repas, un souffle de brise fit tinter les cristaux du lustre.

– Là, tout va bien, mon chéri, dis-je d'une voix apaisante en caressant les cheveux noirs de Troy. Je suis arrivée juste au moment d'une de tes... de tes transes... c'est ainsi que tu appelles tes malaises, n'est-ce pas ?

Il me serra plus étroitement contre lui, si fort que j'en eus mal, et murmura :

– Heaven, tu es là, Dieu merci !

Sa voix se brisa dans un sanglot et il me repoussa doucement.

– Même si je bénis le Seigneur pour ton retour... je ne me fais pas d'illusions : je ne peux pas partager ta vie. Ni t'épouser. Ton absence m'a permis de réfléchir à tout cela. Quand tu es là, j'arrive à croire que je suis un homme comme les autres et que mes espoirs sont naturels. Mais ce n'est pas le cas, pas du tout. Je ne serai jamais comme tout le monde. Quelque chose est mort en moi, et je ne changerai jamais, j'en suis incapable. Je pensais qu'en retrouvant le monde réel, tu reprendrais ta liberté. Tout n'est qu'imposture ici, Heaven : la maison, les gens. Nous faisons tous semblant de vivre normalement, Tony, Jillian et moi. Les domestiques eux-mêmes jouent le jeu. Ils connaissent bien les règles.

Le pressentiment douloureux qui couvait en moi depuis mon arrivée au cottage s'accrut, se précisa.

– Quelles règles, Troy ? Et quel jeu ?

Avec un rire qui me glaça, il me fit rouler de côté sans desserrer son étreinte, tant et si bien que nous nous retrouvâmes sur le plancher. Là, il m'ôta mes vêtements avec une frénésie sauvage, les lèvres brûlantes de passion.

– J'espère que nous aurons un enfant ! s'écria-t-il après m'avoir aimée follement. Je ne t'ai pas fait mal, au moins ? Je n'ai jamais voulu te faire mal. Mais je voudrais tant laisser derrière moi quelque chose de réel, un être fait de ma chair et de mon sang.

Puis il m'attira à nouveau à lui, farouchement, et éclata en sanglots lourds, suffocants, effrayants.

Je le serrai contre moi, le couvris de baisers et de caresses, encore et encore, avant de me jeter avec lui dans le lit pour nous protéger de la morsure du froid.

Étendue à ses côtés, j'entendis ses sanglots s'apaiser peu à peu. Si je devinais son angoisse, je m'apercevais aussi à quel point il était compliqué. Je ne le comprendrais probablement jamais. Je devais l'aimer tel qu'il était. Et peut-être un jour, avant l'aube, s'éveillerait-il en souriant d'un sommeil sans rêves. Ce jour-là, je saurais que sa crainte morbide de mourir jeune n'était plus qu'un souvenir.

Je m'endormis. D'un sommeil léger dont j'émergeais vaguement, de temps à autre, pour sentir sur moi la caresse de l'air. Et aussi la chaleur de l'étreinte de Troy.

Et le jour s'écoula, comme tant d'autres. En regagnant ma chambre, je trouvai une lettre sur ma table de nuit. Une courte lettre de Troy.

Je n'aime pas les lettres et encore moins celles qu'on dépose. Elles n'apportent jamais que de mauvaises nouvelles.

« Mon seul amour,

Quand tu m'as trouvé assis dans ma chambre, la nuit dernière, j'essayais d'y voir un peu plus clair dans ma vie.

Nous ne pouvons pas nous marier. Et pourtant, cette nuit, j'ai tout fait pour que tu sois enceinte. Pardonne-moi mon égoïsme. Va voir Jillian, elle te dira la vérité. Oblige-la à te la dire. Elle le fera si tu insistes suffisamment, si tu l'appelles grand-mère, si tu la forces à baisser le masque.

Mon amour pour toi aura été la meilleure chose de ma vie. Merci de m'avoir aimé et de m'avoir tant donné, malgré ma faiblesse. Mon plus grand tort est d'avoir aimé mon frère avec une dévotion aveugle. Délibérément aveugle.

Jillian m'a tout dit. Pour te sauver, il me faut accepter ce qui aurait pu sauver ta mère. Jillian a dû reconnaître que Tony l'avait désirée comme un fou. Je sais maintenant qu'elle le haïssait et que c'est lui qu'elle a voulu fuir. Heaven, tu es la fille de Tony, ma propre nièce !

Je vais partir, apprendre à vivre sans toi. Même si tu n'étais pas la fille de Tony, et donc ma nièce, j'aurais gâché ta vie. Je ne sais pas me laisser vivre, prendre les choses comme elles viennent. J'éprouve le besoin de donner un sens, une importance spéciale à chaque jour qui passe, car il me semble toujours que ce sera le dernier. »

Cette lettre était signée de trois initiales : T.L.T.
Tout était consommé...

Ce matin-là, je me sentis une fois de plus ramenée en arrière, avec une acuité douloureuse. À ce jour terrible où j'étais entrée, une pomme à la bouche, dans l'alcôve de Sarah, pour y trouver la lettre où elle annonçait à Pa qu'elle le quittait et ne reviendrait jamais. Du même coup, elle nous abandonnait aussi, nous laissant à notre triste sort. Je me retrouvais au même point : abandonnée à moi-même, dans une maison où personne ne voulait de moi.

L'insupportable chagrin que me causait mon amour brisé se mua en rage. Et cette rage me donna des ailes. Jillian dormait souvent jusqu'à midi, parfois plus tard, et je le savais, mais qu'importe ! Je courus jusqu'à sa chambre, frappai à la porte en hurlant son nom et demandai à entrer, bien qu'il fût tout juste neuf heures.

Mais elle était déjà levée et habillée. À la voir si élégante dans son ravissant tailleur clair, on l'eût crue prête à sortir : il ne lui restait plus qu'à enfiler sa veste. Je ne l'avais jamais vue coiffée ainsi, les cheveux brossés en arrière. Elle me parut plus vieille et en même temps plus jolie, en tout cas moins... artificielle. Elle n'avait plus cet air de poupée grandeur nature que je lui connaissais. Je lui lançai un regard accusateur et passai aussitôt à l'attaque.

– Troy est parti ! Qu'avez-vous bien pu lui dire pour qu'il s'en aille ?

Sans répondre, elle se détourna pour prendre sa veste, l'enfila et se retourna tranquillement vers moi. Mon expression dut l'alarmer car je vis ses yeux s'agrandir. Son regard bleu vacilla comme si elle cherchait le secours de Tony, puis trahit une joie soudaine, triomphante.

– Troy est parti ! souffla-t-elle. Parti... pour de bon ?

Sa joie était si manifeste que j'en fus malade. Sur ces entrefaites, Tony entra dans la chambre sans frapper. Ignorant totalement Jillian, c'est à moi qu'il s'adressa :

– Comment va Troy ce matin ? Que lui as-tu dit ?

– Moi ? Rien du tout ! C'est votre femme qui a cru bon de lui dire la vérité, l'ignoble vérité !

L'expression radieuse de Jillian s'évanouit. Ses yeux s'éteignirent. Tony pivota et la foudroya du regard.

– Qu'as-tu dit, que pouvais-tu avoir à lui dire ? Ta fille ne s'est jamais confiée à la mère qu'elle méprisait !

Figée dans son délicieux tailleur que ne déparait pas le moindre pli, Jillian parut sur le point de crier.

– Ma mère vous a-t-elle parlé, Jillian ? Vous a-t-elle confié la raison qui l'obligeait à fuir ? Dites-le-moi, dites-le-moi !

– Va-t'en. Laisse-moi tranquille.

Mais j'insistai.

– Pourquoi ma mère a-t-elle quitté cette maison ?

Vous n'avez jamais été très claire sur ce point. Était-ce un enfant de cinq ans qu'elle fuyait... ou votre mari ? Vous a-t-elle dit que son beau-père lui faisait des avances ? Et avez-vous fait semblant de ne pas comprendre ?

Elle jouait nerveusement avec les bagues qui ornaient ses mains blanches, dans un mouvement machinal de va-et-vient. Elle en ôta trois et les jeta distraitement dans un cendrier. Le tintement léger du métal contre le cristal parut la réveiller.

– Je ne vois pas de quoi tu veux parler.

– Grand-mère, commençai-je d'une voix claire, incisive, qui lui fit hausser les épaules.

Elle pâlit et je me demandai si j'allais continuer mais le souvenir de Troy me poussa à le faire.

– Est-ce à cause de Tony que ma mère s'est enfuie de cette maison ?

Ses yeux bleu de lin si semblables aux miens s'élargirent. Ils prirent une fixité aveugle comme si, par ma faute, elle avait senti le sol se dérober sous ses pieds. Une lueur de raison apparut dans son regard et s'évanouit aussitôt. Ses mains errèrent un instant devant son visage, puis se plaquèrent sur ses joues. Si étroitement que ses lèvres s'entrouvrirent sur un cri silencieux, terrible, interminable. Ses traits n'étaient plus qu'un masque torturé. Et brutalement, Tony s'en prit à moi.

– Tais-toi ! hurla-t-il en s'avançant vers Jillian pour la prendre dans ses bras. Pas un mot de plus, Heaven ! File dans ta chambre et restes-y jusqu'à ce que je vienne te parler. Si j'en trouve le temps.

Il porta Jillian jusqu'à son lit et je l'observai tandis qu'il l'étendait avec précaution sur le couvre-lit de satin ivoire. Alors seulement, l'angoisse qui l'étouffait se libéra. Elle se mit à crier, crier sans pouvoir s'arrêter, en proie à une véritable crise d'hystérie. Ses hurlements se faisaient tantôt stridents, tantôt plus faibles, et je pouvais la voir arquer le dos et agiter les bras en tous sens. Paralysée, j'assistais au désastre que j'avais causé. La jeunesse se retirait progressivement de son visage, comme un masque. On aurait dit qu'on pelait un oignon.

Je détournai la tête, accablée de chagrin. C'était moi qui avais détruit ce fragile édifice si soigneusement entretenu et préservé. Moi seule.

De retour dans ma chambre, je me mis à faire les cent pas. Je n'avais plus qu'une idée en tête : sauver Troy. De temps à autre seulement j'accordais une pensée à Jillian. Puis on cogna à la porte et Tony entra sans y être invité. En voyant que j'avais commencé à faire mes bagages, il tressaillit.

– Jill s'est endormie, dit-il avec amertume. Je l'ai forcée à prendre un sédatif.

J'étais vraiment inquiète.

– Est-ce qu'elle va s'en remettre ?

L'air indifférent, il s'assit sur la plus fragile de mes chaises en satin broché, croisa les jambes en un geste élégant et prit la peine de rectifier le pli impeccable de son pantalon. Quand fut accompli ce parfait rituel de l'homme du monde, il daigna m'adresser un sourire oblique et teinté d'ironie.

– Non, Jill ne s'en remettra pas. En fait, elle ne s'est jamais vraiment remise du départ de ta mère. Elle a toujours refusé d'en parler et c'est seulement aujourd'hui que j'ai pu réunir toutes les pièces du puzzle.

Je me précipitai vers la chaise qui faisait pendant à la sienne et pris place en face de lui. Je me penchai vers lui et retins mon souffle, mais je savais déjà ce qu'il allait dire. Je connaissais le pire… ou croyais le connaître. C'est que j'étais encore bien naïve, alors. J'ignorais la complexité de la nature humaine, ses détours tortueux quand il s'agit de sauver la face… comme si on pouvait tout sauver !

Tony prit la parole, les yeux baissés. Il paraissait honteux tout à coup, maintenant qu'il était trop tard.

– L'année où ta mère est partie, j'avais dû me rendre en Allemagne pour m'entendre avec un fabricant, un de ceux qui se chargent de nos mécaniques de précision.

Je l'interrompis aussitôt :

– Vos histoires de jouets ne m'intéressent pas ! Ce n'est vraiment pas le moment.

Il sursauta et releva les yeux.

– Désolé, je m'écarte du sujet mais je voulais que tu comprennes pourquoi j'étais absent. En fait, ta mère a essayé plusieurs fois de dire à Jillian que je lui faisais des avances déplacées. Ce jour-là, elle a hurlé à Jillian qui ne voulait rien entendre qu'elle avait sauté un de ses cycles menstruels. « Est-ce que cela signifie que je suis enceinte, maman, dis-moi ? » Mais Jillian a éludé la question et injurié sa fille… « Espèce de petite coureuse, tu n'as que des idées tordues en tête. Pourquoi un homme comme Tony irait-il s'enticher d'une gamine quand il a une femme comme moi à ses côtés ? Si tu dis vrai, je te chasserai d'ici. » Leigh est devenue toute pâle et lui a répondu à peu de chose près : « Eh bien, je m'en vais, et tu ne me reverras plus. Et si je suis enceinte, c'est moi qui mettrai au monde l'héritier des Tatterton. »

Ses paroles me prirent complètement au dépourvu.

– Mais comment l'avez-vous su ? Comment ?

Tony se prit la tête entre les mains et poursuivit son récit. Sa voix était méconnaissable.

– Je savais depuis longtemps que Jillian enviait la beauté fraîche et sans artifices de sa fille. Mais c'est seulement quand ses nerfs ont craqué, il y a quelques minutes, qu'elle m'a crié la vérité. Leigh était enceinte quand elle est partie, chassée par une mère qui refusait de la comprendre et de l'aider. Et en aimant Leigh, j'ai non seulement gâché sa vie, mais aussi celle de mon frère.

Je demeurai longtemps immobile, clouée sur ma chaise. Je connaissais enfin la vérité. Toute la vérité. Je n'étais pas la fille de Pa. Je n'étais pas une misérable Casteel. Et après ? Qu'avais-je à y gagner, maintenant que Troy était parti ?

9

Le temps fera son œuvre

Troy était parti. Chaque jour, j'attendis une lettre de lui. En vain. Et chaque jour je traversai le labyrinthe pour me rendre au cottage, espérant contre tout espoir qu'il serait là et que nous redeviendrions amis, comme avant. Le cottage et ses ravissants jardins avaient maintenant un aspect négligé et j'envoyai les jardiniers de Farthy remettre les choses en ordre. Puis un beau jour, au petit déjeuner, alors que Jillian dormait encore, Tony m'apprit qu'il avait reçu des nouvelles de son frère par le directeur d'une de leurs filiales. Troy visitait leurs usines d'Europe, l'une après l'autre.

– C'est bon signe, déclara-t-il avec un sourire forcé. Tant qu'il court le monde, je suis rassuré. Je sais qu'il n'est pas en train de se laisser mourir je ne sais où, au fond d'un lit.

Bizarrement, Tony et moi nous retrouvions alliés, tout à coup. Nous luttions pour la même cause : ramener Troy à la maison et l'aider à survivre. Malgré le tort immense qu'il avait fait à ma mère – qu'elle l'ait encouragé ou non –, les choses perdaient jour après jour leur importance à mes yeux. Au collège, je travaillais comme une forcenée et il m'arrivait de rentrer épuisée, n'ayant plus que la force de me jeter dans mon lit. En pareil cas, Tony m'apportait un concours précieux et m'aidait à résoudre les difficultés dont je ne me serais pas tirée toute seule.

Quant à Jillian, elle n'était plus que l'ombre d'elle-même. Comme si, en laissant éclater au grand jour la vérité en ce qui concernait sa fille, vérité si longtemps tenue secrète, elle s'était elle-même condamnée au secret et au silence. Les soirées et les réunions charitables n'étaient plus qu'un souvenir. Elle qui les avait tant aimées se disait malade et gardait le lit, sans plus se soucier de son apparence. Elle pleurait en suppliant Leigh de revenir et de lui pardonner de n'avoir pas su l'écouter, l'entourer, la comprendre. Mais il était trop tard, bien sûr. Leigh ne reviendrait jamais.

Et la vie s'écoulait. À nouveau, je courus les magasins et renouvelai ma garde-robe. J'écrivis plusieurs lettres à Tom et à Fanny, sans oublier d'y joindre les chèques habituels. Obtenir mes diplômes devint mon unique objectif. Tony et moi éprouvions souvent le besoin de nous rapprocher l'un de l'autre, ne serait-ce que pour ne pas nous sentir trop seuls dans cette grande maison. Dans ces moments-là, je surprenais souvent son regard rivé sur moi, comme s'il cherchait les mots qui lui manquaient pour vaincre mon hostilité. Mais je ne voulais pas me laisser vaincre. Je voulais qu'il souffre. Sans lui, ma mère ne se serait jamais enfuie. Elle ne serait pas morte de misère dans une cabane des collines. Et, par un curieux paradoxe, je trouvais doux de me rappeler les beaux jours d'autrefois, dans les Willies. Nous, les cinq petits Casteel et Logan Stonewall, nous étions si heureux alors. Être ensemble nous suffisait, nous comblait.

Par une froide journée de novembre où le ciel lourd annonçait une nouvelle chute de neige, je reçus une lettre de Fanny.

« Ma chère Heaven,

Ton égoïsme m'a forcée à épouser mon vieux richard, Mallory. Maintenant je n'ai plus besoin de ton sale argent de grippe-sou. Mallory a une grande maison, comme dans les magazines, et une peau de vache de vieille mère qui voudrait bien me voir morte. Je m'en fiche pas mal d'ailleurs. Cette vieille peau ne va pas tarder à casser sa pipe, alors qu'elle m'aime ou pas, ça change rien. Mallory essaie de m'apprendre à me tenir et à parler comme une vraie dame. Je ne perdrais pas mon temps à des âneries pareilles si je pensais pas qu'un jour je pourrais tomber sur Logan Stonewall. Alors, si je savais parler et me tenir comme il faut, peut-être qu'il m'aimerait, ce coup-là. Aussi fort que j'ai toujours voulu. Et toi, tu pourras faire une croix dessus, une fois que je l'aurai.

Ta sœur affectionnée qui pense à toi,

Fanny. »

La lettre de Fanny me rendit soucieuse. Qui aurait cru qu'une fille comme elle, qui traitait les hommes comme de vulgaires machines à sous, se serait à ce point entichée de Logan, l'homme qui la méprisait le plus au monde ?

Cette lettre fut la seule que je reçus d'elle, mais Tom en écrivit plusieurs, lui.

« J'ai retrouvé le rouleau de billets que tu as donné à Grandpa. Franchement, Heavenly, tu avais perdu la tête ou quoi ? Il l'avait fourré dans sa boîte à bois, tout au fond. Le pauvre vieux, il me fait pitié maintenant, toujours à pleurer après ce qu'il n'a pas. Quand il est chez nous, il réclame ses collines parce que son Annie veut y retourner. Et quand il y est, au bout de quinze jours il voudrait revenir avec ses petiots. Je crois qu'il se sent seul, là-haut. Il ne voit que cette vieille bonne femme qui lui prépare ses repas le matin pour toute la journée. Ma parole, Heavenly, je ne sais vraiment plus quoi faire pour lui. »

Sans Troy, Farthy n'était plus qu'un endroit où passer les week-ends. Je parlais le moins possible à Tony, bien qu'il m'arrivât de me sentir peinée pour lui en le voyant errer dans la grande maison déserte, autrefois si animée et si gaie. Le temps des soirées et des fêtes était bien loin, désormais ! Et j'étudiais avec acharnement, en me répétant chaque jour que j'étais venue à Boston avec un but bien arrêté. Je ne le perdais pas de vuc un seul instant, persuadée qu'un jour je trouverais le bonheur qui m'était dû... mais quand ?

Les années passèrent avec une rapidité singulière, après ce jour tragique où Troy avait décidé de mettre des kilomètres de distance entre nous. Il n'écrivait que très rarement, et seulement à Tony. Le chagrin me rongeait et pourtant, doucement, le temps faisait son œuvre. Où que souffle le vent, l'herbe reverdit sous la pluie. Et les fleurs semées en automne s'épanouissent au printemps. Chaque jour, insidieusement, grignotait le fardeau de ma peine. N'avais-je pas réalisé mon rêve ? J'étais étudiante, enfin ! Tout m'aidait à oublier. La vie du campus m'enchantait, les garçons me recherchaient. Il m'arriva même d'en présenter un à Tony. Un jeune homme sérieux et sans prétentions mais on ne peut plus séduisant, et fils de sénateur par-dessus le marché. En bref, un beau parti, bien qu'un peu ennuyeux à vrai dire. Une fois ou deux, je rencontrai Logan dans les parages de l'université. Il me sourit et me dit quelques mots, je souris à mon tour et lui demandai s'il avait des nouvelles de Tom. Mais il ne m'invita jamais à sortir avec lui.

J'avais de la peine pour Jillian. Je me fis un devoir de lui rendre visite aussi souvent que ma vie trépidante me le permettait. Je pris aussi l'habitude de l'appeler grand-mère, ce qu'elle ne parut pas remarquer. Ce simple détail me fit comprendre à quel point elle avait changé. Je lui brossais les cheveux, je la coiffais et lui rendais toutes sortes de menus services. Elle ne le remarqua pas non plus. Tony avait engagé une infirmière pour veiller sur elle et l'empêcher de commettre un geste irréparable. Elle restait assise dans un coin de la pièce, aussi discrètement que possible.

Tony avait toujours des projets pour mes vacances d'été et il me fut enfin donné de connaître Londres, Paris et Rome. Nous parcourûmes le Danemark, l'Islande, la Finlande. Tony put enfin me montrer le petit village danois où était née la mère de Jillian. Mais il ne m'emmena jamais au Texas où elle vivait toujours, dans un ranch, avec les deux sœurs aînées de Jillian. J'avais souvent le sentiment qu'il cherchait à me dédommager des privations connues dans mon enfance. Et je crois que nous avions tous deux le secret espoir de rencontrer Troy, au cours de nos nombreux séjours en Europe.

Grandpa quittait souvent la Géorgie pour retourner dans les Willies et j'eus plus d'une fois l'envie d'aller lui rendre visite. Mais j'avais trop peur de rencontrer Pa. L'affronter était encore au-dessus de mes forces. Quand je pensais à Stacie, je revoyais son fils, l'adorable petit Drake, et je lui envoyais toutes sortes de cadeaux, plus magnifiques les uns que les autres. Stacie répondait toujours très vite en me remerciant de ne pas oublier Drake, qui avait bien de la chance, disait-elle. Il n'avait pas à attendre Noël puisqu'il était gâté tout au long de l'année !

Tony, lui, s'était mis une nouvelle idée en tête.

– Tu pourrais me seconder très efficacement à la Tatterton Toy, me répétait-il souvent. À condition que tu renonces à devenir une nouvelle Mlle Deale, bien entendu.

Et il m'observait avec insistance avant d'ajouter :

– Et ce qui serait vraiment merveilleux, c'est que tu changes de nom pour prendre celui de Tatterton.

Ma réaction à cette proposition m'étonna moi-même. Je n'avais jamais été particulièrement fière de m'appeler Casteel. Et pourtant c'est en tant que Casteel que je voulais revenir à Winnerrow avec un diplôme d'université. Pour leur prouver que nous n'étions pas si stupides ni si ignorants qu'ils le croyaient, et que ces minables Casteel ne finissaient pas tous en prison. Et plus je réfléchissais à la proposition de Tony, plus j'étais indécise : je ne savais pas très bien moi-même ce que je souhaitais devenir. Je changeais, subtilement, insensiblement, mais je changeais.

Tony se mettait en quatre pour réparer le mal

qu'il avait fait dans le passé. Tout ce que j'avais tellement attendu de Pa, il me l'offrait. Il avait fait de moi le centre de sa vie. Il me prodiguait tout l'amour, le charme, les attentions que Pa me devait, ou du moins le croyais-je alors. Au cours d'une croisière aux Caraïbes, je me sentis assez détendue pour sourire à quelques séduisants jeunes gens et flirter avec eux. Pendant ces moments-là, je cessais presque de m'inquiéter pour Troy. Je n'étais pas responsable de son sort, après tout. Pas le moins du monde.

Mais quand je rêvais, c'était toujours de lui. Je le voyais abandonné Dieu sait où, m'aimant toujours. Je savais que je lui manquais. Et le matin, je me réveillais en larmes. Quand je parvins à surmonter mes inquiétudes au sujet de Troy, je repris goût à la vie. Je compris que la mienne était entre mes mains : c'était à moi de choisir mon avenir. Et un jour, merveilleux entre tous, Tony me fit la plus belle et la plus inespérée des surprises.

Ce fut un quatre juillet, juste avant ma dernière année d'université. Avec un éclatant sourire, Tony m'annonça :

– J'ai l'intention de donner une fête, avec baignade et jeux dans le parc. Certains invités resteront pour le week-end... des invités pas ordinaires que tu seras ravie de voir, crois-moi. Jillian y assistera, elle aussi. On dirait qu'elle va un peu mieux.

– Et qui sont ces invités particuliers ?

Tony sourit à nouveau, l'air mystérieux.

– Tu verras. Et tu seras très contente.

On accrocha partout les pavillons bleu, blanc, rouge, et toutes sortes de décorations de fête. Des lanternes japonaises furent suspendues aux arbres et aux réverbères. Tony engagea du personnel supplémentaire et même un orchestre hawaiien : il détestait le rock and roll.

Quand je descendis de ma chambre, en maillot de bain bleu dernier cri, je trouvai une vingtaine d'invités aux abords de la piscine. Je me sentis un peu embarrassée à vrai dire, car mon élégant maillot, très échancré, découvrait un peu trop le haut de mes cuisses. Une courte sortie de bain blanche à laçage complétait ma tenue. La plupart des invités étaient déjà à l'eau. D'autres se doraient au soleil, bavardaient et riaient de la meilleure humeur du monde. Quelques nageurs s'étaient même risqués à affronter les hautes vagues de l'océan. J'allai droit à Jillian et déposai un baiser sur sa joue. Elle eut un sourire un peu désorienté et demanda :

– Qu'est-ce que nous fêtons au juste, Heaven ?

Et à la voir regarder ses vieux amis, on aurait juré qu'ils n'étaient pour elle que de parfaits inconnus.

Je repérai Tony, dans un coin de la vaste terrasse qui entourait la piscine : il était en grande conversation avec une petite femme replète et son mari tout aussi replet. Mon cœur bondit dans ma poitrine. Ces silhouettes, je ne les connaissais que trop bien ! Est-ce que Tony... Impossible. Il ne pouvait pas avoir ménagé notre réconciliation, pas sans m'avoir prévenue.

Il l'avait fait, pourtant. Ici, à Farthinggale Manor, si près de moi que je n'aurais eu qu'à tendre la main pour les toucher, c'étaient bien eux que j'avais sous les yeux : Rita et Lester Rawlings de Chevy Chase. Et s'ils se trouvaient là, Keith et *notre* Jane devaient y être aussi. Le cœur battant, je parcourus avidement du regard l'espace environnant, en quête des deux derniers petits Casteel. J'eus vite fait de découvrir Keith et *notre* Jane un peu à l'écart des autres enfants. Et tandis que je les dévorais des yeux, littéralement fascinée, *notre* Jane se débarrassa de sa robe de plage, rejeta prestement ses sandales de caoutchouc et s'élança vers la piscine, Keith sur ses talons. Ils nageaient et plongeaient à la perfection et semblaient tout aussi doués pour se faire des amis. Avec quelle aisance ils abordaient les autres enfants, qu'ils n'avaient jamais rencontrés !

– Heaven ! appela Tony à travers la terrasse, viens voir les invités dont je t'ai parlé : je crois que tu les connais déjà.

Je m'approchai avec une lenteur prudente de Lester et de Rita Rawlings, l'esprit traversé de visions fugitives de cet affreux soir de Noël, dans les Willies. Le souvenir de cette nuit terrible où Keith et *notre* Jane étaient partis me fit monter les larmes aux yeux. Mais ce n'était pas tout. D'autres souvenirs m'accablaient du sentiment de ma culpabilité. Car j'avais trahi ma promesse cet autre jour, à Chevy Chase, alors que j'avais donné ma parole de ne pas parler à Keith et à *notre* Jane et de ne pas me laisser voir. Je n'avais pas oublié non plus la façon dont mes deux petits m'avaient reniée et cela me faisait toujours aussi mal.

Tout de suite, Rita Rawlings m'ouvrit ses bras et m'attira à elle, maternelle.

– Oh, ma chère, chère petite ! Je suis si peinée que les choses se soient passées ainsi, la dernière fois. Lester et moi avions si peur de la réaction que pourraient avoir nos deux enfants en vous voyant. Les pauvres chéris, ils auraient eu des cauchemars en se souvenant de leur vie d'autrefois, ils auraient recommencé à vous appeler en pleurant. Mais bien qu'ils ne vous aient pas vue ce dimanche-là, ils ont quand même changé. D'une façon presque imperceptible, en fait, mais ils semblaient moins heureux d'être avec nous. Ce jour-là, quand vous êtes arrivée si brusquement, nous avons cru que vous veniez les rechercher pour les ramener dans cette affreuse cabane. Mais M. Tatterton nous a tout expliqué, maintenant.

Elle s'interrompit pour reprendre haleine et croisa ses doigts potelés, surchargés de bagues.

– Lester et moi ne parvenions pas à comprendre ce qui arrivait à nos petits, qui étaient si heureux. Après cet après-midi-là, ce fameux dimanche de pluie, ils ont changé comme par magie. La nuit suivante, leurs cauchemars ont recommencé. Ils se réveillaient en criant « Hevlee ! Hevlee, reviens, reviens ! Nous ne voulions pas faire ça ! » Ils ont mis des semaines à nous avouer qu'ils vous avaient reniée et chassée en vous menaçant d'appeler la police. Chère Heaven ! Cela a été très cruel de leur part, mais ils étaient terrifiés à l'idée de retomber dans la misère et les souffrances qu'ils avaient connues. Ils s'en souvenaient si bien !

On s'amusait autour de moi. Des gens plongeaient dans la piscine, d'autres en sortaient, des serviteurs faisaient circuler des plateaux chargés de nourriture et de rafraîchissements. Et tout à coup, mon regard croisa celui de la plus ravissante adolescente que j'aie jamais vue. *Notre* Jane se tenait à moins de deux mètres de moi, me fixant de ses beaux yeux turquoise, suppliants, pitoyables. Elle avait treize ans maintenant, et ses petits seins à peine formés pointaient comme deux jeunes bourgeons, drus et tout près d'éclore, sous le haut de son deux-pièces. Sa crinière d'or cuivré flamboyait autour de son petit visage ovale. Et sous leur frange sombre, ses yeux imploraient mon pardon. Keith, son aîné d'un an à peine, était debout à ses côtés. Il avait beaucoup grandi et ses cheveux d'ambre avaient pris une teinte plus intense et plus riche. Lui aussi me dévisageait. Il tremblait. Ils avaient peur de moi, mais pas comme ce jour-là, quand ils m'avaient aperçue chez eux. Non. Ce qu'ils semblaient craindre, maintenant, c'est que je les haïsse à jamais.

Je ne savais absolument pas quoi dire. Je me contentai de sourire en leur ouvrant les bras et je crus que mon cœur allait éclater de joie quand, après avoir échangé un regard hésitant, ils se jetèrent d'un seul élan contre moi, éperdus.

– Oh, Hevlee, Hevlee ! s'écria *notre* Jane. S'il te plaît, ne nous en veux pas pour ce que nous avons fait ! Nous regrettons tellement de t'avoir chassée ! Nous l'avons regretté immédiatement, en te voyant si triste et si déçue.

Elle enfouit son visage contre ma poitrine et se mit à pleurer pour de bon.

– Tu as cru que nous ne voulions pas de toi, mais c'est faux. Ce que nous ne voulions pas, c'était retourner à la cabane, et avoir à nouveau froid et faim. Nous pensions que tu voulais nous y ramener et que nous ne verrions plus jamais papa et maman qui nous aiment tant.

– Je comprends, dis-je d'une voix apaisante, en la dévorant de baisers.

Puis je me tournai vers Keith et cette fois, c'est moi qui fondis en larmes. Mes deux petits m'étaient rendus, enfin ! Je les tenais dans mes bras et ils me regardaient avec amour et adoration. Comme autrefois.

À l'ombre d'un des grands parasols rayés vert et blanc, Rita et Lester Rawlings bavardaient avec Tony en sirotant des boissons glacées. Leurs voix me parvenaient distinctement. Ils lui parlaient de la lettre si émouvante qu'ils avaient reçue environ deux semaines plus tôt.

– C'était une lettre de votre frère Troy, monsieur Tatterton. Il exprimait le désir d'entrer en relation avec nous. Après l'avoir lue, nous avons éclaté en sanglots, tous les deux. Il ne nous reprochait pas d'avoir agi de façon cruelle, non. Il nous remerciait simplement d'avoir si bien pris soin des petits frère et sœur de Heaven. Il nous disait aussi combien celle-ci les adorait. Après cela, nous nous sommes sentis obligés de prendre contact avec vous. Ce n'était pas bien d'avoir ainsi séparé les frères et sœurs, nous l'avons enfin compris.

Tony déploya toutes les ressources de son charme.

– Appelez-moi Tony, nous formons une vraie famille maintenant.

– La lettre de votre frère était très claire, il nous expliquait très bien les raisons d'agir de Heaven.

Troy avait fait cela pour moi ! Il pensait toujours à moi, il faisait tout ce qu'il pouvait pour que je sois heureuse ! Il fallait que j'aie cette lettre...

– Mais bien sûr, acquiesça Rita Rawlings. Elle était si bien écrite que j'avais décidé de la garder toujours, mais je me ferai un plaisir de vous la donner.

Au cours des dix jours que les Rawlings passèrent chez nous cet été-là, je renouai connaissance avec Keith et Jane, qui n'acceptait plus d'être appelée *notre* Jane. Ils me posèrent mille questions sur Tom,

Fanny et Pa, envers qui ils ne semblaient pas nourrir la même rancune que moi.

– Et puis, papa et maman disent que nous pourrons venir te voir une ou même deux fois par an. Oh, Hevlee ! ce serait tellement merveilleux ! Peut-être qu'un jour nous reverrons Tom, Fanny, Pa et Grandpa. Mais nous ne voulons pas quitter papa et maman, jamais !

Tous les détails furent vite réglés. Farthinggale Manor avait produit une forte impression sur les Rawlings, et Tony aussi. Quant à Jillian, si son attitude leur inspira quelques réserves, la courtoisie les empêcha de les exprimer.

– Nous resterons en contact avec vous, promit Rita, tandis que Tony et Lester se serraient la main comme de vieux amis. Que diriez-vous de nous retrouver à Noël ? Ce serait très bien, à notre avis. Nous tenons beaucoup à ce que les enfants connaissent les joies de la famille. D'une grande famille.

Certes, j'étais une sœur tout à fait sortable pour Keith et Jane, maintenant. Je ne vivais plus dans une cabane sordide perchée dans la montagne. Je n'étais plus la gamine en haillons, affamée, pitoyable, que les Rawlings avaient connue. Mais ils s'étaient bien gardés de faire allusion à Tom, à Fanny ou à Pa. Ou à Grandpa, comme l'avaient fait Keith et Jane.

Quand Rita Rawlings, selon sa promesse, m'envoya la lettre de Troy, je fus profondément bouleversée. L'émotion me fit venir les larmes aux yeux. Il m'aimait. Il m'aimait toujours ! Il n'avait pas cessé de penser à moi. Oh, Troy ! Troy, reviens, reviens-moi ! Si tu revenais vivre tout près de moi et me permettais de te voir de temps à autre, je n'en demanderais pas plus.

Je continuai à sortir avec des jeunes gens et il m'arriva d'en présenter un de temps à autre à Tony qui le soumettait à un examen rigoureux. Mais aucun d'eux n'était aussi exceptionnel que Troy, ni aussi loyal et dévoué que Logan. Il me fallut admettre que Logan avait dû rencontrer quelqu'un d'autre. Quelqu'un qui était pour lui ce que j'aurais voulu être moi-même... autrefois. Et quand je laissais mes pensées s'attarder sur Logan, je savais que je souhaitais lc revoir. Et que si cela arrivait, ce serait à moi de faire les premiers pas pour renouer nos anciennes relations.

Tom écrivait souvent. Il m'apprit que mon insistance à lui envoyer de l'argent avait fini par le convaincre de reprendre ses études. Tout en suivant les cours du collège, il trouvait le moyen d'aider Pa pendant la journée. « Nous touchons au but, me confiait-il. Heavenly, malgré tous les obstacles, nous allons enfin y arriver ! »

10

Rêves et réalité

L'année de mes vingt-deux ans, par un beau jour de juin où la nature entière était en fleurs, je reçus mon diplôme. Tony et Jillian étaient présents à la cérémonie, mais j'eus beau scruter la foule dans l'espoir d'apercevoir Troy, il n'était pas là. Jusqu'au bout, je fis des prières silencieuses pour qu'il soit dans l'assistance, en train d'applaudir. Jane et Keith y étaient, eux, assis près de Tony et de Jillian, avec leurs parents, mais Tom et Fanny n'étaient pas venus, bien que je leur aie envoyé à tous deux des invitations.

Dans sa dernière lettre, Tom m'avait mise en garde :

« Si tu as un peu de jugeote, ne laisse pas Fanny mettre le nez dans tes affaires. Moi, je serais venu si j'avais pu, j'aurais vraiment voulu être là, mais j'ai un travail fou avec mes examens et je continue à aider Pa. Pardonne-moi, et dis-toi qu'en pensée je serai avec toi. »

Après la fête donnée pour la remise des diplômes, nous revînmes à Farthinggale Manor en voiture. Et là, devant le perron, trônait le cadeau de Tony : une Jaguar blanche spécialement carrossée pour moi.

– C'est pour le jour où tu auras envie de retourner à Winnerrow. Si tes toilettes et tes bijoux ne les impressionnent pas, cette voiture leur fera de l'effet, au moins !

Elle était vraiment fantastique, comme tous les cadeaux que je reçus ce jour-là. Mais, bizarrement, maintenant que je n'étais plus étudiante et que je disposais de tout mon temps, je ne savais plus que faire de moi-même. J'avais atteint mon but. Rien ne m'empêchait de devenir une autre Mlle Deale, si je le voulais. Mais je ne savais plus très bien ce que je voulais. Une curieuse agitation s'empara de moi cet été-là, une inquiétude dévorante qui me tint éveillée jour et nuit, et me rendit quelque peu irritable. Tony me suggéra de voyager.

– Prends le volant et offre-toi une petite balade en solitaire. C'est ce que je faisais à ton âge, quand je ne me sentais pas bien dans ma peau.

Mais ma randonnée dans le Maine, où je séjournai dix jours dans un village de pêcheurs, ne m'apporta pas le calme désiré. Je ne tenais plus en place. Il y avait une chose qu'il fallait absolument que je fasse. Une chose plus importante que tout...

Au retour, c'est en étrangère que je franchis les grilles ouvragées de Farthinggale Manor pour remonter la longue allée sinueuse qui menait à la grande maison, ma demeure enchantée. Elle m'apparaissait maintenant sous un nouveau jour.

Et pourtant c'était toujours la même, aussi majestueuse qu'avant, aussi effrayante, aussi belle que je l'avais vue quand j'avais seize ans. Rien n'avait changé et cependant... une intuition me soufflait que Troy devait être là. Tony n'avait-il pas dit qu'il ne pourrait pas rester éternellement éloigné de Farthy ?

Mon cœur s'accéléra. C'était comme si mon âme se réveillait, se dilatait, prête à s'élancer pour rattraper l'amour qui m'avait été offert ici même. Je pouvais presque voir Troy, je le sentais, je devinais sa présence, quelque part, tout près de moi. Je demeurai longtemps immobile sur mon siège, à respirer l'air embaumé du parfum des fleurs, la senteur unique de Farthinggale Manor. Puis je me décidai à sortir de la voiture et m'avançai vers le grand porche de pierre.

Ce fut Curtis qui répondit à mes coups de sonnette impatients, pour m'accueillir avec un chaleureux sourire.

– Quel plaisir de vous revoir, mademoiselle Heaven, dit-il de sa voix grave et distinguée. M. Tatterton se promène sur la plage, mais votre grand-mère est dans ses appartements.

Jillian s'était retirée à l'écart, dans la somptueuse demeure qui avait déjà retrouvé le calme et le silence de la tombe.

Je la trouvai comme je l'avais déjà vue si souvent quand elle se sentait malheureuse, blottie sur son canapé de satin ivoire, les jambes croisées. Elle portait une de ses amples robes flottantes de la même teinte ivoire et bordée de dentelle rose pêche. Le bruit léger que fit la porte en s'ouvrant et se refermant parut la réveiller de sa méditation morose. Sur la table à thé, devant elle, les cartes d'une réussite étaient disposées avec soin. Mais elle semblait avoir oublié celles qu'elle tenait à la main. Ses yeux bleus se tournèrent dans ma direction, le regard absent, comme aveugle. À ce regard presque effrayé, je tâchai de répondre par un sourire. Car si ma vue lui avait causé un choc, la sienne avait produit le même effet sur moi.

Sa peau d'une pâleur malsaine avait pris l'aspect d'une porcelaine craquelée. Et sa façon de me fixer sans me voir avait quelque chose de terrifiant, comme le geste nerveux qui lui tordait les mains et le désordre de sa coiffure. Ses cheveux défaits encadraient son visage de mèches éparses et sans soin.

En me détournant pour lui cacher mon désarroi, j'aperçus dans le coin le plus éloigné de la pièce une petite femme en uniforme blanc d'infirmière, tranquillement occupée à un ouvrage de dentelle. Elle leva les yeux et me sourit.

– Je me présente, Martha Goodman. Très heureuse de vous rencontrer, mademoiselle Casteel. M. Tatterton m'avait avertie que vous deviez arriver d'un jour à l'autre.

– Où est M. Tatterton ?

– Sur la plage, je suppose.

Elle chuchotait d'une voix presque inaudible, comme si elle craignait de révéler sa présence à Jillian. Puis elle se leva pour m'indiquer du geste de quel côté je trouverais Tony et je m'éloignai vers la porte. Au même instant, Jillian se leva à son tour et, pieds nus, se mit à arpenter la chambre en faisant voler autour d'elle les plis de sa robe.

– Leigh, gémit-elle d'une voix puérile, quand tu reverras Cleave, dis-lui bonjour pour moi. Dis-lui qu'il m'est arrivé de regretter de l'avoir quitté pour Tony. Tony ne m'aime pas. Personne ne m'a jamais aimée, jamais assez. Même pas toi. C'est Cleave que tu préfères. Tu l'as toujours aimé plus que moi, mais ça m'est égal. Complètement égal. Tu lui ressembles tellement. Tu n'as absolument rien de moi, sauf le physique. Leigh, pourquoi me regardes-tu ainsi ? Pourquoi faut-il toujours que tu prennes les choses tellement au sérieux ?

J'étouffais, ma respiration devenait presque douloureuse. Je reculai de quelques pas vers la porte, poursuivie par le rire dément de Jillian. Sur le point de sortir – enfin ! –, je ne pus résister à la tentation de lui jeter un dernier regard. Elle se tenait devant les fenêtres cintrées qui semblaient encadrer sa silhouette. Le soleil inondait ses cheveux et dessinait ses formes élancées à travers les longs plis transparents de sa robe flottante. Elle était vieille et pourtant étonnamment jeune, belle et grotesque à la fois. Mais ce qui frappait surtout, c'est qu'elle était folle. Et pitoyable.

Je la quittai, bien décidée à ne plus jamais la revoir.

Le long de la côte rocheuse, je me mis à déambuler sur la plage, là où Troy avait toujours refusé de m'accompagner, dans sa crainte superstitieuse de la mer. La marche était malaisée entre les rochers et les énormes blocs de pierre éboulés, qui s'élevaient parfois plus haut que moi. Cet endroit m'avait paru redoutable à moi aussi, en ce temps-là. Le grondement incessant du ressac et les vagues gigantesques qui se brisaient sur la plage semblaient rendre la vie humaine aussi insignifiante qu'une poignée de sable.

Sans arrêt, du gravier se glissait dans mes chaussures et je m'empressai de les ôter pour courir rejoindre Tony. Je ne comptais pas m'attarder plus d'une heure car j'avais une idée en tête, maintenant. Je savais où je voulais aller.

Je tombai sur lui par surprise, en débouchant sur une petite anse de sable. Il était perché sur un amas de rochers, le regard tourné vers la mer, et il ne me fut pas facile de me hisser jusqu'à lui. Je lui exposai mes projets et il me répondit d'un ton morne, sans même détourner les yeux.

– Alors tu repars pour Winnerrow, finalement. J'ai toujours su que tu retournerais dans ces montagnes perdues ! Tu devrais pourtant les avoir en horreur, assez pour ne plus jamais y remettre les pieds.

Je me frottai les mollets pour les nettoyer.

– Elles font partie de moi. J'ai toujours souhaité retourner là-bas pour y enseigner dans l'école de Mlle Deale. Celle où j'allais avec mon frère Tom. C'est une région pauvre et il n'y a pas beaucoup d'instituteurs qui la demandent, ils me prendront sûrement. Ce qui me permettra de poursuivre le travail que Mlle Deale avait entrepris. Si vous avez toujours envie de me voir, je viendrai passer de temps en temps quelques jours avec vous. Mais je ne veux plus revoir Jillian. Plus jamais.

– Heaven...

Tony s'interrompit aussitôt et me dévisagea, le regard lourd de chagrin. Je m'efforçai de lutter contre la pitié qui montait en moi à le voir ainsi, les traits défaits, les yeux cernés. Il avait maigri et ne se souciait plus guère d'élégance. Son pantalon n'avait plus son pli impeccable, il n'avait même plus de pli du tout. Il était clair que les beaux jours de Townsend Anthony Tatterton étaient passés.

Il soupira longuement avant de me demander :

– Tu n'as pas lu la nouvelle dans les journaux ?

– Quelle nouvelle ?

Le regard toujours perdu au large, il soupira encore, plus longuement, accablé.

– Comme tu le sais, Troy a passé beaucoup de temps à courir le monde. La semaine dernière, il est revenu à Farthy. Il semblait savoir que tu étais partie.

Mon cœur bondit.

– Il est ici ? Troy est ici ?

J'allais donc le revoir... Oh, Troy ! Mon cher Troy !

Tony eut un sourire oblique, cette sorte de sourire qui me tordait le cœur et me faisait si mal. Il remonta les épaules, le regard si obstinément tourné vers la mer qu'il attira le mien dans la même direction. Je vis enfin ce qu'il voyait. Loin devant moi, presque impossible à distinguer, une couronne de fleurs dérivait, balancée par les vagues. De petits éclats de soleil piquetaient le bleu profond de la mer et la rendaient merveilleusement belle. La couronne n'était qu'une tache minuscule, flamboyante. À nouveau, mon cœur battit plus vite. La mer... Troy avait toujours fui devant elle. Je sentis un poids énorme dans ma poitrine. Comme toujours, l'océan chassait vers nous sa brise fraîche. Tony se décida enfin à m'expliquer, la voix morne :

– Troy était très déprimé à son retour. Il était heureux de vous savoir enfin réunis, Keith, Jane et toi. Mais son vingt-huitième anniversaire approchait, et les anniversaires le rendaient toujours très dépressif. Il était convaincu, absolument convaincu de mourir à trente ans. Il répétait souvent : « J'espère que ce ne sera pas d'une maladie trop pénible », comme si c'était surtout cela qui l'effrayait. « Ce n'est pas la mort que je redoute, c'est seulement la façon de mourir qui me terrifie. L'agonie peut être interminable, quelquefois. » Je lui rappelais alors que, si ses pressentiments disaient vrai, il lui restait deux ans à vivre. Et cinquante ou plus dans le cas contraire. Il me regardait alors comme si je ne comprenais rien. Je ne le quittais plus, craignant le pire. Nous restions chez lui à parler de toi. Du courage dont tu avais fait preuve pour t'occuper de tes frères et sœurs quand ta belle-mère et ton père étaient partis. Il m'a dit que pendant le dernier semestre, il allait souvent sur le campus sans se montrer, pour te voir à la dérobée.

Une fois de plus son regard s'envola vers le large. La couronne avait disparu et la peur s'empara de moi, insoutenable.

– Je te raconte tout cela en sachant très bien que tu l'aimes encore. Heaven, sois indulgente pour moi, je t'en prie. Pour distraire Troy de ses idées noires, j'ai voulu donner une partie de campagne, le week-end dernier. J'avais fait passer la consigne de ne jamais le laisser seul, même un instant. Parmi les invités se trouvait une femme avec qui il était déjà sorti une ou deux fois. Elle était divorcée, une jeune femme brillante, toujours de bonne humeur... Je comptais sur son entrain communicatif pour lui remonter le moral et, qui sait, l'aider à t'oublier. Elle trouvait une foule de choses amusantes à raconter sur les célébrités qu'elle avait rencontrées, les toilettes qu'elle venait d'acheter, la résidence qu'elle allait se faire construire sur son île des mers du Sud... si elle dénichait l'heureux élu qui viendrait y vivre avec elle. Et elle ne quittait pas Troy des yeux. Mais lui ne semblait ni la voir ni l'entendre, et aucune femme ne supporte d'être ignorée ainsi. Son humeur a changé du tout au tout, elle est devenue railleuse et méchante. À la fin, Troy en a eu assez de supporter ses piques et il a quitté la maison. Je l'ai vu s'éloigner vers les écuries. Je voulais l'empêcher d'y aller, et si cette fille stupide ne s'était pas précipitée sur mes talons, j'en aurais eu largement le temps et rien ne serait arrivé. Mais elle m'a pris la main et a commencé à me provoquer, à répéter que je « dorlotais mon frère comme une nounou ». Ce sont ses propres termes. Quand j'ai enfin réussi à m'en libérer, j'ai su par un garçon d'écurie que Troy avait sellé Abdulla Bar et s'était lancé au galop dans le labyrinthe. Il l'a parcouru à un train d'enfer, dans tous les sens. Ce qui est bien la dernière chose à faire avec un cheval aussi ombrageux. En sautant la dernière haie, Abdulla Bar était à moitié fou, après tous ces tours et détours le long d'un parcours inconnu. Il est parti droit vers la plage.

– Abdulla Bar…

Je répétai machinalement ce nom déjà presque oublié.

– Oui, l'étalon préféré de Jillian. Celui qu'elle seule peut monter. J'ai sellé mon cheval et me suis lancé sur les traces de Troy, mais le vent était très violent sur la côte. Un lambeau de papier est venu se plaquer sur les yeux d'Abdulla Bar. Il a rué en hennissant, terrifié, puis il a fait volte-face et a foncé vers l'océan. J'étais là, cloué sur ma selle. Mon cheval refusait d'avancer tant le vent était violent et je voyais mon frère faire des efforts désespérés pour ramener ce stupide étalon sur la plage ! Le soleil était rouge, bas sur l'horizon, la mer est devenue rouge sang elle aussi… et ils ont disparu tous les deux, cheval et cavalier.

Je plaquai les mains sur mes tempes, dans un geste d'effroi machinal.

– Troy ? Oh, non ! Tony… non !

– Nous avons appelé les gardes-côtes. Tous les hommes présents ont mis nos embarcations à la mer et tous, nous l'avons cherché. Abdulla Bar est revenu à la côte avec une selle vide. Et à l'aube, ici même, nous avons retrouvé Troy. Noyé.

Non, non… cela ne pouvait pas être vrai !

Tony m'entoura les épaules de son bras et m'attira contre lui.

– J'ai fait l'impossible pour te joindre dans le Maine, sans succès. Je viens ici chaque jour pour célébrer à ma façon son service funèbre et attendre ton retour. Pour que tu puisses, toi aussi, lui dire adieu.

Moi qui avais tant pleuré l'amour de Troy, je croyais avoir versé toutes les larmes de mon corps. Mais ici, le regard tourné vers la mer, je compris que je n'en avais pas fini avec les larmes. Et qu'il m'arriverait souvent encore de pleurer pour lui, tout au long de ma vie.

Debout à côté de Tony, j'attendis longtemps que la couronne réapparaisse sur les vagues. Oh, Troy, toutes ces années perdues ! Quatre ans où nous aurions pu tout partager. La vie et l'amour, un bonheur tout simple, sans problèmes. Peut-être aurais-tu fini par aimer assez la vie pour ne pas la quitter !

J'étais à bout de forces, aveuglée par ces larmes que je ne voulais pas partager avec Tony. Sur le chemin du retour, je le quittai abruptement. Il avait pris mes deux mains dans les siennes et s'efforçait de m'arracher la promesse de revenir bientôt.

– Je t'en prie, Heaven, je t'en prie ! Tu es ma fille, ma seule héritière. Troy est mort. Il me faut un héritier pour donner à ma vie un but et un sens. À quoi bon avoir accumulé tant de choses au cours des siècles, si notre lignée doit s'éteindre ? Ne pars pas. Troy aurait voulu que tu restes. Tout ce qui lui a appartenu se trouve ici, dans cette maison, et dans le cottage qu'il t'a laissé. Il t'aimait. Je t'en prie, ne me laisse pas seul avec Jill. Reste, Heaven, je t'en supplie, pour l'amour de Troy… et pour moi. Tout ce que tu as sous les yeux t'appartiendra un jour. C'est ton héritage. Accepte-le, ne serait-ce que pour le transmettre à tes enfants.

Je me dégageai brusquement, marchai vers mon élégante voiture et dis rudement :

– Rien ne vous empêche de partir loin d'ici, sans Jillian. Engagez quelqu'un pour prendre soin d'elle et ne revenez que lorsqu'elle sera morte. Vous n'avez pas besoin de moi et je n'ai pas besoin de vous, ni de l'argent des Tatterton. Vous avez ce que vous avez mérité, maintenant.

Le vent fit voler mes cheveux. Tony me regarda partir, pétrifié, image même de la tristesse. Mais cela m'était bien égal. Troy était mort, j'avais obtenu mon diplôme et la vie suivrait son cours. Malgré Tony qui avait pourtant réellement besoin de moi, maintenant. Et malgré Jillian qui, hormis la jeunesse et la beauté, n'avait jamais eu besoin de rien ni de personne.

11

L'ange exterminateur

J'étais sur le chemin du retour : je rentrais chez moi, à Winnerrow. Le moment était enfin venu d'oublier le passé et de devenir celle que j'avais toujours voulu être. Car nos rêves d'enfant sont souvent les plus purs, je le savais maintenant. Plus que tout, je désirais marcher sur les traces de Marianne Deale. Être une institutrice qui peut donner sa chance à une enfant comme moi, lui ouvrir les portes de la connaissance, lui permettre d'échapper à l'horizon étriqué et à l'ignorance des collines. En fait, il ne m'était pas trop pénible de renoncer à l'héritage des Tatterton. Car désormais, je n'étais plus une minable, une Casteel, le rebut de la société. Non, j'étais une Tatterton, une Van Voreen. Et bien que je n'aie jamais eu l'intention d'avouer à ma famille la vérité sur ma naissance, cela m'aidait. J'étais prête à faire face à l'homme dont j'avais si désespérément voulu être aimée dans mon enfance et qui m'avait rejetée avec une brutalité si implacable. Car maintenant je n'avais plus besoin de lui. Je voulais simplement qu'il me reconnaisse.

Il me fallut trois jours pour gagner Winnerrow. En cours de route, je m'arrêtai à New York pour me rendre chez un des meilleurs coiffeurs de la cité et fis ce que je souhaitais faire depuis des années. Toute ma vie j'avais envié l'or clair des cheveux de ma mère. Toute ma vie j'avais été l'ange noir, trahie par ce que je croyais être mon ascendance indienne, la marque des Casteel. Maintenant j'allais vraiment devenir l'ange lumineux, radieux. La riche héritière de Boston que personne n'oserait regarder de haut. Quand je quittai le salon de coiffure, j'étais une autre femme. Une femme aux cheveux de lin, éclatants de lumière. Je n'avais plus rien d'une Casteel : j'étais la véritable fille de ma mère. Et je sus qu'il y aurait au moins un homme pour me trouver différente de ce que j'avais été, cette Heaven Leigh Casteel qu'il haïssait. C'est Leigh qu'il verrait en moi désormais. La vraie Leigh... et il comprendrait enfin combien il m'aimait. Il aimerait cette Heaven Leigh, car il reconnaîtrait en elle son sang adoré, enfin !

Grandpa, lui, faillit ne pas me reconnaître quand j'arrivai à notre nouvelle maison des bois. Il eut l'air presque terrifié, comme s'il avait vu un fantôme surgir d'entre les morts. Je serrai dans mes bras son vieux corps figé de frayeur.

– Grandpa, c'est moi, Heaven ! Comment trouves-tu mes cheveux ?

Il poussa un soupir de soulagement.

– Oh, c'est toi, ma petite Heaven ? Je t'avais prise pour un fantôme !

Quand je lui dis que je revenais vivre avec lui, il laissa éclater sa joie.

– Oh, ma petite Heaven ! voilà que tout le monde revient à la fois. Le cirque de Luke arrive en ville la semaine prochaine, sais-tu ? Tous les Casteel de retour à Winnerrow, c'est-y pas beau ?

Ainsi, je n'étais pas le seul membre de la tribu qui revenait pour faire ses preuves ! Mes projets semblaient devoir aboutir plus tôt que je ne pensais. Maintenant, je savais ce qui me restait à faire.

Dans tout Winnerrow, on ne parlait plus que du cirque. Les gens s'attroupaient au coin des rues, à la pharmacie, dans les salons de coiffure et dans l'unique supermarché de la ville. La grande question était de savoir si le Seigneur approuvait un spectacle où tant d'artistes s'exhibaient en tenue si légère. Ils étaient tous si absorbés par l'événement qu'ils n'avaient pratiquement plus le temps de cancaner à mon sujet. Ma Jaguar blanche pouvait bien traverser et retraverser la ville, elle passait presque inaperçue.

Je fus moi-même très occupée pendant la semaine qui précéda l'arrivée du cirque. Je briquai la cabane de fond en comble pour qu'elle soit aussi accueillante que possible et consacrai tous mes soins à une certaine vieille robe. À la blanchir, d'abord, pour la rendre absolument immaculée. Puis à la repasser, ce qui n'alla pas sans mal. Car même si je disposais du fer le plus coûteux qu'on puisse trouver, mon expérience du repassage était des plus limitées. Ce fut précisément le jour où je m'affairais autour de cette robe que Logan fit irruption dans la cabane. Il venait apporter à Grandpa sa provision hebdomadaire de médicaments. Il eut un hoquet de surprise en me voyant et s'écria avec un embarras visible :

– Oh ! J'ai failli ne pas te reconnaître.

Bien résolue à garder mes distances, je demandai d'un ton détaché :

– Ça ne te plaît pas ?

– Si, tu es très belle... mais tu étais encore bien plus belle avec tes cheveux bruns. Ta vraie couleur.

– J'étais sûre que tu dirais ça. Dieu fait bien ce qu'il fait, c'est ce que tu penses, n'est-ce pas ? Moi je crois qu'on peut toujours améliorer la nature.

– Allons-nous recommencer à nous chamailler pour une chose aussi stupide que la couleur de tes cheveux ? Très franchement, ça me laisse indifférent.

– Je m'en doutais, figure-toi.

Il posa son paquet au milieu de la cuisine et regarda autour de lui.

– Où est ton grand-père ?

– En ville, en train de faire l'article sur Pa et son cirque. Si tu l'entendais fanfaronner ! Il ne serait pas plus fier si Pa était devenu président des États-Unis.

Logan restait planté au milieu de la cuisine, mal à l'aise. Et manifestement pressé de s'en aller.

– J'aime beaucoup la façon dont tu as arrangé la cabane. C'est très intime.

– Merci.
– Tu as l'intention de rester quelque temps ?
– Peut-être. Je n'ai pas encore décidé. J'ai posé ma candidature pour le poste d'institutrice de Winnerrow, mais je n'ai toujours pas reçu de réponse.
J'entrepris de repasser ma robe.
– Ce Troy Tatterton... tu ne l'as pas épousé. Pourquoi ?
– Franchement, Logan, est-ce que ça te regarde ?
– Il me semble, oui ! Il y a des années que je te connais. Je t'ai soignée quand tu étais malade. Et je t'ai aimée si longtemps... je crois que cela me donne des droits, non ?
Je restai silencieuse pendant plusieurs minutes avant de dire avec des larmes dans la voix :
– Troy est mort dans un accident. C'était un homme merveilleux et il a eu une vie tragique. J'ai envie de pleurer quand je pense à tout ce qu'il aurait pu avoir, et qu'il n'a pas eu.
– Il y a donc quelque chose que même la plus grande fortune ne peut acheter ? Je voudrais bien savoir quoi.
Une certaine raillerie perçait dans l'intonation de Logan et je pirouettai pour lui faire face. Je n'avais pas lâché mon fer. Aveuglée par la colère, je criai :
– Tu crois qu'on peut tout avoir en payant, comme je l'ai cru moi-même ! Mais c'est faux. Il y a des choses qui ne pourront jamais s'acheter.
Logan le savait bien mais j'avais besoin de lui faire mal !
J'abandonnai mon repassage et commençai à hacher des légumes.
– Voudrais-tu me laisser maintenant, Logan ? J'ai quantité de choses à terminer. Tom compte passer quelque temps avec nous et je voudrais qu'il trouve la maison impeccable. Qu'il s'y sente chez lui.
Il resta un long moment debout derrière moi, tout près. Il lui eût suffi de se pencher pour m'embrasser dans le cou... mais il n'en fit rien. J'étais aussi consciente de sa présence que s'il m'avait touchée.
– Heaven, ton emploi du temps surchargé te lais-

sera-t-il quelques instants disponibles pour moi ?

– À quoi bon ? J'ai cru comprendre que tu étais fiancé à Maisie Setterton ?

– Et moi, tout le monde me dit que ce Cal Dennison n'est revenu à Winnerrow que pour te voir.

À nouveau, je fis volte-face.

– Et naturellement tu t'empresses de croire ce qu'on raconte ! Si Cal Dennison est en ville, il n'a pas cherché à me joindre, en tout cas. Et j'espère ne jamais le revoir.

Soudain, Logan sourit. Ses yeux bleus s'illuminèrent. Je crus revoir le jeune garçon qu'il avait été. Le garçon qui m'aimait.

– Eh bien, je suis ravi que tu sois revenue, Heaven. Et je m'habituerai à tes cheveux blonds, si tu décides de les garder ainsi.

Sur ces mots, Logan tourna les talons et sortit par la porte de derrière. Je le regardai s'éloigner, plongée dans un abîme de perplexité.

Le grand jour arrivé, Grandpa était si impatient de revoir son benjamin et Tom qu'il ne tenait plus en place et j'eus toutes les peines du monde à arranger le nœud de la première cravate qu'il ait jamais portée. Il grognait, rouspétait et m'accusait d'être pire que Stacie, qui voulait toujours le déguiser en ce qu'il n'était pas.

– C'est pas la peine, ma petite Heaven, ça me va pas les habits neufs, je te dis ! Dépêchons-nous, je saurai bien me coiffer tout seul !

Mais j'étais bien résolue à tenter l'impossible pour lui donner l'air distingué et prouver à ces snobs de Winnerrow que même un Casteel peut changer. Grandpa portait donc un complet, le tout premier de sa vie. Je glissai un mouchoir de couleur vive dans sa poche et perdis quelques minutes à le disposer, pendant que Grandpa trépignait sur place. Mais quand il se contempla dans le grand miroir de la chambre que j'occupais, il se rengorgea comme un jeune coq.

– J'ai tout l'air d'un de ces beaux messieurs de

la ville, annonça-t-il en lissant les rares cheveux qu'il lui restait.

– Fais attention à toi, pendant que je m'habille. Ne te salis pas.

– Et je vais faire quoi, moi, tout ce temps-là ?

– Je vais te le dire. Pour commencer, ne t'éloigne pas de la maison. Va sous l'auvent si tu veux, mais pas plus loin. Et ne te mets pas à bricoler ou ton beau complet serait plein de sciure et de copeaux. Assieds-toi près de Grandma dans un rocking-chair et raconte-lui ce qui se prépare. Attends-moi là surtout, et sois prêt à partir.

– Mais Annie pourra pas rester là toute seule ! Luke est aussi son petit à elle !

– Bon, alors elle viendra avec nous.

Il sourit et me caressa la joue de sa vieille main parcheminée.

– Tu lui mettras de beaux habits à elle aussi ?

– Bien sûr !

Il me regarda avec une sorte de respect mêlé de crainte et ses yeux se mouillèrent.

– T'as été une bonne fille toute ta vie, ma petite Heaven. Y en a pas de meilleure.

Moi qui n'étais revenue dans les collines que pour m'entendre complimenter par quelqu'un d'ici, le lieu même où j'avais manqué d'amour, je les recevais enfin, ces louanges tant désirées ! Comment aurais-je deviné qu'elles me feraient si mal ? Je répétai sur un ton faussement menaçant :

– C'est entendu ? Pas plus loin que l'auvent. Tu m'attends. Si tu te salis, il faudra tout recommencer et cette fois, ce sera le bain !

Grandpa s'éloigna en traînant les pieds, marmonnant des protestations sur le nombre de bains qu'on prenait dans cette maison et la quantité d'eau qu'on gâchait de cette manière.

Ce soir-là, je choisis une robe d'été bleue, très légère, et des sandales assorties. Je réservais ma robe blanche pour le lendemain, quand les artistes se sentiraient suffisamment à l'aise pour prêter attention à l'assistance. Le premier soir, c'était la tribu des Casteel qui se produirait devant tout Winnerrow.

Le lendemain, c'est moi qui jouerais mon rôle pour Pa. Mes bijoux étaient tout ce qu'il y a de plus authentique et sans doute n'était-il pas très prudent de les porter dans un endroit pareil. Mais qui s'en apercevrait, hormis les nantis qui portaient eux-mêmes des bijoux véritables ? Les autres les prendraient probablement pour de la pacotille.

Quand je sortis sous l'auvent, prête à partir, Grandpa se donnait beaucoup de mal pour calmer la nervosité de son Annie. Il se troubla un peu, comme toujours quand son attention se portait sur mes cheveux, mais il parut ravi de me voir.

– Elle est rudement jolie, pas vrai, Annie ?

Quand Annie fut parée de ses plus beaux atours, je dus insister pour que Grandpa prenne place à mes côtés, sur le siège avant. Je voulais leur montrer, à cette bande de snobs, si un Casteel était incapable de faire figure d'homme du monde ! Naturellement, Grandpa rechigna :

– Je veux pas laisser mon Annie toute seule derrière !

– Elle a besoin de s'étendre et de se reposer, Grandpa. Et elle n'aura pas assez de place si tu ne t'assieds pas devant, avec moi.

Il finit par se laisser convaincre et, une fois installé près de moi, un sourire éclaira son vieux visage ridé.

– En voilà, une belle auto, ma petite Heaven ! J'ai jamais roulé si doucement de toute ma vie, on sent même pas les cahots. Ma parole, on se croirait dans son lit !

Une fois en ville, je descendis Main Street à une allure de tortue. Toutes les têtes se retournèrent sur notre passage. Toutes, sans exception. Les yeux ronds, les badauds regardaient ces pouilleux de Casteel se pavaner dans une Jaguar décapotable spécialement carrossée. Car s'il y a un domaine dans lequel on ne peut pas en remontrer à un campagnard, c'est celui des voitures. Et pour une fois, Toby Casteel fut à la hauteur des circonstances : il conserva un maintien on ne peut plus digne et attendit que nous ayons quitté Main Street pour se retourner et chuchoter quelques mots à sa femme.

– Annie, réveille-toi maintenant. T'as vu, la tête qu'ils faisaient ? J'espère que t'as pas manqué ça ! Ça valait le coup, pas vrai ? Les yeux leur en sortaient de la tête ! Y en a pas un qui pourra se croire mieux que nous, à c't'heure ! Plus maintenant que notre petite Heaven est revenue du collège, avec de l'argent. L'éducation tout de même, ça c'est quéque chose ! J'aurais jamais cru.

Grandpa n'avait jamais prononcé autant de mots à la file, même s'il ne savait pas très bien ce qu'il disait. Cette voiture, c'était Tony qui l'avait payée. Mon argent n'y était pour rien.

Je conduisais si lentement qu'il nous fallut bien une heure pour arriver au parc d'attractions, hors des limites de la ville. Mais nous y arrivâmes enfin. Trois grands chapiteaux avaient été dressés, sans compter les nombreuses petites tentes qui les entouraient. Le plus vaste des trois me fit grande impression, avec ses couleurs vives et ses innombrables oriflammes claquant au vent. On était venu des cinq comtés environnants pour voir le cirque où Luke Casteel s'exhibait et vociférait son boniment, du haut de sa plate-forme. Tandis que nous nous faufilions dans la foule, Grandpa et moi, on se retournait sur nous et je pouvais entendre répéter à voix basse :

– C'est Toby Casteel, le père de Luke !

Nous avions à peine eu le temps de nous composer une contenance que, derrière nous, une femme aux formes élancées, vêtue de rouge criard, se fraya un passage vers nous. Elle glapissait comme un putois.

– Hé, attends un peu ! C'est moi, ta sœur Fanny !

Je n'eus pas le temps de me ressaisir. Fanny se jeta dans mes bras avec ses démonstrations d'enthousiasme habituelles.

– Doux Jésus mis en croix ! cria-t-elle assez haut pour faire se retourner une bonne douzaine de visages effarés. Heaven, ce que tu peux être chic !

Elle m'embrassa à plusieurs reprises avant de faire subir le même sort à Grandpa.

– Hé ben dis donc, Grandpa, t'as vraiment l'air d'un monsieur de la ville, comme ça ! Tout juste si je t'ai reconnu, toi qu'es si miteux et si rabougri, d'habitude !

Tout à fait le genre de compliments dont Fanny était spécialiste. Mais là, elle avait mis le paquet ! Comme pour sa toilette. Sa robe rouge à pois blancs était si collante qu'elle semblait peinte sur elle et ses bras hâlés disparaissaient sous un échafaudage de bracelets dorés. Ses cheveux noirs, séparés par une raie médiane, étaient retenus derrière les oreilles par de grosses fleurs en soie blanche. Elle avait tout du chat sauvage, à la couleur près.

Elle se recula pour me dévisager et ses yeux noirs exprimèrent une sorte de crainte.

– Franchement, tu me fais peur comme ça. On dirait pas que c'est toi, je t'aurais prise pour ta défunte mère ! Ça te fait pas peur, à toi, de ressembler tellement à une femme qu'est morte et enterrée ?

– Mais non, Fanny. Ressembler à ma mère me fait beaucoup de bien au contraire. Je me sens meilleure.

Elle bougonna :

– J'ai jamais réussi à te comprendre, moi.

Puis elle hasarda un sourire :

– Me garde pas rancune, Heaven, tu veux bien ? Soyons amies. On oublie le passé et on va voir Pa, d'accord ?

Je hochai la tête. Je pouvais faire cela pour Grandpa et pour Tom que nous verrions sûrement un peu plus tard. Le passé pouvait attendre... jusqu'à demain.

– J'ai largué le vieux Mallory, au fait. Dès que j'ai compris qu'il m'avait prise comme jument poulinière et rien d'autre, je l'ai balancé vite fait ! Non mais, tu te rends compte, un homme qui croit que je vais lui faire un bébé, alors que j'en ai déjà un ? J'ai pas l'intention de m'esquinter la silhouette, moi. Sinon, tintin pour décrocher un beau gars quand il aura passé l'arme à gauche, et ça je lui ai pas envoyé dire ! Alors tu sais quoi ? Ça l'a rendu complètement dingue. « Et qu'est-ce que tu t'imagines ? il m'a demandé. Pourquoi tu te figures que je t'ai épousée, sinon ? »... Seigneur, quand on pense qu'il a déjà trois enfants qui sont adultes, à l'heure qu'il est !

Elle me décocha un sourire entendu.

– Merci d'avoir essayé de reprendre mon bébé. Je savais que tu pourrais pas. Ils voudront jamais vendre ma Darcy, même pour toute la fortune des Tatterton.

Je soupirai. Quelle idiote j'avais été de me prêter à son jeu ! Rien de ce que le révérend Wise avait pu me dire n'avait pu me ramener à de meilleurs sentiments. Maintenant, hélas, je commençais à craindre qu'il n'ait eu raison.

Nous étions presque arrivés devant le chapiteau central, Fanny se retournait de temps à autre pour embrasser Grandpa, avant de m'accabler de nouvelles démonstrations d'affection.

– Le vieux Mallory me verse une fameuse pension, mais bon sang ! À quoi ça sert d'avoir de l'argent si personne est jaloux de toi ? Heaven, on va leur montrer à ces gros ploucs ce que c'est que d'être riche. Je me suis fait bâtir une chouette grande baraque par là (elle désigna un versant des collines), et toi, tu vas t'en faire construire une juste en face, de l'autre côté de la vallée. Comme ça on pourra s'appeler d'une maison à l'autre, quand le vent soufflera du bon côté.

Entendre ça dans un endroit pareil ne manquait pas de piquant, je dois dire. Fanny était très drôle quand elle était heureuse, et avec tous ces rires et cette gaieté qui m'environnaient, il semblait aisé d'oublier le passé. Fanny était ainsi... Et pas plus responsable que Troy ne l'était de sa propre nature... Quant à Tony... J'aurais pu lui trouver des excuses si j'avais consenti à lui pardonner. Mais il m'avait enlevé Troy... C'était le plaisir de Grandpa qui me procurait la plus grande joie. Il ne cessait de me répéter à quel point ils s'amusaient, son Annie et lui.

– Essayez pas de l'empêcher d'entrer ! lança-t-il à la cantonade, quand les lumières s'allumèrent dans la nuit tombante et que la foule se pressa, de plus en plus compacte, pour pénétrer sous le chapiteau.

Ses vieilles jambes commençaient à faiblir, son pas se faisait chancelant et son souffle court. Nous fûmes parmi les derniers à atteindre la plate-forme où Pa aurait dû être en train de lancer son boniment. La grande tente était déjà bondée, mais Tom nous avait fait parvenir des billets.

En moins de temps qu'il n'en faut pour le dire, nous nous retrouvâmes tous les trois aux meilleures places. Juste au moment où l'orchestre attaquait un air joyeux et retentissant. Presque aussitôt, les rideaux s'ouvrirent. On vit entrer quelques éléphants indiens en ordre de parade, richement harnachés et montés par de ravissantes filles. Grandpa bomba le torse en voyant Pa s'avancer d'un air avantageux vers le centre de la piste, son micro à la main. Sa voix domina la musique. Il présenta chaque animal avec son cornac et annonça les merveilles qui allaient suivre.

– C'est mon Luke, clama Grandpa en donnant une bourrade à Race McGee, son voisin. Il a fait du chemin, pour sûr ! T'as vu un peu l'allure qu'il a ?

– Sûr qu'y tient pas de toi, Toby ! répliqua une voix d'homme.

Celui-là avait plus d'une fois perdu sa chemise en jouant au poker avec Pa.

Au milieu du spectacle, l'excitation de Grandpa était telle que je me demandai s'il vivrait assez pour voir la fin ! Fanny ne valait pas mieux. Elle hurlait, sifflait, applaudissait et faisait de tels bonds sur son siège que le cou lui rentrait dans les épaules. J'aurais donné n'importe quoi pour qu'elle n'attire pas ainsi l'attention sur elle, mais c'était précisément ce qu'elle cherchait à faire. Et elle y parvenait fort bien.

Quand les grands félins s'approchèrent en ondulant pour gagner le centre de la piste et exécuter leurs tours sous la conduite du dompteur, je commençai à me sentir nerveuse. Le numéro ne me plut pas. Cela me mit mal à l'aise de voir ces animaux obligés de se hisser sur des tabourets et de se livrer à d'autres acrobaties tout aussi stupides. Je cherchais vainement Tom des yeux : il demeura invisible. Et j'attendis impatiemment que les clowns s'en aillent : leurs pitreries m'empêchaient de voir ce qui m'intéressait le plus...

Enfin, j'aperçus Logan.

Il ne prêtait pas la moindre attention au lion qui travaillait. C'était moi qu'il regardait. Par-delà les trois mètres qui nous séparaient, par-dessus les bancs usagés, surchargés de monde, il me fixait avec une intensité extraordinaire, les sourcils froncés. Quand nos regards se croisèrent il prit instantanément l'air dégagé et m'adressa un bref salut. À ses côtés se tenait une jeune fille aux cheveux auburn, la plus jolie rousse que j'aie jamais vue. Qui pouvait-elle être ? Après quelques coups d'œil discrets, je la reconnus enfin : Maisie Setterton, la petite sœur de Kitty ! Elle le dévorait des yeux, littéralement. Comme si elle lisait dans mes pensées, Fanny me chuchota d'un ton haineux :

– Paraît qu'il serait fiancé avec Maisie, je me demande ce qu'il peut lui trouver ! J'ai jamais pu gober ces rouquines avec leurs faces de craie pleines de taches de son. Toutes des grandes gueules, et fausses comme des jetons !

– Ta mère était rousse, dis-je machinalement.

– Ouais, et pis après ?

Tournée vers Logan, elle se répandit en sourires aguicheurs. Ils ne tardèrent pas à tourner à l'aigre.

– Non mais, regarde-le, celui-là, qui fait comme s'il m'avait pas vue ! Et comment qu'il m'a vue ! Ce qu'il peut être collet monté, avec ses grands airs... Un raseur pareil, je l'épouserais pour rien au monde, même s'il me suppliait à deux genoux. Même s'il était le dernier homme sur la terre, avec Race McGee !

Là-dessus, elle fixa effrontément la grosse face blême de Race McGee et lui éclata de rire au nez.

Le spectacle ne tarda pas à s'achever et nous n'avions pas encore vu Tom. Seulement Pa. La foule commença à se disperser et Grandpa, Fanny et moi nous dirigeâmes vers l'endroit où Tom était censé nous attendre : pas de Tom. Je n'aperçus qu'un grand clown dégingandé, debout près de la tente où les artistes se changeaient. Je trébuchai sur une de ses chaussures. De gigantesques chaussures vertes à pois jaunes, ornées de nœuds rouges.

– Excusez-moi, dis-je en m'écartant de cet objet encombrant.

Mais il me fit trébucher derechef et je me retournai brusquement, toutes griffes dehors :

– Vous ne pouvez pas regarder où vous mettez les pieds, non ?

C'est alors que je vis ses yeux verts.

– Tom ! C'est... c'est toi ?

– À ton avis ? Tu as déjà vu un balourd pareil avec des pieds comme ça ?

Il ôta sa perruque rouge et me sourit.

– Tu es fantastique, Heavenly, je te jure ! Mais je ne t'aurais pas reconnue, si tu ne m'avais pas prévenu que tu étais blonde.

– Et moi, alors ? glapit Fanny en se jetant à son cou. T'as pas un petit mot gentil pour ta sœur préférée ?

– Oh toi, tu n'as pas changé et ça ne m'étonne pas, je dois dire ! Tu as le diable au corps, Fanny. Un vrai feu d'artifice !

Le compliment lui plut : elle était d'excellente humeur. Elle fit la moue en apprenant que Pa était allé rejoindre sa femme et son fils à l'hôtel, sans nous attendre. Et, pendant que Tom se démaquillait et se changeait dans une petite tente qui empestait la poudre et le fard rance, elle nous régala de quelques histoires que je ne connaissais pas encore.

– Faudra que vous veniez chez moi, répéta-t-elle à plusieurs reprises. Tom, faudra que tu m'amènes Pa, et sa femme, et le petit aussi. À quoi ça me servirait d'avoir une belle maison neuve, avec une piscine et tout ça, si la famille vient pas la voir !

Tom aida Grandpa qui s'était assis à se relever.

– Je suis mort de fatigue, dit-il en étouffant un bâillement. Et ce n'est pas parce que le spectacle est fini que je peux me reposer. Il faut changer la litière des bêtes et briquer les stands à fond : les inspecteurs de la Santé vont passer. Les animaux doivent être presque à jeun pour travailler, ils sont affamés. Les artistes ont leur matériel à démonter et c'est moi qui surveille tout ça... alors on se verra demain, et il se peut que je passe jeter un coup d'œil à ta maison neuve, Fanny. Mais franchement, quelle idée d'avoir fait construire ici !

– J'avais mes raisons, répliqua-t-elle d'un ton boudeur. Et si tu viens pas ce soir, ça sera comme si tu me balançais en pleine figure qu'y a juste Heaven qui compte pour toi... et je te détesterai toute ma vie si tu me fais ça, Tom ! Toute ma vie.

Tom nous accompagna donc chez Fanny. Sa maison, de style on ne peut plus moderne, était bâtie à flanc de colline. Exactement à l'opposé de notre cabane de rondins. Malgré tout, on ne la voyait pas de chez elle : la distance était trop grande même si la voix portait très loin dans la vallée. Fanny plastronna :

– Je vais vivre toute seule, bien tranquille. Pas de mari, pas d'amoureux dans les pattes, personne pour me commander. Et pas question non plus de tomber amoureuse : c'est eux qui courront après moi. Et quand j'en aurai assez... ouste ! Quand j'arriverai vers la quarantaine, je me dénicherai un gros richard, pour faire une fin.

– Qui aurait cru que Fanny Casteel s'offrirait une maison pareille ? dit Tom, comme pour lui-même. Heavenly, est-ce que c'est aussi grand que Farthinggale Manor ?

Difficile de répondre sans vexer Fanny. Une seule aile de Farthy aurait suffi à contenir sa maison tout entière. Pourtant elle était agréable, accueillante. Il devait faire bon y vivre et en explorer tous les coins et recoins. J'errai de pièce en pièce, examinant avec intérêt les photographies accrochées aux murs. Soudain, je tombai en arrêt devant l'une d'elles : on y voyait Fanny, sur une plage quelconque, aux côtés de Cal Dennison. Quand je cherchai son regard, elle eut un sourire entendu.

– Jalouse, Heaven ? Il est à moi, maintenant, il s'amène quand je le siffle. Je le trouve pas trop mal, sauf quand il a ses parents en remorque. Alors là, plus personne. Un de ces jours, je l'enverrai promener, s'il devient trop ennuyeux.

Je n'en pouvais plus de fatigue et, une fois de plus, je regrettai de m'être laissé attirer chez Fanny. Je me levai en bâillant et c'est alors que je compris ce qui l'avait poussée à revenir dans les Willies. Tout à fait hors de propos, elle annonça :

– Je vois Waysie autant que je veux, maintenant. Il a dit qu'il serait très heureux de me rendre visite une ou deux fois par semaine, avec Darcy. Je l'ai déjà vue deux fois, elle est adorable. Un de ces jours, tout le pays saura de quoi il retourne, forcément... et alors là, j'aurai ma revanche. La vieille Wise a pas fini de pleurer, c'est moi qui vous le dis !

En cet instant, et ce n'était pas la première fois, j'éprouvai une véritable aversion pour elle. Elle n'aimait pas Waysie. Ni Darcy, pas vraiment. Elle ne voulait que se venger. Je fus tentée de la raisonner mais elle avait tellement bu qu'elle ne tenait plus debout. Elle finit par tomber et quand je la quittai, elle hurlait qu'elle se vengerait de moi, que j'avais tout fait pour lui ôter le respect d'elle-même. Mon Dieu ! Dire qu'à vingt ans, elle avait été mariée, avait divorcé et me haïssait parce que aucun homme ne l'avait jamais aimée assez. Pas même son père. Eh bien, cela nous faisait au moins un point commun !

Poussée par une impulsion irrésistible, je retournai au cirque dès le lendemain. Mais ce soir-là, je portais la vaporeuse robe blanche que j'avais lavée et repassée avec tant de soin. Et j'étais seule, sans Grandpa ni Fanny. Une fois de plus, j'affrontai la chaleur et l'odeur de la sueur pour prendre place dans l'assistance venue acclamer le héros local. Luke Casteel, le nouveau propriétaire, le fantastique aboyeur ! Seulement ce soir, c'était un peu différent : Stacie, la jeune et ravissante femme de Pa, était présente. Elle se tordit nerveusement les mains quand il entra en piste, débitant son long discours de présentation sans la moindre hésitation. Pourquoi cette nervosité ? Pa avait fière allure, il était débordant de vigueur et de charme. Autour de moi, femmes et jeunes filles s'étaient levées pour acclamer et applaudir, certaines lançaient même des fleurs et des foulards. Et je vis mon frère Tom, qui avait rêvé de devenir Président, réduit à exécuter des gambades de clown parce que Pa devait réaliser son rêve. Sans souci pour celui de Tom.

Je pensai à Keith, à *notre* Jane, et à Fanny que la vie avait façonnés, tout comme le destin m'avait modelée, moi aussi. Et les paroles du révérend Wise resurgirent dans ma mémoire : « Vous portez en vous les germes de votre propre destruction et vous détruisez tous ceux qui vous aiment... une idéaliste de l'espèce la plus dangereuse... une romantique, née pour détruire et se détruire elle-même ! »

Exactement comme ma mère !

Et je me sentis rejetée, condamnée. Exactement comme Tony.

Les paroles du révérend m'obsédaient, je finis par trouver stupide ce projet de confrontation avec Pa. C'était mal, et je n'en retirerais que du mal. Je me levai brusquement et me frayai un chemin à l'aveuglette vers la sortie. Les spectateurs dont je gênais la vue me crièrent de m'asseoir, mais cela m'était bien égal. Il fallait que je sorte. Je ne m'occupai pas davantage des lions de la cage centrale qui s'étaient mis à courir, en proie à une agitation incontrôlable. Pa se tenait près de la porte ouverte de la cage, un pistolet et une carabine en main, prêt à intervenir. À l'intérieur, le dompteur essayait de calmer ses félins qui ne prêtaient plus la moindre attention à ses ordres. Quelqu'un cria : « C'est le nouveau lion qui énerve tous les autres ! Arrachez les drapeaux, c'est ça qui le rend furieux ! »

Je n'aurais jamais dû revenir dans les Willies.

J'aurais dû rester dans mon coin, à l'écart de tout. À dix pas de la cage, je m'arrêtai. Tom était là, juste derrière Pa, et je voulais lui dire au revoir avant de regagner la cabane où Grandpa dorlotait le fantôme de sa femme.

– Tom, appelai-je tout bas pour attirer son attention.

Tom s'approcha, barbouillé de maquillage et flottant dans son ample costume de clown. Il m'agrippa le bras et chuchota :

– Ne parle pas à Pa, surtout ! Le gardien a bu un coup de trop et c'est la première fois que Pa le remplace. Ne le distrais pas, Heaven, je t'en prie.

Mais je n'eus pas besoin de parler ni de faire le moindre geste. Pa m'avait vue.

Moi, avec mes cheveux blond argent, inondés de lumière et dans la robe que portait ma mère le jour où il l'avait vue pour la première fois, dans Peachtree Street. La vieille robe blanche si coûteuse et si fragile, avec sa jupe ample et ses manches bouffantes. Cette robe que j'avais si soigneusement lavée, repassée et amidonnée : la plus jolie de mes robes d'été. Celle que j'avais tenu à porter ce soir pour la première fois. Pa me dévisageait, les yeux agrandis, médusé. Il s'avançait pas à pas vers moi, oubliant la cage aux lions et le dompteur qu'il aurait dû surveiller.

Ce qui arriva ensuite me prit totalement au dépourvu. Dans le regard effaré de Pa, il y eut d'abord de la surprise, de l'incrédulité, puis une joie délirante. Mon cœur battit si fort que j'en eus mal. Immobile et ne sachant que faire de moi, je sentis tout à coup les longues manches blanches et vaporeuses de ma robe d'été se gonfler, agitées par un souffle de brise qui s'infiltrait par une ouverture de la tente.

Pa était heureux de me voir, enfin, enfin ! Je le lisais dans ses yeux. Il allait enfin me dire qu'il m'aimait. Et il cria :

– Mon ange !

Il s'approcha, les bras tendus vers moi. Ses doigts laissèrent échapper la carabine, et le pistolet qu'il avait tiré de son étui tomba sans bruit dans la sciure.

Elle !

C'était toujours elle qu'il voyait. Et ce serait toujours elle, jamais moi. Jamais moi !

Je fis volte-face et je m'enfuis.

Étouffée par les larmes, je m'arrêtai au bord de la piste centrale, hors du cercle. Un grand tumulte se fit derrière moi; on criait, on hurlait. C'étaient des hurlements de panique. Affolés, les animaux avaient échappé à tout contrôle, même les mieux dressés. J'entendis des coups de feu et me retournai à demi, les paumes plaquées sur les tempes.

– Que s'est-il passé ? demandai-je à deux hommes qui se sauvaient en courant.

– Les fauves ont renversé le dompteur, ils sont en train de l'écharper ! Casteel regardait ailleurs, il n'a pas eu le temps d'intervenir. Et ce stupide clown aux cheveux rouges a ramassé la carabine et le pistolet, et il est entré dans la cage !

Tom. Oh, mon Dieu ! Tom !

Fou de peur, l'homme me bouscula et disparut en courant. Un autre spectateur me raconta le reste :

– Tous ces fauves enragés se sont jetés sur le dompteur. Alors le fils de Luke s'est précipité avec un courage incroyable. Personne n'aurait osé faire ce qu'il a fait pour essayer de sauver son camarade. Quand Luke a vu ce qui se passait, il a couru au secours de son fils, mais Dieu seul sait qui s'en tirera vivant !

Seigneur, dire que tout cela était arrivé par ma faute ! J'étais bien loin de m'inquiéter pour Pa. Tant pis pour lui : il n'avait que ce qu'il méritait... mais Tom ! Dévorée d'angoisse, je courus vers lui comme je n'avais jamais couru, les joues ruisselantes de larmes.

Les griffes des fauves avaient profondément entamé le dos de Pa et une infection très grave se déclara. Deux jours durant, couchée dans mon lit, dans la maison de Grandpa, je m'efforçai de croire que l'homme qui luttait pour sa vie à l'hôpital n'avait que ce qu'il méritait. Ce qu'il avait toujours voulu depuis l'instant où il avait décidé de rejoindre le monde de ses rêves : le cirque.

Et pendant ce temps-là, dans sa maison neuve, Fanny se préparait à régler ses comptes avec la ville qui l'avait toujours méprisée. Je la plaignais. Car celui qui fait son chemin dans la vie en écrasant tout sur son passage, sans se soucier des dégâts commis, doit s'attendre à voir un jour s'écrouler son propre château de cartes...

Tom avait été beaucoup plus gravement atteint que Pa. Il était entré le premier dans la cage, sans autre protection que le pistolet jeté à la hâte dans la poche de son pantalon flottant, et la carabine. Il ne réussit à tirer qu'une seule fois, avant qu'un fauve ne lui arrache le pistolet d'un vigoureux coup de patte. Pa s'était précipité pour ramasser le pistolet et avait abattu deux lions, après avoir été lui-même affreusement déchiré.

Mais le plus terrible, c'est que ce fut Tom qui mourut, et non Pa. Tom. Tom, le meilleur de tous les Casteel. Tom qui m'avait aimée. Tom, mon seul compagnon, mon autre moi-même. Tom qui m'avait donné le courage de persévérer, en attendant le jour où Pa me reconnaîtrait comme sa fille.

Les journaux firent de lui un héros. On publia sa photographie, et son sourire fut reproduit dans tous les États-Unis, d'une côte à l'autre. Tout le monde connut son histoire, qui n'avait cependant plus rien de pathétique : on n'insistait que sur sa bravoure.

C'est seulement quand Pa fut hors de danger que j'eus le courage d'apprendre à Grandpa ce qui était arrivé à Tom. Grandpa était incapable de lire les journaux et dédaignait les nouvelles radiodiffusées et les commentaires des présentateurs. Lorsqu'il apprit la nouvelle, ses vieilles mains noueuses se figèrent et il lâcha le minuscule éléphant destiné à la jungle de bois sculpté commencée depuis si longtemps : une commande de Logan. Sans me laisser achever, il demanda :

– Mon Luke est toujours en vie, n'est-ce pas, ma petite Heaven ? On ne peut pas laisser Annie endurer un autre malheur.

– J'ai appelé l'hôpital, Grandpa. Le moment critique est passé. Nous pouvons aller le voir, maintenant.

– Est-ce que tu m'as pas dit que Tom était parti, Heaven ? Un garçon de vingt-deux ans peut pas s'enterrer ici, c'est sûr... J'ai jamais eu de chance avec mes gars, pas moyen de les garder à la maison.

À l'hôpital, je laissai Grandpa entrer seul dans la petite chambre où Pa était alité, enroulé des pieds à la tête dans des bandages. Seule une ouverture minuscule, à hauteur des yeux, lui permettait de voir. Quant à moi, encore sous le choc, j'allai m'appuyer contre un mur et je pleurai. Je pleurai sans pouvoir m'arrêter, sur toutes les choses qui auraient pu ne pas finir ainsi. Je me sentais seule, affreusement seule. Qui donc m'aimerait, maintenant ? Le ciel dut m'entendre car je sentis deux bras m'enlacer tendrement la taille. Je fus attirée en arrière, pressée contre un torse vigoureux et quelqu'un posa sa tête contre la mienne.

– Ne pleure pas, Heaven, murmura Logan en me faisant pivoter entre ses bras. Ton père vivra, il est de ceux qui s'accrochent. Et il a tant de raisons de vivre : sa femme, son fils... et toi. Il est résistant, il l'a toujours été. Seulement, il ne sera plus aussi beau qu'avant.

– Tom est mort, tu ne le sais pas ? Tom est mort, Logan. Mort.

– Tout le monde sait que Tom est mort en héros. En entrant dans la cage il a détourné l'attention du lion qui s'acharnait sur le dompteur. Cet homme a quatre enfants et il est vivant, Heaven, vivant. Maintenant, si tu parlais un peu à ton père ?

Que pouvais-je dire à l'homme que j'avais toujours voulu aimer, sans y parvenir ? Que pouvait-il me dire, lui, maintenant qu'il était trop tard ? Trop tard pour prononcer les mots qui nous auraient rapprochés. Et pourtant il me regardait. À travers l'unique orifice ménagé dans ses pansements, je lisais la tristesse de ce regard. Et sa main, bandée et attachée, esquissa un geste maladroit dans ma direction. Parler ne me fut pas facile. J'essuyai les larmes qui ruisselaient sur mes joues.

– Oh ! Pa, j'ai tant de peine ! Si tu savais... Je regrette que tout se soit passé si mal entre nous deux, Pa.

Je crus l'entendre prononcer mon nom mais j'avais déjà pris la fuite. Je quittai l'hôpital en courant et me retrouvai au grand jour, dans la chaleur torride. Sitôt dehors, je me jetai contre un réverbère, m'y agrippai frénétiquement et laissai bruyamment éclater mon chagrin. Comment ferais-je pour vivre sans Tom, comment ? Que vaudrait ma vie sans lui ?

– Viens, Heaven, dit Logan en s'approchant, Grandpa claudiquant à ses côtés. Ce qui est fait est fait, nous ne pouvons rien y changer.

Je sanglotai, heureuse de me sentir attirée dans ses bras, si simplement, et pardonnée pour tout ce que j'avais pu faire.

– Fanny n'est même pas venue à l'enterrement de Tom !

Il releva mon visage ruisselant et me regarda dans les yeux. Les siens étaient très graves.

– Pourquoi s'inquiéter de ce que Fanny peut faire ou ne pas faire ? Nous avons toujours été bien plus heureux sans elle, non ?

C'était rassurant de le voir là, sous le soleil radieux. Sa sollicitude me rappelait un peu celle de Troy. Je posai ma tête sur sa poitrine et m'efforçai de ravaler mes larmes. Tous les trois, nous nous dirigeâmes vers la voiture.

Le murmure du vent dans les feuilles et les herbes, l'air embaumé du parfum des fleurs sauvages m'aidèrent à me rétablir plus que n'importe quelles paroles de consolation. Partout où se posait mon regard, c'était le vert des yeux de Tom que je voyais. Quand j'hésitais à prendre une décision, j'entendais sa voix m'encourager à aller de l'avant, à épouser Logan. Mais aussi à quitter les collines et la vallée dès que Grandpa ne serait plus là.

Le 16 octobre, nous conduisîmes Grandpa à sa dernière demeure pour qu'il repose près de son Annie bien-aimée. Nous étions tous là, en rang serré. Les Casteel au grand complet : Pa, Stacie, Drake, Fanny, et tous les habitants de Winnerrow. Ce n'étaient ni ma fortune ni mon éducation, ni mes vêtements coûteux ou ma voiture neuve qui nous avaient valu leur respect. C'était le courage de Tom.

Je courbai la tête et je pleurai comme si Grandpa avait réellement été la chair de ma chair. Au moment où nous allions quitter la sépulture, Pa s'approcha de moi et me prit la main.

– Il y a tant de choses que je regrette...

Sa voix était sourde, pleine d'une douceur que je n'aurais jamais attendue de lui.

– Je te souhaite beaucoup de bonheur et de succès dans tes projets, Heaven. Mais plus que tout, j'espère que tu viendras nous voir de temps en temps. Chez nous.

Pour la première fois, je pus regarder l'homme que j'avais cru devoir haïr toute ma vie sans éprouver la moindre émotion. Étrange, vraiment. Je ne trouvai rien à dire. Je me contentai de hocher la tête.

Quelque part, dans une grande maison vide, mon vrai père attendait mon retour, lui aussi. Et là, sur ce versant de colline, tandis que je laissais mes regards errer autour de moi, je sus que je retournerais un jour à Farthinggale Manor. Et que ce jour-là, je ne serais plus une Casteel. Je ne serais pas non plus une Tatterton.

Ce jour-là, c'est avec Logan que je reviendrais. Je le lisais dans ses yeux débordants de tendresse. Et je savais aussi qui je serais : une Stonewall. Il n'était plus permis d'en douter.

2870

Achevé d'imprimer en Europe (France)
par Maury-Eurolivres - 45300 Manchecourt
le 14 mars 2000.
Dépôt légal mars 2000. ISBN 2-290-30176-0
1er dépôt légal dans la collection : sept. 1990

Éditions J'ai lu
84, rue de Grenelle, 75007 Paris